立鱼

东君
—著—

新世纪作家文丛 第四辑

長江出版傳媒 | 长江文艺出版社

图书在版编目（C I P）数据

立鱼 / 东君著. -- 武汉 : 长江文艺出版社,
2018.12（2021.10 重印）
（新世纪作家文丛. 第四辑）
ISBN 978-7-5702-0709-1

Ⅰ. ①立… Ⅱ. ①东… Ⅲ. ①短篇小说－小说集－中国－当代 Ⅳ. ①I247.7

中国版本图书馆 CIP 数据核字(2018)第 250644 号

责任编辑：李　艳　　　　责任校对：毛　娟
封面设计：颜　森　　　　责任印制：邱　莉　杨　帆

出版：长江出版传媒　长江文艺出版社
地址：武汉市雄楚大街 268 号　　邮编：430070
发行：长江文艺出版社
电话：027—87679360
http://www.cjlap.com
印刷：三河市百盛印装有限公司

开本：880 毫米×1230 毫米　1/32　印张：13
版次：2018 年 12 月第 1 版　　2021 年 10 月第 2 次印刷
字数：259 千字

定价：48.00 元

《新世纪作家文丛》编委会

“新世纪作家文丛”总序

白　烨

摆在读者诸君面前的，是长江文艺出版社接续着“跨世纪文丛”，新推出的“新世纪作家文丛”。

在20世纪的1992年至2002年间，长江文艺出版社聘请资深文学评论家陈骏涛，主编了“跨世纪文丛”，先后推出了7辑，出版了67种当代作家的作品精选集。因为编选精当、连续出书，也因为是一个在特殊时期的特殊文学行动，“跨世纪文丛”遂成为世纪之交当代文坛引人注目的重要事件。当时，主编陈骏涛在《“跨世纪文丛”缘起》中说道：“‘跨世纪文丛’正是在新旧世纪之交诞生的。她将融汇20世纪文学，特别是80年代以来中国文学变异的新成果，继往开来，为开创21世纪中国文学的新格局，贡献出自己一份绵薄之力，她将昭示着新世纪文学的曙光！”这在当时看来实属豪言壮语的话，实际上都由后来的文学事实基本印证了。“跨世纪文丛”出满67本，已是21世纪初的头两年。《中华读书报》曾经在一篇文章中这样写道：“在新世纪的钟声即将敲响的时候，它暂时为自己画上了一个圆满的句号。这套文丛创始于7年以前的1992年,其时正值纯文学图书处于低迷时期,为了给纯文学寻求市场、为纯文学的发展探路,陈骏涛与出版家联手创办了这套旨在扶持纯文学的丛书。丛书汇聚了国内众多名家和新秀的文学创作成果,王蒙、贾平凹、莫言、梁晓声、韩少功、刘震云、余华、方方、池莉、周梅森等59位作家均曾以自己的名篇新作先后加入了文丛。几年来,这套丛书坚持高品位、高档次,又充分考虑到读者的阅读需求和阅读期待,为纯文学图书闯出了一个品牌。"这样的一个说法,客观允当,符合实际。

也正是自1992年起,在邓小平南方谈话精神的强劲指引下,国家与社会的改革开放,加大了力度,加快了步伐,社会生活真正开始以经济建设为中心,经济建设以市场秩序的确立为重心。社会生活的这种历史性演变,对于未曾接受过市场洗礼的当代文学来说,构成了极大的冲击与严峻的挑战。提高与普及的不同路向,严肃与通俗的不同取向,常常以二元对立的方式相互博弈。正是在这种日趋复杂的社会文化背景之下,以严肃文学的中青年作家为主要阵容,以他们的代表性作品为基本内容的"跨世纪文丛",就显得极为特别,格外地引人关注。究其原因,这既在于"跨世纪文丛"不仅以高规格、大规模的系列作品选本,向人们展示了当代作家坚守严肃文学理想和坚持严肃文学写作的丰硕收获,还在于"跨世纪文丛"以走近读者、贴近市场的方式,给严肃文学注入了生气、增添了活力,使得正在方兴未艾的文学图书市场没有失去应有的平衡,也给坚守严肃文学和喜欢严肃文学的人们增强了一定的自信。

大约是在20世纪90年代中期,在"跨世纪文丛"出满5辑之际,我曾以《"跨世纪文丛":九十年代一大文学奇观》为题,撰写了一篇书评文章。我在文章中指出:"跨世纪文丛"是张扬纯文学写作的引人举措，而且“有点也有面地反映了80年代以来文学发展演进的现状与走向。在纯文学日益被俗文化淹没的年代，这样一套高规格、大规模的文学选本不仅脱颖而出，而且坚持不懈地批量出书，确乎是90年代的一大文学景观”。我在文章的末尾还这样期望道：“热切地希望‘跨世纪文丛’坚持不懈地走下去，并把自己所营造的90年代的文学景观带入21世纪。”

好像是冥冥之中的一种缘分，我当年所抱以期望的事情，现在正好落在了我的身上。

因为种种原因，“跨世纪文丛”在文学进入新世纪之后，未能继续编辑和出版，因而渐渐地淡出了读者视野与图书市场。约在2014年岁末，在新世纪文学即将进入第十五个年头之际，长江文艺出版社决意重新启动这套大型文学丛书，并希望由我来接替因年龄和身体的原因很难承担繁重的主编事务的陈骏涛先生。无论是出于对于当代文学事业的热爱，还是出于对于长江文艺出版社的敬重，抑或是与亦师亦友的陈骏涛先生的情意，我都盛情难却，不能推辞。于是，只好挑起这副沉甸甸的重担，把陈骏涛先生和长江文艺出版社共同开创的这份重要的编辑事业继续下去。

2015年1月7日，在北京春节图书订货会期间，长江文艺出版社借着举办《中国年度文学作品精选丛书》出版20周年座谈会，正式宣布启动大型重点出版项目——“新世纪作家文丛”。由此开始，我也进入了该套文丛的选题策划和作者遴选的准备工作。当时的“新浪·文化”就此报道说：“面对新的文化格局、新的文学现象，出版人仍然应该‘有自己的事情要做’。‘跨世纪’有跨世纪的机缘，新世纪同样有着它的使命召唤。在一片喧扰之中，一大批严肃的理想主义文学者，仍然怀揣着圣洁的执著，身负着难以想象的重压蹒跚而行,出版人当然没有理由旁而观之。这正是《新世纪作家文丛》的缘起。”

经与长江文艺出版社的社长刘学明、总编尹志勇、项目负责人康志刚几位多次沟通和商议,我们大致达成了以下一些基本共识:一、新的丛书系列以“新世纪作家文丛”命名,即以此表示所选对象——作家作品的时代属性,又以此显现新的丛书与“跨世纪文丛”的内在勾连与历史渊源;二、计划在5年时间左右,推出50~60位当代实力派作家的作品精选集,每辑以8~10位作家的作品集为宜;在编选方式上,参照“跨世纪文丛”的原有体例,作品主要遴选代表作,并在作品之外酌收评论文章、创作要目等,以增强作品集的学术含量,以给读者、研究者提供读解作家作品的更多资讯。

事实上,文学在进入新世纪之后,在社会与文化的诸种因素与元素的合力推导之下,越来越表现出一种史无前例的分化与泛化,创作形态也呈现出前所少有的多元与多样。文学与文坛,较前明显地发生了结构性的巨大变异,我曾在多篇文章中把这种新的文学结构称之为“三分天下”,即以文学期刊为阵地的传统型文学(严肃文学);以市场运作为手段的大众化文学(通俗文学);以网络科技为平台的新媒体文学(网络文学)。在这样一个有如经济新常态的文学新生态中,严肃文学的生存与发展,传统文学的坚守与拓进,就显得十分重要并具有非同寻常的意义。因为这一文学板块的运作情形,不只表明了严肃文学的存活状况,而且标志着严肃文学应有的艺术高度,这也在一定程度上影响和引领着整体文学的基本走向。而就在与各种通俗性的、类型化的不同观念与取向的同场竞技中,严肃文学不断突破重围,一直与时俱进;一些作家进而脱颖而出,一些作品更加彰显出来,而且同90年代时期相比,在民族性与世界性、本土性与现代性等方面，都更具新世纪的时代特点和新时代的审美风貌。即以最为显见的重要文学奖项来说，莫言获取2012年度诺贝尔文学奖的殊荣自不待说；近几届的茅盾文学奖、鲁迅文学奖，不少出自“60后”和“70后”的作家频频获奖、不断问鼎，获奖作者的年轻化使得文学奖项更显青春，文学新人们也由此显示出他们蓬勃的创造力与强劲的竞争力。这一切，都给我们的“新世纪作家文丛”的持续运作，提供了丰富不竭的资讯参照，搭建了活跃不羁的文学舞台。

我们期望，藉由这套“新世纪作家文丛”，经由众多实力派作家姹紫嫣红的创作成果，能对新世纪文学做一个以点带面的巡礼，也经由这样的多方协力的精心淘选，对新世纪文学以来的作家作品给以一定程度的“经典化”，并让这些有蕴含、有品质的作家作品，走向更多的读者，进入文学的生活，由此也对当代文学事业的繁荣与发展，乃至对社会主义精神文明建设，奉上我们的一份心力，作出自己的一份贡献。

我们将为此而不懈努力，也为此而热切期盼！

2015年8月8日于北京朝内

目　录 —— Contents

立　鱼

愚昧人抱着手,吃自己的肉。

——《传道书》

你来了。请坐。在树阴里吹吹风吧。如果你还有点耐心就听我讲一个故事吧。我是谁?你听我讲完这故事自然就晓得了。而我是谁其实并不重要。

从前总是喜欢在树下跟人聊天。那年头屋子小呀。暗沉沉的。像是挤满了鬼魂。夏天的时候闷热。冬天的时候冷风直往墙洞里钻。对我来说房屋只是我睡觉的地方。而我家门前那棵松树才是我真正的家。树阴是树的一部分。在树阴里面久坐就会发现自己也是树的一部分。我走动。风吹我的衣裳。感觉自己就是一棵缓慢移行的树。我的身体、说话的语调里面也散发着树的气息。骨骼硬朗经冬不凋的松树的气息。

好吧。现在可以跟你讲讲我们这个村子的故事了。

丁酉年春。本村有两人出了远门。一个是木匠。一个是秀才。那个浑身散发着木屑味的木匠去八百里外的一座山上学武艺去了。那个酸气十足的秀才呢?去省城考功名了。

木匠什么时候回来?

秀才可有消息?

有一阵子村上的人时常会这样问起。

我打村外山上放羊回来他们就不会问晚饭吃罢了也未这样的话。太阳快要下山的时辰我就想着吃饭。这年头吃饭是唯一一件大事。

人人都要吃饭。都要睡觉。不同的是别人刚放下碗的时候我还没拿起筷子。别人入睡的时候我依然醒着。不同的是别人一家子围坐着吃饭有说有笑。我却只能独自一人蹲在门口扒着别人施舍的剩饭。吃饭当然是为了图个饱。一家人吃饭是为了图个饱。一个人吃饭也是。别人嘴里的饭不会落到我肚子里去。我只要管好我的肚子。眼下连这件事都让我发愁了。

没有人喊我回去吃饭。但我常常会去蕙姑家蹭饭。每次去她家我的手总没空着。有时是一捧用来染指甲的凤仙花。有时是一捆柴火。蕙姑是哑巴。但她的眼睛会说话。在她面前我总觉着声音这东西是多余的。

晚饭吃罢了也未?蕙姑用眼睛问我。

吃罢。我说。

蕙姑看着我的眼睛就晓得我没吃。她从口袋里掏出一块米饼塞到我手上。蕙姑的手上、衣裳上满是阳光的味道。我猛吸一口气就没饥饿感了。

吃吧。这是她舍不得吃特意留给你的。蕙姑的姑姑说。

蕙姑的父母早逝。七岁时就与姑姑相依为命。姑姑是个老寡妇。村上的人都说她有孤独相。可她还是很喜欢跟我说话。她说我长得像她那个死去的儿子。

蕙姑没有弟弟。她就把我当作弟弟了。而我既想做蕙姑的弟弟又不想做蕙姑的弟弟。有些话我不想说出来。含在嘴里它就有了柿子的青涩味道。人嘛,活着总得有个念想。我的念想不是阳光照出来的,也不是风吹出来的。我的念想就长在我的心里就像树长在土里。今晚有月亮。自然而然地它就长出来了。

这一晚我睡得有些不踏实。脑子里总有个白影子飘过。不是蕙姑的影子,而是午后出现的白影子。那时我正看着远处的一棵松树出神。忽听得一个声音从身后飘过来。转身。先是看到一棵树。继而看到树下一条人影。白衣。肩上立着一只公鸡。一脸的英武。

他问我在看什么。我说我在看山下村子里自家门前那棵松树。他就走过来在我身边坐下。那样子像是要跟我一起看松树。我没有跟他说话。他看他的松树。我看我的松树。我的松树跟他的松树是不相干的。看着想着。想着看着。忽然觉着全身发冷。你是人是鬼? 我问那人。那人朝我扮了一个鬼脸。没说话。

我没敢将这事告诉村里人。更不敢告诉蕙姑。我想我是见鬼了。

第二天一大早。又见鬼了。那鬼好像在这座山上待了一夜。

你是在这里等我?

我在等太阳。

鬼是怕太阳的。因此我料定他是人。

秀才还有消息？

你认识秀才？

我是秀才的朋友。当然认识。

我怎么没有听秀才说起你。

我问你秀才还有什么消息？

我没有回答他。其实我也不晓得怎么回答。我走开了。把那人扔到身后。把一棵树和一个人和一只公鸡扔到了身后。

一只野雉扑棱一下掠过树丛。黄泥路上腾起淡淡的坌尘。二棍正在追捕野雉。那张粽子脸满是灰土。露出可怜兮兮的两点白光。他一定是饿慌了。这样细瘦的一条影子挂在空气里。风一吹，宽大的衣裳仿佛就要飘到树技上了。

我问二棍今天有没有看到什么。二棍说他遇到了一个外乡人。白衣。肩膀上立着一只公鸡。那人还向他打听过木匠的消息。二棍这样说着就向远处张望了一眼。没再吭声。

我想木匠出门大概也有个半年光景吧。听说木匠是找三清山的一位老道学艺去了。听说那老道法力甚大。手一抬袖子里就飞出一柄短剑。嘴一张口中就吐出三支飞针。搬一块岩石像掇凳。击倒一个壮汉像掸掉灰尘。木匠饶是学得一两分都可以打遍天下了。可这半年来木匠竟断了消息。木匠是不会回来了。东先生就是这样断定的。

回来时看见东先生正在院子里裁纸。他把纸裁成斗方。我晓得他又要画点什么了。我坐到一边。开始替他磨墨。人们都说我是东先生的书童。我仿佛真的就是东先生的书童了。

你要画什么?

我要画风。

风是无形的。怎么画?

画一株树的时候风就出来了。

东先生这样说着就画了一株树。树上还有果子。

喏,再画一池涟漪的时候风就从水面出来了。

东先生画了一池涟漪之后又画了一尾挂在树上的鱼。

这鱼跟风有甚关系?

这是一条风干的鱼呀。

他舔了舔舌头。他的舌头一定是干的。就像一条风干的鱼。

今晚的饭有着落了?

你给我画一个饼如何?

我之前给很多人画过饼了。纸都快画没了。

东先生把笔交给了我。他坐在那里。抬头看云。

飘在空中的没有意义的云我懒得理会它们。在东先生眼里云不是云。云是另外一样东西吧。东先生可以摇头晃脑念出很多跟云有关的诗句来。

云走了。风突然不作声了。天空里是一股坦荡荡的静。

静。这世界除了静似乎没有别的声音了。我闭上眼睛。那边树影一动我也能听见。东先生坐那里默默地吸着水烟。烟在空中也是一幅画。

今天我见到了一个外乡人。

长什么模样的?

穿一身白衣裳。肩膀上立着一只公鸡。

东先生的脸刷的一下白了。

东先生跟我提到了上回来到我们村里的神秘人物。青头白面。但他不是和尚。东先生说和尚头上是有香疤的。那人肯定不是和尚。他称自己是幻术师。穿的也是白衣裳。肩上也立着一只公鸡。幻术师果真有一手。他能让鸡立在一根细弱的草上。村上的人不晓得是公鸡厉害还是幻术师厉害。有一派人说公鸡厉害。他们愿意打一两银子的赌。有一派人说是幻术师厉害。他们也愿意拿出一两银子做赌注。一派人把银子砸到桌子上。另一派人也把银子砸到另一张桌子上。银子被阳光照着。煞是扎眼。

究竟是幻术师厉害还是那只公鸡厉害?幻术师笑而不答。他把公鸡扔给我们村里的人。你们自己看吧。那人是这样说的。众人摸摸鸡翅。又摸摸鸡爪。这公鸡跟我们村上的公鸡没有什么区别。当他们断定是幻术师厉害的时候幻术师已不见踪影了。

后来。所谓后来也就是当天晚上。一群山贼来了。不是偷偷摸摸地来。而是明火执仗地杀过来。也就个把时辰把我们的村子里但凡值钱的能吃的都抢了去。

东先生断定幻术师就跟那帮山贼有关。他说他早该看出来者不善了。可他居然就这样轻易放过了他。

这半年来东瓯一带天灾人祸不断。更可怕的是人心坏了。东先生说人若有向善之心云飘到眼里风吹到心里都是一片善意。东先生又说人若生恶念世间万物无不是丑恶的。总之人心是坏了。坏透了。

古时候的人不是这样子的。东先生常常这样对我们说。

可古时候的人又是怎样的?

听得一声雁叫。秋天的凉气又添了一层。天上是一片瓦蓝打底的白。地里是一派荒凉。可吃的东西已经不多了。

我听到你肚子里的咕噜声了。东先生说。

我问东先生家里有没有可吃的?东先生却反过来问我一天吃几餐。从前是一日三餐还带点心。现在?有时两餐。有时一餐半。一餐半是什么意思?就是中午吃一顿。晚上勉强吃个半饱。早睡晚起。用睡眠当饭可不是我发明出来的。

每日两餐,有利于养生。这是东先生说的。

东先生给我们讲过一个故事。宋国有位养猴的老人。时称狙公。他养了一群猕猴。猕猴们能解狙公之意。狙公也能懂得猕猴之心。然而狙公家中粮食匮乏。心里不免忧虑。狙公对猕猴们说我手头橡实不多了以后你们每天早上分得三枚晚上分得四枚可否?猕猴们听了很生气。狙公转而说不如这样早上四枚晚上三枚可否?猕猴们听了都露出了微笑。有人说猴子们太蠢了。朝三暮四与朝四暮三有什么不同?不然。东先生说。早餐吃饱晚上吃少是符合养生规律的。

东先生说什么都是对的。他是我们乡里最有学问的一位。这里不妨说东先生的几桩轶事吧。

东先生没有妻儿。也没听说他跟什么女人相好过。对瞎子来说灯烛没有什么用处。对东先生来说妇人也没有什么用处。见过一妇人躺在东先生的床上。东先生跟她说了几句什么就回到桌子前。东先生朝一本书作揖(这是他读书前的惯例)之后就开始咿咿唔唔地读了起来。我不晓得东先生读的是什么书。过了许久东先生就吹灭了灯。然后我就听得一声“老夫失陪了”。

东窗一定要看得见月亮。南窗一定要有清风徐来。这就是东先生要过的日子。逢着好看的花会哼几句。吃到爽口的酒他也会哼几句。有人告诉我那叫诗。我不甚明白诗是什么东西。

东先生喜欢独乐。也喜欢与人同乐。夏日。蒲扇一把。浮瓜沉李数枚。偶尔会有几个面色忧郁的读书人荡过来。茶是香的。酒是烈的。谈兴是浓的(如果还有余兴他们就在东先生家的白纸上涂抹几笔)。东先生不善饮酒。他说自己喝一杯就要骑马上扬州。再喝就驾鹤上青天了。但他跟那些读书人说话时总是像喝了酒那样摇晃着脑袋。东先生喜欢说一些教人听不明白的话。讲得好讲得好。刚才这一句话仄起平收。讲得好讲得好。总会有些人拍着掌说些附和的话。我不知道平仄是什么东西。我只是觉着这些读书人跟我们村上那个唱龙船调的赵五一样也是很无聊的。到了吃晚饭的时辰他们就散了。酒落肚的就带着一身酒气晃荡着消逝。

我们村上的周老爷对这群读书人是很鄙夷的。他把这些人统统称为清谈派。这群书呆子。哼哼。清谈误国。

周老爷是我们村上最有钱的人。也是整个乡里最有钱的人。东先生是我们村上最有学问的人。也是整个乡里最有学问的人。有钱。周老爷说。只要有钱我们可以办很多事。周老爷在我们乡里办了很多好事。也办了不少坏事。有钱能做一个小地方的皇帝。周老爷就是我们这一带的皇帝。连县太爷都要敬他三分。周老爷不仅有钱还喜欢炫富。结果被一群山贼盯上了。都是一些来路不明的乌合之众。凶年恶岁的个个都饿疯了不要命了豁出去了。周老爷亲自组建的勇营被山贼在一夜之间打垮了。周老爷从外地请来的武师也被山贼干掉了。周老爷让力大如牛的木匠跑出去学艺至今却落得个音信全无。所以。东先生说。以暴制暴是无法从根本上解决问题的。今天击退了山贼又怎样？明天指不定还会杀回来。村上要是有人读书出仕情况就不同了。做了京官还怕小小的山贼不成？呔。哪里走？我手上有剿匪平乱的圣旨。看谁还敢横行？东先生这样说时手上仿佛已经拿着圣旨了。

世道乱了。匪祸是一桩接一桩地发生了。连县太爷都吓得躲起来了。那些山贼每隔两个月就要把我们的村庄洗劫一次。每次拿的东西不算多也不算少。如果你有两只鸡他们会拿走一只。如果你有两只羊他们会拿走一只。周老爷有四个妻妾他们就拿走了两个。

古时候的人不是这样子的。东先生常常对我们说。那时候没有强盗。也没有那么多坏人。

东先生确曾写过一篇进呈御览的万言书。递交给一名京官后就再也没有消息了。东先生有些愤慨。他觉着朝中无人终归办不了事。

好男儿理当读书考取功名。这是东先生常说的一句话。读书读得好的可以做南书房行走，读不好的就做牛马走。这也是东先生常说的。你呀一辈子只配做牛马走。东先生曾指着我这样说。我说这里有天有地的我为什么出去？外面的世界会比这里更好？东先生笑了。他说你不读书即便是赶着牛马走万里路也还是不中用。东先生这一辈子最憧憬的一件事就是追逐功名。做大官啊。见皇帝啊。他时常跑到山洞口朝洞里山呼万岁。吾皇万岁。山洞里就发出回音。吾皇万岁。万万岁。山洞里再次发出回音。万万岁。东先生说金銮殿很高很大。回音也大。乡下人进殿面圣免不了要被回音吓得连魂魄都掉地了。可惜。东先生参加过几回乡试。回回都是落榜。如果不是腿脚不便他或许还会去赶考的。东先生常常念的一句诗是太宗皇帝真长策赚得英雄尽白头。

说完了东先生再来说说周老爷。东先生是个瘦子。周老爷却是个大胖子。东先生在周老爷面前就更显瘦弱。周老爷在东先生面前就更显肥硕。

每回过桥时看见那个大胖子迎面走来我总会感觉桥向另一边倾斜。大胖子身后每每跟着一条狗。或是几个人模狗样的家奴。不晓得为什么我见了他就想赶紧走开。

周老爷家的狗格外凶。听说它专咬读书人。

狗怎么晓得谁是读书人谁不是读书人?

读书人身上有一股酸腐气呀。它晓得的。它只要嗅一下就能辨别。早些年高夫子的大腿被周家的狗咬了一口，徐夫子也被周老爷家的狗追出村外老远。他跳到河里才算躲过一劫。

我算不上什么读书人。但我也怕狗。怕的是周老爷家的狗乱咬人。

周老爷家的狗也是胖的。

话说回来。周老爷也没怎么亏待过我。我放的第一只羊还是拜他所赐的。周老爷说一只羊可以生出另一只羊。往后还可以有更多的羊。我原本有五只羊。第一次山贼来了我短少了两只羊。第二次短少了两只。现在我只有一只羊。我每天都会带着这只羊去南山玩。傍晚回来。

那天午后我和我的羊在水潭边纳凉。目光掠过水面。忽听得一声怪叫立起。环顾四周。才明白那是我喉咙里发出的声音。有人脸浮了过来。

一张苍黄的粽子脸。是二棍。二棍跟我对望了一眼。目光又不约而同地投向水潭。鱼立水中。如刀剑。寒气森森。

这会是不祥的预兆吧？二棍问。

乌鸦嘴乌鸦嘴。

我这样说着好像一只乌鸦真的会从他嘴里飞了出来。

又有人脸飘了过来。一张两张三张。嘀咕声在水面泛开。这事得去请教东先生。他们这样对我说。

东先生在睡午觉。雷打不动。我回来后向他们报告说。

东先生说自己喝了点酒。现在他脑子糊涂只想睡觉。我又补充说。

东先生总是在关键时刻装睡。他们说。

大约过了一炷香的时辰。有人连被子带人把东先生背了过来。东先生一只眼睛睁着一只眼睛还闭着。你看你看。有人指着水潭说。

东先生瞪大双眼盯着潭中直立的鱼。目光一下子就直了。

这是异象。东先生说。自先祖迁徙至此从来没发生过这样的怪事。

有关始迁祖的二三事我也不妨说上一说。

始迁祖是一位渔翁。三百年前他带着家人来这里避乱。他在这里用竹子草草搭建了几座茅屋。他们不怕竹子烂掉。他们要等到战乱平息之后再重返故园。一年两年过去了外面的世道还是那么乱。那位始迁祖到底还是很怀念故园的。他花了半年的时间打造一条大船。船造好了就藏在一个山洞里。那一年战乱结束了。始迁祖就想动身回去。可家人住着住着就懒得动了。那时节始迁祖也老了。他独自一人把船拖到山下已经不可能了。日复一日。那条藏在山洞里的船就这样烂掉了。

我们的祖先就这样定居下来。过着世外桃源的生活。

这些事都是东先生告诉我的。

从水潭那边回来天色就黑了下来。

天色黑下来之后的月亮和天色未明之前的月亮是不同的。四周静极了。骚乱发生之前的寂静和骚乱之后的寂静也是不同的。

我独自一人躺在床上。整个村子静得有些可怕。

站在山顶。隐隐约约觉着一场灾难已经像乌云那样降临了。满世界都是寂静的。耳朵里只有风声。风吹到草上。声音嘶哑。越来越不中听了。风从春天吹到秋天。吹得都有些发旧了。

远远地我又看到一群挟枪带棍的山贼朝这边杀过来。他们大概也是饿得快不行了。跑得没有从前那样利索了。一朵云在天上缓缓地移动。

我丢下羊飞一般地跑下山坡。二棍已经敲响了锣。我跑到蕙姑那里。蕙姑和蕙姑的姑姑正在掀床板。蕙姑是小脚女人。蕙姑的姑姑也是小脚女人。跑不动。只好躲在眠床底下一个事先挖好的地洞里。洞口有一块盖板。盖板上铺着龙须草席。里面有干粮和火镰。

不怕被人发现？我问。

山贼要是发现了我们藏身的地方我就立马点火焚身给他们看。蕙姑的姑姑一脸悲壮地说。

东先生若是听到这一番话是一定要写一篇文章大加赞叹的。我看了一眼蕙姑。她的眼中噙着泪珠。嘴角一咬。泪珠破了。滚落。我用手势告诉她我会回来的。我还告诉她如果没有我喊话你们不许出来。

然后我又顺道跑到东先生那里。东先生正在整理书稿。我对他说山贼来了已经来不及了。

东先生只说了一个避字。

我算不上硬汉。但也不是懦夫。我跑在东先生前面是为了给他带路。东先生害老花眼。视物模糊。他在我后面跑着。喘气的声音越发急促。前面是一条湍急的溪流。溪流上有一道窄窄的木桥。眼看着大人与小孩过去了。牛羊过去了。一只蝴蝶也过去了。他愣是站在这一头。不敢过去。直立着过去他会头晕的。他怕自己头一晕人就栽下去了。效仿牛羊四肢着地爬过去固然稳妥些,但此举毕竟是有辱斯文的。唯一体面的做法就是找一头驴或马驮着自己过去。我从二棍手中牵来了一头驴。东先生骑在驴上。身体倒伏。双目紧闭。东先生总算是过了溪。身子僵着还是久久不敢下坐骑。

不承想另一帮山贼竟从桥那头猝然杀了过来。一些村里人只好又抱着头往回跑。还有一些人从木桥上掉落被溪流卷去了。东先生趴在那头驴上又一颠一颠地跑回来。山贼从两边夹击。我们已经没有退路了。我先是看见枝头花落。继而听到有人惨叫的声音。溪流的声音乱乱的。马蹄踏水。人头落地。那一刻我仿佛从空中看到了一条红色的弧线。就那么一闪。血同枫叶一般铺在水面。东先生从驴身上滚下。抱头伏地。我喊着东先生东先生。他差不多要昏过去了。既然是山贼总不能没几把刀子吧。既然提着刀子来总不能不砍几颗脑袋吧。砍掉几颗脑袋他们就能拿到他们想要的东西了。我凝神细瞧。又一颗脑袋飘落了。这一回竟连声音都没了。落地的脑袋不是东先生的。东先生的脑袋还垂挂在那副瘦削的肩膀上。有人提着血淋淋的脑袋掷到我跟前。我忽然感到全身的血液都朝一个方向奔去。我连滚带爬来到溪边。但溪水无法冲刷我身上的恐惧。我开始在水中跑动。我想把恐惧甩掉。甩得越远越好。可是那东西还是像影子一样黏着我不放。

有人追上了我。劈脸一拳。我眼前一黑。我倒在地上的那一瞬间看到了天上一团慌乱的乌云。我呛了口水。脑袋随即从水面浮露。睁开眼睛的时候我听到了东先生喊救命的声音。也许他只是张大嘴。而我只是用眼睛听。一壮汉揪住东先生的衣领。提起来。放下。再提起来。再放下。如是者三。东先生站定。嘴唇跟虫子一般蠕动。你说什么?我听不清楚。那人问。东先生又说了一遍。这回我也听清楚了。东先生请求他们不要打他的脸。他好歹是个读书人。脸上布满指印是很没面子的。那人说我吩咐你的事可曾记得?东先生使劲地点了点头。还说了些圣人说过的话。那人推了他一把。用脚踩住他的脑门。你他娘的光记住死人说的话却忘了活人说的话啦。东先生立马伏地。作死人状。那人喝了一声起来。东先生就爬起来。双腿打弯。仿佛随时会跪下去。

山贼走了。他们带走了全村仅剩的几十只鸡犬牛羊。村里村外除了哭声没有别的声音了。东先生像死了一般地躺在那里。一连串痰塞的声音。哽咽。烟一般的叹息。

那些逃到山上的人又在暮色中探头探脑地回来了。我跑到南山找我的羊。走了一圈还是没找到。这羊准是见我下山了也跟着跑下来结果正好被山贼逮个正着。那朵云还在山上缓缓飘着。我不忍心再看。鞋子磨着路。越走越发白的路。月亮快被狗吃掉了。只剩下那么细的一块。我不敢走太多路。我一摇晃,骨头就发出吱吱响。肚子就咕咕响。我只想在村口坐上半晌。晚风吹在身上。一点点凉下去。

世人如风。我爹说。吹吹也就好了。

这世上的风呀我见得多了。东刮一阵。西吹一晌。到头来吹着吹着就没了。没了也就没有了。然后是又一阵风起来了。又没了。

这是凶年。东先生说这是末世。天还是那片青天。地却已成白地。天地之间人是黄瘦的。人饿成了疯狗到处抢吃食。山贼抢走了我们的吃食。我们也抢自己人的吃食。但凡可吃的人人都抢着吃。野菜。树皮。草根。观音土。

我在山上的坟洞里偷偷埋了几块番薯。趁人没留意我掏出两块揣在怀里。下山的时辰淡淡的月影就在天边挂着了。月亮也见瘦了。

我把一块番薯送给蕙姑。另一块送到东先生家中。东先生整个人看上去都脱了形。像是在一夜之间老掉的。腰弯曲了。腿弯曲了。手指也弯曲得跟鸟爪似的。不晓得东先生的手指为什么总是伸不直。我把番薯清洗干净递给他。他一边啃着一边流泪。

东先生已经没有心思读圣贤书了。他坐在松下。说是听松风。其实我们都晓得他是在等待一个人。这个人就是他的学生也就是那位进省城考功名的秀才。秀才起初还会写信给他。说沿途的见闻。说书上的东西。说自己在异乡的客栈听了七天七夜的雨结果病倒了。读书人总是有那么多闲话好说。可东先生要等的就是那一句重要的话。我问东先生秀才后来怎么就没写信了呢。东先生掩面长叹一声就回到屋子里了。

这些日我没少给松树爹樟树娘相唤。我五岁时就死了爹。我娘让我认门前那株松树作爹。后来我娘死了我就认山顶上那株樟树作娘。我每天去山顶看一回我娘。回来后就跟我爹说上几句。

出门的时候撞见了周家的二少。周二少冷不丁给了我一个耳光子。你为什么要打我？我问。没有为什么。他说。解恨。你为什么恨我？我又问。我恨每一个人。周二少说。周二少说话时露出冷森森的白牙。那样子仿佛要吃掉我。

你晓得么？山贼们要拿我们的人做人肉宴了。周二少冷笑一声就走了。

太阳又要落山了。往常这个时辰牛羊下山鸡犬归窠吃罢了饭的人就摇着蒲扇纳凉闲话。可如今村里村外一片沉寂。这一晚天黑得似乎比往常早一些。

祠堂里倒是灯火通明。他们已经聚在一起讨论人肉宴的事了。到底把谁推出去？年老的还是年少的？男的还是女的？聪明的还是愚笨的？丰满的还是瘦弱的？

实在没法子就抓阄吧。村上的人说。

有人发出了吃吃的笑声。好像吃人是一件很有意思的事。

没有人会吃我的。东先生很笃定地说。

为什么？

我是堂堂的秀才。把我吃了祖宗传下的学问从此就断绝了。

秀才的肉是酸的。谁会吃？山贼头领说过了他们要的是两脚羊。

什么是两脚羊？我们这里连四脚羊都被抢光了哪来的两脚羊？

这就得请教东先生说上一说了。

东先生的喉头像卡住了似的。半天说不出一句话来。

吃人的事。呃。古时候不是也没有的。把妇人或小孩装进袋子里然后就扔进烧沸的大镬里煮。他们把这种人肉称作两脚羊。

东先生说这话时面色肃然。东先生好美食。他不会做饭烧菜却不妨碍他大谈美食。据说他早年参加乡试有一篇文章便是谈孔子的骈齿与“食不厌精脍不厌细”一说之关系。可东先生断然没想到自己有一天会跟人谈论古人如何吃人肉。

东先生不是说古时候的人比现在好么？有人抢白。

那是太古时代的人呵。你们懂么？东先生说。

周老爷咳了一声便开了口。东先生这话的意思我明白了。敢情这两脚羊就是拿金童玉女做的食材。

周老爷说这话时我向后退了一步，可他们还是把目光转到了我身上。好像我就是他们所说的两脚羊。周老爷也看了我一眼。周老爷向来是目中无人的。但他那一刻居然也看了我一眼。周老爷看到的仿佛不是人，而是肉。

他们吃过几顿人肉宴想必就会离开吧。周老爷淡淡地说。

我原来是想开溜的。但我听到有人忽然提到蕙姑的名字就站住了。他们见我踅回就不提蕙姑了。可他们还在脸不改色地谈论人肉宴的话题。仿佛谈论的是过年怎样置办年货。

太古时代的人不是这样子的。东先生叹息一声拂袖出去了。

太古时代的人又是怎样的？我出门时对着月亮想象了一番。

太古时代的人也看月亮。我们现在看过的月亮被那时候的人不知看过多少遍了。无论我们饿成什么样月亮还是在那里的。月光是淡淡的。也不晓得那些酸气十足的秀才们是否还会说它是铺在石板路上的霜呢。半夜里我听到有人磨牙的声音。嘎吱嘎吱。嘎吱嘎吱。不是一个人在磨。是全村的人都在磨。

第二天一大早我就听说蕙姑死了。蕙姑是服毒自杀的。我还听说蕙姑服了毒从屋子里跑出来掐着自己的喉咙喊着我渴我渴。蕙姑说她渴死了。但村上的人都说蕙姑不是服毒死的。她是渴死的。她是喝了很多盐渴死的。那一夜下了雨。雨水从屋瓴间伸出舌头。舌头一伸一缩舐着一双布满哀怨的手。渴死了渴死了。蕙姑就这样渴死了。

可惜。

可惜什么?

可惜是服毒自杀的。

若是上吊自杀我们就可以把她当作两脚羊献出去了。

你不说。我不说。谁晓得?

糊涂。他们都是吃过人肉的。肉里有没有带毒他们一看就明白。

蕙姑躺在一张自己睡过的破席子上。蕙姑已经听不到他们说话了。

蕙姑的姑姑坐在那里拈着苎麻丝。我听到她叹息了一声。我问她叹什么气?

这孩子不懂事。她说。

云舔着远山一片绿。没有放羊我也要去南山转转。半道上又撞见了二棍。二棍比从前更细了。

他说我饿。他说我饿得也想吃人肉。他这样说着。两眼放光直直看我。我后退了一步。他说人肉与猪肉有甚区别?他说如果别人不告诉你这是人肉那是猪肉你能区分得出来?一块肉放在嘴里嚼了掉进肚子里但它碰巧是一块人肉你会怎样?我说我会把它吐出来。他说吃了之后你也许不会这样想。我说我会怎么想?他说你会想人肉也是肉然后你就心安理得了你说是不是这样?

我没吃过人肉。自然也就无法想象。

饿啊饿啊饿啊我听到了男人们的呻吟。饿啊饿啊饿啊我听到了妇人们的呻吟。饿啊饿啊饿啊我听到了老人和孩子们的呻吟。我听到饿字眼前就飘出了一朵棉花样蓬松的阳光。

那个肩膀上立着一只公鸡的家伙又出现了。我自然认得他。他在我们村子外转一圈之后我就知道会有什么不祥的事要发生了。这个深秋的下午风在呼呼地吹着。我感觉那个白影子一直在我身后飘荡着。我的耳朵里飘满了细碎的阳光。

吃晚饭的时辰我就听说村里又出人命了。这回死的是周老爷的儿子周二少。周二少是被人砍死的。周二少死的时候嘴角还有饼末。杀死周二少的人不是别人正是他哥哥。也就是周大少。周大少在林子里发现周二少吃独食。周大少要跟他分享。周二少囫囵吞下一个饼。然后拍拍手说没了。周大少抡起一把刀就把弟弟砍死了。

给我们送来饥饿的人这回给周家送去了血淋淋的死。血一旦流出就不会回到身体里。瀑布一旦落进水潭就不会返回源头。这话是周老爷当年拿着刀时说的。

有人说那帮山贼是拿一块饼做诱饵。一块饼。是的。一块饼就把一条人命给了结了。

有人说周二少死都死了不如把尸体献给那帮山贼。但周老爷说谁若是敢打他儿子的主意他立马就将那人剁成肉末腌了吃。周老爷的狠话撂在那里谁敢动半个手指?

有人说那阵子周老爷见人就骂。有时即便不说话嘴里也含着一口还没变成粗话的怒气。

然后我就听说周老爷病倒了。周老爷快死了。

周家三姨太举着几个盘子跪在床前。

老爷想吃什么就吃点吧。

周老爷的舌头在嘴里嚅动了一下。

盘子是空空的。

我想吃的东西很多。周老爷说。我想吃虾子冬笋猪油玫瑰年糕桂花香糕薄荷糕酒酿圆子火腿全鸡清蒸甲鱼豆沙八宝饭腐皮包黄鱼。

老爷。太太说。你要吃的都在这些个盘子里了。

有人说周老爷临死的时候嘴里发出吧嗒吧嗒的声响。

周老爷死了。周家人给他准备了一口上好的棺材。中堂冷清清的。殓床边上摆着一盏菜油灯。但座头饭是没有了。代替它的是一碗清水。

东先生是穿着一身黑衣来拜吊的。堂前见了三姨太。三姨太不理会。只甩给他一张冷脸。东先生在灵堂前抚棺哭唱了一番。我依旧不晓得他唱的是什么。拜吊过后他又走到三姨太跟前。实在没话可说就夸她一句气色不错。三姨太狠狠地瞪了他一眼。还是不说话。

东先生告诉我三姨太是他表妹。当初她若是嫁给我也不至于现如今做个寡妇。真是个可怜人哎。说到这里气息渐显粗重。他站在那里稳了稳自己。

听得铜磬叮的一声。我猛地回过头来。一灯如豆。我们像是走在冥路上。没有一点声息。

起风了。

风越吹越大。我孤零零地站在风里。我的衣裳被风托举起来。这风一下子吹得我耳朵一阵饱胀。一下子又让我心里一阵虚空。东先生把两块石头放在我手里。

你给我石头做什么?

你太瘦了。手上要是没块石头坠着怕是要被风刮跑了。

我把石头扔掉了。石头在风中飞了一会儿就不见了。但听得山谷响起咚的一声。异乎寻常的沉闷。双手空荡荡。想飞起来。离开这个村庄。再也不回来了。可手臂不能变成翅膀。它们在风中垂挂着犹如两根枯枝。

风在石上磨尖了。一刀刀刮过。割脸肉疼。我听到呼爹喊娘的声音就晓得村里面已经有人要吃肉了。

东先生没有吃肉。我也没有。我们饿了就吃点草根研成的粉末。东先生一边吃着一边叹气。

如果羲皇以来的人一直吃草该有多好。看牛羊一直吃草也能长膘。

我们就来做这羲皇上人吧。

我们恐怕连人也做不成了。

东先生这话是什么意思?

从我给山贼下跪那一刻开始我就已经死了。打个嗝我都已经闻到尸体的恶臭了。

满山的鬼。竟没一点人气。我们依然坐在山上等待着什么。东先生貌似在看其实什么也没看到。他那两只眼睛差不多已经作废了。有时候听到异响东先生就会坐起来。问我他来了么他来了么。我说没有没有一只鸟影都没有呢。

月亮没有消失。我看着月亮。有点怀念那双递给我米饼的手。它在我的记忆中被月亮照着。美得让人想哭。那个米饼因为是她赠的所以就格外香脆。我的舌头仿佛还能勾住那一点残存的味道。

那阵子东先生没事可干就在山上挖坑。我问他挖坑做什么？东先生没告诉我。泥土堆一旁。看起来像一团凝固的乌云。东先生挖到一米深的地方时竟看到一层灰。你看呀你看呀这就是劫灰。

东先生说这就是世界终尽后的劫灰。

饥饿让我忘掉自己的嘴里还夹着一条舌头。忘掉自己还有一双攫取吃食的双手。风吹在我手上。空空的。但我是一个善于等待的人。总希望这苦日子会有个尽头。

一天又一天过去了。总算是等来木匠和秀才的消息。

他们说木匠艺成下山就混进了李闯王的军队。但他后来在一场攻克洛阳的战役中被乱刀砍死了。

他们说秀才中了举。但没过一阵子大明王朝就崩塌了。皇帝跑到煤山上挑了一株老槐树上吊了。那块死掉的肉被龙袍裹着。尸虫还是爬了出来。

他们说木匠没有做成侠客。秀才也没有当上京官。山贼还是那些山贼。世道还是那么乱。

我没打算把这些坏消息告诉东先生。饥饿已经让我忘掉了嘴巴还能说话。走到半道上我发现东先生挖的那个坑已经被填上了。不晓得东先生是在坑外还是在坑里面。我想我现在不用再去找他了。一块乌云摩着铅色的天空。我的牙齿发出了嘎嘎声。风是冷的。风把我的肉一片片割掉不晓得要喂给谁。我找到了樟树娘。让自己坐到了树洞里。树也快要饿死了。饥饿和寒冷在我身上无非是比赛着谁下手更狠一些。多年以后人们看到树洞里的一具骷髅会怎么想？他们或许会说有个和尚在这里坐化？他们会把我当作佛龛里的佛陀礼拜？

我饿得眼睛都快昏花了。早些时候我的眼睛连针尖上的一粒灰都能看得到。现在我看什么都是模糊的。眼眶里那两颗眼珠子也懒得动了。忽然听见鸟的一声怪叫。我的眼珠子动了一下。鸟从我头顶飞了过去。我的目光被鸟衔去了。它翻过一重又一重山。它跟木匠的目光相遇。木匠的目光是呆滞的。它跟秀才的目光相遇。秀才的目光是怯懦的。我的目光忽然折回。越飞越近。越飞越低。我的目光落在我的手上。但我的手无力去接。它在地上扑腾一下。又扑腾了一下。我的目光死了。它被我的灵魂收回了。有什么东西似乎要离我远去。又有什么东西似乎正朝我走来。我的灵魂带着我的目光飞出了我的身体。

唯一值得庆幸的是我的灵魂没有被煞神吃掉。我没有死。只是变成了别的看不见的物事。我让自己附在一棵树上。快要死掉的树居然奇迹般地活了过来。我常常会琢磨一些莫名其妙的问题。比如我从哪里来又要到哪里去。我把这问题想了一遍又一遍。唔。话说到这里我就不想说什么了。我想我该打住了。

二〇一八年九月十一日

如果下雨天你骑马去拜客

有海归学子仨，远离尘表，把工作室搬进了一座深山。这在本县已属奇谈。他们是谁？人们开始带着好奇心四处打听。三位海归学子，都只有二十出头，其中一位是本地人，另外二位是外省人。县里面的电视新闻称他们为“海归三剑客”，但也有人给他们起了个绰号叫“三海龟”。“海龟甲”自美国硅谷来。“海龟乙”自英伦来。“海龟丙”自日本名古屋来。“三海龟”蛰居山中，潜心研发软件，过的是一种很世俗的朝九晚五的生活；不过，偶尔从工作室里探出头来，呷着咖啡，望一眼窗外的白云绿树，大概也会有一种出世之感吧。

“海龟甲”曾在上海一家外企打过工，但他觉得自己的位子不在上海金融大厦某间封闭的工作室，而是这座海拔高于金融大厦，登顶可以远眺大海的高山。他选择这地方，也不是一时心血来潮的。前些年，他父亲，也就是渡口村村长，跟房地产商联手，把一大片盐碱地和甘蔗地填埋了，变成连片开发的工业园区。儿子毕业后，村长就打算把他从海外招来办厂，以此拴住他的脚，不至东飘西荡。但“海龟”毕竟是“海龟”，志不在小，他对父亲说，他已经找到两位志同道合的朋友，决心干一番大事业。村长虽然不知道儿子描述的那些专业领域的东西，但他听了也觉得这事可成。于是拍板。“海龟甲”一个电话，“海龟乙”和“海龟丙”就跨洋越海跑过来了。然而，这一年春天，阴霾也随后跟着来了。

布满工业厂房的渡口村到处飘荡着浊气。谁都知道，浊气是会下沉的。沉到哪里去？一部分沉到水土里去，一部分沉到人的血液里去。这渡口村他们是无论如何都待不下去了。

怎么办？机器设备都买齐了，总不能半途而废。“海龟甲”跟父亲思谋再三，找到了一个法子，决定把工作室搬到老家的山上去。这山，是渡口村村长早年住过的地方，在本县东南一隅。村长觉得迁移一事虽然颇费周章，但只要儿子拿定主意，也无不可。老家的三间旧房子还在，经过重新清扫、粉刷、归置，还是可以住人的。

对“三海龟”来说，这座已经荒废的山村与渡口村相比，简直就是一个桃源世界。有山，有水，有草木，有一个温润的环境，还有什么不让人满足？“海龟甲”站在阳台上，仰面感叹说，上海的风吹在脸上总是那么粗硬，但这里的风是柔和的。

开发软件便如同闭关修炼了。当然，即便过着神仙日子，饭是照样要吃的。“三海龟”吃惯了西餐，很多食材非得雇人从山下挑上来。“海龟甲”买了一台蛋糕烘焙机，自己亲手做法式蛋糕；“海龟乙”买了一台意式咖啡机，能玩各种花式咖啡，还能打出细腻或醇厚的奶沫；“海龟丙”会做日本料理，秋刀鱼烤得尤其地道，倘若佐以清酒，风味更佳。除此之外，他们还养了一条伯恩山犬，一日三餐也配备了专门的狗食。

在这里，山龄比树龄大，树龄比屋龄大，屋龄比人龄大，人龄又比狗龄大。万物有序地生长，相育而不相害。他们跟山民一样，热爱清洁的空气，过着简单而安静的日子。

春末的午后，他们在屋顶的平台上支起一把白色太阳伞，坐在那里，一边喝下午茶，一边观赏着山景。山上原本住着几十户人家，三十多年前，村民集体搬迁，有的住到城里去了，有的分流到乡村。因为没有人看管，这里就日甚一日地荒落下去了。那些木石结构的老房子空荡荡的，仿佛有什么东西在里面静静地腐烂，散发出一股古怪的气息。低矮的屋顶上到处长满了杂草，远远看去如同一片草坡，偶或有几只野雉从短篱矮墙间忽的一下飞掠到屋顶的草丛间，惊起几只不知名的鸟。

傍晚时分，“海龟甲”从山背后过来。告诉二人，他在那里看到一户人家的屋顶上升起了一缕炊烟。

“海龟乙”说，我们在这个寂寞的星球上终于找到了同类。

“海龟丙”说，真奇怪，我们在这边的动静弄得那么大，他们居然会不知道。

“海龟甲”说，也许是因为那里的人把我们看作是外星人入侵，不愿意跟我们打交道。

“海龟乙”说，无论怎么说，我们应该去主动拜访这位离我们最近的邻居。

"海龟甲"说，是的，我们还应该请他们过来喝喝下午茶的。

于是，在"海龟甲"的带领下，他们绕过山中一条小道，循着炊烟升起的方向，走访了那户人家。为了表示诚意，他们手里还带上了一小袋面粉和水果罐头。"海龟乙"用揶揄的口吻说，我们这样子是不是有点像《圣经》里面那三位提着黄金、乳香、没药前往伯利恒朝圣的三博士？"海龟丙"说，我们要么是见到了世外高人，要么是见到了一个被遗弃的可怜兮兮的山民。"海龟甲"说，三十多年前，我父亲和全村的人都搬迁到山下去住，如果还有人在这儿留守，准是一副野人模样。喜欢读点克里斯蒂的"海龟乙"开始发挥想象说，也许住在这里的人是一个流窜到山头避难的杀人犯呢。他们这样胡乱猜想着就到了那户人家的大门口。"海龟甲"敲了几声门，没人应声，又隔着低矮的土墙喊了几声。不一会儿，就有人趿着拖鞋踢踢踏踏跑出来。门吱呀一声拉开，露出一个小男孩的半边脸，他用异样的目光看了看三人说，太公说了，他不想见外边来的人。"海龟甲"说，我们不是外人，我父亲早年也是这个村的，告诉你家太公，我们只是来看望一下，没有别的意思。话没说完，小男孩已经把门关起来。"三海龟"只好把礼物放在门口，悄悄离开了。

第二天，"海龟甲"开门时，发现门口堆放着昨天送出去的礼物。他下意识地扫视一眼树林，"哧溜"一下，树篱后钻出一条细瘦的人影，斜斜地向竹林那边跑去；一条黄狗跟着一颠一颠地跑着，身后是轻浅的日光和淡薄的树影。转眼间，黄狗已跑到前头，没入草丛；而人影已渐渐融入竹林，好像光线再暗淡点儿他的身影就会消失。随后出来的"海龟丙"像是在外星球发现人形动物那样，兴奋地挥动着手臂，向小男孩远去的身影打了一声唿哨。小男孩也不知怎么回事，回头望了一眼，继续往前跑，没跑几步，又回头望了一眼，然后就跟那条黄狗一道钻进竹林深处，霎时不见了。

为什么他总是不跟我们说话？“海龟丙”望着远去的背影叹息了一声。

鸡犬相闻，老死不相往来，这有什么不好？“海龟甲”说，至少我们知道，这座山上还有一个邻居。

“海龟丙”说，至少我们知道他们是无害的，他们也知道我们是无害的。

“海龟甲”望着远山说，在山里面住着，有时候你会觉得自己回到了古代，如果下雨天你骑马去拜访一位老朋友，会是怎样一件美好的事。

顶好是主人不在家，你又带着一丝遗憾回来。“海龟乙”倚在门口微笑着说。

小男孩和老人在山的另一头，他们在山的这一头，日子就这么过着。有一天，“三海龟”惊讶地发现，他们的伯恩山犬跟那条黄狗走到了一起；再过些日，他们发现那个小男孩带着两条狗一起在溪边嬉戏。大约过了半个多月，他们又发现小男孩常常带着黄狗来这边找伯恩山犬玩。他没有跟“三海龟”说话，但跟伯恩山犬似乎很能玩得来。直到有一天，“海龟甲”兴奋地宣布：小男孩终于跟我开口说话了。那天，“海龟甲”把狗食分给那条黄狗的同时，也把一片牛肉干递给小男孩。小男孩问，这是什么？“海龟甲”说，是牛肉干。小男孩说，我不吃这个。过了一会儿，小男孩注视着他脚上的皮鞋说，你们的鞋子跟我们的不一样。“海龟甲”说，你们穿的是布鞋，而我们穿的是牛皮鞋，当然不一样。小男孩瞪大了眼睛问,什么是牛皮鞋?“海龟甲”说,就是牛皮做的鞋。小男孩又问,牛可以吃?“海龟甲”答,当然可以。再问,牛身上的皮也可以吃?再答,可以,如果有人愿意吃的话。小男孩点了点头,还是不依不饶地问,既然牛皮可以吃,那么,你们脚下的牛皮鞋也可以煮了吃?“海龟甲”一愣,说,牛皮是牛皮,鞋子是鞋子,不一样的。

“海龟甲”说,这小男孩的脑子里装着许多跟我们不一样的想法。

“海龟乙”说,应该反过来说,是我们的脑子里装着许多跟他不一样的想法。我们的脑子是那么复杂,而他是那么单纯,小小年纪,在山里面住着,还不知道这世界上有那么多新奇的玩意儿。

“海龟甲”说,照这么看,我们把电脑带到山里来,对他们也是一种冒犯。

是的,“海龟乙”说,跟他们保持一点距离是必要的。

一个雨夜。有人来敲门。笃笃笃。很急。“三海龟”同时起床,一个手执电筒,一个手执猎枪,还有一个空着手去开门。门一开,雨水就随风潲进来,一个老人跌跌撞撞地进来,头发和胡子被风吹作一团,只能看见半边脸。老人把黏搭在嘴角的一绺须发撩了一下,劈头就问,你们这儿可有救急的药物?我那曾孙发高烧了,额头跟火炉一样烫,身上直发汗。

“三海龟”怔怔地看着他,老人立马做了自我介绍:我叫阿义,住北山的。三人听了也就明白,眼前这位老人就是那个小男孩所说的“太公”了。“海龟甲”简单地问了一下病况,立马去楼上找来降烧的西药。老人接过药说,之前给孩子喝了一服中草药,顶不住,越发厉害了,听说西药见效快，就指望这个了。

外面风雨大作，“三海龟”就撑着伞打着手电筒把老人护送到家。这里的山村是通电的，但老人家中实在没什么可用得上电的家用电器。夜晚照明的，还是油灯。屋子里的陈设很简陋、古旧，只有一张桌子两条凳子几件农具，照例是一些手作物什。进了卧室，扑面就是一股浓烈的草药气息，跟屋子里的黑暗混成一团，懒洋洋地涌动着。小男孩蜷缩在一张老式的圆额床里，喊着冷啊冷啊。“海龟甲”伸手一摸他的额头，手指颤抖了一下，立马收回。

阿义太公说，这孩子从来没有这样子发过高烧，怕是昨晚被几只慌蚊虫叮咬的缘故。

“海龟丙”问“海龟甲”，慌蚊虫是什么虫？“海龟甲”说，这里的方言，指那些饥不择食的蚊子。

阿义太公说，看样子他得的是“六月客”。这一回，连“海龟甲”都不明白“六月客”是什么意思了，就问，什么叫“六月客”？阿义太公说，是一种六月间生的病。这山里以前有人发过这病的，很厉害，如果没有及时救治，会死人的。

“海龟甲”觉得，山里人到底是淳朴的，居然把病也当作了客人。他早年就听说父辈们是把麻疹称作“小客”，把天花称作“大客”的。不过，这“六月客”他还是头一回听过，也是头一回见过。看样子，这孩子即便服了药，一时半刻也难退烧，因此就对阿义太公说，既然病是客人，来了要善待，去了要慢慢送。我这药就是送客用的，您放心。

吃了退烧药，小男孩的高烧就跟潮水似的慢慢退了下去。然而，到了凌晨时分，高烧又来了。就这样，退了又升高，升高了又退，反复无常，但每回都能降下一点点。

"三海龟"吃过早餐后就放下手头工作,过来看望。他们都注意到,阿义太公手里有一本厚厚的旧书,上面写着:Holy Bible。"海龟甲"问,您是信基督教的?阿义太公瞪大了眼睛问,你说的是番人教?呃,我不信这个。"海龟甲"又接着问,您可晓得自己手里拿的是什么?阿义太公说,不晓得,我只记得小时候生了病,阿爹就把这本书拿在手上,后来我的病好了,阿爹就把这本书锁进柜子里。"海龟甲"把书拿过来,翻了翻说,这是一本英文版的《圣经》,您阿爹看得懂?阿义太公摇摇头说,也不晓得他看懂看不懂。翻到《新约》时,"海龟甲"看到了一张外币,说,这里面居然还有钱呢。阿义太公说,这是鹰洋。"海龟甲"仔细辨认了一番,说,这是墨西哥币,你们家怎么会有这种钱币?阿义太公说,我们家有很多事连我也说不清了。"三海龟"听了这话,也没有追问下去。

阿义太公坐在那里,一直没合过眼。"海龟甲"安慰他说,没事的,烧要慢慢退。这"六月客"也不是好侍候的。阿义太公说,这孩子身上的病真是难缠的客,想赶也赶不掉呢。如果药物不行,我就去请山那边的师公来一趟。"海龟甲"见他忧心忡忡,又用温度计测量了一遍小男孩的体温,指着水银柱说,高烧还在,但比昨晚低了一度。师公嘛,不必请了。阿义太公听了,用手摸摸胸口,好像有什么东西刚刚落下了。他问"海龟甲",你会说本地话,祖上叫什么来着?"海龟甲"报上了祖父的名字。阿义太公点点头说,是我族弟。自从族人搬到十几里外的山下居住之后,我就跟他们极少来往了。阿义太公又问另外两位,你们是上海人吗?"海龟丙"耸了耸肩反问,为什么说我们是上海人?阿义太公说,瞧你们那派头,就像是上海人。三十多年前,我们这儿倒是来过一位上海老板,穿一双牛皮鞋,鞋跟那儿有一块小铁片,走起路"滴扣滴扣"的。全村的人一听到这声音,就晓得上海老板来了。

阿义太公说,这位上海老板在渡口村那一带办了一个矿灯厂,把村上的男女老少都带下山去了,这里面也包括阿义太公一家七口。之后许多年,他们到底去了哪里,为什么一去不回,他都无从知晓。有传言说,他的儿子得病(什么病不详)死了,两个孙子也在意外事故(什么事故不详)中丧生,但没有人证实这些事是否属实。忽然有一天,有人把一个陌生的小男孩带上山来,交给他,说是他的曾孙。阿义太公说,他都是个土埋半截的人了,往后怎么把这孩子拉扯大?那人二话不说,就走掉了。从此,这孩子就跟阿义太公相依为生。那一年,阿义太公已年逾八十。

三人听了阿义太公的一番话后,都有点儿替他担心:如果有一天,他突然撒手走了,扔下这孩子孤单一人怎么办?但阿义太公好像没想过"死"这个字。阿义太公说,有位"先生"曾给他算过命,说他如果能跨过八十八岁这个坎儿,还能再活十二年。他接着伸出十根手指,一字一顿地说,我今年已经八十九岁啦。

三人从阿义太公家出来,又开始同往常一样辩论起来,他们关注的是,阿义太公是否能活到一百岁,那一天,他的曾孙是否还留在山里面。

也许有一天,阿义太公会把整座山当作王位那样传给他的曾孙……

也许有一天,他的曾孙会放弃这里的一切跑到城里去谋生……

也许有一天,他的曾孙在城里赚了足够的钱又想回到山里面居住……

那一刻,他们的猜想似乎延伸到了一条弯曲的山路的尽头,突然变成白云、飞鸟在阳光点染的天空任意飘荡……

隔日傍午，阿义太公给“三海龟”送来了一篮土豆。他说，这孩子的命也真是懒贱，吃了两天药高烧就不再复发了，这世上还果真有救命的灵丹妙药呢。

自此，阿义太公跟“三海龟”之间有了来往。不过，“三海龟”整天都忙于工作，阿义太公也不好意思叨扰。即便来了，也很少说话，只是像影子一样，在阳光里悄无声息地坐着。狗也是，懒懒的，不出声。阿义太公也不许小男孩打扰他们，但小男孩总是以带狗粮给伯恩山犬的名义偷偷过来。他只是跟狗玩。用“三海龟”的话来说，小的跟小的最能玩得来。

山南山北，两户人家，各有各的过法。

阿义太公一早起来，照例要巡山。这么多年来他把整座山当成了自己的家，无论山底下的地有多深，山顶上的天空有多高，仿佛也都有赖他的看顾。每天有事没事四下里游走一圈在他已成习惯，跟他同行的，有时是那个小男孩，有时是那条黄狗。无一例外。

至于“三海龟”，几乎足不出户。他们为了掘到眼前的第一桶金，可以忍受孤独，以及孤独带来的种种煎熬。几个月后，他们的软件产品得以成功开发之后，原本可以开香槟庆贺一番的，但跟他们合作的公司竟在金融海啸的冲击之下宣布破产了。由于这些软件是为那家公司量身定做的，因此也就无法再转卖给别的公司。“三海龟”自然没想到金融海啸会从美国的华尔街一直波及中国的山旮旯里。“海龟甲”给父亲发短信说明自己目下的窘迫境况时，少不了诅咒、抱怨，并且很专业地用“非理性癫狂”这个词来描述这场危机的根源。

除了无聊,他们不知道怎样应对以后的日子。于是,他们想到了阿义太公。因为天气不错,他们决定去看看阿义太公和他的曾孙。

半道上,“海龟丙”突然提出了这样一个似乎经过深思熟虑的问题:世界金融危机会影响阿义太公的生活吗?

我想会的,“海龟乙”说,在全球化的时代,我们把手放在这里的任何一块岩石上都能感受到金融海啸的冲击。

我想不会,“海龟甲”说,无论世界怎么变化,阿义太公还是阿义太公,仍然可以吃他自己种的菜,过着神仙一般的日子。

进了阿义太公的院子,他们才停止辩论。

阿义太公撂下手头的竹编,迎上来问,今天怎么得闲来我们这儿坐坐?

“海龟甲”说,那阵子,我们每天早晚工作,忙得不可开交,连礼拜天都变成了礼拜八。

阿义太公说,在我们这儿,每天都是礼拜天。

“海龟甲”说,对我们来说,礼拜天是不存在的。

阿义太公呵呵笑道,你们是忙人,我是闲人,你想想,礼拜一跟礼拜天,虽然相隔只一天,但说到底还是不一样的啊。

“海龟甲”苦笑了一声说,看样子我们以后也要天天过礼拜天了。

阿义太公不知道这话里面的意思,转身掇来了两条长凳,让他们坐了下来。接着又端上了一坛酒,摆上了四副碗筷。桌子上只有两盘菜,一盘田鱼干,一盘咸菜根。阿义太公说,今天难得请你们吃顿便饭,你们就不必推辞了。“海龟甲”抽了抽鼻子说,小时候吃过这咸菜,气味不好闻,味道却好得很。说着,搛了一片,放嘴里,细嚼一番,随即用本地话赞道,咸兼淡，正好呢。阿义太公很高兴，说，我家还有一缸咸菜根，你们到时候可以带点儿回去。其他两人也不客气，也都吃起了咸菜。天在片刻间黑了下来，外面的风也大了起来，院子里的木门忽的一下被风吹开，发出吱嘎吱嘎声。小男孩子正要跑出去关门时，阿义太公说，别关门，把风放进来。

一阵山风卷走了屋子里的热气，呜咽数声，就窜进山谷里去了。这时候，山背后升起了一枚硕大的月亮，仿如一朵白梅在墙角绽放。在这样一个平静的夜晚，他们听着山谷里搅动的风声，咬起菜根来似乎也格外带劲了。

渡口村村长得知儿子第一回在生意场上遭遇了挫败，次日就上山来看望。与他同行的，是一位“先生”。这位“先生”会起课，会拔牌，还会看风水，手指掐掐，点点，就能说出一大套叫人不得不信服的话来。这位“先生”还会一种早已失传了的“调人”的法术。什么叫调人？就是放蛊，但跟外间的放蛊在心眼手法上又不一样。

“先生”瘦长，背微驼，不戴墨镜，没留胡子，面目也算白净，有一个发亮的前额和一双仿佛能洞穿一切的眼睛。他从房屋的青龙头（东南角）绕到白虎尾（西北角），站定，指着远处说，对面山上有一座信号发射塔，跟这边的屋子正好是对冲的，于你们不利。“海龟甲”说，发射塔离我们那么远，从科学角度来看，应该不会有电磁辐射吧。

“先生”说，发射塔是电磁煞，在五行中属火，火与心血管恰好是对应的。长此下去，迟早会对身体不利。“先生”走到屋前一块道坦里，画了个圈说，这儿，对，以后就在这儿挖口池塘，水可以克火。

走到山的另一面，“海龟甲”指着一座老房子对父亲和“先生”说，这就是阿义太公的家。阿义太公不在家，院门敞开，几只家禽踩着满地翻晒的干草进进出出，一副怡然自得的模样。

“海龟乙”举头望着屋顶说，我怎么感觉东山上那座发射塔对冲的是阿义太公家的烟囱？

是的，“海龟丙”点点头说，不然他家的屋顶为什么会寸草不生？

他们模仿着“先生”的口吻说话。

但阿义太公的屋前有一堵墙，“先生”说，这堵墙挡住了煞气。

“先生”看完了阿义太公那座屋子的朝向后又带着“三海龟”走到东山山麓，回头观望山形。正说话间，他们远远就看见阿义太公跟小男孩从另一边过来。阿义太公走得很慢，那样子，不像是走，而是移动。一寸寸地移动。“先生”唤了一声“阿义公”，阿义太公就停住了脚步，仔细辨认。

是李山人？阿义太公问。

“先生”说，我是李山人的儿子，家父五年前就归道山了。

阿义太公“哦”了一声，就跟他攀谈起来。曾孙怕见生人，就在前面不远的地方催喊：走归，走归，快点呶……阿义太公苦笑着说，这话好像是在诅咒我早死呢。“先生”说，这叫童言无忌，您不必放在心上的。阿义太公叹息一声说，到底是老了，老年人最怕有人催他“走归”了。我这老寒腿，现在是一年不如一年了。“先生”也顺着阿义太公的话说，老年人，走路慢一点总是好的，跌倒了，很难将息，不像年轻人，在床上躺几天就能活络过来了。阿义太公说，你说得对，走得慢一点，是为了走得更长久一点。阿义太公回过头来看看那个曾孙，料想他已等得不耐烦了，便模仿他的口吻吆喝了一句“走归，走归，快点嗷”。

走慢点才好啊，“先生”望着阿义太公的背影，对“三海龟”说，你们瞧瞧阿义太公走路的姿势，这是一种庄重的缓慢。我从这慢里面看到了现代人一直向往的慢生活。

风当然是从南边吹过来的。村长说，山里的风好得很，可小时候待在这里居然不曾觉着它的好。吃罢早餐，村长和“先生”拟定了一份以十二年为期的房屋租赁合同，交“海龟甲”打印成几十份，准备带到山下，找那些迁至山外的村民一一签订。下山之前，村长把儿子叫到跟前说，从今天开始，“先生”就是你们仨的导师。他会传授你们生财之道，你们一定要言听计从。别以为自己念了几年洋文，就有多了不得。人家“先生”的道行远远在你我之上，我这些年之所以能把盘子做大，全仗“先生”的点拨。现在他愿意帮你忙，是你修来的福气。

儿子做软件开发虽然没亏多少钱，但把一段大好时光都搭了进去，心中正暗自懊悔，这时节父亲不仅愿意出手相帮，还给他指明一条生财之道，他还有什么不愿意接受？对眼前这位“先生”他原本也不怎么恭敬，但这两天相处之下，感觉他有点像电影里的魔法师，掌握了一门神秘学问，能在某个不易察觉的时刻释放出某种超自然力量。

一天清早，小男孩急匆匆跑过来说，太公生病了。

“三海龟”过去看望时，阿义太公正坐在墙根下，神情古怪，眼珠子只是瞪着前方，一动不动。“三海龟”试着在他眼前挥了挥手，他的眼珠子却依旧跟木刻似的。阿义太公说，今早起来，他就感觉眼睛里像是揉进了蛛丝，把两颗眼珠子都缚住了。问，能看见东西？说，能。但眼珠子就是动不了，既不能向左转，也不能向右转，只是在中间定着。左边的人跟他说话，他就只能把头转向左边；右边的人跟他说话，他就只能把头转向右边。

“海龟甲”问，为什么会这样？

阿义太公干笑一声，说，你们去问问那天过来看风水的李先生就晓得了。

你的眼珠子动不了，跟“先生”有关？

三十年前，我们这村上有个寡妇也是跟我一样，平白无故地眼睛就定住不动了。她看了不少郎中，就是治不好。后来有一天，李山人，也就是“先生”的父亲经过我们这个村，说自己能治好妇人的眼病。妇人信了，就跟随他来到山下，坐船去了他那座冷清殿，李山人倒也没骗人，从药箱里取出一颗纽扣般大小的物什，交给了妇人。说也神奇，那物什平日里就放在茶米里养着，拿出来看也很平常，但一放进眼皮底下，它就会跟活物似的骨碌碌滚动，把眼睛里的蛛丝一下子就舔干净了，然后就从眼皮底下自行滚了出来。三天后，妇人回到山上，跟我们说起了这件神奇的事，独独不提李山人在这三天里都干了些什么。当然，这种事，我们村的人差不多都猜想得到的。

您的意思是说，您的眼睛出现这毛病，“先生”也能治？

我老了，不中用了，神衰鬼弄人的事也不是没有可能。你们回头转告李先生，什么时候带着那件家传宝物专程来一趟，我一定感激不尽。

“海龟甲”回来后就把阿义太公的原话转告“先生”（转述中，他有意略去了寡妇随同李山人下山那一段隐私）。“先生”先是一怔，继而一笑，说，他晓得感激就好，三天后，我自然会过去一趟。

为什么非要等到三天之后？“三海龟”还是不明白。

三天后，“先生”果然带着“三海龟”去见阿义太公。阿义太公的眼皮耷拉下来，眼圈发红。“先生”来了，他好像视而不见，依旧坐在墙根下，不发一言。“先生”把阿义太公拉到一角，不知道嘀咕些什么。他们过来的时候，阿义太公就对小男孩说，过了夏天，“先生”把你送到城里的学堂念书，你去不去？小男孩把头摇得跟拨浪鼓似的。阿义太公面露难色说，孩子这些年跟我在一起生活，舍不得离开呢。再说，小庙神没见过大香火，突然跑出去见世面有些怕怕的。“先生”说，孩子的事我会安排，您就照我的意思去办。“先生”接着从口袋里取出一颗纽扣状的物什，说，之前听说你的眼乌珠子无缘无故地定住了，我也没少费心，这两天我下了一趟山，借了这颗珠子，您只需要把它放在眼皮底下滚几下，眼珠子自然就能动了。阿义太公照他这么做，不过须臾，眼珠子果真就能滚动了。

我不明白的是，“海龟乙”自言自语地说，上帝造人为什么非要让眼珠子滚动？

也许这跟地球自转偏向力有关吧。“海龟甲”做了貌似科学的回答。

他们闲聊的时候，“先生”又把阿义太公拉到一边嘀咕了些什么。阿义太公先是摇头，然后点头，之后就独自一人进了屋子。没过多久，他就拄着一根手杖从屋子里出来。一屋子的人都瞪大了眼。阿义太公穿的竟是一件旧兮兮的西装，里面的衬衫上还系了一条绳子般的领带。阿义太公说，我从箱子里面翻找了好久，才找出这身旧衣裳来。“先生”说，您没有下过山，怎么会有这一身洋装？阿义太公说，是我爹留下的，他早年在城里的一家布店当过阿大先生。“海龟甲”问，什么是阿大先生？“先生”

跷起一根拇指说，这你就不懂了吧，阿大先生就是商铺里的总管。“海龟甲”轻轻地哦了一声，说，老人家原来也是富二代呢。阿义太公说，你还别说，我爹当年从上海出差回来，还带回了几句洋文。满口培林、司底克。小后生，你是留过洋的，应该知道的。“海龟甲”做了一个擦额头的动作说，似乎听懂一点。“先生”解释说，我们这里的人以前买了洋货，常常是跟着洋文来念，轴承念作培林，手杖念作司底克，是这意思吧阿义太公？阿义太公说，留洋学生学问大着呢，我怎么敢在人家面前显摆？“先生”扯了扯阿义太公的衣角说，再去翻翻箱底，还有没有更旧的出客衣裳。阿义太公应了几声“好，好，好”就转头进了里屋。过了许久，他就穿着一身冻绿布做的长衫慢腾腾地出来了。银白色的胡须垂及前胸，随风飘动，仙气一下子就出来了。“先生”见了，立马上前一步，恭恭敬敬地喊了一声：师父。阿义太公吓了一跳，说，你怎么称我师父？“先生”说，从今天开始，您就是我师父了。阿义太公说，师父这称号怎么可以随便叫的？“先生”说，这不，就差这一拜了。说着就跪了下来。阿义太公一时愣然，不知道该说什么好。“先生”说，我叫您师父，您就是师父，从今天开始，您就是我师父，我就是您徒弟了。“海龟甲”垂着双手，站在一边看，仍然是一头雾水。

“先生”出了门，看见院子里一只长脚鸡走着鹤步，便说，鸡有鹤相，就是鸡里面的鹤了。

这鸡像是听懂人话，迈着阔步走出院门外，一副很有风度的样子。

过了半晌，“先生”转头跟阿义太公说，我之前在山上转过一圈，发现这里有不少古树。阿义太公说，千年以上的古树有一棵，五百年以上的古树有四棵，两三百年以上的古树就说不清了。“先生”说，好，您就带我去看那棵千年古树。

树是古的，路是新的。这条路是阿义太公一个人修的。阿义太公七十岁以后就开始做这样一件在他看来意义非凡的事。一个人，花了十几年时间，修一条山路，也不知道为了什么。路的尽头是几座古墓，像是祖坟。边上有一棵古树，古贤般静穆。

阿义太公穿了长衫为什么会有古人之风？现在我终于弄明白了。站在一边的“海龟甲”说，因为阿义太公时常跟这些古树呆在一起，自然而然地就有了古树的气息。

没错，“海龟乙”说，这棵古树居然长得跟阿义太公很像。

“先生”让阿义太公盘坐树下，然后从各个角度打量了一遍说，您以后什么都不必做，凡是有客人来了，您就在这棵古树下盘坐就行了。阿义太公问，就这样简单？“先生”说，难道还要请您老人家给客人掇凳递茶不成？阿义太公有点不敢相信自己的耳朵，愣了半晌，想说点什么，却又忍住了。

“先生”说，别人问您一些事，您大可不必回答，但您可以这样。说着就做了一个“掀髯一笑”的动作。阿义太公也跟着做了一个“掀髯一笑”的动作。“三海龟”见了都竖起拇指说，这动作真够帅气。之后，“先生”还教会阿义太公打坐的姿势。阿义太公就那么一坐，神态举止活脱脱一个现世神仙。“三海龟”又做了一个“拇指点赞”的动作。

过了一阵子，村长就带了一位设计师和一支施工队进驻山中，把那些老房子里里外外修葺了一番。“先生”说，这些烂木头、破砖头，以前没用，现在有用了，以后都是可以生金生银的。“先生”接着就跟“三海龟”

谈起了"生财之道",很具体,很鲜活,都是"三海龟"在大学课堂上没听过的。在厨房里,"先生"突然举起一把锅铲说,现在你们要做的,就是使劲在网络上炒。能炒多火,就炒多火。如何把这座冷清山炒成名山,少不了你们仨,当然,也少不了一个主角,阿义太公。有了名山和名人,这山就不是石头山,而是金山银山。

做法也很简单:他们把阿义太公的照片传到网上去,再添了些介绍文字,事情就成了。

没过多久,网上又出现了这样一个视频:一棵古树下,一个白发长须的老人坐在草席上,那样子就仿佛坐上了魔毯,正准备迎风飘飞起来。坐着坐着,他就解下了头上的方巾,放在一边;过了一会儿,他又解开了腰带,放在一边;再过一会儿,又脱下道袍,放在一边。接着,他就做了一个要把什么东西安放树下的动作,但眼明心细的人也许会注意到,他手里什么都没有(也许他手心里有一种看不见的东西,只是无以名之而已)。然后,一阵风吹来,他的身体开始缓缓离开地面……

这位耄耋老人就是阿义太公。他在网上有个响亮的道号:古镜山人。

又过了一阵子,"三海龟"接待了几位慕名而来的修行者。其中一个络腮胡男人自称是瑜珈行者。他穿的虽然是布衣和草鞋,但左手的老菩提,右手的老蜜蜡,以及脖子间的南松一百零八串珠子,合起来少说也值个十几万。一看即知,此人来头不小。来头不小的人出手也阔绰,他看了山形,二话不说,就从"三海龟"那里租了一套老房子,打算在此居住三四个月,而每个月大约有三天时间要在野外搭建一个简易帐篷,过一种辟谷生活。所谓辟谷,络腮胡男人说,就是让自身处于一种适度的饥饿状态，据说这样做可以重启人体的免疫系统。“三海龟”给这位神秘的修行者拍了照片与视频，配上文字，一一传到网上。此人只因偶尔比别人少吃几顿饭，也就被人目为世外高人了。

还有一人，是来自某座海岛的居士，平日里喜欢坐在一棵古松下发呆，偶或开口，就是满嘴佛话，有时还会双手合十，念几句禅诗。同时过来的另一位，好像不是来体验修行生活的，不过，他喜欢在腰间别一把斧头，装扮成樵夫，整天在山里面转悠，也不知道为了什么。

这座山上有十几棵古树，现在，这些古树都有人供养了；这座山上有几十座老房子，现在也都变成了民宿。尤其是节假日，来山中过慢生活的城里人越来越多，这钱也就跟山泉一样源源不断地流进“三海龟”的口袋里。山里面没有银行，因此，他们就把钱大把大把地塞进一个倒扣的捣臼里。除了他们，没有人会知道这个秘密。

再说阿义太公和他的曾孙。

入秋之后，“先生” 就把阿义太公的曾孙送到城里一家寄宿小学念书。彼时阿义太公心下虽然有些不舍，但权衡利弊，他还是点头同意了。阿义太公对“三海龟”说，这孩子出身贫寒，没指望他将来也像你们那样出国留学，不过，念点书总不是坏事。退一步说，书念不好，也不打紧，回来了，就把这座山交他看管。“海龟甲”说，这山我们会替您老人家好好管着，您就放心让他去念书吧。阿义太公还有什么不放心的？“先生”都当着大家的面拍胸脯做了保证：只要阿义太公愿意配合他们做山里面的“现世神仙”，孩子的抚养费以后就由他们资助，直到大学毕业。这笔账，无论怎么算，都不会亏。还有一桩事，“先生”也替他着想了，那就是阿义太公日后要是归了道山，他会执弟子之礼，把他安葬在古树边上的一块牛眠宝地。至于那座老房子,以后可以留给他的曾孙,也可以翻建成一座让阿义太公配享的本地爷庙。

眼下让阿义太公高兴的是,曾孙刚识了几个字,就比先前更懂事了。每隔一周,他就会把电话打到山上,问候太公。曾孙的生活有了着落,阿义太公也乐得做空手闲人了。有时阿义太公接到"先生"的电话,就立马换上一身新买的道袍,施施然回到树下,兀自盘坐。虽然是秋老虎的天气,但山里面还是清凉的。

阿义太公坐在一阵清风里,不禁感叹,世上光阴好。

写于二〇一五年春夏之交

先生与小姐

一

忽然想做一个漫游者。从东到西有多远，我就走多远。这是父亲去世后我唯一想做的一件事。

大哥也显老了，越来越像父亲了，头上几茎白发跟惊叹号似的支棱着。向他话别时，我无端地忧伤。窗户敞开着，北风灌满了屋子。家乡的风物，现如今看来倍觉可亲。山是可亲的，水是可亲的，花和树也是可亲的，就是家门口那株让我们父子俩闹得老大不愉快的桉树也是可亲的。那一年，我不知从哪里听说种植桉树可以赚钱，就跟林场的朋友合伙买了树苗。但父亲不允许我在家门口一带的山坡上种桉树，理由是，桉树不仅吸水,还吸肥。我不听劝阻,就把桉树种下了。不出几年,我们家门前的溪水先是变苦,后来就莫名其妙地干涸了,再后来,连周边的一些橘树和梨树都发蔫了。这桉树总算没辜负我的一片苦心,没几年就茁壮成长,风一吹,叶子跟银币似的闪闪发光。我把长大的桉树砍掉,赚了一些钱。望着满面愁容的父亲,我心里有些过意不去,就把一沓钱放在他的床头柜上,他却分文不要。我知道,父亲一直没有原谅我这种在他看来十分愚蠢的做法。父亲总是希望我能变成一个有出息的人。但我对他说,一个人不是想有出息就会有出息的。不是这样的。父亲听了我的话,只是有气无力地吐出一个字:滚。滚就滚吧,我手头好歹有了点本钱,觉得自己满可以做一件更有分量的事,于是就出门去做生意。我被父亲说中了,我不是一块做生意的料。这三年来,我做什么亏什么,弄得心灰意冷却又不能罢手。得知父亲病逝的消息,我就连夜赶回来。那一片桉树林,现在已经变成了杂木林。大哥说,父亲虽然痛恨桉树,但他还是留下了几棵。桉树,我们家乡俗称“三年背”。大哥说,你这些年在外背运,也许跟这门前种的“三年背”有关,不如砍个干净。大嫂说,这树留着也不碍事,三年背运不打紧,现在三年都已经过去,日子也该好转了。

临走前,我又回头看了一眼父亲的遗像。照片上的父亲穿着一件白衬衫,胡子也刮了,气色不错。父亲这一辈子没穿过一件像样的衣裳。临终前,大哥特地给他买了一件足够体面的白色的确良衬衫。父亲穿上之后,像是回光返照般突然来了精神,大哥赶紧用手机给他拍了一张照。二十多年前,大哥被乡里评为优秀会计,奖品就是一件白色的确良衬衫,这事全村人都知道。在我记忆中,那个年代的贫穷有着蓝或灰的颜色。而的确良衬衫的白显得尤为醒目,它的白不是孝服的那种白,它白得干干净净，会让人肃然起敬。大哥一直舍不得把它穿出去。挂在那儿，单是看着，便让他心满意足了。父亲去一个亲戚家吃喜酒时，倒是花了一元钱借他的白色的确良衬衫穿过一回。那晚，父亲回来后，拍着胸脯，洋洋得意地告诉我们：这件的确良衬衫把所有的人都给镇住了。亲戚们都说，他穿起这衣服哪里还像个种地的，简直就像是一个教书先生。父亲说，那一刻，他胸口就只差插上一根钢笔了。父亲把那件白色的确良衬衫弄得满是酒气，而且把衣角也弄皱了，大哥看着煞是心疼。他还没让父亲穿过瘾就一把夺了过去，把它泡在肥皂水里，洗了又洗。大哥和大嫂谈恋爱那阵子，那件白色的确良衬衫终于派上了用场。第一次穿上它，显得很不自然，他在镜子前照了又照，揉了又揉。临出门时，他忽然又若有所思地站住，踅回到镜子前，照着镜子一点点搓去耳后根那片通常容易忽略掉的污垢。看上去，他颇像一个体面的人物了。大哥出门时，父亲正扛着锄头从田间回来。父亲身上沾满了泥巴，而他却是一尘不染，这样一对照，他就显得有些不自在了。若是在城里，衣服干净的人通常会瞧不起满身污泥的人，但在我们乡下就不同了。父亲上下打量了一眼，带着揶揄的口吻说，呵，先生出来了。要知道，农忙时节，乡下人身上若是不沾几块泥巴，难保不会遭人讥诮，说他真像个先生。先生，就是站在讲台上的那种，干干净净，衣服穿得像粉笔一样洁白。

出门没几步，大哥就追了上来，把一串带有十字架坠子的项链交到我手中说，阿爹留给你的，虽说是赝品，但毕竟也是老人家的一番心意。旋即又送给我一张父亲的五寸照片，说，留着，也做个纪念，以后无论漂泊到哪里都别忘了本。照片中的父亲笑得有几分生硬，仿佛他穿的那件白色的确良衬衫仍然是借来的，随时都有可能被人讨回去的。那一刻，我忽然喜欢上父亲这种很草气的形象了。

我穿过一条市声喧哗的大街，在一条巷子的摊头买了一份早餐，然后就在一张油腻的桌子前坐了下来，漫不经心地吃着。斜对面的一家商店前有五六个人正排着队，安安静静的。店门依然紧闭，他们很有耐心地等待着。过了一会儿，又有几个人过来排队。他们一声不响，各怀心事。我喝完豆浆时，发现那边已排成了一条长龙。我不知道他们在等待什么。也不想知道。在火葬场，我把父亲的遗体推进那条通往火化炉的走廊时，也曾见过这样一条规模庞大的长队。

坐在我边上的一位老人举起筷子，指着那些排队的人群问，瞧他们那神情，好像在等待什么好运气出现吧？另一位正在剥鸭蛋壳的女人曼声应道，嗯，他们在等着兑奖，中奖者能得到一个高压锅。老人说，我这辈子有命无运，所以从来不指望自己会碰到中奖之类的好运。女人说，您总是相信宿命，所以您这辈子只能待在穷山沟里教书。可我偏不信，运气这东西有时候是靠自己踮起脚尖争来的。您瞧那帮人，他们如果不买商家的东西就得不到那张兑奖券，得不到兑奖券就没有中奖的机会。老人沉默了半晌说，阿爹这辈子早已经把得失放在一边了，没有得也就没有失，不是也活得很好么？女人把剥好的鸭蛋放在老人的碗里微笑着说，您呀，清粥配蛋就知足了。

在清早，在码头边的小镇上，我无意间听到邻桌一对父女在谈论运气的话题，心里面忽然感到有些沉沉的。大嫂说得对，背三年运，也该过去了。一个人运气好，是他能把自己的气运得好。气是流动的，可运的。运气不好就是一团气乱了，没运好。而我就是这样一个倒霉的人。

我转过头来，问身边这位女人，渡轮会在什么时候开过来？女人正想答话时，老人抢先接过话问，你要去哪里？我想了想说，我要去江对岸。老人说，江对岸有两个乡，一个是菊溪乡，在西北角，一个是仙桃乡，在东北角，方向不同，渡轮不同，发船的时刻表也不同。外乡人常常坐错了地方，走了冤枉路。我们坐的是下一班渡轮，去仙桃乡那个方向。老人说了一大通话，对我来说没有多大意义，因为我此行是没有目的的。那么，我犹豫了一下问道，下一班渡轮是什么时候到？老人看了看手表说，一刻钟之后就到了。我说，好吧，我就去仙桃乡。这个匆促而又草率的决定似乎让他们微微感到有些惊讶。

我和父女俩同坐一班渡轮，而且坐的还是同排。我稍稍打量了一眼身边的老人，他的头发已是半白，脸上有一层倦怠的阴影，一身旧行头看起来很像我父亲。我们从这一带的风土人情说开去，聊了很多。老人说的虽然是普通话，但地方口音极重(因为山海悬隔，仙桃的方言跟我那儿还是有些不同，但我仔细听的话也能听懂七八成)。老人说，这是他第一次出远门去城里，走了一圈，看看那些鸟笼似的楼房，看看那些拥堵的汽车，让他不免有些失望。他说自己还是喜欢乡村的生活，即便是鸡屎牛粪的气味都比汽车的气味好闻。女人接过话头反驳说，那是因为您自己不会坐车，早些年听到车票两个字都会发晕，少见。但老人还是以一种上了年纪的人所特有的固执数落城里人的不是，说城里人见了面就问“最近在哪里发财呀”，现在连乡下人也学着说了；说城里有一种发廊，地上是没有一根头发的，那些穿得很少的女孩子背着乡下的父母都不晓得在干什么事；还有一些做父母的，常常把女孩子送到一个地方，就是为了让她们学会一件事：踮起足尖，撩起短裙。女人撇撇嘴，打断他的话说，那是跳芭蕾舞，您不懂的。父女俩仿佛总有一些可以争论的话题。但他们的争论是温和的，带有玩笑的性质。

舍舟登岸，还要坐车走二十多分钟的盘驮路才能抵达仙桃乡。山是愈转愈深。先是四个轮子的车不见了，代之以三个轮子的机动车，再后来，连三个轮子的车也稀少了，只有两个轮子的脚踏车和板车。车慢下来了，天上的云朵也慢下来了。老人坐到一半多路程，忽然叫司机停车，说他晕车，宁可徒步回去。女人要陪他同行，老人挥手说不必了，让她只管带行李走，剩下只有一里多路，很快就会赶上的。我望着老人手中的一个黑色尼龙袋说，我帮您拎着吧。老人却下意识地把袋子直往怀里掖。我不知道里面藏着什么宝贝物件，也不敢过问了。老人下车后，我与女人挨得更近，话倒是少了。

车子很快就到站了，我帮女人把行李提到一个路边的小站。女人向我道了声谢，可我没有要走的意思，我说，我还是陪你等一会儿老人家吧，反正我也没什么事。女人从一个小包里掏出一盒烟，抽出两根，给我递上一根。我们一边抽烟，一边说着闲话。她的面孔在一缕细小的烟雾中飘动，有一种别样的韵致。女人忽然问我，你来这里做什么？我说，在那个码头小镇上吃早餐的时候我仅仅是想到江对岸去，到了这里，我却不知道自己要做什么了。女人吐了一口烟说，你很快就会厌恶这里的一切，就像你厌恶某个曾经被你睡过的女人一样。这个比喻有点粗俗，但我喜欢她用一种满不在乎的口吻说出来。说话间，她又给我递来一根烟。我们继续抽烟，继续说一些不着边际的话。不知不觉间，我们抽完了七八根烟。我正待去斜对面一间小卖店买烟时，看见老人的身影突然出现在山路的拐角处。女人迎了上去，把老人扶住，然后转身对我说，反正你也没什么要紧的事，不如去我们家坐一会儿，顺便也帮我们扛一下行李吧。经她这么一说，我忽然想起来，有一件重要的事原本是要去做的，但我竟给忘了。现在，看着天上飘来飘去的浮云，我又觉着这件事已经不再重要了。

从城市跑到这里，天空地也阔，身心得了大自在，一下子就活泛起来。我扛着一个旅行包，随同父女俩步行来到一座村庄。这座村庄，女人说，叫苏庄。苏庄是个古村落，那些老房子，随便哪一堵墙都有上百年的历史，古旧气重。从树丛中露出的石头，被阳光涂成了橘黄色，远远看去如同秋天饱满的果实。进了村庄，拐过一座娘娘宫，跨过一座桥，就看见一栋三层小洋楼。女人说，这就是我家了，跟你一样，我也是第一次进新家，呵，回家的感觉真好，就像是把冻僵的双脚放进了被窝。我看了看小洋楼，又看了看女人，心里微微有些惊讶。她究竟是怎样一个女人？一个富婆？一个被大老板包养的二奶？

进屋，里面的大厅很宽敞，像树荫一样散陈着一股凉气。再进厨房，里面居然还有一个老式的灶台，上面供奉着灶神，旁边却另起一个煤气灶，还支着一个崭新的高压锅。看样子，那个老式灶台只是个摆设，没有实用功能。女人给灶神上香时，忽然问我，你可晓得这天底下哪位神仙的庙最小？我毫不犹豫地回答，当然是灶神的庙最小。女人带着浅浅的笑意说，你答对了，灶神的庙最小，但供奉的人却最多。我说，现在家家户户都用煤气灶、电磁炉烧菜了，谁还会像你这样供奉灶神？女人说，在我们这里，人们虽然用上了现代化的灶台，但他们依然要供奉灶神，依然称灶神为镬灶佛。

中午时分，女人烧了几个颇有乡间风味的小菜招待我。我尝了几口，夸她荤素搭配得好，厨艺不错。饭吃到一半，女人突然像想起什么似的问我，说了半天，还不知道你叫什么名字呢。我把身份证递给她看，她笑了笑说，你的名字跟你的样子一点儿都不像。我不知道自己在她眼中究竟是怎么一个样子。我也顺便问了一句，你叫什么名字？女人说，我叫苏红。又指着老人说，我父亲是位刚刚退休的乡村教师，你就叫他苏老师吧。苏老师突然停止咀嚼，静静地看着我，以示礼貌。这位乡村教师的身上带有一种竹子的气息。

吃过饭后，苏红说，反正你也没有什么去处，就在我家住上几天吧。我转头瞥了一眼苏老师。苏红对父亲说，他要在我们家住上几天，可以吧？

苏老师的回答是：有朋自远方来，不亦乐乎。

事实上，苏老师的回答是模棱两可的，看得出来，他对陌生人保持着一种必要的警惕，但表现出来的，却是一种"不亦乐乎"的态度。苏老师吃完饭，转身去了自己的房间。我打了个饱嗝，向苏红提出，我们是否可以出去散一会儿步。苏红说她有些累，也想睡个午觉，但她随即又吩咐我说，你出门的时候，左邻右舍若是看你一眼，你不要上去跟他们搭话。我问，这又是为什么？苏红说，人人都说远亲不如近邻，其实在我们这个村子，邻里之间的关系往往并不怎么友善。自从我家要盖这栋小洋楼，左邻右舍就老拿房屋的四至问题到乡政府说事，跟我父亲免不了口角之争。自此之后，我父亲跟邻里之间很少说话，要不，他怎么会说有朋自远方来，不亦乐乎？

我出门的时候，并没有人跟我打招呼，我也没有跟他们打招呼。我绕着这个村子走了一圈，然后就在溪边的一块石头上坐下。风吹过来，干干净净的，没一点尘土。一只鸟在人的影子里，啄食着地上的虫子，一点也不惊慌。我坐在溪边，默数着砾石浅滩上细小的游鱼。

过了许久，苏红沿着河堤走过来，说是要带我去后山看看。苏庄是著名的竹乡，后山就是一片竹海。我们行经的那条路就叫竹林路。这是县里面特地为竹乡风景区开辟的一条旅游路线，在苏庄，竹林路是唯一一条笔直、宽阔的水泥路，它蜿蜒到竹林深处一个半月形的湖泊。苏红像导游一样向我作了介绍，并且告诉我，过些日，山那边的隧道打通之后，旅游观光车就可以从国道线下来，直入竹林路，看苏庄竹海就更方便了。我说，这里的人居有竹，食有肉，过的可是惬意的日子。苏红指着半山腰的竹舍说，你去问问他们，就知道这日子到底过得怎么样。说话间，一些竹农正扛着削掉枝丫的竹子，迈着八字步，从山上下来，嘴里发出“吭哧吭哧”的声音；还有几个竹农用竹笃子支撑着竹子，站在石级上歇口气。我从他们身边经过时，他们只是不经意地打量我一眼。对他们来说，外边的人打老远的路来这块穷山沟看竹子，简直就是吃饱了饭没事干。这个时节，别处的山都显现出枯瘦的样子，唯独这里还保持着丰腴的青色。穿过竹子形成的绿色拱门，再往前行，眼前豁然开朗，漫山遍野都是各种各样的竹子。有茅竹（宜做缆绳），有苦竹（宜做撑篙），有淡竹（其叶可入药）。这些小常识都是苏红介绍给我听的。还有一种竹子，很奇妙，看起来是圆的，摸起来却是方的。这就像是一种外圆内方的性格。苏红说，你上去摸一下。我伸手试着摸了一下，竹子果然是方的，但方中又带点圆润。城里人跑到这里，通常喜欢摸摸这里的方竹，说是有点意思。而且，苏红说，我发现，喜欢摸这方竹的，大都是一些男人。

二

在竹林里逛了一圈,苏红问我,感觉如何?我说,竹林很大,竹子很多。除此之外,我不知道自己还可以用更华丽的词语描述它们。我们就这样谈笑着回来。进屋时,苏老师正斜躺在一张椅子上睡觉,一条毛毯滑落在地。电视的声音开得很大,时不时地发出枪炮的轰炸声。苏红把地上的毛毯捡起来,盖在老人身上。苏老师突然惊醒过来,说了句"这些天特别犯困,真是睡不醒的冬三月呵"就坐了起来。苏红搬了一条小凳子在一旁坐下,揉着老人压麻的大腿说,您回来之后,好像都没有去村上走动走动了,整天窝在家里对身体不好。苏老师说,跟村上的人也没有什么好聊的。苏红说,明天有空,您请二叔、三叔一家人过来吃顿饭吧。苏老师说,你二叔的老丈人过世了,全家人都赶往县城奔丧去了,回来恐怕也得过好几天。苏红顿了一下,又问起了那位三叔。苏老师说,我今天给他打了个电话,问他近况,他说自己现在是"盐店里的老板,咸(闲)人一个"。你三叔这些年活得很窝囊,前年老婆跟人跑了,今年砖窑又倒闭了,他整天在家里喝闷酒,亏得小念懂事,把家收拾得好歹有个模样。你要是请三叔,他定然要向你讨酒吃。不给么,他又有怨言。苏红点了点头,把目光游移到窗外说,阿爹,外面阳光很好,您没事就出去晒晒太阳吧。

我帮苏老师把椅子搬到了外面的院子,苏红也顺便把衣物拿出来翻晒。我坐在台阶上,被阳光照着,就不愿意移步了。看着地上一动不动的影子,竟感觉,是影子不让我动我才不动的。阳光里有一种好闻的味道，真的是妙不可言。苏老师微微眯起眼睛，仰望着天空。我问他，您在看什么？苏老师说，我在看天上的流云，天天看云的人，会把世上的一切看淡。我也抬起头来，看着天上的流云。有一种安静的力量让我们无话可说。

有人经过苏家门口，隔着一堵花墙问一声，苏先生（对老师的旧式称呼），最近都没看见了，在哪里发财呀？苏老师扬声说，在嘉兴府开书铺咧。那人立马会意，笑着走开了。我不明白这话里头的意思，转头问苏老师。苏老师哈哈大笑一声，就说起了这句方言的典故。在仙桃一带，“嘉”与“家”谐音，“书”与“嬉”（玩耍）谐音。“在嘉兴府开书铺”的意思无非就是在家玩着吧。到底是苏老师，说起话来总显得那么文雅，有深意。苏红的三叔就不一样，说自己是“盐店里的老板，咸（闲）人一个”，幽默有余，文雅不足。兄弟俩做人的境界由此可以见出高下。

太阳西斜时分，村庄上空飘起了袅袅炊烟，如同几个口衔烟管的老人聚在一块，一边闲话，一边吞云吐雾。很久很久，我都没见过炊烟了。一缕饭香远远地飘过来，叫人心底里满是炊烟的温软。苏老师望着天空说，流云飘移的速度又比昨天快了一些，明朝怕是要刮风下雨了。

这时，院子外忽然响起了一阵喧哗声，我透过花墙，看见一群老人向这边走来。又有人隔着花墙叫了一声“苏先生”，苏老师像是没听见，正要转身进屋子。一位老人再次叫住了他，苏老师回过头来，让我过去打开门。十几位老人鱼贯而入，为首的那一位开门见山地说，过些日子，村上就要举办迎佛仪式，仙桃乡各村充资联办，分头承担，大家有钱的出钱，有力的出力。你们家也算是我们仙桃乡的富户，应该是带头捐款的。苏老师说，我们家既不信阿弥陀佛，也不信娘娘，这钱就不出了。为首的那位老人说，你家女儿在我们村上也算得上数一数二的大老板，比起那些当家男人都强十倍、百倍，出钱迎佛也是求个吉利，何乐不为？苏老师说，我们家刚刚造了房子，手头紧，没这闲钱。有个老人抢白道，你们家的屋子盖得像娘娘宫一样气派，出点钱还怕肉疼不成？苏老师突然涨红了脸说，出钱不出钱，各凭自愿，哪有你们这样子强人所难的？这时，苏红从楼上闻声下来，问明事由，笑着问，你们迎佛，迎的是什么佛？为首的那位老人说，迎的可是陈十四娘娘。苏红说，原来是佛姨奶呀，这钱我出定了。为首的那位老人眉毛一扬，拿起一本账册问，出多出少，你自个儿定吧，我们也不强求。苏红说，你们每年从迎佛到送佛这段时间好像都要唱几天酬神戏吧？众人都点了点头。苏红说，不管唱几天戏都由我来出银(钱)。苏老师听了这话，脸色唰的一下变了，但他没有吭声就掉转身走进自己的房间。

苏红出银做酬神戏的事传开后，村上的人都啧啧称赞。也有人在背地里冷笑，说这世道反了，居然让一个女人出银做戏。听了这话的人反驳说，这有什么可怪的，陈十四娘娘也是女人嘛。

第二天，一个中年人带着一个瘦弱的小女孩进来。中年人穿着一件打补丁的夹克衫，衣领皱巴巴的，身上沾了一些泥灰。进门时，他那双脏兮兮的布鞋在门口鞋垫上蹭了又蹭，就是不敢戳进来。苏红将他一把拉进来，向我介绍说，他就是我说的那位三叔。我也跟着喊了一声“三叔”。三叔指着我笑眯眯地问，是男朋友吧？苏红笑而不答，像是默认了。苏老师拿来一条干毛巾，一边给他拍身上的泥灰，一边数落说，你都在家闲着了，怎么还是惹得一身泥灰？三叔说，你是教书先生，自然是要穿得干干净净的，而我一个农民若是跟你一样，人家往后就不会叫我去干活了。

三叔身后的小女孩显得青涩而又单薄，用一双清亮的大眼睛默默地注视着我们。苏红把小女孩拉到身边说，小念，让姐姐好好地看一看你，唔，你怎么瘦成这样子？三叔淡淡地说，小孩子吃饭胃口不太好，像她阿妈。苏红突然问小念，想不想阿妈？小念摇了摇头，却把眼角汪着的一团泪水给摇了出来，落在苏红的手上。

三叔用近乎恳求的目光望着苏红说，你带她出去做生意吧。

苏红面露难色说，她太小了，我不能带她出去。

三叔怔了半晌，想说什么，又改口聊起了别的话题。聊了片刻，他就起身要走。苏红递给他一个红包，三叔推辞不要，苏红就把它塞进小念的口袋里。

正如苏老师所预料，今天上午突然刮起了北风，天色一下子暗了下来，随后就是一阵大雨。山和人都像是水墨泼成的，风枝雨叶也泼成了一片。一只鸟从树枝上弹起，如一滴碎墨，落入一团烟云。隐约传来几声鸟鸣，却不见鸟迹。

下了一场倾盆大雨，溪流的声音更急了。感觉瓦屋如舟，浮了起来。

这大雨天，哪儿都不能去了。我和苏红就在房间里说一些闲杂的话。我问，你让一个陌生男人住进自己家，不觉得害怕？苏红说，我如果一开始就怀疑你，就不会让你进这家门了。那天在码头小镇的饭摊上吃早餐时，你无意间解开外衣扣子，我就发现了你身上的一个秘密。说到这里，她又反过来问我，你是基督徒？我说，我父母都是虔诚的基督徒，我只能算是个准基督徒。我已经猜到苏红所说的“秘密”是指什么东西了,我再次解开外衣扣子,把脖子间的十字架取下来,说,我父亲上回去上海看病,经过南京路,突然间心血来潮,花了两百多块钱买下了这么一串十字架项链。买回后他还以为自己捡了个大便宜,我大哥识货,但一直不忍心点破。阿爹临终前还把它当宝贝似的捂在手里,说是要交给我。苏红把我手中那串十字架项链拿起来瞄了几眼说,我有个朋友专卖这种赝品,成本价不足十元。我说,即便它只值一块钱,我也要把它挂在身上,因为他是父亲留给我的。苏红说,我没有看走眼,你是一个重情义的人,如果是在很多年前遇到你,我也许会牢牢地抓住你不放。她露齿一笑,就没有再往下说了。我不知道她很多年前是怎样一个人,而现在又是怎样一个人。

在沉默的间歇,我们都不约而同地把目光转向窗外。窗外是山,山背后仍然是一片山,看上去仿佛只是一些淡蓝色的石头,远远地飘浮着。苏红说,从前,我感觉这世界很简单,仅仅是由两个部分构成的:一个是山这边,一个是山那边。山那边是未知的,也是我渴望知道的。正如一个女人尚未亲历男人之前渴望知道男人的真实世界。那时候,在我眼里,世界就这么简单。我说,现在的苏红已经不再是从前的苏红,看山也不再是山了。苏红说,你这话是什么意思?我好像听懂,又好像听不懂。你这话到底是什么意思?

下过一场冬雨后,冷空气就来了。这山里头的天气比寻常地方原本要冷。冬天的时候若是挟风带雨,就有一股湿冷直奔骨缝里去。我添了件羊毛衫,还是觉着冷意。我来到楼下苏红的门口,敲了三声。没应,又叫了两声。里面响起一个睡意未消的声音:门没有上锁,进来吧。我推进门说，睡觉的时候怎么连门也不锁？苏红说，睡在自己家，用得了防范？我看见她依然躺在被窝里，有些不好意思。苏红说，进来吧。我说，我已经进来了。苏红说，我是让你进我的被窝，天气怪冷的，我可不想出来。

我钻进被窝的时候，才发现她什么也没穿。但我的手触摸到她的身体时能感受到很久以前别个男人的手留下的温度，而且，我还能闻到别个男人留下的不洁的气味。我这么做，或许仅仅是证明自己身上还有一点点混合着厌倦的爱意。她推开了我的手，断然说，不要碰我。我立马缩回了手。她幽幽地叹了口气说，你知道我以前从事的是什么职业，就不会碰我了。其实我并不在乎她曾经做过什么。我也不想告诉她我曾经做过什么。我与她之间几乎不可能发生什么关系。我们并排躺着，谁也不碰谁，如同两尾在暖流交汇处相遇的鱼，彼此依靠着，却没有相濡以沫。窗外又响起了沙沙的落雨声。这丰沛、无常、让人身心迷乱的南方雨水代替了我们之间的言语。是的，我把双手放在自己的大腿根上，仅仅是为了给欲望划出一条清晰的边界。我喜欢享受这种保守的放纵。

过了许久，她用肘部顶了我一下说，叫你不碰就不碰，真是个听话的孩子哎。我说，一直以来，我都是素睡，习惯了。她问我，什么是素睡？我说，就是一个人睡，像出家人一样。她说，你们那边的话跟我们这边还是有些不同的。聊着聊着，我们很快就进入另外一种放松的状态，仿佛要把体内残存的欲望转换为谈话的激情。说到“身体”这个词时，她忽然又用一种舒缓的语调问我，你刚才在我身上触摸到了什么？我没有回答。她又接着问，你是否触摸到了一条伤疤？我说，是的，一条带状的伤疤，在你大腿上。苏红说，这是我应得的报应。这样说着，她又把我的手拽过来，让我抚摸另外几条伤疤。那些伤疤就像竹节一样。

我已经烂掉了,从里到外都烂掉了。她说。

窗外的雨似乎已经歇停了,锌皮遮板传来雨珠跳荡的声音。在灯光的映照下,玻璃上的雨珠宛若白色的蛆虫,缓慢地蠕动着。透过这扇窗户,我看到的是一个爬满蛆虫的世界。这世界比我想象得要坏一点,但我可以忍受它的坏,它在女人体内所安放的最甜美的腐烂。

我们又变得静默起来。

三

清晨醒来,就隐隐听得远处传来鼓声。扳指一算,今日正是古历十月初十,仙桃乡照例要唱南游。所谓唱南游,唱的是陈十四娘娘降妖伏魔、暖老怜童的故事。陈十四娘娘是这一带山里人信奉的女神,就像海滨渔民信奉妈祖林默娘。请来唱娘娘词的,不是一般的唱词人,而是一位远近闻名的大先生。一部《南游记》,非大先生不能唱。从上部“观世音”,唱到中部“洛阳桥”,是昼夜连轴唱,无有间歇。唱到下部陈十四娘娘,是大词中的大词,一直要唱到第七夜。苏老师说,鼓词好听,娘娘难唱。说的大约就是这意思了。

我穿着睡衣下楼时,看见苏红正在做早餐。我问她昨晚睡得好不好。她说自己睡得很死,都不知道我什么时候离开她的房间。

我们坐下来吃早餐的时候,听到外面传来“笃笃笃”的敲门声。

苏红问,门外是谁呀?

有人答,我是西行先生。今天是迎佛的好日子,我来你家门口唱一首利市歌吧。

我问苏红，西行先生是谁？苏红“扑哧”一笑说，我们仙桃的规矩，乞丐讨饭，要从东走到西，所以就称他们为“西行先生”。开了门，苏红把十块钱从花墙镂空的地方递过去。那位“西行先生”说了一句讨吉利的话就去下一家了。乞丐的生活是有目的的，他知道自己朝哪个方向走，而我呢？往后还不知道路在哪儿。这个想法让我在那一瞬间打了一个冷战。吃过一碗清粥，化去了身上的陈寒，可心底里像是起了雾气。从餐桌旁站起来时，我突然不知道自己该干些什么。苏红提醒我，你怎么还在这里发呆？赶紧换一件衣服，一起出去看热闹吧。

我带上了一个照相机，随同苏红循着锣鼓声来到碧霞元君祠（俗称娘娘宫）前，只见门口有一个竹篾扎成的大彩灯，上面还有纸扎的各路神仙、将相、观世音菩萨以及顺天圣母陈十四娘娘和她的扈从。门外还设有香案、纸马台、三界台。因为经坛就设这里，四乡八里的人都关门歇业跑过来迎佛。

唱南游活动中，有一项“迎佛”的节目。说是迎佛，其实是迎神，所迎之神便是陈十四娘娘。仙桃人喜欢在一些古老的物事后面加一个“佛”字，如灶神，他们称之为“镬灶佛”。而石头称“石头佛”，月光称“月光佛”，打雷称“响佛”，九十岁的老人称“九十佛”。好像佛是无处不在的。

陈十四娘娘自然也是佛，所到之处，挨家挨户都燃起了鞭炮，有三百响、五百响，仿佛连冬日黯淡的阳光都被点燃了，天上的云彩也被烧着了。善男信女一律拈香跪接，空地上一排溜摆着迎神的筵席，前头是两张相叠的八仙桌，摆的是高筵，上面供奉三牲，一只鸡、一尾鱼、一口猪头。猪头上还插着一把菜刀，不知何意，看样子是吓唬那些恶鬼邪神的。一名手执令旗的道士在前引路，几个身着玄衣朱衫的壮汉抬着佛銮紧紧跟随，后面还有一些人手执钢刀、神铃、彩旗、锦幡之类，可谓气势非凡。巡游一遍之后，娘娘被接至经坛。道士手中的令旗一挥，众人便开始呼佛号、烧纸马。

晚些时候，又有一支游行队伍从村外逶迤而至。一阵开道锣敲过，人群都退至两边，一名穿长衫的长者走在前头，口中念念有词，念的大约是祝福大家年景吉利、合境平安的保祥词。紧接着，后面推来了几辆囚车。每辆囚车里都坐着一名身穿红绿绸服的小孩。我定睛细看，发现其中有一个小女孩就是小念。我问苏红，小念这是做什么？苏红说，她在扮演罪童。我又问，小念为什么要扮演罪童？苏红说，她小时候体弱多病，扮罪童可以保佑她无关无煞成长。小念身后，是一群戴着纸制枷锁的“犯人”，脚上还有纸制的铁链。这些大人跟小念一样，都是为了消灾祈福。

我放下手中的相机，对苏红感叹说，仙桃人是有信仰的，他们知道怎样跟神灵打交道，这种对神灵的酬谢方式也很别致。苏红说，是呀，你以为我出钱做酬神戏，是为了在穷地方摆阔？我是为了给阿爹买个平安。我说，这也是尽一片孝心吧。苏红说，前些年我要给阿爹买医疗保险、养老保险，可他不要。现在，眼看他的身体一天不如一天，我也只好求神拜佛给他买个平安。我说，老人家这些天好像有点生气，他未必能领会你的一片苦心。苏红听了，低头不语。

次日晚间，酬神戏如期上演。苏红托我去请苏老师看戏，苏老师却以自己视力不好为由推辞了。无奈，苏红就与我同往。戏台就搭在碧霞元君祠对过的晒谷场上。因为苏红包了三晚的酬神戏，村上的首事就请她坐前排中间，而且准予她按戏簿点一出自己喜欢的戏。到了开场时分，我和苏红并排坐在一张藤椅上。为了讨个彩，正戏开场前照例要出演几分钟的“打八仙”。这回“打八仙”打的是“小八仙”，上来表演的除了福禄寿喜四仙，没有让全班演员戴上全套行头一一亮相。因为有贵人（本次酬神戏的唯一赞助商苏红女士）在场，首事又特意让戏班安排了一个跳女加官的小节目。然后就是演正戏了。唱的是仙桃人耳熟能详的地方戏，扮演富家小姐的竟是一名略显富态的少妇，动作迟缓，连水袖也甩得有气无力。台下的人眼毒，一眼就看出她怀有身孕，都发出一片嘘声，要罚戏一本。但那位少妇显然是见过场面的，有时会用临场发挥的插科打诨来补偿体态上的不足，观众们倒也看得兴致勃勃。丫环一出场，就一迭声地喊“小姐”。苏红推了推我说，你听听，从前的富家千金才叫小姐，而现在呢，小姐是一种下贱的称呼。我没有笑，但我听到苏红发出了一声短促的怪笑。

这时，小念不知从哪里走过来，拉了拉苏红的衣角。苏红问，什么事？小念不说话，苏红贴着她的脸问，你倒是说给姐姐听呀。小念低声抽泣着说，阿爹不要我了，阿爹不要我了。苏红把她抱到自己的膝盖上问，三叔对你怎么啦？小念说，阿爹刚才带着我去后台找戏班的老板商量，说是让他带着我走。苏红说，这不成，我跟三叔说去。转念一想，又说，还是找戏班的老板说去。等三叔走后，苏红托人去找戏班的老板。不多时，戏班的老板就来了，见到苏红像见了财神，开口就送上几句吉语。苏红说，我三叔刚刚喝了酒，信口胡言，说是要让我妹妹去学戏，你可千万别当真呵。老板点着头说，明白，明白。然后退了回去。苏红被这事一搅，也无心看戏了。苏红说，我最不喜欢的两种女人就是戏子和小姐了。我们正待往回走的时候，听得台上的丫环正在泪水涟涟地喊着“小姐，小姐,小姐……”苏红回过头来,嘴里吐出了四个脏字:去,你,妈,的。

回来的时候,苏老师正用热毛巾敷着额头,躺在客厅的沙发上。苏红问他是不是发高烧了。苏老师点点说,之前洗完头,听到外头有声响,以为是你们回来了,赶紧去打开门,头发一下子被风吹开,感觉有一股冷气直往骨缝里钻。天气到底是冷了,你改天有空去集市的话,就给我买一顶绒帽吧。苏红去换热毛巾时,苏老师忽然走到我身边悄声问道,今晚的戏演得可好?我说,还行,看的人挺多的。苏老师说,其实他是喜欢看戏的。

第二天一大早,苏红就去了集市,但一时间找不到绒帽,就买了一团羊绒毛线回来。苏红说,我要亲手给阿爹织一顶绒帽。过了几天,苏红果然就给父亲织了一顶绒帽。苏老师把帽子戴在头上,试了试,说,正好。再过几天,苏红又给他织了一条围巾。傍晚时分,乡里要举行收妖送圣仪式,我带着照相机出门时,看见老人正戴着一顶紫色的绒帽,披着围巾,斜坐在院子里,抬头望着天上自聚自散的流云,那一刻,晚风灌园,夕阳满地,老人的背影把我心底里的什么东西猛地触动了一下。我举起照相机说,苏老师,我给你拍一张照片好吗?苏老师整了整帽子,摆好了姿势。透过这个单反相机的镜头,我仿佛看到了父亲穿着白衬衫的模样。

收妖送圣仪式仍然在娘娘宫前举行。道士把缠在柱子上纸扎的蛇妖拘到纸船上,拖长音调念了一句:驱邪迎祥——送圣回宫——几名乞丐便上来扛起纸船。此时的乞丐,不能叫乞丐,而是要称他们为“西行先生”。西行先生把蛇妖一直押送到江边,那里早已有一艘小船候着了。几名西行先生扛着纸船上船,送到江心,就焚了蛇妖之类的妖魔鬼怪。看到江中红光闪耀,江岸边顿时欢声沸腾。

苏老师说病就病了,病情比我想象中的要重。吃晚饭的时辰,我无意间瞥见桌子上摆放着一本厚厚的《圣经》,就料想到苏老师这一回定然是病得不轻。在我老家,谁若是带着一本《圣经》上医院看病,身上准是出了大问题;若是再带上几本赞美诗之类的书,这问题就更大了。但苏红说,苏老师一直有病,只是,久病之人与各类疾病打了长时间的交道,总能处之泰然,只有那些偶然患病的人才会大呼小叫唯恐天下人不知。有些病是可以轻易地打发掉,有些病,很固执、很有耐性,它可以花很多年时间不动声色地盘踞在那里,时间一到,它就跳出来,给人以致命一击。苏老师病倒后,四肢瘫软,似无还击之力。苏红给他洗脚时,发现他的双腿已经出现了浮肿,手指一按,表皮就凹进去,没有一点弹性。我不知道苏老师跟她说了些什么话,苏红突然抱着他的腿哭了起来。苏老师伸出颤抖的双手抚摩着女儿的头发,久久不语。

俗话说,病来如山倒,但我更愿意把它比作流水,当它在一个人的体内溢出时,就将灵魂席卷而去。父亲去世的时候,我未能赶上,因此,苏老师闭上眼睛的那一刻,我感觉眼前死去的老人与我是有血缘关系的,而苏红哭喊的仿佛就是我的父亲。慢慢地,应该属于她的泪水就在我的眼睛里流淌出来。

仿佛是冥冥之中出现的呼应,一阵急雨从山那边猛地扑过来,不过片刻,又向另一个山头奔去。我把头靠在墙上,默默地倾听着远去的雨的余声。大厅里除了我和苏红,没有别的人。突然发觉,死就是身边的事,是触手可及的。

我说,苏老师去得太突然了,好像是眼看着好端端一个人在路上走着走着就倒下了。

苏红说,其实他早就得知自己得了绝症,只是一味地隐忍着。

我说,这么说,他去城里看你时,应该是早有一种不祥的预感的。

苏红点点头说,这么多年来,我都没有关注过他,而他却在默默地关注着我。我把钱汇到家里让他盖房子,他就一直在试着探听我这些钱的来源,他总是担心我在干什么投机倒把或贩卖毒品之类的非法营生。因此,盖好了房子之后,他就偷偷来到城里找我,结果发现我开的是一家兼营色情服务的大浴场,气得大病一场,而且不肯就医。我哄他说,我只是临时帮朋友打理这家浴场,过些日子就离开。好说歹说,他才住进了医院。一检查,发现是癌症晚期。他知道自己已是无药可救,就让医生瞒着我。没过几天,就跑出来,谎称自己的病好了,要回去。我也怕他长时间待下去,迟早会发现我的真实状况,就索性送他回老家,陪伴他走完人生最后一段路。

我说,苏老师好像也听人说起过你的闲言碎语,因此他后来很怕跟村上的人聊天。

苏红说,这么多年我在外头流浪,做过小姐,做过妈咪,做过夜总会的老板娘。这一切,阿爹后来全都知道了。但他在临终前告诉我,他已经原谅了我。可我无法原谅自己,我是一个下贱、无耻的女人,一个死了就该下地狱的罪人。

我说,我也是一个罪人,我父亲在临终前恳求神宽恕我,但我跟你一样,从来就没有原谅过自己。很多年前的一个夜晚,我喝醉了酒,开着一辆卡车，把一个只有五六岁的小女孩撞飞了，我见四周没有人，就开着卡车逃逸了。这件事一直没被人查出来，但从此以后，我无论做什么事都很背运。有时我想，我应该像个真正的男子汉那样，回老家去投案自首。我需要的只是一点勇气，可我办不到。

苏红说，一个人知道忏悔，证明他的良心还没坏透。一个女人最大的悲哀就是，她做了那么多无耻的事，却没有感到脸红。而我就是这样一个女人。现在，你就鄙视我吧。

现在，我说，你也可以鄙视我，朝我脸上吐一口唾沫。

话音未落，苏红果然朝我脸上啐了一口。我也朝她脸上啐了一口。我们都没有抹去脸上的唾沫。

办完丧事，苏红把父亲的遗物检点了一遍，有些留给自己作纪念，有些送给二叔和三叔，还有些就烧化给父亲了。这里面有一本日记，对苏红来说尤显珍贵。里面记的都是一些家居琐事，平素零星支付亦必细录，最后一笔记下的，是女儿给他织了一顶绒帽与围巾的事。苏红捧着这本日记，就像捧着父亲的骨灰盒。

她脸上的泪水被冬天的寒风一点点吹干之后，才抬起头来跟我说，我要回城里去了。我问，你还是回城里重操旧业？苏红说，我不回城里去还能做些什么？你呢？现在要去哪里？我伸出一根手指在空中画了一个圈说，也许是这边，也许是那边，我也不知道去哪边。苏红说，如果你觉得自己实在没地方可去，就在我家再住上一阵子，我把钥匙交给你，你想什么时候离开，就什么时候离开吧。分手在即，我们突然间都有些不舍。苏红说，我们去竹林路那边走走吧。

现在，竹林路已经通车了。车子从隧道那边一进来，小孩子们和一些家畜就避让一边，有些懂事的小孩子向旅客们举手致意，这些文明举止想必是学校里的老师教他们的。等车子带着令人厌恶的尾气绝尘而去，那些小孩子和家畜又跳到路中央，嬉笑打闹。村上的小孩子们素习跟家畜打交道，在他们的调教之下，狗儿能起立行走，鸡鸭能歌，猫儿善舞，一副人畜欢呼的闲乐景象。竹林路南边有一条岔道，通往村外的一座土庙，一条石板路被雨水洗得发白，如同穷苦人的旧衣裳。

我们沿着这条石板路，向一片空旷、冷寂的田野走去。阴冷的空气中弥漫着烧过的泥灰的气味，凝冻的泥土间尚留一些植物的残根。石板路尽头就是一座土地庙，另一头还是田野。我们站在田埂上，远远看见一座砖窑前有两个人正在搬运砖块。一个是大人，拉着一辆满载红砖的板车，另一个是小孩，在板车后面使劲推，寒风呼呼地吹着，她的身影显得益发孱弱。苏红指着两个缓缓移动的身影说，是我三叔和小念。

我们走到砖窑前，三叔用一条脏毛巾擦了擦额际的汗水，带着羞愧的笑容说，阿叔没出息，让你见笑了。苏红说，前阵子砖窑不是关掉了？怎么又想到要开张了？三叔指了指村子里插着一面红旗的地方说，莉莉家要盖洋楼，比你那栋还要大。她在外头发了财，人都变了个模样，出手也大度，造房子的砖块全让我包了，价钱还让我一口说了算。

我轻声问苏红，莉莉是谁？

苏红哼了一声说，像我一样，一个曾经靠卖身发家的酒店老板娘，在外头赚了一些钱，就在这块穷地方显摆了。

苏红走到小念身边，掏出湿巾擦去她脸上的灰土，转头对三叔说，都说女儿要娇养，你怎么老是让小念也跟着你干这种粗活？

三叔说，我们穷人家，只要能有口饭吃，也不分活儿粗细了。只是这孩子跟着我，真是受累了。前阵子我本来想让这孩子跟了戏班的老板去学戏，往后好歹也能混口饭吃。谁知那个老板晚上答应了，第二天就说他这个草台班子不景气，不愿接收了。我担心的是，要是有一天我喝酒喝死掉了，也不知道这孩子怎么办？这样说着，我们都有些黯然。掠过田野的风声听来如同从老人胸膛间呼出的喘息，一阵紧似一阵。

苏红把小念拉到身边，摘掉她那双早已破损掉线的手套，抚着她手上尚未愈合的伤口问，疼么？小念咬着嘴唇，不让一个“疼”字轻易地说出口。泪珠在她眼睛里直打转，仿佛荷叶上的露珠，只要一阵风吹过便会簌簌滚落。苏红把她的双手捂在自己手里，又问道，想不想跟姐姐去城里？小念茫然地看着田野中堆得整整齐齐的砖块，没有回答。三叔抢过话说，你能带小念出去是再好不过了。苏红按住小念消瘦的双肩说，那好，明天让三叔跟你老师说一声，姐姐这就带你走。小念看着三叔，眼角汪着的泪水一下子就搅碎了。三叔蹲下来，捏着她冻得通红的鼻子说，小念，去城里好好干，往后赚了钱，也给阿爹起一座小洋楼。

苏红把小念带回家里，让她把双手洗干净，又给她涂上了防裂膏。小念一直没说话，独自一人站在窗口，手指抠着玻璃，默默地注视着田野中那个缓缓移动的身影。苏红收拾了衣物之后，对小念说，小念，你听着，姐姐现在要带你去一个很远很远的城市，让你在城里最好的学校念书。

苏红要离开了，我应该是有些伤感的，或者是装成一副伤感的样子。可我没有。我把她和小念送上车的时候竟忘了挥手，忘了送上一句祝福的话。该走的都走了,我独自一人留在空荡荡的屋子里。屈指算来,我在苏庄已经住了一个多月。在这里,时间变成了一种不值钱的东西。它不能给我带来什么。这日子,既不快乐也谈不上痛苦。偶尔会有一些小小的不快,但可以用睡眠来安抚。白天,我唯一要做的一件事,就是坐在苏老师坐过的那张椅子上,看着天上的流云。直到把白云看成一大片乌云,直到乌云变成雨水,"吧嗒"一下落在我的脸上。然后,我就把椅子搬到走廊上,继续看雨。天黑了之后,我就在屋子里静静地躺着,听着雨声,直到天明。这屋檐上的瓦片、屋后的竹叶,都是世间的无情之物,但被夜雨打过之后,就变得有声有色,有情有味了。

二〇一〇年春末初稿

二〇一〇年仲夏完稿

某年某月某先生

某年某月某日某先生跟人谈起自己在山中的一段算不上艳遇的奇遇。

某先生是谁？这里不便透露，也没有必要坐实姓名，姑且就叫他东先生吧。

东先生除了教书之外，平日里喜欢写诗、画画，偶尔也翻译一点斯蒂文斯与布考斯基的诗（他从来没有向人解释自己为什么会喜欢两种风格反差极大的诗）。这么多年来，他既没有搬家，也没有换工作，而是一如既往地过着单身生活。在私生活方面，他一直保持隐秘不宣的态度。他喜欢在微信圈里跟陌生女人聊天，也结交了若干异性网友，但他从不上网寻找性猎物；于房事，他不算热衷，但也不至于疏淡（在这方面,他的表现就像南方的秋天,温而不厉,威而不猛)。认识东先生的人都知道,他收入稳定,饮食有度,没有什么不良嗜好,甚至可以把生活中一些不可调和的事处理得恰到好处。然而,他也不是什么事都可以搞定的。比如最近,他老是觉着生活里会冷不丁地出点什么让人无法解释的事。四十岁以前,东先生感觉自己没有什么不正常的。年过不惑,居然就迷惑起来了。东先生也说不清那些让人迷惑的事出在身体上还是脑子里。一个月前,他做过全身体检,除了胃神经紊乱,实在找不出别的什么毛病来。但过了一阵子,胃神经紊乱带来的胃痛之后,又出现了生物钟紊乱带来的头痛。二症并发,把他的神经折磨得像他诗里面写到的钨丝一样纤细。

事情是从某个夜晚开始的:半梦半醒之间,远处突然传来低钝的敲打声。他疑心这急迫的声音来自家中那个五斗柜。那一刻,仿佛有人正急着要从柜子里跑出来。他想伸手去开灯,身上却没有一丝力气。只能半睁着眼睛,努力辨识声音的来源。他听说宇航员进入太空之后,有时也会听到一种木槌敲打铁桶的声音。其时意识模糊,很难说清这声音是外部传进来的,还是发自身体内部。东先生听到的,正是那样一种无法解释的声音。

是否还有人在那一刻证实那一种声音的存在? 没有。

东先生醒来的时候,突然想紧紧地抱住什么。然而,他身边没有女人。

东先生从来不会把女人带到家里睡。通常,他会在宾馆里开个房间,在一张陌生的床上不紧不慢、不冷不热地完成一件在他看来必须完成的事。东先生从来不买春。这些年,他仅限于跟三个本城的女人发生关系。其中两个已婚(一个是中学语文老师,一个是服装设计师),还有一个未婚,年纪略轻,有男朋友,但在韩国留学。每个礼拜,他会跟她们当中的一个联络,开好房(一般情况下没有固定的宾馆)。值得一提的是,他与任何一个女人单独相处,从来没有超过三天时间。他的理由是:自己与一个女人相处的时间如果超过三天,就会产生留恋之情。在这一点上,东先生固执己见:对女人,只欣赏,不贪恋。这也是东先生坚守单身的原因了。最近,三个女人不知何故突然间都消失了。她们之间互不相识(至少在东先生看来是如此),背地里联手捉弄他的可能性几乎很小。但这件事终究让他放心不下。

某年某月某日东先生在南方某座山中遇到了某女士。山名就不必介绍了,在东先生看来,所谓山,就是几块石头与树木的奇怪组合,这一座山与那一座山在本质上没有什么区别,唯一的不同是那种看山的感觉。

那时应该是暮春傍晚,也是山气最温淡的时辰。东先生循溪而上,走进一座幽深的山谷,及半,就看见一座石拱桥,桥边有一棵高壮的银杏树,树冠呈伞状。四周也有树,但跟它在一起就显得不像树了。站在大树底下,东先生的目光顺着树枝一点点朝上伸展,好像在目测树的冠幅。直到他听得身后传来咔嚓一声时,才转过头来。一名高个子女人正手持照相机,半蹲着,身体略微后仰,长焦镜头像炮筒那样一动不动地对着他。他先是一怔,继而微微一笑,缓缓举起了双手。

高个子女人放下相机,露出略带歉意的笑容作为回应。在那顶果绿色宽边草帽的遮掩下,她的目光显得有些深邃,仿佛仍然在透过镜头看人。

随后，路那头便有十几人鱼贯而至，纷纷举起相机或手机，对着那棵古树狂拍，给人一种举枪齐射的感觉。高个子女人好像不太喜欢闹哄哄的氛围，很快就穿过一畈随山陂陀的梯田，转到了竹林那边。东先生不敢贸然相随，他只是站在桥边，远远地打量着。那儿有成片成片的竹林，大家好像熟视无睹，独独一棵古树却引来那么多人争相观赏。

吃晚饭的时候，东先生在山中一家客栈的露天餐厅里，再次与高个子女人不期而遇。她跟一群人坐在同一张长桌上，静静地等候上菜。边上堆放着旅行包和随行雨具，看样子，其中有几位是刚刚从外地赶过来的，未及登记入住。一名光头男子站起来，一手拿着本子，一手握笔，让一圈人作自我介绍。听到有人自报姓名，他就在纸上打一个钩。介绍完毕，他们就开始闲聊。有几位一边捻着手串佛珠，一边侃侃而谈。谈的是多元宇宙、六道轮回、五维空间之类的话题。东先生注意到，那个高个子女人没戴草帽，头发扎成了一束马尾。

对东先生来说，他们的身份像黄昏的光线一样暧昧不清。可以肯定的是，这群人不是那种来山里搞野外拓展训练的创业团队，与普通的旅行团也不一样，他们穿布衣，吃素菜，说起话来总是显露出一副谈吐不凡的模样。他们身上有一种略显相似的气味，但东先生也说不清楚这气味是什么。那一刻，他的目光有意无意地落在她身上。她是那群人里面的一个。了解她，也许就能了解那一群人。

吃过饭后，大家散开来，坐在庭院中那些错位摆放的藤椅、木椅、石凳、草垫上，吹着凉风，喝茶聊天。服务员收拾盘碗的玲珑碎响，在山里听来格外清脆。东山之上，破云而出的月亮跟刚刚清洗过的银盘似的。东先生背着晚风，依旧坐在一棵桂树下自斟自酌。而他的目光每每因为那个高个子女人的身影和笑声而游移不定。不过片刻,她突然起身,走到一面悬挂着老照片的石墙前,一步步地挪移,一幅幅地看过来。老照片的题材无非是晚清民国年间的地方风土和人物,保留了当年玻璃底板直印的蛋白照片那种棕褐暖色的调子,因此也就有了古旧的味道。她从墙的那一头移步到这一头时,散碎的银光和斑驳的树影恰好落在她身上。听到一声轻微的咳嗽,她就转过身来。

能喝一点?他把一个倒扣的空杯子翻转过来。

不,我现在不喝酒,我在脱脂。

你看上去一点儿都不胖。

可我觉得自己还不够瘦,她指着空杯子问,你好像在等一个人?

我独酌时习惯于在面前搁一个空杯子。

看起来好像是要表示点什么。

也没什么,习惯而已。他呷了一口酒问,你们来这里做什么?

我们?她回头看了看那些散乱的人影说,其实我们都是网上认识的,彼此之间也没有见过面。不过,我们会在微信群里聊一些灵修、禅修之类的话题。

根据她的描述,他才了解这些人大致迷恋那种神秘的难以解释的事物,其中就有瑜珈行者、禅修者、净土宗居士以及身份可疑的仁波切弟子等等(据说还有一名修行者是追踪一只白琵鹭至此的)。东先生不喜欢故弄玄虚,不喜欢谈禅,但他不会拒绝跟人讨论那些在他人看来或许还吃不准的话题。

那么你呢?东先生问,你也对神秘主义感兴趣?

神秘主义,我可不懂这些高深的道理。我只是想在这里过几天清静的日子。

过一种静观的生活,是这样?

你总是把一件很平常的事说得那么有诗意,不过,也可以这么说。

看来我们来这里的目的是一致的。他抚摸着那个玻璃杯说,在空山里,放空自己的杂念,把自己变成一个透明的空杯子。

你说话就像一个诗人。

我本来就是诗人。

把山中的时间拉长也是不无可能的事了。早晨醒来后,东先生对自己说,我在山里面,我要比太阳迟两三个小时起来。他就这样赖在床上,可以去太阳底下做点什么的想法很快就在上一个哈欠与下一个哈欠之间消失了。如果此时外面恰好有雨,他会等雨停了再起来;如果雨一直在下,他就一直这样躺着。因为在山里面,时间仿佛也都是自己的。有阳光从东窗照进来,已是八九点的光景。东先生觉着实在没有赖床的必要了,就起来洗漱。吃过早点,他就朝南山走去——在上午的懒洋洋的风里,他高一脚低一脚地走着。就在山回路转的地方,他又看到了她的身影,因为背光,加之宽沿草帽的遮挡,使她的脸部表情显得有些阴郁。她身后是一片竹林。竹子的颜色、竹子的气息,似乎能让人慢慢静下来。走近时,东先生夸赞说,你昨天穿的那件绿裙子很好看。她听了,竟流露出惊讶的表情:昨天我穿的是绿裙子?我从来没有穿过这样的裙子。东先生反问,昨天你在竹林里,穿的难道不是绿裙子?高个子女人解释说,也许你眼睛里看到的是白裙子,脑子里浮现的却是另外一个女人的绿裙子。东先生突然笑道,也许是我看竹子看得入神,把你也当成竹子的化身了吧。高个子女人也咯咯笑着说,果然是个诗人,什么事经你一说,就是另一种样子了。

她站在阳光里,整个人好像开始一点点变得透明起来,一件小碎花雪纺长袖衫领口微露,脖子以下尤显光洁的那一部分分布着淡雅、纤细的筋脉。但东先生的目光只是小作勾留,就很得体地移开,向远处一抹淡蓝的山脉延伸。

你是一个人来的?她问。

是的,他说,我从来就是独来独往的。

东先生接着告诉她,他每隔三个月都要去外面旅行一次,喜欢找一个安静的角落,坐在那里,什么事都不做,什么问题都不想。就是坐在那里。最后,东先生说,其实我是在找一样东西。

找什么?

与其说是找一样东西,不如说是找一个地方。嗯,一个地方。东先生说,你可以知道月亮落在哪儿,但你不知道自己明天会在哪儿。正是这种莫名其妙的焦虑迫使我走出去,寻找一个真正属于我的、可以终老的地方。

你找到了?

现在还没找到,也许我一辈子都找不到。也许呢?我要的就是这个寻找的过程。结果对我来说并不重要。

这一路上的一番畅谈,使他们对彼此有了更深的了解。吃过午饭,她回房换了一件衣服,出来后他们又走到一起,坐在溪边的茑萝藤架下,接着之前的话题,漫不经心地谈着,直到手指间的阳光一点点温热起来。

我跟你认识这么久了,还不知道你叫什么名字呢。

我们认识很久了?她说,我们就这样聊聊天不是很好?何必要互通姓名、籍贯什么的?

东先生轻轻地咳嗽了一声说,那么,了解职业不算冒昧吧?女人微微一笑,抢先问道,你从事什么职业?东先生答,教书。她"嗯"了一声说,如果我猜得没错,你应该是一位大学老师。东先生故作惊讶问,你怎么知道?她微微一笑说,从谈话里面感觉得出来。嗯,你在女生眼里一定是很有魅力吧?

东先生笑了。

学校的老师也都说,东先生身上有一种可以称之为风流的气质。常言道,走下同一条河流的人总能遇到新的水流,东先生每年开学总能遇到新的女生。不过,东先生的风流比起一般人,又多了一分蕴藉。至于"蕴藉"这个词应该作何解释,就得请教他的那些女学生了。这么多年来东先生在女生中间,目既往返,心亦吐纳(吐故纳新),好像从来没有发生过什么事,但好像又发生过什么事。

我从来没有摸过任何一个女生的手,东先生说,哪怕是她们把手递过来。

你是怎么想到来这里?知道这地方的人并不多,知道在这个时节来这地方的人更少。

是一个朋友介绍的,一个写诗的朋友。

据东先生描述,这位写诗的朋友是个邋遢汉,有一阵子失恋了,经常在微信群里发诗(因为诗这东西,东先生说,原本就是可以群、可以怨嘛)。有一阵子,他又忽然消失不见了。接连数月没有他的消息,诗友们免不了要打听了。后来才知道，诗人忽然有了出世的想法，跑到山中追随一位来自西域的仁波切去了。一个月后，诗人回到城里，又老老实实地做起了祖传的手艺活。前阵子，东先生与诗人喝酒聊天时，说自己最近出了怪病，耳朵里偶尔会出现一种莫可名状的声音。诗人便告诉他，他在山中遇见过一位高人，能用催眠术帮助人治病，很灵的。东先生对诗人的话向来是姑妄听之，所谓的高人要么是神汉巫师之流，要么是江湖骗子。如此而已。事实上，让他突然间对这座山心生向往的，是诗人在不经意间说出的一句话：山里面很安静，每天坐在房间里可以听到树叶落地的声音。就冲这一点，东先生来了，山里面果真是安静的。虽然，早已过了落叶纷飞的时节。

东先生有足够的时间观看一片树叶飘落的过程。就一片，或两三片树叶，在倦怠的春风里，无声地飘落。这样看着，时间也就仿佛在不知不觉间慢了下来。前面有两条岔道，一条是水泥路，能看到一些家禽在阳光照到的地方走动；另一条还是古道，堆积着厚实的枯叶，不知道它的暗沉沉的尽头究竟是什么。我在山里面极没有方向感，高个子女人说，即便有太阳，我也不辨东南西北。东先生指着古道边的一条溪流说，如果你找不到方向，很简单，你只需要看流水。顺着溪流，你就能找到那座客栈。我翻看过地图，山里面只有这么一条溪流。

前面就是依山而筑的客栈，但他们绕到了另一条幽僻的、已近荒废的古道，漫无目的地向前走去。这里没有人迹，只有流水潺潺的声音。人像是在路上飘浮着的。古道愈转愈深。人在大山的深处，能感受到一种圆整的、未被损毁的寂静。他们深深地吸了一口气，仿佛寂静本身也是可以呼吸的。

这里真安静啊。她把“啊”这个尾音拖得很长。

是啊，东先生也附和着感慨道，静得让人感觉像是去了另一个星球。

如果人类有一天迁移到外星球，不知道是否还能忍受那种绝对的寂静。

我之前看过一个节目，测试一个人在绝对的寂静中最多能待多长时间。

我试过的，在那个无声世界里，我只待了四十五分钟。如果谁能待上一天，谁就是神了。

东先生的目光从流水间收回来，看着她，感觉她的眼睛里藏着清澈的忧郁。昨天傍晚，他在树底下看到的，就是这样一种眼神。

能否冒昧地问一句，你是做什么的？

之前做过电视台的DJ，现在是一家酒吧的DJ。

你是一个喜欢清静的人，能忍受酒吧里面的噪音？

我工作的时候通常戴着耳机。如果不戴耳机，我就戴上一个耳塞。唔，好听的音乐分贝再高，也不算噪音吧。

你说得对，我曾经在英国人写的一本关于声音生态学的书上看到这样的说法：如果你不正确使用刀叉，那么刀叉声也是噪音。

的确是这样，难听的音乐声音再低也是噪音。

她说，她住在郊区，离上班的地方有点远。好处是，那里房租便宜，环境清幽。她上的是夜班，下午三点之后坐着公交车进城，通宵坐班，一大清早又坐着第一班公交车返回郊区。那栋楼里租住的大都是上班族，大白天空荡荡的，就像夜晚。她关紧窗户、拉上窗帘，蒙上被子，就可以睡个好觉。

那时候，我喜欢静静地躺在床上，聆听大海的声音。

你租住的地方在海边？

离大海不算近，大概有两三里吧。

这么远，也能听得见？

我说这话的时候就知道你会有这样的疑惑。但事实上不是这样子的……

事实上是怎样的？东先生很想听她谈谈她自己。

她小时候就住在海滨小镇，那里除了大风大浪，终年寂静。每天清晨醒来，总能由近及远地听到闹钟里面指针走动的声音、一个早起的人从清冷的石板路上走过的声音、浪涛拍岸的声音、远处海面上渔船马达的声音，以及各种带有地质属性的混合的声音。直到有一天，她突然听到了一些平常难以听到的声音。

起初，这种声音来自自己的身体内部。肠子蠕动的声音、气息吐纳的声音自不必说，倘若没有杂音的干扰，她还能听到心跳的声音、血液流动的声音。她的耳朵构造并无异样，但她能听到别人无法听到的声音。她跟小伙伴们一起玩耍时，每回说自己能听到苍蝇拍动翅膀的声音、虫子破土而出的声音时，居然没有人相信她的话。后来，她就再也没有提起这事。她喜欢独自一人，聆听外面的世界发出的声音：一颗露珠因了微风的吹拂从草叶滚落滴在石级上的声音、猫从巷子那头走过的声音、雪花落在窗台的声音……

长大了之后，她就开始怀疑自己了：这究竟是一种超常的听力，还是一种异常的幻听？她曾找过一位医生，医生给她做了一个简单的常规性测试：他在隔壁跟人说悄悄话，如果她能听得见，就证明她的耳朵具有某种特异功能。结果是，她什么也没听到。这是什么缘故？她不得而知。而医生得出的结论是：她很有可能患有某种精神方面的疾病。她听了，很是羞愤，从此就再也没有找过其他医生或类似的专家。很多人活了一辈子都无法认识自己。她却不同，她常常在跟自己对话，尝试着把自己所听到的一切自然或非自然的声音都一点点弄明白。后来她了解到这种听力也有其局限性，那些属于常人听力范围之外的声音并非她想听就可以听得见的，换言之，声音这东西是自行越过一道道障碍跑进她的耳朵，仿佛她身上的某根听觉神经与外部世界的某一部分会突然发生脐带式的联结。这些年来，她虽然自觉怪异，也曾为之困惑良久，但终究还是能安于这份怪异。

这是一个不一样的女人。东先生想，一个不一样的女人让人有了一种不一样的感觉。她说话的声音很低，低得好像只有把耳朵贴近才能听得清楚，山谷里的风大一点，就能把她的话吹走。根据他的观察，她走路时也是轻手轻脚的（而且，她说自己从来不喜欢穿高跟鞋，那种橐橐的脚步声会让她听了十分难受。她平常穿的，就是那种柔软的平底鞋，走起路来悄无声息，就像一只安静的猫）。

不知不觉间他们已经穿过了一座山谷。

如果我记得没错，前头还有一棵古树，可以看看的。高个子女人指着接近山顶的地方说。

这条路，你好像来过。一朵乌云从头顶默默地飘过，他突然压低了声音。

我来过好多回,但我总是记不住路线,像是第一回来过似的。

恰恰相反,我跟你虽然只是初次见面,但我感觉我们之间仿佛已经认识多年。

认识多年,却不知道彼此姓名,这是不是有点像匿名聊天的网友?

不知道对方是谁,反而能让双方更坦诚地说话,难道不是这样?

也许是这样吧。

前面是一座石头搭建的路廊。一名穿 POLO 衫的功法修炼者腾的一下从蒲团上站起来, 一边抱怨起山里面的信号, 一边举着手机走过来,急吼吼问道,你们的手机可有信号?很抱歉,高个子女人摇摇头说,我没有手机。那人转而又问东先生,你的手机可有信号?东先生掏出手机看了看说,也没有信号。但他随即捡起地上一块光滑的小石头,放在耳边,叫了几声:喂,喂,喂。那人怔怔地看着他问,你这是什么意思?东先生说,在这个地方,手机没有信号,就跟石头一样了。那人若有所悟,说,我坐不下去了,看来我还得回客栈上网去。收起蒲团,走了。

他们坐了一会儿,正打算继续前行时,外面下起了零星小雨。于是又坐下,等着雨歇。

你是怎么认识他们的?

说来话长,我跟他们这一路人认识,是因为三年前得了一种奇怪的病。

一种奇怪的病?

是的,一种奇怪的病。

三年前,她突然感觉头晕、手麻、步态不稳,就去医院做了一个 CT

检查，结果发现脑子里面有一个白鸽蛋状的东西，后来即便做了核磁共振，医生也无法确诊它是囊肿还是肿瘤。经过会诊之后，医生建议她做一个开颅手术，但她断然拒绝了。她问医生，如果脑部是恶性肿瘤，她还能活多久？医生摇摇头说，这个不好回答。她出了门，就把那一沓影像资料统统扔进垃圾桶里。第二天，她辞掉了电台 DJ 的职务，背起行囊，开始了没有目的的漫游。有一天，她在网上结识了一群过修行生活的朋友，得知这些人每年都会在同一个月份同一个地方聚会、交流，因此也就贸然报名参加。来到这座山里，她没有把自己的病况告诉任何人。人生苦短，在山里面安安静静地待上一阵子，或是在适当的时刻找一个陌生男人过过一夜情的瘾，未尝不是一种及时行乐的法子。想到这里，她也就有了试一把的念头。“艳遇”这个词，平日里只是当作玩笑来说的，没承想，说碰上就碰了。对方是一个摄影家，长得瘦长、白净，神情略带忧郁。他们是在溪边那棵古树下相遇的。他的镜头对着她拍下第一张照片后，双手突然猛烈地抖起来。放下相机时，她发现他的脸色异常苍白，近乎失态。之后，他跟她说话时眼圈发红，声音略微有些变调。她不知道那一瞬间究竟发生了什么，她很想跟他聊下去，但他只是仓促地向她要了一个手机号，以便发送图片。然后，他们就跟陌路相逢的人那样挥手道别。原本她以为，他们之间就此擦肩而过，是不会再见面了。但过了几天，她居然接到了他打来的电话。他开口说话时，声音仍然有些颤抖，好像要说什么，突然又忍住了。因为沉默的时间有点长，她感觉电话那头好像是一个漫长的黑夜。在对话过程中，她的耳边就隐约传来另一种复合的声音。她放下手机，屏息静听，那声音竟然就是从另一个距之不远的房间里传来的。如前所述，她的听力有异于常人，只要集中注意力，哪怕是极其散漫微弱的声音,她都能捕捉得到。她试探性地问了一下他现在所在的地方。果然没听错,他跟自己就宿在同一家山中客栈。于是,他们各自报了房号。从房号来看,他们之间仅隔两个房间(而且是空房间)。奇怪的是,那个摄影家后来一直没有过来找她。

一种近乎无耻的渴望被睡的感觉在那一瞬间竟那样恣肆地冒了出来。她再次给他打了一个内线电话,邀请他来自己的房间。如果他是个聪明人,也应该可以猜测她的意图了。她向来都是个安分守己的女人,脑子里突然跳出这样一个古怪的念头,未免把自己都吓坏了。但她已打定主意,仅仅是要跟他发生一夜情,谁也不欠谁。当然,他也应约过来了。如果非要她说出自己喜欢他的原因,大概就是喜欢他身上的某种气息,一种说不出来的淡淡的气息。根据她的描述,他们之间并没有发生什么关系。他们只是躺在床上,盖上了被子,像两个婴儿。确切地说,像两个无知无觉的双胞胎。她的表现是主动的,而他那脸上几乎没有什么表情,眼睛里也没有一点内容,以至于她觉得自己所面对的仿佛是一片白茫茫的大海或空荡荡的山谷。不过,她可以确定,他不是那种性无能或男同性恋。

而之后发生的事就让她糊涂掉了。那天早上,摄影家回到自己的房间不久,她忽然听到了他跟另一个人说话的声音:我把你带到这个陌生的地方,你喜欢?现在我累了,决定把你留在这里,你愿意?她听到这话,就立马感觉他是在跟一个女人说话。她再次侧耳倾听,但没有听到有人跟他搭话。她带着疑惑走到他的房间门口,敲了几声。他打开门,她便毫不客气地走进来,目光很利索地扫了一圈,什么也没有发现。但问题就在这里,她居然什么也没有发现。

我们能谈点别的什么？她突然像怕冷似的用手臂抱住自己的胸口，对坐在身边的东先生说。

为什么要突然转移话题？难道你不想告诉我，那个房间里的神秘女人究竟是谁，她为什么要避而不见？

我不知道自己为什么会跟你讲这些事，也许是触景生情吧。她这样说着，就戴上了墨镜，好像是要把眼角那一缕细微的忧伤小心翼翼地隐藏起来。

真的不想说了？

不想说了。

他们就这样静默着。大约是风的缘故，这里的雨拐了个弯，就落到山那边去了。远处凝集着一团浓重的云雾，越滚越远。他们迈出路廊，继续沿着古道前行。天色在转瞬间放晴，山景也在拐个山角之后豁然开朗。他们抬起头来，果真就看到了半山腰处一块略微向外凸出的岩石上一棵冠幅很大的银杏树。树下围绕着一群正在闭目打坐的功法修炼者，虽然之前被雨淋成了落汤鸡，但此刻依旧凝然不动。阳光一照，个个都仿佛有了仙风道骨。他们没有再走近那棵树，而是远远地打量着。云是白的，雨后的树是鲜绿的，给人一种清洁感。在东先生看来，这样的树，跟天上的云一样，也是可看可不看的。

还记得石拱桥边那棵银杏树？她问。

当然记得。这里的人都管它叫白果树。

知道树龄？

只知道它是一棵古树，有多老，没打听过。

听山里人说它已经活了五百多年。

一棵五百年的老树仍然可以结果实,不能不说是一个奇迹。结果实的白果树应该是雌树吧。

是的,每年十月它会结一次果。

那么,眼前这棵树应该是雌株还是雄株?

当然是雄株。这一带,我还没有发现第三棵银杏树。

难道说,它们隔着一座山也能传播花粉?

就像你刚才说的,这是一个奇迹:一棵树即便隔着一座山也能找到另一棵树。

我小时候在植物学课本上就看到过这样的说法:风传播花粉,肉眼是无法看到的。那种风媒花呈陀螺状,可以从相隔几十里外的地方飘过来,把花粉落在花蕊上。

做一棵树多好,每年开一次花,结一次果,就这样不知不觉活了五百多年。

树没有神经末梢,开花结果它不觉得快乐,正如它落叶时不觉得痛苦。

树有树的活法,谁知道呢?

这时候,一团云在这座空旷的山冈之上懒洋洋地逡巡着。你看见了吗?高个子女人指着一排杂木林说,从这边数过去第九棵树,你看见了吗?三年前,我把自己的手机埋进了那棵树底下。现在它应该已经像土豆那样烂掉了吧。

为什么要把手机埋掉?

我也说不清楚为什么,也许是因为那时候觉得身上的东西太多了。

身上的东西太多了?嗯,我明白了……

天色渐渐暗了下来，一些鲜亮的颜色融入灰色，一些有棱角的石头变得柔和起来。入夜之后，山谷间偶或响起寂寞旅人的弹唱。东先生无意于融入这群人里面，因此，他看了一会儿书，就早早睡下了。过了十时许，客栈里外人与动物的声息都静了下来。在山里面，寂静仿佛呈漏斗状，漏进树叶的幽微的沙沙声，漏进虫子的唧唧声，漏进地窍深处发出的嘶嘶声，和一些植物饱吸夜气的声音。

三更时分，东先生无缘无故地醒过来。那种奇怪的声音又开始出现了，以致他感觉自己好像被什么奇妙的力量抛进了另一个维度的世界。但此刻，他十分淡然。找那些高人治疗的想法早已抛诸脑后，他觉得自己也无须为此烦恼。人这一辈子，总会遇到几件让自己费解的事。与其惶惶不可终日，不如从容应对。他曾看过一部戏剧，说是有人突然发现自己身上得了一种莫名其妙的隐痛，到处找医生或专家诊断，可没有一人明白无误地告诉他，这种隐痛是如何来的，又将如何消除。耳朵里面出现的怪声，大概跟身体上出现的隐痛是一样的。

那种奇怪的声音持续的时间很短，但他之后就了无睡意，只得闭着眼睛挨到凌晨五点多，恍恍惚惚间，一缕幽暗的天光从窗帘的缝隙间照进来。他感觉这样躺着实在是百无聊赖，就下了床，拉开窗帘。在晨光里，山与人骤然相遇，让他心中忽生一种相敬如宾的感觉。他喜欢这样的山，空空的，好像什么都没有，又好像什么都有。他推开了窗，让晨风带着明亮的空气吹进来。窗子对着清寂的后院，一只早起的野狗正在一棵银桂下刨着泥土，不知道要刨些什么。他突然间像是想到了一件紧要事，从上衣口袋里掏出手机，匆匆瞥一眼，随即关掉，放进一个塑料袋，然后穿上衣服，拎着这个塑料袋，走到楼下，沿着两栋楼之间的一条青石板路，来到那座后院。狗见了生人，立马从墙洞里隐遁。他在银桂下的一张石凳上坐下来，随手拣了一块小瓦片，继续把那堆被野狗刨过的泥土挖开，挖到两指深时，就把那个装着手机的塑料袋扔了进去，然后，又用四周的泥土把小土坑掩上。天已破晓，他在石凳上呆呆地坐着。太阳又跟老朋友那样，渐渐从云层间露出一副温和的老面孔。从后院的一扇小门出来，他沿着一条青石板路来到前面那座铺花砖的小庭院，那里，树木掩映的拐角有一张阴暗、逼仄的小楼梯，沿着楼梯向右走四扇门是东先生的房间，向左走七扇门是高个子女人的房间。东先生本该向右走的时候，突然改变方向，走到她的房间门口。静静地站了片刻，又踅返，下了楼。穿过庭院里的月洞，他来到观景台，竟又看见了她的身影，感觉像是绕地球一圈之后又碰到了。世界还是原来的样子，但她好像不是原来的她了。很奇怪地，他越是走近她，越是不敢看她的脸。那一刻，他必须把目光落在别处——比如，一棵树，一块石头——内心才能平复下来。

昨天我失眠了。

为什么？

因为你。

因为我？

因为你昨天讲述那位摄影家的故事时无缘无故地中断了。

我从来不认为这是一个故事。如果你抱着听故事的心态来打听别人的隐私，我也就没话可讲了。

你没把话说完，对我来说就像酒没喝够，总是惦念着。如果记得没错，你还没告诉我他在房间里跟谁说话呢。

为什么你要打听这些？

还是因为好奇嘛。

我说的一切也许会让你觉得不可思议。

生活中本来就有许多不可思议的事。

好吧，你不妨当作一个故事来听。

那时候她的确怀疑摄影家只是存心在玩弄自己的感情，不过，她想到自己可能不久于人世，也就不在乎这些东西了。她之所以想探知摄影家房间里的人，只是出于好奇。准备跟他告别之前，她还是很有礼貌地给他打了一个电话。他过来之后，神色略微有些异样。她跟他说出了自己的心里话，也没打算保留自己的猜疑。他听了之后，就把她带到了自己的房间，打开一个旅行箱，里面除了几件衣服，就是一个黑木盒。一见到这东西，她手上的鸡皮疙瘩立时就跟阳光里密布的尘粒那样一下子冒了出来。这里面装着什么？她问。他说，是骨灰，是他妻子的骨灰。出门转了一个多月，他一直把它带在身边。因为他曾答应过妻子，一定要把她埋葬在一个安静的山谷里。问到他妻子的死因，他说，她死于白血病，他是看着她像一朵花那样慢慢枯萎的，不过，她死在他怀里，非常的平静。她听了这话，益发伤感。想到自己如果得的是恶性肿瘤，也许只能孤身一人在异地的病床上凄凉地死去。因此，她抚摸着骨灰盒，用舒缓而平静的口气说，这不是死，这叫“归”。女人这一辈子有两次“归”，一次是出嫁，叫“之子于归”；还有一次，就是大限到了，没有大悲大喜，心里面平静得很，这叫“视死如归”。

也就是那一刻，摄影家告诉她，他第一次在那棵古树下遇到她，从镜头里注视她的面孔时，突然感觉亡妻的面影从眼前飘过。就在按下快门的一瞬间，他如遭电击。事后翻看那张照片，他发觉她跟自己的亡妻其实没有多少相似之处，只是，嘴角那一抹淡然的微笑，让他有点难以释怀。她望着他那沉浸在某段回忆中的惘然眼神，确信他所说的并非虚妄。

一种绝望之后的突然放松，迫使她做出留下来的决定。他们在山中一起待了一个月，到底还是没有发生任何肉体上的关系。她也没有告诉他，自己患有某种疑似脑肿瘤的疾病。他们在一起，只有淡淡的欢喜，没有那种令人不安的生理性反应。下山之后，他们各走各的，没再碰过面，也没有电话联系。两个月过去了，半年过去了，她一直在一个又一个陌生城市游荡，奇怪的是，脑部也没有出现什么异常。因此，她又鼓起勇气重新做了一次核磁共振检查，结果发现：脑部那个白鸽蛋状的东西居然莫名其妙地消失了。在外漂泊既久以致身无分文的她不得不回到原来的单位。主管领导听说她的境况之后也深表同情，不仅让她恢复原职，还额外预支她三个月的工资。但她待满了三个月时间，又莫名其妙地辞了职，跑到了一座海滨城市，在那里的一家酒吧找到了一份 DJ 的工作。

为什么要寻找一座海滨城市？

因为它离大海更近一些。

后来有没有再见到他？

没有。一直没有。

现在我明白你为什么要去山那边看那棵树了。

你说得对，我找不到那个人，因此我想看看那棵树。人是活的，树是死的。树总不会挪吧。但我有时候想,有一天如果真的遇见他又会怎么样?不如不见,留一份念想。

这时候,东先生没再说话。一阵风吹过来,他只想抚摸她的头发。

某年某月某个春日的清早,东先生再次去敲她的门。没人应声。随即下楼,在木梯边的石凳上坐着,沉默以待。整整一个上午都没见着她的身影,他有些怅然。屈指算来,跟她在山中也不过是呆了短短三天。此刻,东先生的脑子全被她的影子占满了,这就让他害怕起来了。为什么害怕?他也说不清。从前,东先生不是这样的。

吃过早餐,他问登记台里的伙计,是否见过那个高个子女人。伙计说,她已经退房了。去了哪里?伙计说,不知道。东先生望着门外云遮雾绕的山谷,心里也是一片空茫。过了片刻,他转过头来问,她叫什么名字来着?伙计说,她是我们老板的一位朋友,因此没有用身份证登记。我也不知道她叫什么名字。

她每年这个时候都会来这里一趟?

是的,如果我记得没错,她已来过三回,不,四回。

听到这里,东先生突然低下头来,把身上所有的纽扣数了一遍又一遍,似乎要借此平复心情。慢慢地,他走出客栈,走到一座观景台上。他扶着栏杆,再次眺望着淡蓝的远山,风吹过来,情绪微微有些起伏。这地方,好是好的,但留下来、终老一生的想法他是断然没有的。他对自己说,到任何一个地方,生留恋之心都不是一件好事。不为什么而来,也不为什么而离开。这样子就行了。

他这样想着,又缓步踅返,来到那座种着一棵银桂的后院。四周无人。淡淡的阳光从山那边飘洒下来，一排滴水瓦把齿状的影子投射到草地上。他喜欢那株孤单的小树，晨风中向他举手致意的柔嫩的枝条，以及那块没有修剪过的草地。他蹲了下来，从树底下捡起一块小瓦片，刨掉了一块微微隆起的泥土，取出一个袋子，打开。手机完好无损。开机之后，他就听到一连串未接电话的提示音。真是奇怪，三个女人居然会在同一天同一个时间给他发来了三个内容相似的短信。他静默了片刻，又关掉了手机，把它直接扔进那个小土坑里。用土填平之后，他稍稍使了点劲，在泥土上踩了几脚。剩下的事，就是把左手插进左边的口袋，把右手插进右边的口袋。

写于二〇一五年仲春

东先生小传

一

你坐在这里做什么?

我在等那条狗。

狗呢?

在车子底下睡觉。

你可以把它唤醒。

日头这么毒,它好不容易找到一块阴凉的地方睡午觉,我怎么忍心唤醒它?

它是你家的狗吗?

不是。

这就怪了，既然它不是你家的狗你为什么还要坐在这里等它？

我怕车主来了，没注意到这条正在酣睡的小狗，倒车时一不留神就把它给碾扁了。

您真是一个心地善良的好人。不如这样吧，您留一张字条夹在雨刮上，车主来了自然会看到。

这不行，万一车主没看到怎么办？万一他看到了不在乎一条狗命怎么办？

这个嘛——

所以，我就坐在这里。要么等车主过来，要么等狗醒来。我是个大闲人，坐在这里或那里还不都是一样闲着？反正这里有一棵大树，正好可以乘凉。

老先生，我不知道该怎么称呼您？

我姓东，你就叫我东先生吧。

我们现在要介绍的这位东先生，白脸长身，神情温和，略带点疲懒；说话举止，也总是那么散淡、纡徐。早年间，认识东先生的人都说，他像一位教书先生。年岁大了，他的一头白发就变成了智慧的象征，仍有人将他当作退休教师，左邻右舍偶尔会带孩子过来，向他请教一些书本上的知识，或是请他教孩子们写几个毛笔字（东先生写的是正字，颜鲁公体，让人看了会心生庄重）。东先生是位好好先生，见了好雨、好孩子、好字以及好文章，都要欢喜赞叹。

有一阵子，邻居的孩子们不仅喜欢东先生，还喜欢东先生家的狗。

东先生与狗的故事暂且搁后再说，先说说那些孩子吧。到东先生家里来玩的大多是一些外地民工的孩子，他们身上有一股难以管束的野气，说话带脏字，大小便随地解决，吐痰也不看场合。但他们在东先生家待了一阵子之后，就改掉了这些坏毛病。大人们都不免惊讶于孩子的急遽变化，一问，才知道，东先生给他们上了一堂课。讲些什么？孩子们一律闭口不说。东先生也不说。其实，东先生只不过是给他们讲了几个鬼故事，比如，有一种食唾鬼专吃孩子的口沫和痰液，有一种食粪鬼专从孩子的粪堆里觅寻粪气吃，还有几种带异食癖的鬼，东先生讲得绘声绘色，像煞有介事。孩子们听了，忽然觉得鬼无处不在，有所敬畏，就不敢再随地吐痰或大小便，讲话也文明了许多。因为孩子们被告知，鬼话不能乱传，否则鬼会找上门来咬他们的舌头，所以他们都不敢把东先生的话透露分毫。

然而有一天，不知是谁，无意间了解到了东先生的身世，据说他坐过三十几年的牢。这事传开后，邻居的孩子们就再也没有到东先生家玩耍了。大人们即便见了东先生家的狗，也要避而远之。东先生早年干过些什么坏事？他们不甚了然，但一个坐过三十几年牢的人，想必是非奸即恶，不能不防了。东先生极少跟人谈及往事，尤其是二十世纪四十年代那一节。有些朋友过来闲谈，偶尔问起他坐牢的原因，他就沉默了，不再多说一句话。

抗日战争刚爆发那一年，东先生二十五岁，因为蓄了一撮胡子，所以就显得有点老相，看上去像是四十岁——那时候的读书人大多有一种蓄须明志的癖好，东先生自然也不例外。日本人打到上海的时候，东先生正准备写一本与自然名物有关的书。屋外炮声轰隆，屋内灰土迸散。东先生愤然写下八个墨字:老实读书,不怕炮弹。写毕,张贴门口,然后返室,沐手,焚香,从书架上抽出一本书,读了起来。读的是明朝遗民张宗子的文章。里面有一篇文章写鹿苑寺方柿,东先生读着读着,便想起故乡的柿子。不过,故乡的柿子是圆柿,确切地说,是椭圆形的。东先生咂了咂嘴,用老家的土语念了一段张宗子。念到"余向言西瓜生于六月,享尽天福;秋白梨生于秋,方柿、绿柿生于冬,未免失候",心里忽然泛起一股酸味。他觉得自己就跟冬天的方柿、绿柿一样,也是生不逢时。东洋留学归来,原本以为自己可以一展抱负,但现在,除了长出一大把胡子,似乎也没有干成一件像样的事。好不容易在商务印书馆谋到一份闲职,等着次日去上班,却碰上了战乱。给他介绍工作的世伯没有被半夜侵凌的炮弹击中,却在睡梦中活活给吓死了。昨暮还是人,今旦已成鬼,东先生站在一间草草搭就的灵棚内唏嘘了许久。上海看来是不能待了,他思谋着找个偏远地方,依草附木,把自己藏起来。此间,东先生曾托一位老乡去买一张船票,打算从上海回到老家东瓯城内,但过了好些日都没有老乡的音讯。翻看近日的报纸才知道,那条航线的轮船目下已移作他用,近期暂且不开通客运。老乡拿了钱,也不知去向了。

上海的硝烟味刚刚散去,脂粉气和香水味便又从狭长的巷弄里飘了出来。吃过晚饭,东先生原本喜欢去空阔的地方走走,看看马路边的摩登女郎,但现在哪儿也不想去了。这靡丽繁华的夜上海在他看来也是满眼荒凉的。有一天黄昏,一个约莫十来岁光景的小男孩找到了东先生,颤抖着递给他一张皱巴巴的船票。小男孩转身欲走时,东先生叫住了他,问他那个买票的老乡去了哪里。小男孩说,他是我爹,今天买了船票回来,一枚炸弹正好落在我家门前,阿爹紧紧地抱住我,我感觉自己被什么东西弹了出去，醒来时，才发现阿爹身上全是血。阿爹知道自己已经不行了，从口袋里摸出这张船票，叮嘱我一定要送到先生手中。东先生问，你家还有别的什么人？小男孩摇了摇头。东先生把他拉进门，说，你以后就跟随我吧。小男孩姓杨，东先生就叫他小杨。他给小杨煮了满满一碗面条，然后坐在灯下，默默地看着他大口吃面。小杨一边吃，一边流泪。他说阿爹煮的面条也很好吃。东先生说，明天一早，我就带你去那边买一具白皮棺材，把你爹送到郊外埋了。这一夜，东先生都没有合眼。但凡遇到什么看不惯的事，他的思想就会飘开来，目光也飞升到了高处。凡事从天上往下看，再大的事也只是小事。比如这片蔓延到上海的战火，放在地球上，不过是星星之火；而地球呢？也不过是宇宙间一颗渺小之至的星球。这么一想，战争也就不那么可怕了。那头的仗照样打，这头的日子照样过。而且，淡芭菰是断断少不了的。

春天来了，有一位女老师来信，约东先生在某个礼拜天去外白度桥看一江春水。但东先生似乎也没一点这方面的热情。上海的杂与乱，以及无聊，让他厌倦透了。到了夜晚，有些地方不能乱逛了。而且，春寒似秋，他也懒得出去。索性关起门来继续读书、抽烟、吃茶，偶尔也给上海的报纸或杂志写点小文章，换些柴米油盐。然而，这样的日子眼看着也不能过了。一天深夜，远处一条巷子里忽然传来一阵清脆的枪声。狗吠，无人点灯。有脚步声朝这边飞掠过来。东先生披衣起床，听得邻舍响起笃笃的敲门声。有人报上自己的名字，但主人偏偏在这一刻睡得很死，没有出来开门。那人又拢着嘴，用低哑的声音喊了几句。听其口音，像是东北人，眼下的遭遇可能与远处那一阵枪声不无干系。东先生隐约听到一个孩子的哭声，就生了恻隐之心。悄然打开门，向那团模糊的影子招了招手。东北汉子会意，背着一个小孩子，跌跌撞撞地进了屋子。那人站定后，忽地跪在东先生跟前。身边是一个高鼻深目的小男孩，脸上仍带着一副惊魂未定的神色。东先生扶起东北汉子，问道，方才发生了什么事？东北汉子指着小男孩说，他是犹太人，父母在上海经商多年，我是他家的仆人。今晚，有两名德国佬突然冲进我家主人的房子，二话没说，就开枪杀死了所有在场的人。我不知道是怎么一回事，背起萨布拉斯就逃出去了。萨布拉斯，快来给这位好心肠的爷磕头谢恩。那个名叫萨布拉斯的小男孩立马跪了下来，用中国话说，我是以色列人，小名萨布拉斯，也就是仙人掌的意思。东先生扶起萨布拉斯说，外国人不讲究这种礼数的，萨布拉斯，以后你若是没有去处，就躲在我这里吧。东先生走到东北汉子跟前，拍着他壮实的肩膀说，天下的义士多出蓬户之间，你就像古时的程婴。东北汉子摸着后脑勺问，程婴是谁？东先生让他们坐了下来，讲了一个赵氏孤儿的故事。东北汉子听毕，说道，既然你称我是程婴，那么，你就是那位公孙杵臼先生了。东先生望着屋外暗沉沉的青空，觉着那种久远的侠气真的是可怀的。

自此，东北汉子与萨布拉斯就在东先生家住了下来。东北汉子胡子浓密，头发稀疏，给人一种草盛豆苗稀的感觉。平日里东先生就叫他大胡子，两个孩子（萨布拉斯和小杨）也跟着叫开了，通常是后缀一个叔叔，表示尊敬。大胡子叫什么名字，大概除了东先生，无人知晓。

东先生留下大胡子的另一个原因是，他能做一手好菜。但南人、北人、犹太人，口味不一，生活习性也大不相同。四人住在一起，就不免闹些笑话了。有一回，小杨和萨布拉斯买木炭回来，东先生嚷道，大胡子，快给孩子们烧一锅洗面汤。大胡子应了一声，好嘞。没过多久，大胡子就端出了一锅素面汤。东先生愣了一下，说道，我是让你烧洗面的汤，你怎么端来一锅面汤。大胡子摸着秃脑门说，这就是下了面的汤呀。东先生做了一个洗脸的动作说，我指的是这个，你懂吗？洗面，嚓嚓嚓。大胡子恍然大悟，这叫洗脸，怎么叫洗面呢？没错，东先生说，你们北方人叫洗脸，我们南方人叫洗面。东先生又指了指锅里的面汤说，我们管烧开的清水也叫汤。大胡子继续摸着秃脑袋，嘟囔了几句。

如前所述，东先生的邻居是大胡子的东北老乡，平日里抬头不见低头见，但东先生和大胡子从未跟他打过招呼。有一天，几个日本宪兵从邻居家出来，朝东先生这边伸脖子张望了一眼。东先生赶紧让大胡子和萨布拉斯躲藏起来。上海这地方，除了瑰丽与阴暗，还隐藏着一丝凶险。东先生感觉自己越发待不下去了。岁入年末，东先生决定回东瓯老家过年。祭灶那天，东先生变卖了所有值钱的家当，带着大胡子、萨布拉斯和小杨坐上一辆旧卡车，从上海一直乘到鄞县。沿途大雪纷飞，固然很美，但每隔一段路看见道边雪地上横七竖八躺着一些死于饥寒或疾病的难民，东先生就无心看风景了。由于气温过低，那辆卡车的发动机坏掉了，陷在雪地里寸步难行。东先生等人只得以步代车，打算走走歇歇回老家。岁暮路遥，他们等不到车，不得不留在鄞县一家旅馆过年。按旧俗，过年要吃鱼，这一点，东先生就免了，大家围炉吃山芋，也算是求个年年有余。正吃得有滋有味，屋外忽然传来砰的一声巨响，孩子们不觉股栗、手抖。大胡子说，是爆竹声，别怕。东先生一边卷纸烟，一边慢条斯理地说，炮火即便烧到我的唇边，我也要先用它点一支烟。对东先生来说，一日三餐可以断，烟不可断。饭后一根烟，让肚子里沉甸甸的食物突然变成了一种类似于精神的东西。

过了年，鄞奉境内依旧是兵乱不断，东先生也不管黄历上说宜不宜出门，就收拾行李及早登程。这一路上东先生又收养了三个孤儿。

其中有两个孤儿都是小女孩。大的那一个叫阿梅，小的那一个叫阿菲。两人都梳着羊角辫，穿着红布袄，在东先生眼里，她们就像是一副充满喜气的春联。阿梅十岁，已经出落成一个标致的小姑娘了。前阵子，日机频频在鄞县投放炸弹。战事吃紧，当地政府奉令向老百姓强收军谷，民间没有余粮，饿死甚众。阿梅一家八口饿得面色青白，眼放绿光。除夕那天，父亲不知从哪里买来了一斤面粉，于是抟成汤圆，煮熟了分给每人一大碗。一家人都饿慌了，囫囵吞下，连一滴汤汁都不剩。父亲见家人都吃下了，抹了抹嘴角，十分镇定地告诉他们，他之前已在汤圆里下了毒药，今晚，他将带着儿女们一道与死去多年的妻子团聚。孩子们听了，突然大哭起来。哭声与风声混在一起，一直持续到他们四肢疲软、眼睛发昏。慢慢地，他们都进入了睡眠，唯独阿梅依旧睁大眼睛盯着天花板。说来也巧，大家吃汤圆的时候，阿梅恰好肚子疼，自己那一份还没来得及吃下，就被几个哥哥弟弟哄抢着瓜分掉了。阿梅捡回了一条命，但从此成了一个孤儿。她想投靠姑妈，不承想姑妈一家也过着流落街头的日子，她只能在寒风中漫无目的地走着，直到身体支撑不住，瘫倒在地。迷迷糊糊中，她以为自己就要死在路边了，后悔当初没有吃下汤圆。过了许久，她才发现自己竟躺在一张床上。当她瞥见东先生的面影时，疑心这是梦境，便带着几分谵妄喊道，先生，先生，你听到了吗？外面的风在呜啦呜啦地吹着。不，东先生说，那是死神吹着口哨离开了。正是东先生，把阿梅从死神身边拉了回来。从此，她也就认东先生做了义父。

说起阿菲，东先生总是要掉眼泪的。阿菲家贫，母亲生下了一个小弟弟之后，家里更显窘困，常常揭不开锅。当阿菲听说父亲要把姐姐卖给一位异乡人做童养媳时，姐姐哭闹着要跳井。阿菲心下一横，就央求说，要卖就卖我吧，我做事比姐姐麻利。父母犹豫了许久才算同意了，第二天一大早就把她交给了那位异乡人。他们走到半路上，日本人的飞机突然在天空出现，一枚炸弹落下来，把那个异乡人炸成了肉块。落在身后的阿菲被一股气浪冲击，掉进了一条土沟，总算幸免于难。东先生路过此地，听到哭声，就刨开灰土，把她抱了出来。那时候，东先生说，她就像是一只从灰烬中重生的凤凰。

最小的孤儿叫阿岛，是一个六龄男童。东先生初遇他时，他就坐在临海县城一家小旅馆门口的石级上，脸被寒风吹得一片青紫，眼睛定定地望着门外那条布满车辙的黄泥路，像是快要掉出来了。东先生进出两回，见小男孩都一直僵坐着，就问他坐在这里等谁。小男孩说，等妈妈，她说她要去海边滩涂找些可以吃的东西，去了整整一天都没回来。东先生把他带到房间里，从包裹里掏出两块芝麻饼递给他，小男孩接过饼后，居然很懂礼貌地向他鞠了一躬。到了夜晚，小男孩的妈妈还是没有回来，东先生就让他跟萨布拉斯和小杨同睡一床。窗外飘起了大雪，东先生看着这个熟睡的小男孩，心里掠过不祥的预感。次日一大早，东先生发现小男孩不见了，下楼四顾，只见小男孩依旧坐在门外原来的位置上等着妈妈归来。照理说，东先生即日就要启程，但他还是决定在此逗留一天。稍过，有人来，说是昨天上午看见有个小妇人穿着阔太太的睡袍，背着一个枕头，朝海滩那边走去，他跑过去想看个究竟时，她已经被海浪卷走了，隐隐约约还能看见她的手在挥舞着，好像是有点不甘心自己就这样死去。那人瞥了一眼店堂外的小男孩,低声说,我听人说有个小男孩在镇上苦等着妈妈,想必是他了。东先生走到门外,弯下腰对小男孩说,你妈妈恐怕回不来了,你不如跟我走吧。小男孩望着白茫茫一片雪地,无力地点了点头。东先生在旅馆的柜台前结账时,顺便把自己的通信地址记下来,反复叮嘱掌柜,倘若有人过来找这个小男孩,务必把这张纸条交给对方。

东先生的前脚刚到东瓯城,日本人的炮弹就跟了过来。东先生跟一位前来给他接风的朋友说,我们是来避乱,不承想这里也是一片乱世景象。因为是在战时,东先生花不多的钱就在城里买下了一座老宅(连带屋后的废园)。大伙把里里外外收拾一遍,就草草安顿下来了。

兵荒马乱的年头,春天总是姗姗来迟,好像是北方的冬天把一部分寒气分留给南方的春天了。及至风暖,天也放晴了,大胡子便在屋后的大片空地辟了一块菜园。而东先生也没闲着,在菜园边上种了几竿竹子。东先生说自己跟东坡先生一样,宁可食无肉,不可居无竹。事实上,东先生本来就不吃肉,故而也就无所谓“食无肉”了。东先生在上海的时候,身上还有些“乡气”;回到乡下,却保留了几分上海人的做派,比如吃下午茶,比如饭前读报。东瓯城毕竟不如上海,不能靠卖文为生,东先生只好重拾画笔,描摹一些旅途所见的世相与物态,然后交给城里的朋友帮他打点,换些大米。偶尔也仿效八大山人的笔法画些残山剩水,标了润格放在东瓯街的“古榕轩”卖。

大胡子烧菜煮饭之余就跑过来,看东先生画画、写字。东先生捋着胡子说,你胡子长得蛮漂亮,可以随我学画画、写字,以此谋生并不一定要靠天赋,有时候就靠这一把胡子。你看我,早前人家说我胡子长得好看，可以去当算命先生，我还真的在路边摆过几天算命摊子。大胡子也捋着胡子说，这年头，兵荒马乱的，谁还会有兴致写字、画画？东先生说，你可以设个摊子替人画容呀。这年头，死人多，稍稍有点钱的人家还是要给自己先人留下一幅遗像挂在中堂的。大胡子想了想说，我只想烧好我的菜。烧一盘菜可以填饱肚子，画几根菜能行吗？东先生无语。

东先生的字画也确乎卖不出个好价钱，一家人七张嘴，也就大可忧虑了。城西小学的一位校长听说东先生早年留过学，有一肚子学问，就聘请他做国文老师。收到聘书后第二天，东先生就夹着几本教科书去学堂，刚到校门口，忽然看到有一片阴影从头顶掠过，未及抬头，前头已传来轰然巨响。粉白的高墙内顿时升起一缕黑烟，东先生和身边的大树都猛烈地摇晃了一下。一架飞机掉头远去，天空似乎一下子变得倾斜了。东先生扭了扭脖子，才算将它摆正了。随后，防空警报响了起来。东先生掸掉衣上的灰土和落叶，继续沿着那片灰绿色的林荫小道走进校园。校舍坍塌了，校长被一根横梁当场压死，还有几个学生受了点轻伤，他们见到东先生，便抹着鲜血，哭喊着，先生，我是不是要死了？我是不是要死了？东先生撕掉长袍的一角，给他们一一包扎伤口。孩子们坐在草场上，彼此看着，似乎有点不敢相信自己还活着。东先生看了，跟一位女老师说，这年头，活着的人常常会以为自己已经死掉了，你说是不是？说这话时，他的脑子里浸透了春天的朝雾，手脚是虚软的。

没过多久，学堂里的孩子都被父母先后接回家了，只剩下五个寄养学堂的孩子无家可归。眼看天色就黑下来了，眼看这些孩子不知道何去何从，东先生咬了咬牙，对他们说，你们如果愿意，往后就跟着我吧。孩子们收拾好行李，瑟瑟缩缩地跟在他身后。东先生不说话，昂首穿过那堵炸开的断墙,走到外面的马路上,看着那些突然被风吹响的树叶。

从此,东先生家变成了一座孤儿院。每天都有一群孩子跑进跑出,尘土飞扬。东先生按照齿序,称他们阿大、阿二、阿三,余者以此类推。十二个人,十二张嘴,十二副碗筷,每天让他头疼的就是吃饭问题。贫困让他们坐到了一张桌子,有时一起喝汤粥,有时一起喝西北风。但他们到底还是快乐的,他们的笑声常常从尘土间散开,从树上摇落。十个孩子,如鸭之放养,自然需要一个孩子王来统领全局。这件事,也就落在年龄最大的小杨身上。

从阿大到阿十,都有一个习惯动作,那就是端裤子、抹鼻涕。阿大的裤子是由东先生那条灯芯绒裤改制而成的,阿二、阿三穿的是阿大前些年穿过的裤子,等而下之,到了阿十那里,不是裤长,就是腰宽。对这些孩子来说,有裤子可穿就不错了,哪里还会计较什么合不合身。有几个孩子没有两身换洗衣裳,下雨天,淋湿了,只能穿着一身湿衣裳;太阳出来了,立于太阳底下,等着晾干;若是冬天,常常会冻得嘴唇发紫,两腿只打哆嗦。这时候阿大发挥了大哥的作用,帮他们借衣裳。有时向这个借一条内裤,有时向那个借一条毛衣。七拼八凑,淋湿的人就有了一身干爽的衣裳可穿。

至于抹鼻涕,大约是天寒时节衣裳单薄所致。有些孩子冬天抹惯了鼻涕,直到夏天还改不了这种积习,没有在鼻子下面抹一下就不舒服了。比如阿六(也就是阿岛),是常年流鼻涕的。东先生常常摇头笑道,这孩子把鼻涕佛长年供奉在两个鼻孔之下、一片嘴唇之上,怎么就没有不舒服的感觉?鼻涕垂得太长了,阿六就伸出舌头猛地吸溜一下,跟吃面条似的;有时直接用袖子十分利索地抹一把,袖口是一片亮白。

这些孩子中,东先生最喜欢阿六。阿六原本很少说话,从来不跟任何人谈起自己的身世。他讲的虽然是东北话,但大胡子说这口音怎么听都不够地道。东先生说,阿六的口音很特别,甚至有点近似于日本的关东腔。大胡子笑道,你们东瓯话听起来更像日本话,我至今只听懂洗面汤三个字的意思。闲时,东先生教阿六一些东瓯歌谣,他居然很快就学会了。东先生常常对人说,阿六这孩子,我总觉得是我失散多年的亲人。

阿六还有个绰号,叫"王金彪"。王金彪是东瓯街头的把戏师傅,兼卖一种黑乎乎的药丸。阿六时常把身上的污垢搓成圆圆的一小颗,称这是包治百病的药丸。他一边搓,一边唱着东先生教给他的歌谣:阿大一颗,阿二一颗,阿三阿四各半颗。吃了药丸,病痛全消。阿大拍手笑,阿二拍手叫,阿三阿四还想要。阿六搓好了"药丸",问他们,要不要吃?众皆摇头。阿大把手伸进怀里使劲搓了几把,突然掏出一颗"药丸"兴奋地说,我的比你大。阿六自愧不如,就继续往怀里揉搓污垢。

多年来,阿六的内心一直固守着一个秘密。时间久了,连他自己差不多都快要忘掉了。然而有一天,一个关乎身世的秘密却在无意间流露出来。那晚,大伙一起洗澡的时候,东先生教孩子们唱起了东瓯的歌谣:虎蚁王王,夜里爬起烧汤。无点灯,照月光;无脚盂,破水缸……洗了澡,一身清爽,大伙便围坐在一起,照例要听东先生讲故事。东先生说,你们离家有好长时间了,心底里一定很想家吧,今天暂且不讲故事了,就让每个人唱一首家乡的歌谣。从阿大开始,大家轮流唱。这些孩子,不是生在上海,就是江浙带一带,唱的歌谣大都有吴语味道。唯独阿六唱的一首歌谣与众不同,略带一丝凄凉。东先生听着听着,脸色就变了。

打这以后，东先生就格外关注阿六了。

有一天，东先生看见阿六正津津有味地舔着胳膊，就问，这上头也有鼻涕么？阿六说，不是鼻涕，是血。东先生抓起他的胳膊一看，果然有血。又觑了一眼他的嘴，唇角、牙缝里也有血迹。你为什么要吸这血？东先生喝问，你应该去找一块布包扎起来。阿六笑眯眯地说，没事的，我喝的是自己身上的血。东先生见血就犯晕，不忍再看，挥挥袖，走开了。

渐渐地，孩子们当中就有人效法阿六，开始流行吸血了。但凡有谁干农活时割破了手脚，流出血来，就直接把嘴凑上去舔干净。这段时间，也不晓得为什么，阿六常常弄伤自己，然后就在那里舔血。东先生不忍见血，见到阿三，就嘱咐他，去找一块干净的纱布，把阿六的伤口包扎起来。吃晚饭的时辰，东先生见阿六胳膊上的伤口没有包扎，就向阿三问责。阿三翻着白眼说，他都已经把自己胳膊上的血吸掉了。

入夜，东先生起来巡房。孩子们一个个相互枕藉，睡相奇丑。东先生给他们一一掖好被子，就退出门外，走到院子里。大胡子也没睡，正坐在树下的石凳上看月亮。

大胡子说，阿六这孩子近来有点怪怪的，半夜里尽说些听不懂的梦话。东先生说，他在说日本话。大胡子咧嘴笑道，他那话听起来倒真像是日本话哩。东先生说，我没有跟你开玩笑，他说的就是日本话。什么?！大胡子嘴里喷出一口热气，把胡子都要掀开了，难道这孩子是日本人不成?！东先生说，他的确是日本人的孩子。大胡子腾地立起，说，那就让他滚回日本去。东先生说，孩子是无辜的，更何况，他死了父母，无家可归，我们既然收留了他，就要帮他隐瞒身份，让他在这里能呆多久就呆多久。大胡子猛砸一下石凳说，日本鬼子丧尽天良，他们的孩子也必定是坏种。东先生沉默不语,过了许久,才缓缓吐出了一句:话不能这么说。

大胡子说,我前些日听孩子们念,人之初,性本善。我就不相信人性本善。

东先生问,何以见得?我倒要听听你的高论。

大胡子说,我是个只会做饭、种地的粗人,哪里会有什么高论?不过,要说人性本善,在我看来只是你们读书人在书本上说说而已。我见过租界里一位买办的小儿子,也就四五岁光景,人倒是很聪明,可就是喜欢学大人的样子对家里的仆人指指点点,他要是上幼稚园坐人力车,仆人不许陪坐,须得跟在车后跑。这样的孩子,你能说"性本善"么?

东先生说,你所说的,只是个例。

大胡子说,你再看看我们这里的"小日本",他近来时常吸自己的血。

东先生说,这情形我也见过。

呀,大胡子问,你说日本人是不是生来就嗜血?

东先生说,我只知道萨布拉斯的国家有不吃动物蹄筋的习俗,没听过日本人有吸血的传统。

大胡子垂下头来,一副强抑悲恸的样子。东先生拍了拍他的肩膀,走进了自己的书房。这一晚,东先生没有睡好。他已经决定花掉整个夜晚的时间把一些问题弄清楚。比如,血的问题。

东先生最怕见血,即便是有人杀鸡、宰猪,他也是避而不见。早年留学日本,原本抱定学医救国的思想,后来看到开膛剖肚、鲜血淋漓的手术场景,便为之觳觫,不得不改修生物学。血之于他,有一种神秘感。尽管如此,他还是试着翻译了英人一本关于心血运动的小册子,而且对欧亚人种的血液构成做过交叉研究。他在古希腊人写的书中看到这么一种说法:人的体液分为四种,包括辛液、胆液、黏液,而血液是其中占比重最大的一种。还有人甚至认为:血液若是与其他几种体液处于均衡状态,那么它只能造就平庸之辈;若是失衡,那么它造就的不是疯子,便是天才。因此,东先生时常怀疑:日本人如此好战,是否因为血液与其他体液处于失衡状态?东先生近来读杂志,偶尔读到了一位叫张君俊的学者写的一篇与体质人类学有关的文章,谈到血型时他这样说道:江浙两省抽样A素与B素皆不旺,但血清内不含凝集素的百分比却很高。也就是说,这些人的血比其他各省民族较纯净。东先生不知道这种说法是否确切。为什么独独说江浙人的血纯净呢?

这些天,东先生隐隐感觉大胡子的举止有些异常。种菜烧饭之余,大胡子时常会掏出一张泛黄的全家福照片,用阴郁的、近乎悲愤的眼神打量着照片上的每一个人。中午吃饭的时辰,大胡子喝了点酒,突然指着阿六的鼻子,开始气势汹汹地骂起日本人来,那一刻,眼中深藏的两点寒灰里迸出了仇恨的火星。阿六吓得脸色苍白,赶紧用双手捂住脸,不敢吱一声。东先生劝慰道,你骂只管骂,别冲着孩子来。大胡子想跟大家说什么时,东先生就打断了他的话。

天色将晚,大胡子扛着锄头从地里回来。一进门,见几个孩子学东先生的模样,坐在院子里写字,便嚷道,你们连饭都不煮,一个个倒像先生似的。

阿五指着那边的墙头对大胡子说,你看,他才是先生。

阿大像一只秃鹫那样蹲踞在墙头。他的目光集中在某一点上,因此他的身体绷得很紧。阿大很少帮大胡子干农活,他身上运动最频繁的部位就是眼睛和手。在外人看来,他的工作就是把眼睛所看到的东西用手抓过来,然后就在一张白纸上涂涂画画。他称这活儿叫绘画。有时还加上一个高雅的说辞:艺术。大胡子叫了他几声,没反应。大胡子来到墙根,冲着他悬空的臀部骂开了:蹲在墙上,拉屎啊。阿大回过头来,嬉皮笑脸说,我要是拉屎,你岂不是站在茅坑底下吃屎了?反了,大胡子跳起来,举起手中的锄头,做出要追打他的样子。阿大像雄鹰展翅般掠向墙外的草地。大胡子悻悻地走进屋子,吼叫着:人呢,都死到哪里去了?!

我在,我在哩。阿七和阿九不知从哪里突然蹦了出来,紧跟着,阿四和阿五也从镬灶间里跑出来。大胡子带着一脸神秘说,你们统统过来,我告诉你们一个秘密,我们当中有一个人是日本鬼子的儿子。大家听到这话,一下子就怔住了。他们嘁嘁喳喳地追问,究竟谁是那个小日本?大胡子招了招手,他们就围了过去。

东先生依旧坐在一隅,批改作业。他抬头叫了声阿四,阿四不应;再叫阿五阿七阿九,也不应。

忽地,孩子们跟风中的草蓬那样散开,走到院子里,挥动着拳头一迭声地喊着:打倒小日本!打倒小日本!

东先生听到喧嚷声,就掷笔站了起来,走到大胡子面前,跟他对视了一眼。大胡子翻着白眼说,现在大家都已经知道阿六是日本人的坏种了。

这时,阿三跑过来,告诉东先生,阿六正在吸血,这一回他吸的是别人的血。大胡子冷笑一声说,坏种,我说他是坏种就是坏种。东先生咕噜了一声,立马掷下手头的画笔随同阿三来到大街的拐角处。只见阿六俯伏在阿二的大腿上，丝溜丝溜地吮吸着。东先生从背后抓住阿六的衣领,提了起来,叱道,狗畜,滚一边去。阿六吐掉了嘴里的血,怔怔地望着东先生那张因为愤怒而扭曲变形的脸。东先生不由分说,就给了他一记耳光。阿二听到巴掌声,先是呻吟了一声,然后解释道,先生错怪他了,我方才被毒蛇咬伤,是他帮我吸出毒液的。东先生低头细看,阿二的大腿上果真有一道一字形的伤口,周围已肿胀起来。东先生当即解下他的裤带,把他的大腿扎紧,以免毒液蔓延。再回头,阿六已经不见踪影了。东先生吩咐阿七和阿九,快去,把阿六找过来,让他赶紧吐掉血液和蛇毒,用井水漱漱口。这时,大胡子也闻声赶了过来,对阿二的伤口做了一些简单的清洗处理。大胡子说,这是火毒,一时半刻无法排出毒液,我这就去后山采些草药。傍晚时分,大胡子带来了满把的山胡椒和山马兰。东先生捣草药的时候突然想起阿六,就问阿七和阿九,有没有见着。阿七说,阿六不晓得跑到哪儿去了,连个影子都没见着。此时日头短了,树影长了,东先生的心里又添了一层灰暗。厨房那头,大胡子正咋呼着让孩子们提前半小时吃饭。为什么不等阿六回来?东先生咕噜了一句。大胡子没有回答,但他的嘴角分明露出了一丝冷笑。东先生连饭也不吃,就趿着拖鞋跑出去了。

东先生沿路向人打听阿六的去向时,有个熟人说,他之前似乎看见阿六去了西斜街。东先生吓了一跳,西斜街可是宪兵日本队(原称日本宪兵队)的驻地,莫非这孩子早已知道在那里可以找到自己的同乡?东先生穿过一片梨园,过了一道板桥,就走进了一条荒寂的老街。那里虽然也有本地人居住,但天黑之后,人们就不敢出门了。东先生静立片刻,顾盼无碍,就放胆朝前走去。远远地,他听到有人拍球的声音,继而传来一个男童的嬉笑声。东先生趋前几步，躲到一尊石翁仲后面，循声望去，街腰凹进去的地方有一片道坦，地面晃动的树影，屋檐间闪烁的一线银光，让他禁不住打了一个寒战。没错，那个拍球的男童就是阿六，纤小的身影在月光下来回滑动着。几个日本兵站在一边，看着他拍球，有说有笑。黑暗中，那一排排牙齿闪烁着森冷的白光。东先生谙熟日语，听得出那些人说的正是日本话。阿六拍累了，就坐在一名日本兵的膝盖上，跟着他们唱起了歌谣。东先生听得分明，这是日本的古歌谣，唱的是旅人的春水般的哀愁。东先生正待转个身时，右脚踢到了一个马口铁盆子，空寂里发出哐啷一声响。随即，从那边突然齐刷刷传来拉动枪栓的声音。东先生知道自己已经暴露了藏身之处，只得举起手来，从石翁仲后走出来，用日语跟他们会话。一道手电筒的强光打到他脸上，他下意识地眯起了眼睛。一片蓝得发黑的天空从两排屋檐间斜斜地竖了起来。东先生不动。阿六喊了一声"东先生"，就飞快地跑过去，抱住了他的双腿。日本兵收起了枪，其中一个老兵走到他跟前，鞠了一躬说，原来你就是他刚才提起的那位东先生。东先生环顾四周，整条街上阒无一人。他把手放在阿六的头顶，顺着倒毛旋抚摸了一圈说，我是错怪你了，你之前吸了毒液现在没事了吧？阿六拍拍胸脯说，我是吸一口，吐一口，不碍事的，而且，我还跑到河边漱了漱口。这个法子是我爸爸教会我的。东先生问，你爸爸是——他爸爸是一名军医，老兵抽出一支烟，给东先生点上说，今天晚上，这孩子突然跑过来告诉我们，他的父亲叫大岛俊太郎，是一位军医。说起来，他父亲还救过我们很多人的性命。多年前，他因为抢救了一名中国病员，被长官就地正法，他的夫人听说后也蹈海自杀了，真是不幸。不过，大岛家族总算是留住了这一脉。老兵说到这里，仰面吐了一口烟，又继续说道，无论如何，我们都要想方设法把大岛君的孩子带回日本，送到他祖母身边。东先生默默地抽完纸烟，没说什么，就跟阿六话别，独自一人沿着铺满月光的老街往回走。走着走着，他就感觉自己的双腿犹如被寒风吹动的树枝。

这以后，日本兵偶或在东瓯城内举办中日亲善大会时，也会把东先生请过去吟诗作画。东先生只是作些不痛不痒的诗，画些残山剩水、枯枝败叶。此间，他跟阿六见过几次面。不出几个月，这孩子长得比先前似乎胖了些，也红润了些。阿六一度准备搭顺风船回日本，但那边传来消息说，由于东京遭遇美军大空袭，阿六的祖母和舅父一家全部葬身火海。阿六便如同一只断了线后挂在树枝上的风筝，飞不上天，也下不了地。有一天清早，几个日本兵带着米谷管理委员会的主任，走进东先生的大院，丢下两袋大米和若干药物。其中一名日本兵对东先生说，近日局势紧张，你不能再跟大岛(阿六)联系了。从他口中，东先生得知，阿六很可能会在近期离开东瓯城。这以后，东先生再也没有见过阿六一面。又一日清早，外头传来消息，说日军败象已露，驻扎东瓯城的宪兵也不得不仓皇逃离。临行前，他们怕有人追击，又在东瓯城外的码头小镇上投放了几枚炸弹。其中一枚炮弹落在一条老街上，烧了几家纸马店。街坊都说，纸马店烧了，就算是烧给死人的。另一条街上炸死了几个老人和小孩，人们照例把他们埋了。末了，照例以一句“阿弥陀佛”了事。日本兵一撤，街头就出现了中国兵。有消息灵通人士放言，抗战一结束，可能还有国共之间的一番恶战。总之，这世界不得太平。东先生抛下报纸，叹息一声道，先前舜爷弹弹琴，唱唱歌子，天下就太平了；圣人和明君治大国如烹小鲜，也是轻轻松松的活儿；现如今的世道，哪是世道呀。到处都是打打杀杀、吵吵嚷嚷,也打不出一个清明世界来。

正当东先生为未来的国运深表忧虑时，抗战胜利的消息传遍了东瓯城,人们跑到了街头,在一片饱含激情的南风中痛哭流涕,用最大的嗓门呼喊着。但对东先生来说,真正的灾难才刚刚开始:当天下午,几个腰间别枪的军警走进大院,带走了他。后来人们才知道:有人检举东先生收留了日本人的孩子,还跟几个日本兵串通一气,祸害同胞。检举东先生的不是别人,正是大胡子。东先生写了一份材料,为自己辩诬,但没有人相信他说的话。东先生被列入汉奸名单,虽不至于枪毙,但也难免牢狱之灾。至于东先生收养的十几个孤儿,无人照看,也都散落各处了:阿大被国民党拉去当兵，在国共内战中充当了炮灰，只留下一幅自画像,托人带给了东先生;阿二跟随大胡子流落到上海,找到了一位族叔,终于回到了以色列;阿三做了别人家的童养媳;阿四带着阿五在一家药铺打下手;阿七和阿九进了别家孤儿院;阿八和阿十没了下落;至于阿六回到日本后怎么样,没人知道。东先生满以为自己会在牢狱中终老,但他没料到，一九八一年春，有个名叫萨布拉斯的以色列商人来到中国,四处打听他的下落。萨布拉斯在外交部的帮助下,与东先生在某座牢房里见了一次面。萨布拉斯告诉他,大胡子出卖了自己的救命恩人之后,一直十分愧疚,在萨布拉斯回到祖国之后,他也回到了自己的故乡,在家人墓前的一棵树上上吊了。东先生深深地叹息了一声说,我何尝不知道他心里面的仇恨?萨布拉斯走后没几日,东先生就无罪释放了。后来有几位报社记者采访东先生,竖起拇指,称他是“东方的英雄”。我什么都不是,我还是我,东先生说,我收留了一个日本人的孩子,有人就说我是汉奸;我收留了一个犹太人的孩子,有人就说我是英雄。为什么会这样？我也不明白。我不是什么汉奸，也不是什么英雄，我只是一个很平常的人。这一辈子，我写好了那一撇，却没有写好那一捺。

二

东先生，车主来了，唔，狗也起来了。

噢噢这样我就放心了。

可是，你看这条狗又钻到旁边这辆车子底下了，怎么？它要继续睡懒觉不成？

是的，这条狗看起来很疲倦，走路的样子都带病相。

果然，它又睡下了。

它是一条流浪狗，风吹雨淋，一定是病倒了。

你怎么晓得？

实不相瞒，我是收养流浪狗的。

东先生在自家的院子里养了二十几条流浪狗，门口挂着一个木牌，上书：流浪狗之家。这些流浪狗，品种较杂，但以土狗居多，土狗中又以老狗、病狗居多。有些狗是别人送过来的，有些狗是东先生在半道上救治后带回家的。但凡流浪狗进了这个院子，第一日要注射疫苗，第二日就得做绝育手术。早前拉到宠物医院做这种手术，公狗要交五十元手术费，母狗要交一百元。东先生看了几回，就自己动手给狗做绝育手术。如此，春秋之间，狗就不会发情了。东先生的院子里有一块黑板，上面记着捐助物资情况。除了夏天的时候有人送防雨布、电风扇，冬天的时候送御寒棉被之外，平日里也有人送来一些狗食。还有一些人甚至还愿意做义工,帮助东先生给狗洗澡、剃毛、包扎伤口。前些日,有位乡下的杂货店老板来到东先生的流浪狗之家,说是要认领一条狗护家。东先生挑了一条头顶平实、两耳下垂的黄狗。依旧例,东先生让他在认领之前与狗合个影。那人的嘴角微微翘起说,跟畜生合影,还是头一回呢。他又抚摸着黄狗脑袋上的一块瘀肉问,这狗的脑袋似乎被人敲打过,往后会听主人使唤吗?东先生一边抽着烟,一边答道,你以为自己比狗聪明么?未必,你跟狗说话,狗常常都能听懂,可狗跟你说话你就未必能听懂了。所以,你不要在狗面前摆出一副高高在上的模样来。你看看人家,明明比你知道得多,却仍然趴在地上,一副谦逊的模样。那人听了东先生的一番话,似乎明白了一些事理。交了两百元押金,牵着黄狗走了。东先生心里有些不舍,但他意识到,自己已经老了,指不定哪天突然走掉了,而那些流浪狗迟早是要送人的。

东先生,我要等的那辆车过来了,你就在这里继续等吧。

那人临走时,东先生忽然问道,你说说看,狗之初,是性本善,还是性本恶?那人迷惑不解地望着东先生,反问道,你说呢?东先生说,狗之初,性本无知。

那人跳上了车,走到一个靠窗的空位前,透过车窗,怔怔地看着东先生,一脸茫然。

天色就要黑下来了。又一辆公交车在这个简易站台稍停片刻,就卷起灰土吐着废气轰轰然走了。我们若是从高空俯视,那辆公交车犹如一块厚墩墩的抹布,一下子就把几个黑点抹去了。东先生和狗,也包括在那几个毫不起眼的黑点里面。

让我们再把时间拉长一点，看看八十四年前发生的一桩事吧。那一年，有位英国循道公会的牧师来到东瓯城。有一天，他去乡间布道，看见道边有两条细瘦的流浪狗在一个弃婴的身边逡巡不去。牧师走过去，把婴儿抱起来。他来到附近的村子，向一位信徒要了一碗稀粥。村上都是穷人家，没有人愿意领养这个孩子，牧师就打算把他带到教会。半道上，孩子撒了一泡尿。牧师慌了手脚，赶紧将自己黑袍的一角撕下一块，垫在孩子的屁股底下，边上围观的信徒问，你这么做，岂非亵渎了上帝？牧师说，上帝会宽恕我所做的一切。又有人问，这孩子叫什么名字？他们似乎有些担心牧师会给这个黑头发黄皮肤的孩子起一个怪兮兮的洋名。神父看了看那两条依旧跟随着他的流浪狗说，他跟那些狗一样，没有自己的名字。既然我是在东方捡到了这个孩子，就赐给他东姓吧。这个姓东的孩子长大后，人们都称他东先生。

二〇一三年仲秋

听洪素手弹琴

A面

夏日的某个礼拜六，徐三白奉师命飞赴上海，看望师妹洪素手。徐三白的老师顾樵先生还特意让他带去了一张古琴。徐三白从飞机下来后，抬头望了一眼天上的白云，如堕梦里。脚已经落地，头还在云端悬着，有些恍惚。徐三白知道，自己一定是在飞机上睡醉了。有人多喝几杯酒会醉，有人多喝几盅茶也会醉，但徐三白跟别人不同，他醉了，是因为睡多了。睡多了，正如失眠，白天容易犯困，有一种醉意迷离的感觉。从北京飞到上海，也不过两小时，徐三白却感觉自己睡了两天两夜。因此，徐三白见到师妹洪素手时形同梦游。还说梦话，不知所云的梦话。洪素手问，顾先生可好？答，北京下了一场大雨。又问，什么时候到上海的？答，明晚。迷迷糊糊中，他住进了一家跟洪素手家相隔不远的宾馆。在那里，他睡了一天一夜，方始清醒过来。洪素手的电话也恰在此时打进来，说是请他一起吃饭。他望着窗外灰蒙蒙的天空问，是早餐还是晚餐？洪素手说，就算是晚上吃早餐吧。

吃过甜得发腻的上海菜，徐三白要请洪素手去对面一家“星巴克”喝咖啡。洪素手说自己不喜欢咖啡的味道，感觉有铁锈味。徐三白说，顾先生以前常说，弹古琴的人一定要学会喝咖啡。顾先生为什么要说那样的话？洪素手一直弄不明白。她对徐三白说，我来上海这么久，还没学会喝咖啡，所以，上海对我来说依旧是陌生的。徐三白见她没有这个雅兴，就送她回到公寓。那里是离地铁不远的一个小区，房子旧兮兮的，很容易让人想起黑白照片里的上海老民居。房间内陈设简朴，让徐三白感觉奇怪的是，墙壁上竟挂满了各式各样的蜘蛛侠玩具和图片。洪素手为什么会崇拜蜘蛛侠？他不明白。当他看到她那串钥匙的挂件也绘有蜘蛛侠图案时，他就明白了，她生活的世界也许是没有安全感的，蜘蛛侠挂件之于她，便等同于一种护身符了。

屋子小，显得有些闷热。洪素手建议徐三白到阳台上吹吹风。他们并肩站着，弹琴似的抚弄着栏杆，沉默了许久。对面是一幢银行大楼，大约有二十多层，高大的阴影铺得很大，有一种扑过来的气势。这个炎热的夜晚，小阳台上竟没有一丝风，好像风跟钱一样，也都存进银行大楼里面了。小阳台呈半圆形，铁铸的栏杆环护。他们从闷热的房间里走出来，仅仅是想透口气。似乎也没有兴致去关注今晚的月亮是圆还是缺。

徐三白说，自从你走了之后，顾先生常常坐在你坐过的那个琴房里,一言不发。有一回,我们给先生做七十人寿,先生望着满堂弟了,忽然说了一句,好久没听洪素手弹琴了。

洪素手说,时间过去这么久了,我也不再抱怨先生了,他老人家近来身体可好?

徐三白说,除了血压有点高,先生的身体一直很好。先生的琴馆扩张了之后,前阵子又招收了一批学生。先生盼着你回去,当他的助教呢。

洪素手沉默不语。她的手指还在栏杆上无意识地弹着。

徐三白问,回到南方后,还有没有弹琴?

洪素手说,带了一张琴,但一直没弹。北方天气干燥,到了南方,琴声就有些发闷,所以,也就没有心思弹琴了。我现在是一家公司的打字员,同事们都夸我不仅打字速度快,手势也很好看,我没敢告诉他们我是学过琴的,怕污了先生的名声。

徐三白说,顾先生一直很惦念你,这一次,他特地让我带来了一张古琴。

洪素手说,我现在成天都在触摸键盘,连琴弦都没碰过了,重新拾弦,怕是手生了。

徐三白说,这张古代琴是有来头的,先生说它有三百多年的历史了,是民间野斫,但铭文模糊不清,也不晓得出自哪位斫琴师傅之手。先生说,这样的琴纯用手工,大约要花两年多时间才能做成。先生花了很长时间才把它修补了一遍。

洪素手的双手突然不动了,月光下,仿佛柔软的枝条。她久久地凝视着自己的手指,不说话。

B 面

因为手指纤长，洪素手十六岁时，父亲送她去顾樵先生的亦樵山馆学琴。洪素手打小就患有孤僻症，不爱说话，但喜欢抚琴。琴人当中流行这么一种说法：古琴难学易忘不中听。可洪素手喜欢的恰恰就是这些特性。因为不中听，所以无人听，这样不是更合心意么？一个人静静地弹着，就像是自言自语。有一天，洪素手弹完一曲，顾樵先生忽然流下了泪水。顾樵先生对别的弟子说，我已经找到了传人，可以死了。顾樵先生当然没死，而且活得很好。洪素手在顾先生家学琴，只在顾先生家弹琴，挪个地方，她就弹不了。而且，换了一张别些斫琴手做的琴，她也不能弹。洪素手弹琴，只给先生或自己听。外边有人来了，她立马警觉，又不弹了。顾先生说她弹琴跟蚕吐丝一般，听到人声就会中断。

顾樵先生常常叹息：我弹琴的技艺已经有了传人，但斫琴的手艺却找不到一个合适的传人。顾先生不但会弹琴，还会斫琴。他干这门手艺活比学琴还早，向来是一丝不苟的。是敬业，也是敬己。其实也不是敬己，是敬那位传授制琴手艺的师傅。顾先生常说，我把师傅的手艺活学到家了，师傅的脸上就有光；徒弟当中，有谁把我手艺活学到家了，我的脸上同样有光。

有一天，大木师傅老徐和他的儿子拉来了一卡车废弃的木头。这些木头都是刚刚从一座古庙拆卸下来的。木头老了旧了，不堪大用，但老徐知道，斫琴的顾先生恰恰喜欢这类木头。老徐让小徐把木头搬下来，放在亦樵山馆门前的院子里。请顾樵先生挑选。斫琴的木头与腊梅、黄酒一样，都是越老越好。顾樵先生挑了一块老木头，在木板上划拉了一下，说，不好，都见粉末了，太老了。又换了一根，敲了敲，说，这是木梢的那一截吧，也不好，用它做琴声音容易飘。顾樵先生看年轮、看硬度，挑了许久，才挑出两块香椿木。老徐又抽出几块木板说，这几块梓木是从坟里刨出来的，吸足了阴气，正适合做琴底。顾先生摸了摸说，不错，不错，可惜的是返阳的时间还不够，要再放几年。老徐说，你不买的话我就给别人。顾先生怕夜长梦多，就说，我先买下了。老徐跟顾先生谈价钱的时候，小徐猛然听到了屋子里传来幽细的琴声。他绕过一条走廊，在一个窗口坐了下来。

老徐跟顾先生结了账，回头找小徐，发现他竟坐在窗口发痴，就笑呵呵地对顾先生说，我儿子听醉了，你现在拉他也不走。

顾先生问，你儿子叫什么名字？

老徐说，叫徐三白。老徐喊了几声“三白”。徐三白也没应声。

顾先生说，他既然不想走，你就让他留下，我收他为徒。

老徐听了，面露喜色，从口袋里掏出钱来，说，既然这样，我就不收你买木头的钱了。

从此，老徐每当碰到老房子拆迁，或是古墓被盗棺材弃置荒野，就会兴冲冲地跑过去看。那些木头也不管小大精粗，远近久暂，都送过来给顾先生挑选，价钱要比市场上便宜得多。

顾先生先教徐三白的，不是弹琴，而是斫琴。一开始，顾先生也没有正式教他斫琴的原理，只是让他每天去山里听流水潺潺的声音。徐三白枕着石头，听细水长流，不觉间又醉了。徐三白从山上下来，顾先生对他说，琴和水在本质是一样的。一张好的琴放在那里，你感觉它是流动的。

琴有九德,跟水有很大的关系。你把水的道理琢磨透了,才可以斫琴。

顾先生还说,他的师傅听了一夜的檐雨,第二天就动手斫琴。他手中弹的这张百衲琴就是师傅亲手所斫的。言语之间,顾先生很敬重他的师傅。

徐三白跟随父亲学过几年大木,知道哪些木头松透,可做琴材。所以,在如何辨材、用材上他大可以不必花太多时间,而是直接跟随师傅学斫琴的手艺。刀斧之类,原本就被他驯服得妥帖了,顾先生让他打下手,他往往能得心应手。斫琴是细工慢活,会把急性子磨成慢性子。慢下来了,技艺就精进了。一年后,他在师傅的精心指点下,给洪素手做了一张琴,琴声不散不浮,也能入木。顾先生说他果然没看走眼,这斫琴传人像是平白捡得的。

一天中午,洪素手留在顾先生家吃饭。吃着吃着她就哭了,大滴大滴的泪珠落进碗里。徐三白半开玩笑半认真地问她,你为什么哭了?是不是嫌菜不够咸还要加点盐水?洪素手显然没有兴致听他打趣,搁下了饭碗,来到琴房,弹了一曲。徐三白也随后过去了,看她手势,就知道她在弹什么曲子。听完,徐三白压低声音问,好像是谁过世了吧?洪素手说,刚刚有人从医院打来电话,说我爸爸快要死了。徐三白问,既然你父亲快要走了,为什么还不急着赶回去见上最后一面?洪素手说,爸爸不希望我在他临终前陪伴身边,他说自己生这种病,死相一定是很难看的。他怕吓着了我,又会像上一回母亲去世后那样,让我做了很长时间的噩梦。可是,真正到了临终之时,爸爸又对身边那些替他安排后事的工友说,他其实很想见我最后一面,但他最后还是很决绝地说,不见,不见,等他死后,入殓师给他化好了妆,再让我们父女俩见上最后一面。

日头西斜的时候,洪素手呆呆地望着西边的天空,仿佛有什么坏消息会从那个方向传来。果然,医院里打来了一个电话,说她父亲已经走了。她放下电话后脸上没有一点表情,目光似看非看。她在房间来回走动着,然后就在琴桌前坐下。一个人,慢慢将气息调匀了。弦动,琴体也随之振动,身体里的那根弦仿佛也在静静地应和着。对她来说,父亲之死其实是母亲之死的延续,也是记忆中不能抹去的一种悲伤的延续。此时,唯有琴声能给她带来慰藉。让徐三白奇怪的是,她抚琴时,脸上竟没有一丝悲色。在她手中,琴就像是冬日的暖具,让冰凉的双手一点点温热起来。手指间拢着的一团暖气,久久不散,那里面似藏着一种被人们称为亲情的东西。徐三白就那样看着她的手,仿佛眼睛不是用来看的,而是用来倾听的。慢慢地,他就出现了"醉"意。"醒"来时,他已是泪流满面了。

彼时,顾先生也立在门外,久久不能平静。顾先生事后对徐三白说,这才是古琴的正味啊,她会弹的曲子没有我多,但弹这个曲子的技艺已经在我之上了。顾先生又说,洪素手之所以弹出这么好的曲子来,是因为她没有失去自己的本心。徐三白问顾先生,什么叫本心?顾先生说,譬如一张好的古琴,不是靠手斫出来的,而是本心所授。这话又把刚刚清醒过来的徐三白说糊涂了。

父亲去世后,洪素手试着去找一份能养活自己的工作。她在人才网上找了一家合意的公司,下载了一份简历,其中一栏要填写特长,洪素手顺手填上:弹古琴。简历投过去后,那家公司的人力资源部经理很快就作了如是回复:我们公司现在需要的是一名会打字的文员,而不是会弹古琴的人。洪素手又继续在网上找了几家,但结果都是一样:高不成,低不就。顾先生知道她的境况后,就让她搬过来居住。他膝下无子,因此就把她当女儿一般看待。自此,洪素手就安心在山馆练琴。她很少出门,身上几乎没有一点尘土气息。

顾先生跟洪素手不同,他常常抱琴外出献艺。最常去的地方是唐书记家。唐书记是退休多年的老书记了,喜欢听琴。每隔三天,他就请顾先生过来弹琴。一个小时两百元。因此,顾先生就像是唐书记家的清客。唐书记耳朵有些背,顾先生就在琴上换上了一种钢丝,这样弹出来的音色更亮。唐书记每回都要听满一个小时。到时间了,即便是一曲未了,他也要举起手来,说一声:好。唐书记说好,不是琴弹得好,好,就是时间到了。唐书记听完琴,就请顾先生喝一杯茶,聊会儿天。但喝茶聊天是不计费的。因此,他们之间原本绷紧的弦可以松开了。顾先生是那种有六朝名士气质的琴师,而唐书记呢,是那种满口官腔的退休官员,按理说,他们俩不能成为好朋友,可顾先生还是把唐书记当成了自己的知音。

琴之为物,对道士来说,是道器,对和尚来说,是法器,对顾先生来说,当然是乐器,但在唐书记眼中,琴就是一种医疗保健用品。唐书记患有老年抑郁症,医生建议他闲时多听琴,这样既可悦耳,又可悦心,能起到很好的心灵按摩作用。起初他买了几盒古筝的光盘,听着听着就睡着了。后来有一回,他在公园的荷塘边偶尔听到顾先生弹琴,就感觉古琴比古筝更能让人入静,喜欢上了,就请顾先生到他家中来弹奏。从此,顾先生就成了唐书记家的常客。奇怪的是,没过多久唐书记的血压居然下降了,心率也齐了,脾气也温顺了。

后来,唐书记的耳朵差不多聋掉了,但他还是请顾先生过来弹琴。对唐书记来说,弹什么并不很重要。他要的是有一个人坐在对面抚琴,就像是把他内心的皱褶一点点抚平。

弹琴过后照例是谈话。唐书记常常在顾先生面前说起自己的儿子。

唐书记的儿子一直在北京和纽约两地做生意。什么生意?好像是什么赚钱就做什么。因为有闲钱,也喜欢收藏有些年头的东西。生意人的生意经,顾先生也没兴致听,但唐书记讲得津津有味。唐书记讲什么并不重要,重要的是他在听,或者装出在听的样子。毕竟,弹完琴,拿了人家的钱,不能急急离去。这样很不礼貌。

有一回,唐书记在儿子家急着出恭,顺手从一张八仙桌上扯了一张黄纸。坐下后,把黄纸展开,才发现是一份古代的琴谱。他立即给顾先生发了一个手机短信。顾先生过来,浏览了一遍,琴谱下面有琴家的全名款和创作年月,因此可以确定,这是明代的一份野谱。顾先生似乎还知道这位琴家是哪门哪派的,欢喜得手指都发抖了,立马坐下来打谱,打了一段,发现减字谱里有许多空白,需要花大量时间细细参悟,慢慢吟味。于是站起来,热泪盈眶地说,我打不下去了。唐书记耳背,听不分明,也不晓得他为什么会忽然停手。顾先生在纸上写了一行字:此乃高人所作。唐书记一看,就立马明白,让人给远在纽约的儿子打了一个电话,征得儿子同意后,他十分豪爽地把这份野谱送给了顾先生。顾先生后来逢人就提起他与唐书记的这段交情。仿佛高山流水,可以长久的。

有一天,顾先生从唐书记家回来,路上遇到了一个极不想见的人。此人就是阿莲嫂。出于礼貌,顾先生只是微微点头,也不作声,但阿莲嫂的脸上却分明浮现出讨好的笑意。顾先生正要掏出钥匙开门时，阿莲嫂怯生生地问了一声，阿渠，能否借个地方说几句？没喊名字，而是叫“阿渠”。阿渠是方言，通常称呼那些同辈人。来京几十年，阿莲嫂仍然不改乡音，一句“阿渠”，让顾先生反倒觉着有亲眷气。顾先生当然晓得她是在跟自己说话，但他还是下意识地扫了一圈四周，见身边没人，就说，好，进里屋谈吧。顾先生放下琴盒，请嫂子就座。阿莲嫂说，自从你哥去世后，我是二十多年没踏过你家一步。虽说是隔了一道墙，却像是隔了一座山。顾先生淡淡地说了一句，兄弟之情，落到这步田地，还不是你们当年自作自受的？阿莲嫂说，我当年哪里会想到有今天？说起来，我是无事不登三宝殿。阿莲嫂是为老房子的事而来。顾樵先生与大哥顾渔先生原本都是南方人，小时候跟随一名金陵派的老琴师学琴，长大后辗转来到京城授艺，有了点积累，兄弟俩便在京郊的山麓共筑一栋楼，楼名“渔樵山馆”。再后来，因为琴派之争，和阿莲嫂的居间挑拨，兄弟俩把好端端的一座楼房给隔开了。顾樵先生这一边面山，顾渔先生那一边临水。从此，渔樵山馆变成了亦樵山馆和亦渔山馆。琴声相闻，老死不相往来。顾渔先生死后，子承父业，但不成，又去学手艺，也是不成。阿莲嫂在村口开了一家小卖店，勉强度日。阿莲嫂的背比先前更显佝偻了，似乎也更谦卑了。隔着墙，常常能听到侄子酗酒之后大声训斥母亲。阿莲嫂的年纪大了，胆子却越发小了，凡事都谨小慎微，仿佛客人一般。儿子做电脑软件生意亏了一笔钱，要卖掉祖宅。阿莲嫂劝说无效，儿大不由娘，非卖不可。阿莲嫂说，你卖了这座祖宅也行，但你要把那个边轩留给我。儿子说，我的娘哎，要卖都卖个精光，我们暂且去外面租房子住得了。你也是年纪一大把了，往后我有钱了，就给你买一块像样一点的阴宅。阿莲嫂咬咬牙说,我去死。儿子把酒瓶砸在地上,喝道,你去死吧你去死吧撞墙上吊跳井喝毒药我都不会拦你。儿子说话声音大一点,阿莲嫂就会打冷战。阿莲嫂并不怕死,怕的是自己死后没人给她收尸。

顾先生对阿莲嫂的凄凉晚境深表同情,先前对她的成见也在那一刻烟消云散了。顾先生说,阿嫂如果不嫌弃,往后就在我家住上一段日子吧。阿莲嫂说,我来的本意不是求你接济,而是请你出面买下我们这边的房子。顾先生说,我现在手头也不宽裕,拿不出这么大一笔钱来。阿莲嫂说,这房子好歹也是祖公业,落在别人手里,就让人耻笑了。房价好说,我儿子要卖给外人百来万,我就让他半价卖你。顾先生说,你做得了主么?阿莲嫂连连点头说,我做得了主,我做得了主。顾先生沉吟半晌说,这事我还得考虑考虑,过些日子再回复。顾先生把阿莲嫂送出门后,脸上显出了一抹喜色。他想:亦樵山馆和亦渔山馆往后又要合二为一,变成渔樵山馆了。整整有三十多年,他都没有站在亦渔山馆的楼头眺望湖光山色了。

顾樵先生手头有一笔钱,但买房子似乎还不够。他打定主意,向唐书记借这笔钱。电话打过去,唐书记家里的保姆却告诉他,唐书记见马克思去了。

唐书记是坐在马桶上去世的。唐书记死于便秘。确切地说,是死于便秘带来的脑溢血。

唐书记曾立下遗嘱,他死后,儿子无论如何要回来在老家住上一段时间。唐书记的儿子比顾先生那个侄儿有出息得多,而且,还是个有名的孝子,会用英文背《孝经颂》。

这位孝子听说父亲晚年喜欢听琴，便让人按照古琴的形制打造了一具棺材，面是桐木，底是金丝楠木，唐书记如在琴中长眠了。

顾先生听到噩耗，就抱着琴来到唐书记的灵堂前，弹了一曲《忆故人》。这曲子，顾先生不常弹，只在岁朝或年暮弹上一曲，但这回，他忽然感慨万端，就弹上了。

唐老板听毕，泫然泪下，跟顾先生说起了父亲的生平。唐书记也无非是俗人，但他去世之后，经他儿子这么一说，人便彻底脱俗了，成了那种面目高古、高洁若水的圣人，似乎可以放在神龛里拜了。

唐老板说，我要在这里住满七七四十九天，以后你有空，就照例过来，弹琴给我听。如果我不在，你就对着我爹的遗像弹。我给你每小时五百块。

顾先生说，好。

唐老板就是唐老板，出手阔绰果然是出了名的。他说出五百块，也只是让五根手指微微翘了一下。

唐老板在香炉里插了三炷香，拜了三拜后，对顾先生说，家父生前许过愿，要供养一株古树，保佑我们家族之树长青。现在，我要给他还愿，顾先生知道哪里的古树可作供养的?

顾先生想了想说，清风观门前有一棵古树，有些年头了。

第二天，唐老板就带着当地林业局局长和顾先生，坐车来到清风观。

林业局局长的秘书向唐老板作了介绍:这棵树是全县最古老的，树龄有八百年，树高十五米，冠幅平均三十二米，胸围七米，它每年可以吸收二氧化碳六吨左右，释放氧气近四吨。也就是说，它相当于十多亩常绿阔叶林所固定的二氧化碳和释放出来的氧气。唐老板绕树走了一圈，闭目，吸气，然后睁开眼，指着它说，就要这一棵了。清风观的道长出来，吩咐下边的小道士立即去取牌，写上供养人的名字。

正说话间，唐老板的秘书把手机交给他，说是小罗来电。小罗是谁？谁也不知道。听口吻，对方好像丢失了一个 LV 包，包里有一枚钻戒、几张银行卡等。唐老板不停地劝慰她，说这些不过是身外之物，可以再买的。对方却一直哭着闹着，说那些东西对她来说不知有多重要。唐老板咆哮了一句，你都二十岁了，怎么还跟幼儿园的小朋友似的，动不动就哭鼻子呢？

唐老板合上手机盖子，道长过来，把一张单子给他，唐老板取出钢笔，签上了自己的名字。这时，手机铃声又响了起来。唐老板皱着眉头对秘书说，这小女人也够烦的，走，我们上她那儿一趟。

唐老板走后，林业局局长笑眯眯地问顾先生，你可知道小罗是谁？顾先生说，不晓得。林业局局长说，我晓得，我晓得，就是电影学院表演系里的一个小姑娘。

唐老板在道观里供养了一株八百年的古樟树，在外头包养了一个二十岁的女孩子。树与女人，皆有所养。但树要老的，女人要年轻的。

顾先生想，这个小女孩，还只有洪素手这般大小呢。真是叫人可怜。

这一天，顾先生抱着琴，如约来到唐老板家。

唐老板说，我打小喜欢音乐，你会不会弹奏《春天的故事》？

顾先生说，那是古筝演奏的曲子。很抱歉，我不会。

唐老板问，在你看来，古筝跟古琴有什么不同？

顾先生说，当然不同，古筝的弦少则十六根，多则二十六根，没有一定之规，古琴的弦自孔子以来，一直是七根，没变过，这就好比七言诗，只有七个字，多了少了，就不叫七言。古话说，弹琴不清，不如弹筝。从这话你就可以晓得琴与筝的境界有什么高下之别了吧。

唐老板又问，你现在就给我弹一曲《二泉映月》吧。

顾先生说，也不会，那是二胡演奏的曲子。

唐老板说，怎么我点什么你都不会呢？

顾先生说，我们古琴演奏历来都有固定的曲目。同一首曲子，各人弹法不同，因此就有了那么多流派。

唐老板说，我听说弹琴的有一套臭规矩，不能在这儿弹，也不能在那儿弹；不能对这人弹，也不能对那人弹。不能对浑身汗臭满口蒜味的乡下人弹也就罢了，却还要摆明道理说是不能对商贾弹；好吧，不对商贾弹也说得过去，却还要把商贾跟那些婊子摆放在禁弹之列，这分明是把教书匠跟乞丐并列了。

顾先生说，听唐老板一席话，我就晓得你其实是懂行的。我不妨跟你坦白地说，这些规矩都是琴人无聊时自个儿想出来的，说着玩玩罢了。作诗碰到催税人，弹琴遇见肉贩子，固然是一件扫兴的事，但我作为一个琴人，遇见唐老板您这样的行家，实在是一件荣幸的事。

唐老板摸着光头，笑得满脸的白肉都在有节奏地颤动。

清晨起来，顾先生打开窗户，一阵凉风带来淡淡的薄荷味，知道是早春雨润，草木滋长了。顾先生去厨房煮了一壶咖啡，静静地呷了几口，然后坐下来，想试一下徐三白独立完成的一张琴。安轸上弦之后，便泠泠然弹起来。线条流畅的琴体构成了一种纵向的振动，而振动所带来的声音是向下的。这就对了，好的琴，声音都应该有下沉感，就像一颗去掉渣滓的心慢慢地沉下去，沉下去。顾先生正弹得兴味盎然，忽然听到院子里传来轰的一声。屋子里的人都神色慌张地跑出来，一看，亦樵山馆与亦渔山馆之间的那堵墙竟豁开了一个大窑窿。侄儿的脑袋从墙洞里伸过来，笑眯眯地对顾先生说，阿叔，刚才天上响佛（打雷），竟把我们两家的墙打出了一个大窑窿，你看这是不是天意？顾先生看了看天说，胡扯，大晴天的，哪来的响佛？侄儿涎着笑脸说，阿叔，我听妈说过，你要买下我们家的房子，这不，老天爷都帮了你一个大忙，把墙预先给打通了。顾先生铁青着脸，袖着双手进了里屋。那一声“轰隆”，还在他的脑子里回荡，竟把连日来积郁的东西一下子打破了。他把双手洗净，坐到琴桌前，给哥哥留下的一份遗稿打谱。打完一段，他走出琴房，来到院子，把头伸进那个大窑窿，对着侄儿喊道，阿叔决定买下你的房子。

没过几天，顾先生跟侄儿签了一份买卖协议，打了一半预付款之后，就雇来了一班操粗使杂的民工，开始拆墙、清理园子。有一个地方，顾先生说了，谁也不许动。那里有一张石铸的琴桌，下面还埋着一个大瓮，是年轻时兄弟俩亲手埋下的。一般的琴人都知道，大瓮有扩音的功效。哥哥死后，骨灰就撒在那里面。哥哥弥留之际曾对家人说过，他希望自己死后弟弟能过墙来，给他弹奏一曲。可是，过去了那么多年，顾先生碍于面子，一直没过去。这是顾先生一直深觉愧疚的一件事。因此，他想在哥哥埋骨的地方再造一座琴亭，以志兄弟之情。

那些民工白天干活，晚上就打地铺住在顾先生的侄儿家。有个叫小瞿的民工，是徐三白的老乡，也是顾先生的老乡，顾先生常常把他叫过来聊天，问些家乡的消息。问到某座九间大屋、某座庙宇还在否？某位老先生还健在否？得到的回答常常是“不在了”“没了”。顾先生听了总是摇摇头，长叹一声。小瞿不善言谈，却擅长手谈，围棋下得尤其好，先是徐三白输给他，后来像顾先生这样自称是“业余三段”的人也输给他。输了子，顾先生打量着小瞿的手说，你的手长得好，天生就是执“子”之手，却偏偏要拿起大锤子、铁锹来，可惜可惜。

有一回，顾先生跟小瞿下围棋时，洪素手就在一边静静地弹琴。一曲弹完，顾先生说，这孩子从来不给外人弹琴，唯独你是例外的。看来，你的耳福不浅啊。小瞿说，我是粗人，对我弹琴就等于是对牛弹琴。洪素手说，你不是牛怎么知道牛不懂琴呢？听了这话，顾先生、小瞿以及在旁观棋不语的徐三白都会心地笑了。小瞿走后，徐三白来到洪素手身边，似有心若无意地问了一句，你怎么老是对着那个小瞿笑眯眯的？洪素手低下头说，他微笑的样子跟我爸爸年轻时很像。

做“三七”那天，顾先生又抱琴去唐老板家。顾先生弹琴时，唐老板忽然站起来接电话去了，顾先生就对着唐书记的亡灵继续弹。这世上，顾先生原本有一个半知音。一个是哥哥顾渔，后来兄弟失和，就算不上知音了；另外半个，就是刚刚去世的唐书记。至于唐老板，连半个都算不上。现在，顾先生不仅仅是弹琴给故人听，也是弹给自己听。一曲弹毕，他微微闭上了眼睛。唐老板打完手机回来，问他，弹好了？顾先生说，好了。唐老板忽然发问，听说你有个女弟子，弹得一手好琴，有这样一回事？顾先生曼声应道，是的。唐老板说，这样吧，往后你就带那位女弟子过来弹琴。顾先生说，她离开了我的山馆就不会弹了。唐老板说，这年头还有这样的妙人儿？那我就要去你山馆瞧瞧了。

唐老板说来就来了。唐老板是晚饭后来的，身上还带着一股浓重的酒气。见了顾先生，唐老板做出一副张开翅膀的样子说，明天我就要飞回纽约了。不过，我还有一桩心愿未了。

是什么心愿？

要见一个人。

什么人？

你那个女弟子，叫什么来着？

洪素手。

洪素手，嗯，听这名字就知道她是块弹琴的料。今天我满耳朵都是聒噪的声音，忽然想听听洪素手弹琴了。

难得唐老板有这雅兴。

唐老板说，今天下午他陪着几个客人，一直在KTV包厢里泡着。他喝了许多酒，人就在歌声里飘着了。有几只女人的手把他按住，他还是要飘起来。他对每一个唱歌的女人都报以热烈的掌声，并且承诺，要给每个小姐一千块小费。小姐们都乐坏了，抱着他的光头一个劲地亲吻。唐老板在包厢里睡了一个囫囵觉，酒醒后，就再也没有提起给小姐们发一千块小费的事。买单时，小姐们就缠着他叽叽喳喳。唐先生是这样回答她们的：她们唱歌让他悦耳，他说“给一千块钱”也是让她们悦耳，彼此扯平了。小姐们各自拿了三百块小费，撇着嘴说，唐老板说的比唱的还好听。

说完这事，唐老板的脸上还有几分小小的得意。他说，这世上人人都是喜欢钱的，可我听说有个弹琴的女子，跟那些庸脂俗粉都不一样，因此，我想过来看看，她是不是像我想象的那样风清月白。顾先生说，她只是一个普通的女孩子，我这就让她出来跟您见一面。

洪素手来了，低着头，咬着嘴唇，一言不发。唐老板问，会弹什么曲子？洪素手不响。顾先生在旁指点说，你就弹一曲《酒狂》吧。洪素手依旧不响。徐三白在旁插话说，像小瞿那样的乡下人你都可以弹琴给他听，为什么就不给唐老板弹？这一说，唐老板的嘴角就冷不丁抽搐了一下，说，你以为我没文化是吗？实话告诉你，我可是在美国读过 MBA 的。你可知道 MBA 是什么？顾先生见唐老板脸上青筋猛暴，赶紧上来打圆场说，这孩子，真是的，像石头一样顽固，也像石头一样带棱角。你看看，连我也拿她没法子了。唐老板对顾先生说，我家中有一张明代的古琴。如果小姑娘愿意给我弹一曲，我就立马派人把这张琴送过来，做你们琴馆的镇馆之宝。洪素手却仍旧把脑袋偏向一隅，摆出一副断然拒绝的样子。唐老板大手一挥说，我把这么一张值钱的古琴送出手，你还不领情?！说这话时，唐老板身上的酒气猛扑过来，洪素手下意识地退后几步，用手捂住了鼻子。唐老板忽然打了个酒嗝说，怎么？你是不是嫌老子身上的酒臭？弹琴的人自以为清高，就他妈的臭规矩多。抢前一步就把洪素手捂在鼻子上的手打开。这一回，洪素手反倒用双手捂住了整张脸，仿佛快要哭开了。徐三白站在她身边，吓得不敢再说话了。顾先生看不下去了，就对洪素手呵斥了一句。唐老板再次上来，命令她把手拿开。洪素手一退再退，退到一张长案边，忽然操起一个陶制的小香炉朝他额际砸去。这一砸，就把唐老板给砸清醒了，他摸到了脸上的一绺血，既惊且怒，随即捋起袖子，作势还击。顾先生抢先一步，走到洪素手面前，抽了她一记耳光。但唐老板并没有就此了事，他继而举起了小香炉做出要砸的样子。那一刻，民工小瞿风也似的从外面看热闹的人丛中冲过来，一拳击中唐老板的下巴，把他打了个趔趄。屋子里顿时闹成了一团。唐老板不晓得自己挨了谁的冷拳，双手在空中使劲挥舞，嘴里乱喊一气。顾先生连忙上去安抚，就差跪下来求情了。在纷乱中，小瞿拉着洪素手，拨开人群，跑出了山馆。

A面

徐三白联系到洪素手也是一年以后的事了。那天，他无意间搜索到一个名叫“素衣白领”的女子的博客，上面写的是一些早年学琴的感想，有几篇日志，是写日常工作和客居生活的无聊。徐三白很快就从文字间捕捉到洪素手的点滴信息，并且留言，称自己是一名古琴爱好者，网名“东瓯拙手”，欲与“素衣白领”交流琴艺。而她的回答是，自己疏于练琴，也懒得结交琴友，但经过几番死缠硬磨，她还是留下了办公室的电话号码。徐三白把电话打过去，果然是洪素手的声音。就这样，他带着顾先生的嘱托坐飞机来了。

昨晚他们在阳台上站了很长时间，今晚吃过饭后，他们无处可去，又回到了这里。一个年轻男子走进独身女人的房间，本该有什么故事要发生的，但是没有。洪素手回头熄灭了房间里的灯，搬来两张椅子。四周一片沉寂、幽暗。银行大楼的背面透着黑黝黝的蓝光，一张冰冷的、玻璃钢质的脸。她忽然指着那扇窗户说，那天我亲眼看见有人从这个窗口坠落，他很平静地落下，没有发出一声呼喊，我还以为是一件被风吹落的大衣呢。徐三白不知道她为什么会突然提起这事。

一个月前，有个擦窗的清洁工就是从这里坠落。他流了很多血。把那个小花园的一部分都弄脏了。有人擦掉了地上的血迹。但没有人可以把它彻底擦干净。有一部分血迹，一直残留在他们的脑子里。擦窗工活着的时候几乎没有人注意到他的存在，但他死了之后，人们反而感觉到了他的存在。死亡的阴影依然十分顽固地盘踞在那里，以至于人们把此后发生的一件事跟它联系起来。事情是这样的：一天，有个银行老职员在同样的时间经过那个同样的地方时，不小心折断了一条腿。就在人们快要淡忘那件事时，他们再次从那个老职员身上唤醒了对它的回忆。于是，这件事带来的阴影就在无意间扩散到他们的生活之中。

谁也不知道那个擦窗工叫什么名字，洪素手说，只有我知道，他生前还有个外号，叫"蜘蛛侠"。

徐三白说，你这么一说，我就隐隐感到，你收藏的那些"蜘蛛侠"玩具和图片似乎与这个人有什么关联。

是的，洪素手带着回忆的口吻说，有一天，唔，我就是在这个房间的窗前坐着的时候，他突然从天而降，把头探过来，朝我扮了个鬼脸，然后就在我的玻璃窗上写下了五个字：我是蜘蛛侠。从那一刻开始，他就走进了我的生活。可是，我不明白，"蜘蛛侠"居然也会坠楼而死。

说完这话，洪素手打了一个寒噤，转过身对徐三白说，每次我站在阳台上朝下看，都会有点头晕，这是不是叫恐高症？徐三白觉得她现在是在有意表现自己的柔弱，以引起自己的怜悯和呵护。其实她并没有恐高症，早年他们一伙人同游某个风景区时，是她第一个穿过那条摇摇晃晃的铁索桥。所以,当她声称自己有恐高症时,徐三白并没有向她伸过手去。但她的忧伤是真实的。她用略显低沉的声音告诉徐三白:有一天深夜,我独自一人站在阳台上,手扶着栏杆,忽然产生了一种想跨出去的冲动。不,我并不是要纵身跃下,而是要像“蜘蛛侠”那样贴着墙飞上去。

现在轮到徐三白打寒噤了。徐三白茫然地望着七层楼以下的黑暗。那个横躺着的影子仿佛会突然从银行大楼的花园中站起来，穿过一堵水泥墙,紧贴着这栋公寓的墙壁,一步步地向他们爬过来。徐三白下意识地回过头来,屋子里也是一片漆黑。他紧紧地抓住那根铁铸的栏杆。洪素手问徐三白,刚才有没有听她说话。他没有回答,仍然默不作声地望着那片平地,在黑暗中丈量着自己的高度。有时候,一个人的内心难免会出现疙疙瘩瘩,就像他在平地上所见的石头或杂草,他经常会被这些东西磕碰或阻挡;但是,当他爬到某个高处俯视时,这些石头或杂草就不再显得那么突兀了，它们在放长的视线中慢慢地就会变成一个光滑的平面;也就是说,他们的内心尽管有许多疙疙瘩瘩,但只要他站到一定高度、拉开距离,一切不平的,也就会变得平坦了。徐三白是这么想的。

你是醉了,还是醒着?洪素手忽然发问。

我是醒着呢,但我很想听你弹一次琴,醉上一回。徐三白说。

明晚吧。洪素手懒洋洋地说。

不,今晚我就想听你弹一曲,徐三白说,我现在就去宾馆把琴取来。

没过多久,徐三白就抱琴过来了。洪素手打开琴盒,取出一看,就知道是一张上好的古琴。因为年代久远,琴面呈现出梅花状的断纹,琴底还有历代收藏者的印章和琴铭。徐三白说，先生说过，好的木头，加上斫琴名手，如果还能遇上妙指慧心，是一张琴的福分。

洪素手把一台电脑搬开，在桌子中央垫了一张罩电脑的绒布，然后就把古琴安放在电脑桌上。她在琴中间五徽的位置坐下，抬起头来，笑着对徐三白说，感觉还是像坐在电脑桌前打字。静了一会儿，她试了试琴，果然是一张好琴，声音有一种下沉感。洪素手又站起来，在手上涂了一点油。再试音，再一次往手上涂油。洪素手带着歉意说，很久没弹，手指跟琴弦总是融不到一块。还没正式弹琴，徐三白就用双手支着下巴，作陶醉状。洪素手噘着嘴说，你看你，又来了。

让徐三白遗憾的是，她没有弹出让他醉心的曲子来。洪素手说，你走了之后，我再坐下来试练几遍。

徐三白回宾馆洗了个澡，刚刚要躺下，洪素手就来电话了。洪素手带着颤音说，她刚才坐下来练琴的时候，看见窗外有个人，手上拿着一根绳子，好像要破窗进来。

徐三白挂了电话后就急匆匆地赶了过去。徐三白手持扫帚，大着胆子，来到外面的阳台，发现是一条裙子不知从哪里被风吹了过来，还有一条裙带，随风飘动，像是一根绳子。

没事，只是一条从外面飘过来的裙子而已。徐三白说着把双手搭在她肩上暗暗用劲，以便让她感到自己的话具有一定的抚慰作用。

洪素手突然睁大了眼睛问，你知道那个坠楼的擦窗工是谁？他就是我的丈夫，也就是你的老乡小瞿。

徐三白轻轻地“哦”了一声，小瞿原来就是那个外号叫“蜘蛛侠”的擦窗工，也难怪，你家的墙壁上挂满了“蜘蛛侠”。要我说呢，这件事从头到尾难道就没有一点嘲讽的意思？一个要拯救世界的“蜘蛛侠”却无法拯救自己……

洪素手把脸转向一边，让自己突然波动的情绪慢慢平静下来。经过长久的沉默，洪素手说，我爱的人，现在都一个个离我而去了。往后的日子里，唯一能带给我希望的就是这肚子里的孩子。等他(她)长大了，我一定要告诉我的孩子，他(她)爸爸不是擦窗工，而是那个拯救世界的“蜘蛛侠”。这样说着，她就把手放在自己微微隆起的腹部。

从她沉静、安详的表情可以看得出，那里面，沉睡着一个被温情浸透了的孩子。徐三白的脸上顿时流露出一种既惊且喜的神色。他的目光从她腹部移开，把一只手放在她的肩膀上，久久不语。洪素手明白他的意思，缓缓坐下，弹了一曲《忆故人》。弹着弹着，似乎就来感觉了，手指也变得鲜活了，如同鱼游进水里。在徐三白看来，她的手上有一层泪光似的柔和的东西，竟至透明了。但这一次，徐三白没有听醉。

此后几天，徐三白都没过来。因为他要趁这个机会走访上海古琴行的几位老主顾。一天傍晚，徐三白回宾馆时，一位前台服务员交给他一把钥匙，说是今天早晨有位女士过来，要把钥匙转交给他。徐三白问，她人呢？服务员说，她只交待了一句，说是要去一个很远很远的地方，有一样东西放在家里，让你亲自去取。

徐三白快步来到了洪素手的寓所。打开门后，发现洪素手已经搬走了。室内只有一桌一椅一床，别无陈设。那张单人床上的床单是百合色的，没有一丝压痕或皱褶，被子叠得像一本刚刚合上的边角周正的书。墙壁上的“蜘蛛侠”竟然全都消失不见了，只有靠床头的地方还贴着一张照片，照片里没有人，只有一张琴桌，上面有几片鲜红欲燃的枫叶，琴桌上方是一片向前伸展的芭蕉叶，叶下有一只蜘蛛悬垂着，连泪痕般的蛛丝都清晰可见。徐三白收回目光，看见桌子上搁着他亲手带来的那张古琴，下面留有一张纸条，写着：徐三白收。他在地板上茫然地坐了一会儿，然后起身，抱着那张琴，退出屋子。关门之前，他又忍不住朝里看了一眼，一缕淡而亮的光线从薄纱窗帘间照进来，整个房间素净得像是没有住过人，以致他疑心自己与洪素手的见面只是一场幻觉。

B面

半个月后，顾樵先生收到了弟子徐三白寄来的一盒磁带，他拉上窗帘，把磁带放进录音机，静静地坐在那儿，一阵“嗞嗞”声之后，录音机里响起了淡远的琴声。他依稀看到洪素手的手在猛滚或慢拂，渐渐地，她的手化成了流水，化成了烟，向远处飘去。

一曲终了时，他看见自己在流泪，他看见自己在黑暗中默默地流泪。

二〇一〇年五月一稿

二〇一〇年六月二稿

二〇一〇年八月定稿

长　生

有一阵子，我喜欢去河边走走、坐坐。河流的悠长与时间的闲散，在悄然散落的阳光里，仿佛有着对应的关系。散着手走路，看着自己的影子缓缓移动的样子，这一天也就在不知不觉中拉长了。无聊的时候，我会随手拍几株树或一些野花野草什么的，发到微信群里。于是，就有人说我是个闲人。闲人，没有大事可干，通常会把时间消磨在手机游戏上、女人身上或是几件可有可无的物事上。可我就是喜欢闲逛。

我在一家不大不小的公司上班，曾经给几位不大不小的部门经理开过车，两年后我换了岗位，不必再驾车四处奔波了。我买了一辆电动摩托车，每天打卡上班，过着两点一线的单调生活。年初体检时，我发现自己的脂肪肝超标了，卵磷脂小体也在逐步减少，诸如此类的小毛病一点点出来了，医生说，这都是久坐的缘故。于是我弃车徒步，每天沿着河堤走半个多小时的路到公司，虽然多绕了点路，但也值得，这样既有助于锻炼身体，又可以调整生活状态（有时候我还可以在散步途中发现一些鲜为人知的乐趣）。我的生活节奏就这样慢下来了。

这阵子，我常常看到一个老人划着一艘小船（当地人称之为“河鳗溜”）往返于河面。他不钓鱼，不摆渡，也不做航运赚水脚钱，就是在河里划过来划过去。我一度以为他是这里的河长，后来发现不是。这年头，河面舟楫早已零落，我所能见到的船也大都是马达轰鸣的机动船，手划船是极为罕见的。因此，当它出现在铺散着大片阳光的河面，不免显得有几分突兀。有时一只白鹭飞下，落在船头，跟他对视着，没有一点惊惧的样子。船在动，那是一种静止的移动。我没有比它走得快一些，也没有更慢一些。只不过，我是用双腿散步，船是用双桨散步。那一刻，我感觉自己的双腿跟船桨之间似乎真的有了某种呼应。

阳光温暖如手，漫不经心地抚摸着流水和两岸的石头。我的目光被那艘小木船牵引着，有了一种连自己也说不清楚的寂寞之感。不多久，小木船竟缓缓向我这边偏斜过来。水鸟腾的一下从船头飞起，一带远山在云下浮动着。听得竹篙触石的声音，我便下了一级踏埠，用探询的口吻问道，老人家，能借您的船坐一程？

你要坐我的船去哪里？

我犹豫了一下，听到自己漫不经心地答道，去南边。我所说的“南边”是在小镇的另一边，我回答那句话的时候，正好有一阵南风朝我吹过来。

我上了船，左右摇晃了一下，迅即稳住。船上光洁无垢，中舱铺着一张龙须草席，因此我便脱了鞋子，放在一块垫布上，那里还摆有一双布鞋,沾染了泥迹和苔藓的颜色。我把一张钞票递给老人,他却把票子对折一下,放回我口袋。老人说,我是闲来无事,划船玩玩的,你也不必付钱的。这不,我也碰到过像你这样的年轻人,觉着好奇,就过来坐我的船。我想到哪里,他们就跟着我到哪里。他们坐车是有目的地的,坐船就不同了,可以随我东漂西荡的,说话也一样,天南地北,胡说一通。随即,老人弯下腰来,打开船上一个樟木箱的盖子,掏出一包蚕豆和一瓶酒,问我,自家烧的米酒,能喝上一点?我说,我已经戒酒了。他又从樟木箱里掏出保温瓶和茶叶罐子说,如果你没什么要紧事,就坐我的慢船,陪我聊聊天,喝喝茶吧。他给我倒了一杯茶,然后回到船尾,一边划船,一边跟我闲聊,好像我们已经认识好多年了。这大概就像人们所说的,初见有如重逢吧。

老人说,前阵子他常常看见我在岸边低头赶路,这阵子却不晓得我为何散起步来了。我告诉他,我原来上班都是从这边路过,现在对手头这份工作已经腻烦,不想上班了。老人听了也没深问,只是说今天天气如何如何好,那些闷在屋子里的人不出来走走是很可惜的。我跟老人尚不熟悉,当然没有必要告诉他我想辞职的原因。事实上,我也谈不上有什么苦衷,只是不想老呆一个小地方。生活越来越单调乏味,跑出去的愿望也就日甚一日。至于去哪儿,我还没打定主意。

沉默有顷,老人突然像想起什么似的,跟我作了自我介绍:我叫长生,是这个镇上土生土长的,土得不能再土了,不会坐车,至今还没出过远门呢。

不知道为何,我与长生聊天时,语速也慢了下来。我想我的语速已接近于流水的速度、船行驶的速度。从河中央看两岸风景,跟站在岸的这一边看那一边，毕竟是不一样的。那一刻，水在流动，船在流动，目光在流动，思绪也在流动。在流动中忘掉了水程的远近。船过十间桥，长生指着岸上的一排高楼说，这镇上五百年以上的物什还剩三样，你可晓得？我摇摇头说，我从来没听长辈说过。长生说，这三样物什现在可以看到两样，喏，就是那座桥边的大榕树和树下的一块石刻照屏。还有一样？我问。长生指着岸边的服装贸易市场说，从那里过去，有一座胡宅大屋，正屋头门台外有一个道坦，现在已经变成市民活动中心，那里有一棵大榕树，树下有一口五百年古井，那口古井原本是地主伯胡醒石祖上留下的。胡醒石是谁？没等我发问，他已经说开了。提起老古早的事，他的目光就跟流水间的落叶似的，一下子就漂远了。

长生的父亲是一个残疾人，双脚不能走路，就以桨代脚，在水上做起家来。那艘船是一种叫做“河鳗溜”的内河货客船改造而成的，炊膳设在后舱，父子俩平常就睡中舱，中舱立棚，可以推拉。家是不系之舟，但他们漂来荡去，不出塘河一带。塘河以北是一条横亘着的大江，江水无常，他们不敢过江去讨饭吃；内陆河不免恶风浪，却是可以测知、躲避的，父子俩托命于水，倒也无妄无灾。长生的父亲每经过一座村庄，就开始敲梆；见岸边有人拿东西出来，便伸出一根挂着布袋的竹竿。施舍的东西要么是一捧米，要么是一些剩菜冷饭。长生的父亲收回布袋之后，都要双膝跪地，唱几句利市歌。有时候，长生的父亲还会向岸上的人家要一点米糠或麸皮，往后看见鸭子游近了，就给它们撒一把。塘河一带的人大都认得长生父子，说起来，也常常会为他们的身世感叹几句。尽管如此，岸上的人也没有进过敲梆船，而船上的人也没有上得岸来。唯一坐过敲梆船的人，大概只有地主伯胡醒石了。

那年夏天的午后，胡老爷穿一件无袖的绸衫，摇着一柄带坠子的折扇，慢悠悠地走过来，猫着腰钻进船篷，坐定，抛下一枚银元，说，走。长生的父亲问，去哪里？胡老爷说，风从哪个方向吹过来，你就往哪边走。长生的父亲明白，胡老爷要他划“倒风船”。长生的父亲划动木桨时，胡老爷便迎风坐着。未几，胡老爷从布袋里掏出一包蒜香豌豆、半壶黄酒，一壶茶，摆在桌子上。胡老爷从摊开压平的纸蓬包里撮了几颗花生米，递给长生。长生瞥了一眼父亲，见父亲摇摇头，他也跟着摇摇头。胡老爷问，你多大了？长生说，九岁。又问，没上过学堂吧？长生点了点头。船划到柳荫间，一阵河风吹来，胡老爷连连赞叹：好风，好风。长生笑了一下，赶紧捂住嘴。长生一直在船上住着，从来不觉着风有多好。胡老爷饮下一浅杯，深深地吸了一口气，颇有些借风下酒的意思，喝得兴起时，便拈着胡子，嘴里念念有词。长生不明白他在念什么，但觉着好听。本城的人都知道，胡老爷早年在日本留过学，回国后跟几位乡绅合办了一所学堂，还捐了一百亩地做学田。胡老爷常做一些怜贫恤孤的善事，跟下等人也没摆过什么架子。那年头，富人家坐花船“荡湖”是常有的事，但胡老爷偏偏喜欢坐长生父亲的敲梆船，也不拘远近，在河上度过一个美好的下午，就照例抛下一枚银元。

斗地主、分田地那年，胡老爷首当其冲，人被抓去行刑，书被烧掉，书房前的两株白玉兰和金桂被伐倒做了柴火。长生说，胡老爷是他这一辈子见过的最有风度的一位大先生。行刑那天，他跟父亲一起划着船去西郊外的河滩边观看。胡老爷被人押送着缓步过来，他穿一身羽纱长衫，把头梳理得一丝不乱，一副要出远门的样子。行刑的时候，胡老爷向行刑者和那些踮着脚看热闹的人鞠了一躬，然后转身，向天地鞠了一躬。一声枪响，几只野鸭子便扑棱棱飞了起来。胡老爷死后，没人给他收尸，让寒雨浇淋。长生的父亲说，胡老爷是个好人，但好人没好报。长生的父亲把船划到河心时，又掉过头来。长生说，他父亲这辈子从没上过岸，但为了胡老爷，他破了一次例。长生的父亲在岸边挖了一个坑，把胡老爷草草掩埋了。

长生说，他爹替胡老爷殓尸，从来没有告诉任何人，但胡老爷的后人终究还是知道了。

胡老爷有四个儿子。长子伯远曾留学日本，学的是造船技术，回国后曾在上海一家造船厂当技师。土改后，胡伯远受牵连，到乡下放鸭；之后又进了一家乡镇造船厂当技师。他会拉大提琴，也会拉大锯。但长生从来没听他拉过什么大提琴，只是听他说过：会拉大提琴的人，拉起大锯来，声音要比别人悠扬。

胡老爷的次子仲远是个好玩之人，平素喜欢种花、养狗、熬鹰、遛鸟，土改后莫名其妙地做起了兽医，之后又因为莫名其妙地治好了镇长老爹的疑难杂症，就变成了可以挂牌接诊的名医。

胡老爷的三子叔远是个乏善可陈的败家子（富人家通常都会出这类败家子），早年混迹市井染上了赌瘾，一发不可收。赢了钱，他便穿上破衣裳，为什么？怕人家借钱；输了钱，他便穿上早年的一身西装，又为什么？好去借钱。

胡老爷的喜子（本地话里“四”与“死”谐音，“四”字也就念成“喜”了）胡季远是个名气不薄的书画家，自号柿叶山房主人，在山里买了一块地，可居可游，屋后种了几株柿树，柿子熟了，分赠邻里或朋友，自己不怎么爱吃，但玩经霜的柿叶。怎么个玩法？就是在残叶上写写画画，然后随风抛撒到山谷里去。后来也不知为何，他竟连画笔也扔掉了，甘愿去做油漆匠。

这四人，后来跟长生都结下了不解之缘。

长生在十二岁之前一直跟随父亲，过着浮家泛宅的生活。十二岁那年，父亲突然病倒了。长生把船划到十二间桥，朝桥埯喊了几声“胡医师”。一个白脸长身的人就从一家药铺走出来。胡医师就是胡老爷的二公子仲远。

胡医师带来了一个大柑，递给长生的父亲说，吃一个吧，是“重五柑”，润润喉。长生的父亲说自己什么都吃不下，也不想吃。他把大柑递到长生手中说，“重五柑”胜羚羊呢，你到一边吃去吧。长生收下了柑，舍不得吃，捧在手里，被阳光照着，呈金黄色，仿佛带有一丝暖意。胡医师给长生的父亲检查身体时，脸色有些凝重。他写了一张纸条，嘱长生去卫生院取一种药物。

长生回来后，胡医师没跟他说起父亲的病情，却问道，长生，往后你想学门谋生的手艺？没等长生回答，他又接着说，我哥哥进了一家造船厂，手下正缺人，你如果愿意，我可以介绍你做他学徒，好歹也可以混碗饭吃，总比现在跟着你父亲过乞讨的日子强吧。

长生看了看胡医师，又看了看父亲。父亲点了点头。

胡医师说，长生你收拾一下行李，现在我就带你去造船厂。

长生说，阿爹病倒了，没人照顾，我怎么可以在这个时候出走呢？

胡医师说，没事的，你爹这几天就把船泊在这里的小河湾，我有空过来照顾一下他。

长生的父亲也接过话说，我只是得了风寒，将息几天就好了，不碍事的。

长生上岸时，双脚竟有些发飘。胡医师笑着说，长生，你的双腿直不起来么？长生敲了敲自己的膝盖，腿就直了些，可他一走动，腿就松垮了，双膝向外，形成了罗圈腿，这样一高一低地走着，足底便像是装了弹簧。他明白，长生的双腿原本可以伸直的，但因为长时间屈膝坐在船上，双腿就走样了。长生穿过一条布满凹痕的青石板路时，有几个小孩子跟在他后面，模仿他外八字脚走路的样子。胡医师回过头来，张开双手，像赶鸭子似的驱散了这群孩子。

到了造船厂，长生见到一个面目与胡医师酷似的人，他就是胡医师的长兄胡伯远，人称胡大先生。胡大先生听完胡医师的介绍，轻轻地"哦"了一声，摘下鼻梁上的玳瑁眼镜，把长生上下打量了一番。

胡医师走后，胡大先生把他带到作坊，劈头就问，造船很苦，你吃得了苦？

我不怕苦，长生说，我有的是一身力气。

胡大先生说，你说自己力气大，好吧，你可以去挑粪壅田了。

这么一说，长生就蒙住了。

胡大先生说，造一艘船，固然是体力活，但也要用脑子。胡大先生这样说着，便用手在长生的脑袋上轻轻地拍了一下。

我可以收你做学徒，但有个规矩，得先给你说清楚了。

什么规矩？

你得给我准备好两样礼物。

胡师傅，你也晓得，我们家实在是没什么值钱的物什拿得出手。

虽然你两手空空，但你身上兴许有的。

长生把口袋朝外翻过来说，如果有，我一定会双手奉上的。

我说的两样礼物是摸不着的。

那是什么？

是谦卑和勤快。

师傅说的是这个呀，我有的，我有的。

胡大先生没有再说什么，当晚就让长生留下来，还给他添置了一些简单的生活用品。

长生在造船厂做学徒，每月食宿免费，逢年过节还能拿一点酬劳。若逢初二、十六，造船厂的老大照例要请大家吃一顿红烧肉。长生长这么大还没吃过红烧肉，先咬一小口，便有油汁从舌间溢出，满嘴生香；他把嘴角舔干净后，才下第二口、第三口……胡大先生说，他近来患了胆囊炎，不吃油腻，因此就把自己那块红烧肉搛到长生碗里，但长生只是闻着肉香，舍不得吃。匆匆扒完了一大碗饭，他就偷偷用油纸包好红烧肉，打算带回船给父亲享用。

没承想，他刚踏上船板，船舱里面就响起了剧烈的咳嗽声，然后他就听到父亲声嘶力竭地喊着，不要靠近，不要靠近。长生跪在外面，一动不动。这时候，河面陡生凉风，船上的炉灶扬起一小束黄尘，布幔抖动了一下，父亲伸出一只枯枝般的手臂说，他的病已经没有好转的迹象，现在什么东西都吃不下了，只求一死。但他也有一个愿望，死后如果没有棺材殓尸，就把这艘破船当作他的棺材，放到海里去，让风浪吞没。

长生旋即登岸，三拐两拐找到了胡医师。从胡医师口中得知，他父亲得的是肺结核，会传染的。胡医师和父亲事先商量好了，让长生去学手艺，就是为了免于传染。父亲的病情传开后，周边那些公婆船上的船户就恶声恶气地驱逐他离开，大概也是怕被传染。

不到一周，父亲就断气了。长生依照他的遗愿，把他的尸体跟那艘小木船捆绑在一起，送出风急浪高的海口，然后就坐上了胡大先生的舢板船。转眼间，他就看见父亲的小木船一点点小下去，直至被一个浪头抹平。

站在一边的胡大先生双手合十，拜了三拜，接着又抬头望天，长叹一声道，其生也若浮，其死也若休，这样的归宿也未尝不好。

长生不懂这话的意思，但似乎又明白了点什么。

在长生眼里，胡大先生跟胡老爷一样，也是个有学问、有情味的人。

有一天，胡大先生要坐船去龙泉看树。同行者有造船厂的几个老师傅和学徒，长生也在其中。龙泉在西北方向，地势偏高，若是沿瓯江走，就得赶早潮时分，顺流而上。他们坐的是一种瓯江上常见的舴艋舟，船艏与船艉呈月牙形，人坐在船篷里面，也不感觉江流湍急。胡大先生坐在船尾，跟大伙讲述自己当年坐瓯江交通船去龙泉做洋布生意的经历。到了温溪，正是中午时分。大伙肚子饿了，开始生火烧饭。船锚定之后，胡大先生从溪流里捕了几条鱼，从岸边摘了一些野菜，就在船上的江灶舱上做起了菜。饭饱，继续行船。

一路上山环水绕，每每遇见怡人景色，胡大先生就让船工停棹，饱览一番。一位老师傅说，我们这哪儿是去看树？分明是游山玩水嘛。另一个师傅也说，一堆石头，一摊子水，有什么看头的？胡大先生说，走山路不看水，走水路不看山，怎么说得过去？你们看树不看山水，又怎么能了解木头的妙用？胡大先生说起话来，总是藏着什么叫人半懂不懂的深意。途中有市墟，也要停船，大伙上岸闲逛一圈。因为身上没带几个钱，他们也只是走马观花而已。胡大先生不然，他看什么东西似乎都能看出门道来。他从市头走到市梢，心静步缓，仿佛游山。同行者都没心思陪他逛街，跑到一座祠堂后面看草台班戏子去了。唯独长生背着一个布袋，同书童似的跟在胡大先生身后。东转西转，胡大先生转到了附近的林场，见到了一位跟他合伙做过洋布生意的老友。聊到太阳西斜时分，主人置酒留饭，胡大先生却借口有事，匆匆走掉了。经过半山腰的一户村庄，只见家家户户都种着瓜果。胡大先生没有伸手去摘树上的果子，但看到地上的果子会弯腰去捡，用手擦拭一下，放进长生背后的布袋里。这一路过来，胡大先生还认得许多野菜，叫得出名目。看到没有篱笆环护的野菜，他便弯下腰来摘了几株，还跟长生讲解如何用油盐调食。他们到了船上，太阳正好落山了。那一顿晚餐有菜有鱼有瓜果，二荤三素，居然不费一毛钱。

大伙把肚角撑饱，牙缝塞满，就散坐在滩头聊女人。长生年纪最小，锅碗瓢盆就归他清洗。胡大先生回到船上，从布袋里掏出一根烟杆，拍拍船舷，一边装上烟叶，一边带着惋惜的口吻说，今天我瞄中了几块上等的龙泉杉，只可惜手头没钱。这样说着，他又点燃烟，望着不远处寂寥的灯火说，我有钱的话，就买两立方的龙泉杉，造一只舴艋舟，空闲的时候就划着船去没有人的地方吹吹风。

长生听了，心里默想，自己往后若是有了一艘船，也会跟胡大先生一样的。

船划到龙泉境内，他们就沿着深僻的山路，走进了一片杂木林，胡大先生又向大伙讲解每一种树的特征与用途。有时候,胡大先生还讲几个有趣的地方掌故。这一路上，胡大先生每经过一处树林都要驻足片刻。看到桐树结籽,他就让大家采集一些散落在地上的桐籽。桐籽做什么?捣成桐油。看到几根桷木,他也随手捡来,说这桷木做刮板最合适不过了。经过一户编织草席的人家,胡大先生又停了下来,向主人讨要了一麻袋草席的下脚料。

龙泉之行,大伙都说玩得很尽兴。归途中,长生在心里合计了一下,这一趟坐水路去龙泉看树，除了租船费用，其他吃住的费用一概省掉了。带回来的桷木、桐籽、草席的下脚料,也都是不花一分钱的。胡大先生对什么事看似不着意,实则处处留心。

闲时,胡大先生近乎散漫地做起两件事来。

一是搜集一些别人弃而不用的木头。这些木头解好之后,就放自家瓦背,教风吹日晒,这叫“漂木板”。夏季台风过后,暴雨连旬,他看见有一块木板从上流冲下来,就用长竹篙捋了过来,一看,水杉棺材板,木质极好,舍不得丢,就用锯子解了,放在瓦背,也不讲究什么忌讳。有一回,长生在胡大先生家蹭饭，无意间看到了从龙泉带回来的几根桷木做成的刮板,它们像腊肉似的挂在镬灶间里离灶孔最近的地方,作甚？就是让烟火熏。好的刮板,要熏个两年左右。胡大先生手上用的刮板都是熏过两年后呈暗黑色的。

除此之外,有空的时候胡大先生就带长生等四名学徒去罱河泥。胡大先生打桨,四人持竹竿挖河泥。装了半船河泥,胡先生就歇手,从不多取。河泥一时间也没有派上什么用场,就倒进造船厂边上的一个河泥坑里。长生对胡大先生说,这些河泥要是卖给柑农,还可以换来几升米呢。胡大先生摇摇头说，不卖。那么，长生问，你让我罱河泥究竟有什么用意？胡大先生说，我想你让你们每人都感受一下自己造的河泥船是不是受用。

隔了一阵子，长生才明白，胡大先生罱河泥是另有一番用意的。

胡大先生造的木船，要比寻常人讲究一点，不但讲究造型，还讲究外观装饰——除了船帮两侧髹漆，在船艉还要画上一组戏曲人物什么的。造船厂没有人会干这活儿，请的是外面的师傅，也就是胡大先生的三弟胡季远。如前所述，他原本是个画家，经过一番思想改造，竟当起了油漆匠。不过，一般的油漆匠在当地只能称为"油匠老司"，而胡季远与别人不一样，他除了油漆，会画各种物事，人们称他油匠先生。塘河一带，职业后面凡是带"先生"二字的，都格外受人敬重，比如：道士先生、唱词先生、教书先生等等。胡季远给造船厂画画，不收一分钱。每回画毕，胡大先生都会送他一船河泥（胡季远家有一片柑园，八九月间藏好的河泥晒干了，肥性好，可以赶在冬季撒到柑园里更新旧土）。河泥的用处就在这里了。油匠先生胡季远得了空闲，就来造船厂画船艉，而长生总是蹲在一旁默默看着。胡季远问，要学这门手艺么？长生点了点头。胡季远说，那好，以后给我斟酒的活儿就交给你了。胡季远这人饭前没有酒润润舌头，就连提画笔的力气都没有了；有了酒呢，容易贪杯，而且多饮必醉，醉了同样是连画笔都提不起来，通常是躺在船舱里呼呼大睡，仿佛去了一回醉乡。长生见过此状，以后就学聪明了，给胡季远打来的黄酒仅半壶，不够，再打半壶。胡季远喝了一斤黄酒，止于微醺，这时节画画的兴头最高，教长生画画也最用心。长生学了一年多，居然也能画上几笔了。胡季远看了，有时点头，有时则摇头。点头，是夸他有了长进；摇头，是说他没念过书，再怎么用功，将来充其量也只是个画匠。长生也自觉在画画方面天分不高，以后也就老老实实造他的船了。

头几年，胡大先生造好船之后，长生都要上来坐一下；尔后几年，长生造好了船之后，胡大先生也都上来坐一下。胡大先生说，树离开土就死了，变成木头，可木头变成船，遇上了水，又会活过来。你造的木船好不好，就看它放在水里活不活。

有一天清早，新船上水，胡大先生抱膝坐在船头，望着清寂的河面，突然跟长生重提旧事。胡大先生说，很早很早以前，我还住在一座临河的大宅院里，一大早听到敲梆声，心头就有一种异样的被清水洗过的感觉。我晓得是敲梆船出来讨饭吃了，其中想必也有你父亲的船，可我从来没有施舍过一碗饭，也没拿正眼瞧过。直到有一天，家父提起了你父亲——

长生点点头说，胡老爷坐过我们的船，我这一辈子都记得。

胡大先生问，你可晓得我爹为什么愿意坐你爹的船？

长生不语，胡大先生便接着说，因为你爹的船跟别的船不一样，它虽然陈旧，但船板干干净净的，用我爹当年的话来说，就像切豆腐的那块板。

长生说，我爹说过，人可以很穷，但不能因为穷就把自己弄得脏兮兮的。

胡大先生说，你爹的心地也是干净的啊。

那时候，长生觉得，胡大先生也是干净的，天空与河流也都是干净的。

然而，“文革”来了，人心也变得不干不净了。因为外边每天闹革命，造船厂被迫停产。油匠先生胡季远自此以后没再来造船厂，再后来听说出了事——据说是有一回，他读完一部佛经，忽来兴致，按照从右至左的书写习惯写了“放下”二字，贴在墙上，结果被人误读成“下放”。革委会的人说，既然他要“下放”，就把他下放到黑龙江绥芬河那边的农场去。从此渺无音信。胡大先生也大感不妙，对妻子说，这阵子风声吃紧，我得外出避一避。其时正是九月，庭院里开满了菊花。妻子问，要多久？胡大先生说，看形势，少说也得一年。妻子指着菊花说，明年菊花再盛开的时候你要记着回来看看我们。胡大先生点点头说，好。次年秋，菊花开了，又败了，胡大先生仍未见回来。再过一年，油菜花开了，正在收油菜花籽的长生看到胡大先生回来了，那时候才晓得，胡大先生已经疯掉了。

胡大先生晚年就住在自己造的一艘舴艋舟上。船泊在离村子有点远的小岛附近，那里潴水颇宽，没有人烟。他到底靠什么生活，没有人知道。长生驾着小船去找他时，他不想见。后来一听到什么打桨的声音，他的木桨便同鸟翅似的，张开来，向清冷的地方划去。有一天，人们发现这艘船连同胡大先生突然消失了。村上的人说，胡大先生造的船变成了宇宙飞船，飞到外星球去了。

“文革”结束后，镇上的造船厂开始恢复生产，但收到的订单以铁壳河轮与农用水泥船居多。但凡有木船生意，就由长生接过来做。此后十几年来，长生造木船的数量越来越少。无论怎么说，有船可做，手艺也就不会荒疏掉。长生的儿子转眼间也长大了，进了造船厂，不过，年轻人毕竟脑子活泛，也舍得出力气，什么种类的船生意好他就跟师傅学什么。

有一天，长生正在侍弄菜园时，儿子跑过来说，家里来了一位上海老板。长生有些疑怪，赶紧拾掇农具，回到家里，一看才知道这位“上海老板”不是别人，正是胡老爷的三公子、胡大先生的三弟胡叔远。见他西装革履、一身光鲜，长生就估摸着这老赌棍准是又输了钱，如果他开口借钱，长生就不知道怎么应对了。胡叔远跟长生绕圈子说了一大通怀念故旧的客套话之后，就把此行的意图挑明了：这些年，他跟几个上海人合伙在浦东办起了一座造船厂，目下正在搜罗各种人才，他早前听长兄介绍过长生，因此就慕名而来，聘请他担任技师。长生问，你造的是什么船？胡叔远说，什么船都造，木船、水泥船、铁壳船，十吨的、五十吨的、上百吨的，只要有订单，我们都造。长生说，我年纪也不小了，人又老拙，不想再跑出去折腾了。胡叔远说，我知道你心里想说什么，现在的胡叔远已经不是从前的浪荡子了。这样说着，他举起一根残缺的食指说，多年前，我戒了赌，断指明志。长生“啊”了一声，久久没说话。胡叔远瞥了一眼门外道坦上反扣着的一艘木船说，刚才我见你儿子给船缝填灰时手脚麻利得很，如果你们愿意，就跟我一道去上海闯荡一番吧。长生沉默有顷说，这阵子造船厂生意清淡了，我儿子就老老实实呆在家里，随我学做木船了。不过，我知道这小子野心大得很，一心要干大事，不如随你去外边打拼一番吧。

长生不晓得自己为什么会那么爽快地答应胡叔远的的要求。待胡叔远走上村口一条大马路，长生依旧驻足树下遥遥目送，那一刻，他越发觉得这胡叔远的背影跟胡大先生极像。当晚，他还梦见了胡大先生，穿宽衣大袖，着布鞋，月亮走，他也走……

儿子走出去了，长生明白，年轻人注定是属于外面那个世界的。儿子在信中告诉长生，他在上海见识了大船之后，才知道家乡的“河鳗溜”有多小。短短几年间，儿子就从一名普通技工变成了部门经理；再过十多年,他就接替胡叔远的位置,做起了造船厂的老板。儿子是越来越有出息了,但父子俩见面晤谈的时间却越来越少了。二十年后,儿子的造船厂变成了一家大型集团公司,长生跟他一年间也难得见上一两次面。

长生问儿子,人忙一辈子为的是什么?

儿子说,为的是有一天去美国的夏威夷买一栋大房子,每天可以躺在海滩边晒晒太阳。

长生又问,夏威夷的阳光跟这里的阳光有什么区别?

儿子说,太阳只有一个,但不是每个人都可以享受夏威夷的阳光。

果然,儿子不仅在京广沪买了别墅,还在夏威夷买了房子。有一回,儿子订好了机票,准备接他去夏威夷住上一阵子(那里的房子空着也是空着)。长生说,不去,不去。

终究是没有成行。

长生是个闲不住的人,晚年虽然家境富足,但他每天不做点什么心里头就不踏实。除了在老家后院里种点菜,他还在三里外的一亩小岛屿上辟了一座柑园,雇人一起打理。长生说,小时候,胡医师曾馈赠他一个"重五柑",他一直视若恩物。现如今,他每年都要提一篮柑去看望瘫痪在床的胡医师。

依旧划船,去柑园,或是访友。他这辈子什么地方也没去,就是喜欢在这条河流上划过来划过去。人与船,分享着流水的寂寞。

阳光照在长生身上,也照在我身上。那时我居然觉得,一个人呆在一个熟悉的地方晒晒太阳也是一件挺好的事。偶尔也能看见有人摇船过来,但都是水泥船。我问长生,你造过水泥船?长生说,我这辈子造过各种各样的木船,却没造过水泥船。水泥这东西造船,尽管经久耐用,看上去却很粗陋。长生停顿片刻,把桨打出一个漂亮的水花说,木船跟鱼一样,只有放在水里才是活的。

这条长河是南北走向,船穿过小镇,屋舍渐疏,间杂几座廊亭庙宇。越往南走,水域越发宽阔,星罗棋布的小岛上是一片又一片绿橘黄柑。长生说,这片土地如果不种柑橘的话,也许有一天会生出钢筋和水泥。

再往南走,就是另一座县城了。这一路过来,共有二十多座桥,不过,现在已经没有几座像样的石桥了,多的是混凝土桥。长生说,那边过去半里许,有好几条巷子都是以桥命名的,这是因为它的前身都是水巷,后来河流变成马路,桥也就废了,只留个桥名作巷名了。

长生没有再荡桨前行,而是把船划进了一条小河湾,那里有一座榕荫覆蔽的小岛。喏,这就是我家的柑园了,长生指着前方说,这些老树结出的柑特别甜,再过两个月就可以把船划过来摘柑了。长生这样说着就坐下来,点燃一支烟,默默地吸着。吸完了之后,他又开始划船,两把石林木做的木桨发出"吱呀吱呀"的声音。

我平躺下来,隔着船板,能听到汩汩水声,仿佛在诉说着这条长河的身世。太阳慢慢西斜,船在阳光和阴影间缓缓穿行,我消受着整个下午的散漫。忽然想起,前阵子有位叫八爪的网友曾约我坐船去前头那座小镇的杨府庙看地方戏,吃地道的鱼丸面,我应承下来了,却一直抽不出时间。这些日得了空,却找不着八爪了。如果这回坐船过去,戏是看不到了,或许还能在杨府庙旁的老字号店里热热地吃上一碗鱼丸面吧。

写于甲午冬月

我能跟你谈谈吗?

一

现在,苏教授不得不惊异于三年前做过的一个梦:那晚,他竟梦见自己一直在跨门槛,跨到七十四道门槛时,他一头栽倒在地。有人解梦,说七十四道门槛就代表七十四岁。也就是说,七十四岁是苏教授的关煞。苏教授听了,一笑置之。懵里懵懂地生活了这么多年,他从未感觉那个梦有什么异样,也不加措意。苏教授以为,死亡是迟早要来的——他不知道自己将会在哪一天去世,但他知道自己每过一天就离死亡更近一步。现在,他刚好过了七十四岁生日,那个梦竟变成了现实。一脚跨到了死亡的边缘,反倒让人有了一种近乡情怯的感觉。

昨天上午九点钟的阳光是很难得的（之前都是可憎的阴雨天），苏教授一点儿也感觉不到死亡的阴影。有人经过，跟苏教授打了个招呼，说一声“晒太阳”啊。苏教授跟一群老人坐在墙角晒太阳却像是做了亏心事似的，讷讷地回了一句。但苏教授很快就变得坦然了。他甚至觉得野人献曝的做法一点都不蠢。早春的阳光确乎是样好东西。老人们都像驱光动物似的，随着阳光一点点移动。人都是这样，苏教授不无自嘲地想，年轻时喜欢跟自己所爱的人坐在月光下聊天，到了晚年，就喜欢跟人在太阳底下扎堆了。好的阳光就仿佛来自上天的祝福。

那天上午，他还记得，女儿塞给他一个热水袋，他却不要。他走到墙角下，抱起那只正在晒太阳的虎皮猫，就像是抱着一个暖手的火钵。猫是从哪里来的？它是一只流浪猫，还是自家那只死去多年的猫？为什么抱它的时候有一种如遇故人的感觉？苏教授早年爱养狗，晚年爱猫。其实不是爱猫，而是爱猫身上那种宁静的气息。这只毛茸茸的猫安静得让他忘掉了它是一只猫。

有个年岁相仿的老人挪过来，跟他聊开了。老人问，你是教书的？苏教授微笑着说，我是个杀猪的。老人说，一点也看不出你是个杀猪的。苏教授说，我上辈子是杀猪的。老人笑了起来，跟他说起小时候村上杀年猪的事。苏教授感到身上的血气一点点鼓荡起来。当他看到眼前的太阳突然落到墙外时，他知道，自己已经躺在地上，不能动弹了。然后他就感到黑夜漫过了自己的眼睛。

苏教授不能动弹的时候，依然能听得清人们惊叫的声音、猫尖叫一声跑开的声音、慌乱的脚步声以及呼啸而至的救护车的鸣笛声，然后就是医生说话的声音、手术刀碰撞的声音。在寂静中，他甚至听到了血液流动的声音。

过了许久，他听到女儿在一旁轻声抽泣。女儿问医生，父亲是否还有挽回生命的迹象？医生说，他身上的机器差不多都坏掉了，他们只能让他暂时苏醒过来，但不能保证他还能活下去。像他这种状况，医生断言，最多活不过三个月。这些对话，苏教授都听在耳里，但他不能发声。手也不能动。哪怕是一根手指。身体像是被一块冰冻住了。

大约是过了一个夜晚，苏教授就“醒”了过来：先是睁开眼睛，其次是张开干裂的嘴唇，然后是连手指和脚趾都能动一下了。最初映入眼帘的是女儿的面庞。仔细端详，脸上泪痕未干。苏教授伸出手来，在空中寻找着女儿的手。女儿迅速握住他的手，放在自己的下巴。她的下巴还在不停地抖动。

女儿说，昨天早上，她一觉醒来，总感觉耳朵里有什么细微的杂音。于是转到厨房、洗手间仔细检查了一遍，没发现有什么异样。回到床上，躺了一会儿，还是不放心，又爬起来，东看看，西看看。她总觉得有什么事好像就要发生了。结果，是父亲这边出事了。

这些年来，苏教授的身体变得益发孱弱。一旦天气发生剧烈变化，就会有过敏的可能性。这种病，医生说，叫天气过敏症。因此，苏教授查看天气预报时，总是特别关注过敏气象指数。阴雨天一来，他的浑身关节就会出现酸痛；若是刮点风，飘些花粉，就会引发老慢支。总之，随着年岁变大，他对天气变化的适应能力也变得越来越差。就像他置身这个时代，面对千变万化的世界，常常不知道如何去适应。有很多新鲜物事，身边的人都趋之若鹜，苏教授却怎么也看不惯。有时心情不好，他还会化个名，写篇文章骂几句，算是解气。学生们深知他的古怪脾气，都把他当孩子一样哄着。人老无好相，何况是病了。

苏教授说，我生病的事，你不要跟外人说起。

可是，女儿说，很多人都已经知道你住院了。等你精神稍好一些，他们就会过来探望。

苏教授忽然沉下脸说，我住在医院里难得清静几天，你就不必让他们过来了。等我死了，就让他们跑到殡仪馆跟我作遗体告别好了。

苏教授见女儿泪水盈眶，也就不再往下说，只是别过头，闭目休息。窗外雨声如故。每逢雨天，他总是变得特别脆弱。仿佛这种低落的情绪跟他身上的关节炎一样也是坏天气带来的。

午睡初醒。人还是有点恍惚。打开灯，一片白光驱散了梦境里的阴影。老钱和老姚都来过了？他看见女儿正坐在床头削苹果，没头没脑地问了一句。你说的是哪位老钱和老姚？女儿问，是不是钱逸君和姚鸿年两位教授？苏教授怅然地点了点头。女儿说，钱教授和姚教授早在几年前就去世了，你还主持过他们的追悼会呢。苏教授拍了拍脑袋说，我一定是睡糊涂了，把梦话也带了出来。不过，我在迷迷糊糊中好像还听到有人说我家乡话。听得很分明，一点儿都不像是在梦中。女儿说，你一定是想念老家了，所以就在梦中听到了乡音，就像你太怀念老朋友了，醒来后就问我钱教授和姚教授来过没有。苏教授突然坐起来说，没错，我是听到有人说我家乡话。你去隔壁看一下，也许住着我的一位老乡呢。说完这话，他又拍了拍自己的前额说，我又说胡话了，我的老家离这里实在太远太远了，怎么可能会在这地方碰到老乡？我不是睡糊涂了，而是老糊涂了。

二

一只山羊爬上老甘的饭桌。他就知道，这是他死去多年的儿子。山羊的眼睛分明就是儿子的眼睛，老甘从它的瞳仁里看到了自己，也看到了儿子。老甘抚摸着山羊的耳朵说，儿子你回来了，一定是饿坏了吧，来来，桌子上有什么，你就尽管吃吧。但山羊在饭桌上静默了一会儿，就拉了一坨屎，然后跳下来，扬长而去。老甘追了出去，却被门槛绊了一跤，一惊，醒来，发现自己竟躺在重症室门口。一名护士把他扶起来说，刚才你还坐在椅子上打瞌睡的，怎么突然间喊一声就往门外跑了？老甘听不懂护士的普通话，就对躺在病床上的小孙子说，她刚才跟我说什么？小孙子把护士的话重复了一遍。老甘抹着惺忪的眼睛说，我刚才在追我的儿子。小孙子又把老甘的话转述给护士听，护士惊讶地问，你不是说儿子坐了牢？他什么时候来过？小孙子又把护士的话转述给老甘听，老甘说，坐牢的是我大儿子，也就是孩子他爹，我刚才追赶的是我小儿子。护士听完转述说，我刚才就在这儿，没看见谁来过。你不信问问你的小孙子。这一回，小孙子没有转述护士的话，就直接跟老甘说，是的，我刚才也醒着，没看见谁来过呀。老甘说，我小儿子跟他这般大的时候就死了，他是不可能来的。我刚才梦见他变成了一只山羊，那双眼睛泪汪汪的，分明就是他小时候被人欺负后的可怜相。小孙子知道爷爷又开始说胡话了，也就没有把这话说给护士听。护士正忙着要给其他病人做例行检查，大约也没兴致听他说话。

老甘的小儿子是被村上一个小地痞用石头砸死的。那时正是春耕时节，老甘的小儿子赶着几只山羊来到山坡上吃草，忽然看见村上的唐三站在山坡上东张西望，似乎在急着找什么。老甘的小儿子问他，你丢了什么东西？唐三说，我丢了一头驴。你看见我的驴了吗？老甘的小儿子摇了摇头。唐三看着那几只低头吃草的山羊说，你的羊是我的。老甘的儿子说，你明明是丢了驴，怎么又赖上我的羊？唐三说，没错，我之前说我丢的是驴，但我现在丢的是羊。我说这几只羊是我丢的，就是我丢的。二话没说，他就去赶那几只山羊。老甘的儿子问，你要把我的山羊赶到哪里去？唐三说，我要把它们赶到畜牧场卖了。老甘的儿子上前去阻拦，唐三就把他使劲推开。老甘的儿子毕竟是小孩，没法跟他拼力气。唐三一脚踹中他的肚子，他就瘫软在地上了。唐三想走，老甘的儿子抱住他的腿，死死不放。唐三甩不开，就从地上拿起一块石头砸了下去。老甘的儿子哼了一声，就不动了。唐三探了探他的鼻息，知道自己闯下了大祸，就把他抱起来，抛进溪流里。傍晚时分，有人在一个清寂的小水潭里发现了一具尸体。老甘把儿子抱回家，放在门板上。他没有哭，只是不停地跟他说话。谁也不知道他说些什么。过了一会儿，老甘出来说，杀我儿子的人现在正赶着三只羊去畜牧场。有人去畜牧场一打听，果然，有人把三只羊卖给了屠宰场。那人就是凶手唐三。老甘的大儿子抄起一把家伙去找唐三，但唐三得了钱早已逃往异地。后来，唐三就再也没有回来。转眼间，二十年过去了。老甘的大儿子从未放弃寻找凶手的决心，他去了一个又一个城市，后来据说是被什么高人点化，不想寻仇了，就在这座被称为首善之区的城市居住下来，以打工做力气活为生。再后来，老甘的大儿子又娶妻生子，生活也就慢慢地有了起色。大儿子一直想把父亲接到城里来，但老甘说，他上头还有一个老母，不能远行(老甘的母亲说，她已经活得太久太久了，走动的时候都能听到骨头摇动的声音)。谁也没料到，老甘这一次(也是唯一的一次)出门远行跑到大城市来，竟是为了照顾生病的孙子。

孙子住院，病得不轻；儿子偏偏又在这个节骨眼上出了事，连个音讯都没有；儿媳妇已经偷偷怀上了二胎，为了躲避孕检只好回乡下娘家去了。所有的重任都落到了老甘身上。但老甘只能在医院里陪伴孙子，无暇他顾。整整一个月来，老甘最大的快乐就是教会孙子说一口地道的家乡话。老甘所操的方言是小语种中的小语种，出了那块巴掌大的地方，就没人听得懂了。老甘出门五十里，那些人听他说话就有些费劲了；出门百里，会话时就得附带手势；到了这座城市，老甘才知道，从老家带过来的方言差不多要作废了。还好，孙子没有忘掉乡音，他原本只是偶尔用生硬的方言土语跟父亲聊上几句，经老甘一调教，很快就能活学活用了。孙子反过来教老甘说普通话时，老甘说，我老了，舌头硬了，怎么也转不过来了。但祖孙之间总有说不完的话。孙子跟他讲述城里发生的事，老甘跟他讲述乡村生活。孙子觉着，乡下的各种物事听起来十分新鲜、有趣，禁不住要念想了。他跟爷爷拉了勾，说是病好了之后一定要去老家走一趟。

三

苏教授寂寞的时候就会用家乡话跟自己说话。他记得父亲曾跟他说过，你出门在外的时候要记得把家乡话带在身边，如果你忘掉它，就等于是忘掉回家的路。苏教授自说自话时，就像是一个人走在回家的路上。

女儿进来，听到苏教授嘴里念念有词，就问，爸，你跟谁说话来着？

苏教授答，跟我自己。

女儿说，我刚才经过隔壁那间病房，听到有人说话的口音跟你还真的很像呢。

苏教授说，你一直以为我在说梦话，连我自己都怀疑那是一种幻觉。现在好了，你可以把隔壁那人请过来聊一下，或许真的是老乡呢。

女儿很快就把那人带了过来。站在她身后的是一位老人，身形瘦小，面容枯槁，衣裳旧兮兮的，头发灰蓬蓬的，两眼无光，只剩下两点寒灰般的东西，一切看起来都像是燃烧过后的模样。

苏教授试着用家乡话向他问候一声。老人十分惊讶地看着苏教授问，你是——

我们是老乡，苏教授说，你只说出两个字，我就知道你是哪里人了。

老人的目光在苏教授的脸上停留了许久，突然喊出了三个字：苏教授。

苏教授愣了一下，扶了扶镜框，仔细端详那人的面容，迟疑地问，你是——

老人说，我是老甘呀，你忘了么？小时候我们还一起掏过鸟窝、摸过鱼哩。不过，那时候人家是管我叫小甘的。

在苏教授听来，老甘的话音里有着亲切的味道。他看着眼前的老甘，脑子里蓦然浮现的，却是老甘的祖父。老甘老了，竟然跟祖父长得很像。回想往事，苏教授也是百感交集，他让老甘坐到身边来，向他打听一些故乡的人与事。老甘一一相告，便像说起了天宝遗事。在那边，苏教授还有几位亲戚和父执（大都是父亲那所学校里的同事），“文革”时断了联系，后来也就没再来往。现在打听故人消息，倒是有点像异地问路。苏教授问老甘，村里跟外界通车了没有？老甘摇摇头说，只有火车从我们村外经过，但从来没有停留过。我们出远门，还得翻过几座山。

沉默少顷，苏教授说，山里面缺医少药的，你若是生了病如何是好？头疼脑热之类的小病还好说，就怕得了什么急症，送医院不及时，兴许就会白白搭上一条命。

老甘说，我这辈子从来没生过什么狗马病。有一回，我感冒了，身子发软，鼻涕直流，于是拎了把椅子走到屋外晒太阳。过了一阵子，我去田头撒了一泡尿，感冒就好了。

苏教授说，也许你身上有过什么病，只是没发现而已。有些病，你不去理会它，它就会很没趣地走开。

老甘说，小时候，我母亲常常跟我说，我们穷人生不起病，千万别把自己的身体娇生惯养了。有时候即便病了，也要多笑。笑跟药物一样能治病，是世界上最便宜、最养心的药物了。

苏教授说，我还记得你母亲的样子，她老人家现在还健在么？

老甘说，托你的福，她老人家好像越活越有劲头了。有人问她年纪，她就是咬着舌头不回答，说是怕自己的岁数报出来，让阎王听见了，就会派牛头马面来拘她。可是，前段时间她听村上的人说我孙子生病了，就开始不停地诅咒自己，还说我的小儿子之所以夭折，也是因为她阳寿太长的缘故。

苏教授问，你孙子生了什么病？

老甘说，脑子里生了一块肿瘤，我都叫不出名目来。总之是一种怪病，在小孩子当中是极少见的。

苏教授问，很严重吗？

老甘叹息一声说，医生说的话我是一句也听不懂，我说的话医生也听不懂。我只是听孙子说，他的病很快就会好了。等病好了，他就可以去学堂念书了。那天我还跟孙子说起你，我让他好好念书，将来也当个大学教授。说到这里，老甘竖起大拇指说，苏教授，你尽管在外头生活，但你的名声在我们家乡可是很大的。问问我们村上的男女老少，他们可以不知道现任的县长是谁，但都知道苏教授是谁。

苏教授少小离家，跟随父母迁居大城市，后来又在这座北方的大城市扎下根来，长达六十年间，他都未曾回过老家，与家乡父老也谈不上什么乡谊，但他们都还惦念着从偏僻山村里走出来、名声在外的苏教授——从老甘的话里，他可以掂量出自己在他们心目中的分量，这比学界的任何一种嘉奖都来得重要。尤其是在这个时刻，他忽然想起自己还有一个故乡，还有像老甘这样的故人，心头便涌起了一股暖流，眼眶一热，差点要掉出一把老泪来。

苏教授说，我很想回老家看看，可我已经走不动了。

老甘说，等你病好了，我就陪你一道回老家走一趟吧。

苏教授说，我已经回不去了，我的时间已经不多了。如果可能的话，我要把骨灰的二分之一撒在老家那座山上。

老甘听了这话，缓慢地转过身去。过了片刻，他又转过头来，眼泡益发显得红肿。

苏教授看着外面铅灰色的天空说，老甘，我真羡慕你，你明天醒来还能看到太阳升起。

老甘说，我看过天气预报，明天仍然没有出太阳。

苏教授微微一笑说，你不识字，怎么会看天气预报？

老甘说，我孙子告诉我，看到天气预报上画个太阳就是晴天，画些乌云和雨点就是阴雨天。

苏教授指了指窗外说，什么时候太阳出来了，你就告诉我一声。可是，我怕是等不了太阳出来的那一天了。

四

早晨醒来，拉开窗帘一角，天色似有转晴的迹象。这半个月来，太阳只是十分吝啬地露过一次面，其余时间都是阴雨不断，很容易让病人脸上出现阴郁的神色。苏教授也不例外（他总是抱怨这鬼天气让他的心情都坏透了）。刚吃过早餐，天色旋即又暗了下来。苏教授感觉自己吃的不是早餐，而是晚餐。他对女儿说，他这一顿饭吃完了，怕是吃不到下一顿饭了。

老甘在不在隔壁？苏教授问女儿。女儿答，听护士说，他每天这个时辰就准时出去了。苏教授说，躺着无聊，就想找老甘聊聊天。他每天这个时辰出去做什么？唔，他做什么又关我什么事？这些话，他是用家乡话说的，在女儿听来，他是在自言自语。

阴雨天里，苏教授的腰背又开始胀痛。护士分析说，这是在床上躺卧太久老毛病复发的缘故，从临床经验来看，这还不是病变所带来的那种疼痛。苏教授问，病变会带来怎样的疼痛？护士一边换盐水，一边略显谨慎地回答,具体的情况你可以去问医生。护士挂好了盐水,就轻轻掩上门走了。苏教授斜靠在床上,细数了一下,每天大约要打六瓶大小不一的吊针(还好,护士已经在他的手臂上放置了留置针,手臂也不至于被针扎得跟马蜂窝似的)。望着吊瓶里缓缓注入皮管的药液,他就想起窗外没完没了的春雨。这情形,苏教授微笑着对女儿说,似乎有点像宋词里写的"一任阶前点滴到天明"。

没过多久,医生就过来作例行检查,苏教授顺便向他打听一下老甘那个孙子的病况。医生说,他们也是首次在小孩子身上发现一种多发于中老年人的恶性肿瘤,一线治疗已经不见成效,接下来,医院方面已经征得病人家属的同意,给他服用一种全球第一时间获准上市的新药。苏教授问,这种做法,是不是有点把死马当活马医的意思?医生说,他们这也是为病人争取最后一线生机。况且,医院方面还承担了病人所有的医药费。

不过,医生看着苏教授说,你跟他不同,我们对你采取的是一种保守治疗。

苏教授想了想又问,我想知道,像我这种病越到后面疼痛是否会变得越厉害?

医生说,也许会,也许不会。这种病在最后时刻出现的状况是因人而异的。有些人会出现发热,有些人会出现昏迷,也有些人会出现如你所担忧的剧烈疼痛。总之,你要做好心理准备。医生还十分坦率地告诉他,很多人临死的时候脑中会分泌出一种类似于吗啡的东西,这种东西在医学上称为内啡肽,它会缓释一个人对死之将至的恐惧,从而使人的内心与面目都变得很平静。

我对死亡并不恐惧,苏教授微笑着说,至少我现在并没有恐惧。我所害怕的是自己最后会被疼痛折磨致死,到了那个时候,医生,你们会怎么做?

医生说,我们所能做到的,就是在尽可能控制病痛的情况下,用最好的药物延长病人的生命。

不,苏教授说,你用药物延长我的生命,也就是延长我的痛苦。与其让我痛苦地活着,不如安静地死去。

医生说,我们没有权利这么做,教授,如果一个论文还没通过的博士生让你开绿灯,你恐怕也不会答应的。

苏教授问,医生难道不允许病人选择痛快的死法?

你说的是安乐死吗?医生像背书似的说,关于安乐死,正确的叫法应该是自愿安乐死亡。所谓自愿,就是病人可作自主选择;所谓安乐死,说白了就是求得一种好的死法。

苏教授听了医生的话,忽然间情不自禁地用家乡话说道,这末后的一节过得从容,也是前辈子修来的福气,但疼痛要是真的来了,想要故作淡定也难。

你说话的口音跟隔壁那个老人很像,医生说,我不明白你刚才在说什么。

苏教授意识到自己的心思又飘到了很远的地方,便收回目光说,医生,如果那一刻真的来临,我就得用得上吗啡了。

医生不置可否地笑了笑,说了些模棱两可的话,然后退出病房。

这一晚,苏教授怎么也睡不着。他已经意识到,有一种比死亡更可怕的东西要对他下手了。这东西,也就是苏教授所说的"病痛"。因为他亲眼见过钱逸君教授被病痛折磨致死的情景。深夜,苏教授坐起来,摁亮床头灯,望着窗外,但窗外除了浓重的夜色,似乎也没什么可看。玻璃上映现出一片黝亮的灯光和一个模糊的面影。他静静地注视着,仿佛要看穿黑暗,一直看到自己的内心深处。但他看到的,只是一片荒芜。

五

晨起,胃纳不佳,苏教授仅吃了一点小米粥。女儿给他敲了一会儿背,就拿起梳子帮他梳头。苏教授的头发已经全白了,长长地披下来,十分轻柔地堆在肩头,微微有些卷起。女儿在慢慢梳理着头发,苏教授在静静地梳理着往事。病房静极。窗帘上簇拥着毛茸茸的白光,似有阳光照射进来。苏教授眼前一亮说,好像是出太阳了。女儿起身拉开窗帘,一片浩大的阳光便涌进了病房。苏教授微微闭上眼睛,伸出双手,近乎贪婪地享受着每一寸阳光。女儿说,院子外面的梅花都已经开了,有红梅,也有白梅,让人真正感觉到春的气息了。苏教授微微地点着头。女儿说,趁这天气好,我用轮椅推你去院子里转转,也好欣赏一下这迟开的梅花吧。苏教授挥了挥手说,一头白发,满脸憔悴,很难应这春景了,不如不看。

正说话间,那扇虚掩着的门推开了一点。老甘探进头来,向父女二人问好。苏教授向他招了招手说,进来坐坐吧。老甘进来了,但没有坐下,手里捧着一本厚厚的书。苏教授说,老甘,原来你是识字的。老甘面露愧色说,我是个文盲,认识的字还不满十个手指呢。苏教授问,那你手头拿的是什么书？老甘说，我刚刚去教堂做了祷告回来，赵牧师顺便送了我一本《圣经》。苏教授“哦”了一声说，原来你是信奉基督教的。说起宗教信仰，老甘便问苏教授信奉的是什么教。苏教授说，我母亲是信奉基督教的，但我父亲是信奉佛教的，我在他们中间，哪边都没有信靠，结果就落进水里面了。现在临时抱佛脚，佛会拿脚丫子踢我；给耶稣洗脚，耶稣也会嫌弃我。老甘说，话也不能这样说，你虽然没有信靠，但你有知识，我们乡里那所学校的大门口就写着：知识就是力量。你有知识，所以有力量。我呢，一没知识，二没钱，哪儿来的力量？我要是没有耶稣，我就什么也没有了。苏教授觉得，老甘虽然没有读过书，却是个明理的人。他指着老甘手中的《圣经》问，你是什么时候开始信教的？老甘说，也就一个月前，我的孙子动手术前突然发起了高烧，烧得连医生都没法子。这时候，赵牧师带着三位信徒从病房门口经过，他们听到呻吟的声音就走了进来，按住我孙子的手，跪在地上，给他做了一个祷告。祈祷刚结束，我孙子的高烧竟奇迹般地退了下来。打那以后，我每天都要去医院附近那家教堂做祷告。老甘说起耶稣，说起赵牧师，眼睛里就放出一层柔和的光辉来，把脸上的黑气冲淡了些许。每回跟老甘用家乡话聊天，苏教授就感觉自己回到了老家，仿佛正赤脚坐在田头晒暖闲话。

苏教授，老甘清了清嗓门说，我想跟你谈谈——

老甘想说什么，但那句话滚到喉头，又咽了回去。苏教授也没有追问，他们面对面坐着，沉默了很长时间。但苏教授感觉自己还在跟老甘说着话，尽管这些话是没有声音的。

傍晚时分，有人敲门。苏教授答一声，请进。进来的，是一位头发斑白的老人，身后还跟随着三名中年男人。老人轻声地问道，你是苏教授吗？苏教授点了点头。老人说，今天下午，老甘找到了我，让我过来给你做个祷告。苏教授问，你就是老甘说的那位赵牧师吧？老人点了点头。询问病况之后，赵牧师就按着苏教授的手，跪地做起祷告来。念完主祷文，苏教授拍拍床边的椅子，示意赵牧师坐下来。

苏教授：《圣经》这部书，我是断断续续读过一点，有些疑惑，我还解不开，所以要借这个机会向你请教。

赵牧师：跟苏教授相比，我不过是一个浅薄无知的人。《圣经》这部书我读了半辈子，也只是略知一二而已。

苏教授：你知道这世上第一个人是多大年纪去世？

赵牧师：你指的是亚当？

苏教授点了点头：是的。《圣经》上应该有记载亚当享年多少？

赵牧师：《圣经》上记载，亚当活到九百三十岁就死了。

苏教授：也就是说，从亚当的生到死，中间相隔了整整九百三十年。这不能不说是一个漫长的等死的过程。

赵牧师：这世上的第一个人并不知道死是怎么一回事，因为亚当之前还没有人体验过慢慢变老直至死亡，所以，以我来看，亚当是只知生，未知死的。死是在亚当出生后过了九百三十年才开始出现的。亚当死了之后，他的子子孙孙们才晓得人终归是要死的。

苏教授：如果我记得没错，在亚当之前，曾有人死过。

是的，那就是亚当的儿子亚伯，赵牧师说，亚伯并非老死，而是死于凶杀。《圣经》里记载说：自从亚伯死后，亚当又与夏娃生了一个儿子，起名叫塞特，意思是说，这是上帝所赐，代替死去的亚伯。不过，这是题外话了。

好吧，我们言归正传，苏教授又接着问：亚当出生之后，或者说，亚当和夏娃结婚之后，上帝有没有告诉他，他是终归要死的？

赵牧师：自从亚当和亚娃偷吃了智慧果，他们就受到了上帝的惩罚，上帝曾对亚当说：你必流汗满面才得糊口，直到你归了尘土；因为你是从土而出的。你本是尘土，仍要归于尘土。

苏教授：这九百二十年间，亚当有过病痛？比如风湿痛、偏头痛之类。在那个时候，还没有人从事医生这个职业，他是靠什么来治病？或者像我一样，当他被病痛折磨得死去活来的时候，有没有考虑过要自杀？

赵牧师：我所知道的全来自于《圣经》，至于《圣经》上没有记载的，我不敢妄言。我只知道亚当的肋骨曾被上帝抽掉过一根，似乎也没有感觉过什么疼痛。书上只记载亚当劳苦的事，并没有记载亚当病痛的事。他一生中最大的痛苦并非疾病所致，而是因为自己的长子该隐在田间杀死了次子亚伯。不过，苏教授，现在轮到我来向你发问了：你为什么那么热衷于打探亚当的消息？

苏教授：这些天，我躺在床上老是琢磨这些无聊的问题。从第一个人的诞生到我的诞生，从第一个人的死亡到我的死亡，凡是出生过的人都要经历死亡。亚当和我，无一例外。

苏教授看着赵牧师，又重复了一句：亚当和我，无一例外。

六

老甘做完祷告回来，顺便拐进苏教授的病房，说自己今早也特地为他做了个祈祷。苏教授便像回礼似的说，等我病好了，就上教堂给你们一家人也做个祷告。说起老甘家人，苏教授就问，这些天怎么不见你的儿子和儿媳妇？老甘听了这话，眼眶一红，嘴唇抖动了一下，正想说什么，外面响起了杂沓的脚步声。是一群看望苏教授的学生找过来了。老甘赶忙欠身让位，悄然退出人群。学生们把苏教授团团围住，都急着想看一眼老师这一阵子的气色。这些日，来看望苏教授的，除了学校里的同事，学界的同行，更多的是一些学生。这回过来的学生中，大的已年过花甲，小的也已年近而立。有一部分学生一直追随老师，逢年过节，都不忘给老师送点礼、请一顿饭。这些学生，素以“苏门弟子”自称。跟老师一样，烟酒诗牌，样样都能拿得出手。苏教授虽然脾气古怪，但平常很喜欢板起面孔说笑话。酒喝多了，学生们就让他仿效古人以乡音吟诗。苏教授能将普通话里面早已失传的入声念出来，韵味很足。所以，学生们听到老师病危的消息，都情不自禁地感叹说，苏教授要是走了，我们耳边还会响起他朗吟古诗的声音呢。

学生们问他睡得如何，吃得如何。他也照实说了，这个漫长的雨季里，他压根就没睡过好觉。至于吃饭，素多荤少，有时甚至不沾油腥，以为这样胃不吃力，更好一些。说着说着，苏教授又情不自禁地说起家乡话来。学生们都听不懂，感觉他是在跟自己说话了。

学生们不问病况，不谈故人，不提死字，就怕老师伤感。他们还记得两年前，地理系主任姚鸿年教授得了血癌，苏教授曾带着他们去医院看望。闲谈中，苏教授提到了给姚教授出全集的事，姚教授突然大哭起来，他说自己还要多活几年，怎么这么快就给他出全集呢？跟姚教授相比，苏教授倒是显得坦然得多了。

苏教授说,我要走了,你们有什么话要对我说么?

学生们笔直地站着,半天说不出话来。

苏教授说,河要向东流,人要向西走,你想挽留也挽留不住。我的遗嘱已经拟好了,放在我女儿那里,如果有一天我走了,你们就把遗嘱附在我的全集后面。

苏教授抓住其中一个学生的手说, 你给我拍摄的那张抽烟的黑白照片我很喜欢,灵堂上的遗照就放这一张。

苏教授又抓住另一个年纪较大的学生的手说,你是大师兄,追悼会上的学生代表发言就非你莫属了。说到这里,苏教授环顾四周,嘿嘿一笑说,你们这些小混蛋,千万别在我的葬礼上说我的坏话。

学生们想笑,但又不敢笑。有几个还转过身来,悄悄抹去了眼角的泪水。

大家向苏教授告别时,苏教授躺了下来,然后说,你们当中凡是戴帽子的,就预先向我脱帽行个礼吧。

戴帽子的人果然摘下了帽子,毕恭毕敬地向老师行了一个礼。然后退出病房。

等学生都走了之后,老甘又进来了,轻轻地问一声,苏教授,我能跟你谈谈吗?苏教授点了点头。老甘坐在床边,沉默一晌说,这件事跟我大儿子有关,我也不知道从哪里说起。苏教授说,反正我也没什么事,你就当成是闲聊吧。苏教授这么一说,老甘才打开了话匣子。从老甘口中,苏教授了解到,老甘的大儿子甘大钳出了事,而且是人命关天的大事。去年,甘大钳进了一家酒店做勤杂工。到了年终,酒店以各种理由拖欠底层员工工资，甘大钳的儿子刚住进医院，急需一笔钱，因此就去找那位从未见过面的大老板讨个说法。他打听到，大老板很少来酒店，大部分时间都在一家房地产公司办公。甘大钳去了那家房地产公司，才发现那个大老板就是杀死弟弟、潜逃在外的唐三。但唐三改换了名字，叫唐善，手下的人则一律称他唐董。时隔这么多年，唐善到底还是认出了甘大钳，心中惶然，立马打电话叫上了三名保安。唐善装作不认识甘大钳，请他坐下来喝杯茶。保安一到，他就从抽屉里掏出一把刀，说甘大钳方才持刀入室，想谋财害命。甘大钳已经没有退路，就做好了最坏的打算。经过一番缠斗，甘大钳被他们制服了。唐善意识到，这次如果放走甘大钳就会毁掉自己的后半生，咬了咬牙，索性就把刀子交给其中的一名保安，命令他往死里捅。保安接过刀，双手抖个不停。刀还没有碰到甘大钳，就掉落在地。甘大钳迅速从另外两名保安的手中挣脱，弯腰拾起刀来，怒吼一声，向唐善猛扑过去。唐善躺在地上，只露出半截刀柄。三名保安害怕甘大钳会转身对付他们，吓得赶紧跑开。但甘大钳没有动，他一直坐在唐善身边，对唐善说，我第一眼看到你，就没有想过要报仇，我心中的仇恨早已经化解掉了，是你非要逼我出手的。唐善闭上眼睛说，你捅我一刀的那一刻，我看到了你弟弟的影子，他还是没有放过我。说到这里，他喘了一口气，重重地哼了一声说，一定是你弟弟借你的手向我索命来了。不过，我要告诉你，我卖掉了你弟弟那三只羊之后，我的好运就来了。我这辈子也算风光过了，也知足了。唐善断气之后，脸上还挂着一缕微笑。

老甘一口气讲完儿子的事，又清了清嗓门，调整了一下呼吸说，我儿子出了这么大的事，我原本不想跟你说起，但憋在肚子里让我一直很难受。昨天，有消息传来说，我儿子那起案子过两天就要开庭审判了，我儿子托人带来口信，说是让我找个律师为他辩护，也许他能免去一死。

苏教授想了想说，我有位学生在法律援助中心做事，我给他打一个电话，不晓得管不管用？

老甘说，你每天讲的都是北京话，只要你开口说一句，一定是管用的。

在苏教授的老家，人们管“普通话”叫“北京话”。北京是首都，是权力的象征，天天说“北京话”的人，自然就被人瞧得起。在老甘眼里，人分两种：一种是会说“北京话”的，一种是不会说“北京话”的。像老甘，即属后者。

苏教授拿起手机，给那位在法律援助中心工作的学生打了个电话，用一种老甘听不懂的“北京话”说明情况。打完电话，苏教授又不放心，特意写了一张便条，让老甘带过去。老甘接过便条，用十分别扭的普通话说出了三个字：谢谢您。苏教授微微一怔，问道，你这句普通话是孙子教会的吧。老甘露出一脸憨笑说，是的，每回护士给我孙子换完盐水，他就会说这句话。次数多了，我也就学会说了。苏教授说，我们不是外人，以后就不用说“谢谢”了，也不必称“您”了。“您”是地道的北京话，在我们家乡，人人平等，没有“您”和“你”的区分。老甘，你说是不是？

七

随着病情的恶化，苏教授感到身上出现了一股愈发强烈的胀痛，服用那些理气止痛的纯野生中药（老甘从老家带来的偏方）已经不管用了。医生给他服用一种吗啡缓释片,但效果也不见佳。在苏教授的请求下,医生不得不给他注射吗啡。但吗啡的镇痛效果仅有六个小时。药性一过,胀痛如故。苏教授时而坐起来,时而躺下,一直无法入眠。他让护士把医生喊过来,请求医生再给他注射加大剂量的吗啡。

医生说,我给你注射的吗啡都必须是限于药典许可的范围,现在不能再增加剂量了。苏教授说,我说过,我可以面对死亡,但不能面对疼痛。现在我感觉这一丁点吗啡已经无法缓解我身上的疼痛了,求求你,医生,请再给我增加一点剂量。苏教授说这话时,流露出恳求的神色,仿佛一个小孩子要向大人再讨一颗糖果。医生告诉他,他现在所用的吗啡剂量已经达到了上限,再增加剂量的话就有可能抑制呼吸。这样做,就等于是医患同谋,让一名医生和病人联起手来杀死一个被病痛折磨的人。但苏教授说,这时候,杀死一个被病痛折磨的人就等于是拯救他。

医生递给苏教授一张纸,上面画着一条 10 厘米长的直线,两端标示着“0”和“10”(前者代表无痛,后者代表剧烈疼痛)。医生让苏教授用铅笔选择一天二十四小时内的疼痛等级。苏教授放下铅笔对医生说,我的疼痛在这条直线之外,它是无法描述的。在苏教授的反复恳求下,医生也只好加大吗啡的注射剂量。这样,他身上的病痛也就缓解了一些。

这一天上午,老甘又托人从老家寄来了中草药。苏教授知道,这些药物已经不管用了,但他还是吩咐女儿拿去煎熬。喝了几口药汤,苏教授突然侧过身来,哇的一声吐掉了。

注射吗啡不久,老甘又过来了,问苏教授吃了中草药感觉如何,苏教授点点头说,好一些了。老甘说,药效好的话,我让家里人再寄一些过来,苏教授摇摇手说,老甘,不瞒你说,我已时日无多了,现在,我已经对吗啡产生了依赖。除此之外,任何药物不管用了。我希望自己是在平静中睡去,而不是在疼痛中离去。苏教授缓了口气说,医学发达的好处就是,让你死得更舒服一些。

苏教授的愿望并没有落空。医生已经尽了最大的努力把他身上可能出现的剧烈疼痛解决掉了。而他接下来需要独自面对的,是没有痛苦的死亡。那一刻,他的脸上洋溢着一种决定死在春光里、深埋在雨中的幸福感。

八

一大早,老甘在教堂做完晨祷回来,刚走进病房,就发现孙子的床位已经清空了。老甘问护士,我的孙子?护士听不懂老甘的方言,但大致明白他的意思,就说,他已经送到停尸房去了。老甘又问,我的孙子呢?他究竟去了哪里?护士说,你还听不明白?你孙子已经不行了。他一直在等你,可他已经等不及了。护士咬着嘴唇,似乎刻意不让那个“死”字说出口。老甘说,你不要跟我说北京话,你就明明白白地告诉我,他是不是已经死了?“死”这个字,无论用方言还是普通话来念都是同一种读音,它从牙缝里挤出来的时候,自然而然地夹带一股冷飕飕的尾音。护士的眼圈一红,看着老甘说,是的,死了,死了。老甘这回听明白了,突然跪下来说,求求你们,让医生再给他看一看,也许他还能活过来呢。护士说,很抱歉,大爷,我真的不知道你在说什么,这样吧,隔壁那位苏教授是你同乡,你有什么话直接跟他说,让他再转述给我们听。护士意识到老甘也听不懂她的普通话,就给他做了个手势,把他带到苏教授的病房。老甘站在门外,犹豫了片刻,不敢进来。护士走到苏教授床前,跟他作了一番简单的交待。苏教授抬起头来,朝老甘招了招手。老甘挪进几步,讷讷地说,苏教授,我一大早跟你说起我孙子病死的消息是不是有点不太吉利?苏教授的嘴唇猛地颤抖了一下。他不敢确定,小孩子的猝死是否跟试用新药有关(报纸上也曾刊登过一些国际知名医药公司拿中国农村孩子做“试药者”的消息)。这些话,苏教授没敢跟老甘说,以免他再度受到刺激。

老甘在脸上抹了一把说,我儿子欺骗了我,他说自己判个七八年就可以出来的,可最后的判决竟然是无期徒刑;我孙子也欺骗了我,他说自己的病差不多就要好了,很快就可以出院了,但他说走就走了。

苏教授不知道该怎样安慰老甘,只是低声问,你以后该怎么办?

老甘说,我原本是可以留下来照顾你的,但昨天下午,我们村上的人打来电话说,我母亲也要走了。可她就是断不了那口气,分明是等我回去替她送终。等我的孙子火化之后,我要带他的骨灰回老家去。以后,我就不来这大城市了。我就想呆在乡下,哪儿也不去。

苏教授不知道自己该说什么好。

苏教授,老甘说,一个人死后……死,唔,我怎么可以跟一个病人提起死字?

苏教授说,这些日,我跟医生和赵牧师也都在探讨死亡的问题。以前我很忌讳跟人谈到死,现在我差不多是两脚踩进棺材里只差平躺下去伸直两腿了,所以,我不再害怕有人跟我说到死以及死后的问题。我已经把临死前可能碰到的问题解决掉了,把死后的事也交待清楚了,没有什么可遗憾的了。

我跟你不同,老甘静静地注视着苏教授说,你知道自己怎么死,可我不知道自己怎么活着。一个人知道自己怎么死总比不知道自己怎么活着要强吧。

老甘的话有点沉重,苏教授不知道该怎样让谈话继续下去。他想说什么,但只是动了一下嘴唇。他的声音在嘴唇里凝固了,变成了干枯的叹息……

二〇一二年三月二十九日定稿

苏静安教授晚年谈话录

我听那些老人说:“一切美好的东西都像流水般地永逝了。”

——叶芝

去年初春一个礼拜天的下午,我在静安寺附近一家旧书铺淘书时,意外地接到了所长打来的一个电话。我合上了手机盖子之后,闭上双目,激动得几乎要喊出一句掷地有声的脏话来。我模糊地意识到,在我接完电话的那一刻开始,我的命运将会发生可以预见的变化。不,我并没有在那个研究所里得到提拔,也没有涨一级工资什么的。对此,我从未有过奢求。让我喜出望外的是另一回事。而这种事对一个书呆子来说是可遇而不可求的。回到家中,我仍然难掩兴奋之情。泡上一杯清茶,打开电脑,我在自己的博客上写下了这样一行没头没尾的文字:静安寺。苏静安教授。二者之间有什么必然的联系?

第二天上午,我就根据所长提供的电话号码,与那位素所仰慕的国学大师苏静安教授取得了联系,并且得到了他的首肯与悦纳。也就是说,这一次我将欣然接受所里委派的任务:在苏静安教授退休之后,长期随侍左右。说起来,我与苏教授之间尚有一段不浅的文字因缘。读大学时,我就开始喜欢读苏静安教授的书。有一回,听说他要到历史系讲论中国古代神话史,我便夹着他的几本著作,兴冲冲地跑过去旁听。那时,苏教授还是六十刚出头的模样,头发半白,穿一身古雅而又素净的蓝布衫。上课之初,他劈头第一句就是:我上课,你们大可不必拘谨,第一,你们可以抽烟,因为鄙人也是爱抽烟的;第二,你们可以在半途逃课、打瞌睡,我愿意理解为那是因为鄙人的讲课内容枯燥乏味,你们根本就不想听;第三,我会留十五分钟时间,让你们提问或反驳。苏教授的课格外受欢迎,自始至终,笑声和掌声不断。苏教授给我的印象是:刻板而又风趣,放诞而又内敛。记得在那天课堂上,我还给苏教授画了一幅漫画:我在画中极力凸显的是一副大号的眼镜,一条热气腾腾的舌头,以及那根取代手指的雪茄烟。苏教授的书一直伴我至今,而且每一次重读都能获得新意。但凡他出了新书,我都会买过来放在床头。我甚至不想一口气把它读完,而是每天浅尝片刻,给次日留下些许兴味。去年年底,我在一家权威的学术期刊上读到一位著名史学家写的一篇文章,那位史学家对一个冷僻的古汉字妄加猜详,被我逮个正着,于是我就随手写了两千余字来阐释那个古汉字。我把文章发到那家刊物值班编辑的电子信箱,后来竟被原文照登,引起了不大不小的反响。有几位学者还通过电子邮件找到了我,跟我谈起高深的问题来。事实上,我只是侥幸比别人多认得一个冷僻字，人们却莫名其妙地在我的名字前面冠上了“资深学者”的称号。这让我多少有些羞愧。我们的所长偶然看到了我写的那篇文章之后,特地把我找来,花了一个下午的时间,与我兴致勃勃地探讨那个失考的古汉字。在交谈中,我毫不避讳地向他承认,这些学问其实都不是我的,而是得自苏静安教授的一部旧著。谈到兴头上,我还把一份关于苏静安著述的论稿拿给他看。苏静安,所长转动着手中的铅笔,带着回忆的口吻说,他早年毕业后就分配到我们这个单位,比我还早几年。他是一个怪人,有一段时间,他常常带着一把水果刀与情人约会;还有一段时间,他常常带着一本《微积分》来上班。刀与书,自然从未派上用场,但他喜欢把一些不相干的东西放在布包里。从所长口中，我听到了不少关于苏教授的掌故，这使我更激起了要去了解他私生活的兴趣。我没想到所长后来竟会帮我联系到苏教授,还给我安排了这样一份称心的差使。我随侍苏教授,既可以照拿单位的工资,又可以问学。实在是一举两得的事。从前,让我最头痛的事莫过于,在单位里做一些鸡毛蒜皮的事。有时我外出办事,偏偏会有人来找我。有时想偷懒都不行。好像我不是为自己而活,而是为那些找我办事的人而活。现在好了,单位里那些缠死人的破事,可以像穿烂的鞋子那样被我甩掉了。

第二天上午,我提前一个小时来到“梅竹双清阁”。苏教授跟夫人各据案角,正在一边看报纸,一边吃早餐。他让保姆带我先进书房稍待片刻。书房比我想象中的还要大,书橱中有很多书都外加蓝布书套,显得格外珍贵。除了书,最惹人注目的是各式各样的闹钟,它们的时间都不尽相同,有快点的,也有慢点的。其中只有一个闹钟的时间跟我的手表是吻合的,指向的是上午八点零五分。走近细瞧,我才发现每个闹钟的一角还写有几个蝇头小字:巴黎时间、柏林时间、罗马时间、东京时间、纽约时间、布拉格时间、雅典时间、里斯本时间、阿姆斯特丹时间、马德里时间、伦敦时间、维也纳时间、布宜诺斯艾里斯时间……我如果记得没错,这些城市都曾出现在苏教授新近出版的一本游记中。在那本书的序言中,他还曾这样写道:有书的地方,世界就向它聚拢。这个书房与别的书房不同,它有着独特而又浓重的个人气息。它是苏静安的。每个闹钟里标示的国际时间、墙壁上悬挂的世界地图以及卷帙浩繁的外文版书籍,让人觉得他就生活在世界的中心,顾盼之间,可以轻而易举地看到世界每一个角落:一抬腿就可以横跨欧亚大陆,一伸手就可以触摸古希腊文明的源头。我翻书的时候,苏教授走了进来。他向我了解了一些个人情况之后,吐了一口烟说,我看过你写的几篇文章,还算不错,可是,你不要太得意。我连忙点头称是。苏太太也随后过来,递上水果,显得礼貌周全。苏太太要比苏教授小二十多岁,年近五十,身上却透着某位曾经为之动容的诗人所形容的"陶罐般的静美"。苏太太坐在我对面,让人感觉她就是老照片中的那种人物。阳光透过窗帘折射出一道淡黄的光晕,如同那种暧昧难言的目光,混合着清晨时分咖啡的奇异的苦香,仿佛那就是阳光的味道。苏太太原本是苏教授带的硕士生,曾在他的指导下翻译过马拉美、波德莱尔等人的诗。因此,我的话题也就自然而然涉及法国诗歌。苏太太说她嫁人(苏教授)之后,已经有二十多年没读法文诗,也不谈波德莱尔之流。现在她谈得最多的是麻将经。苏太太搓得一手好麻将,而且在大学教授的太太们中间,是以牌风好出名的。

苏教授见夫人跟我谈麻将,就不耐烦地挥了挥手,说,你还是去搓你的麻将。苏太太白了他一眼,就走了。

苏教授把一本新书塞给我,不屑一顾地说,王致庸的弟子真是没法治了,好好一篇文章都叫他给歪解了。由于激动,他的嘴角出现了过多的唾沫,但他很快就用舌头舔掉了。苏教授接着就把原书拿给我作对照,并且要求我替其中一个篇章作些注解。我知道,他这样做是在试探我的深浅。对我来说,这是一件很叫人头痛的事。在印刷术越发高明的今天,横排简化字显得那么爽心悦目,若是有什么缺陷也是一目了然。但竖排、繁体、尚未断句的古书就显得格外烦琐。

笺校一篇之后,我就战战兢兢地把它拿给苏教授看。苏教授从头到尾看了一遍,满意地点了点头,然后很有耐心地指出其中一个脱讹之处。借此机会,我大着胆子向苏教授提了一个带有私人性质的问题:听说你早年跟王致庸教授在我们这个研究所共事过,后来好像因为某个哲学问题上的分歧而翻脸,有这回事?苏教授没有做出正面回答,他指着墙上的闹钟说,这道理很简单,一只闹钟可以准确地告诉我们现在是几点钟,但两只闹钟有时却无法告诉我们同一个准确的时间。在我的正对面,一只闹钟的指针指向的是东京时间,另一只闹钟指向的却是巴黎时间。

跟王致庸教授一比较,苏教授就来了精神。二人年龄相仿,都已经是年逾古稀了,但苏教授声称自己的老是“老当益壮”的“老”,而王教授的老是“老态龙钟”的“老”。他说这话时,脸上显露出了一种孩子气的老态。苏教授又作了进一步比较,今年年初,王致庸教授因为身体原因不得不向校方提出退休,而他,却是因为“要给后人留下几部大书”而主动提出退休。因此,苏教授认为自己的退休与王致庸教授不能同日而语。

苏教授说，退休，对有些人来说，意味着一生的终结，但对他来说，人生的另一个阶段才刚刚开始。苏教授不能容忍这样一种晚年生活：独自一人坐在一个没有腥臭味的墙角，晒晒太阳，舒畅地呼吸；或者是与一大堆毫不相干的老人坐在老年宫里，搓几圈麻将，杀几盘棋。苏教授毕竟是苏教授，在我面前依然是一副神采奕奕、雄心勃勃的模样。

谈到工作，苏教授把自己的一份工作计划书交到我手中。我翻了翻，不由得大吃一惊。我还只有七十四岁，苏教授说，我可以花五六年时间重新梳理十三经和廿四史，在我八十岁的时候，我要花十年时间写一部中国思想史；在我九十岁的时候，我还要动笔写一部回忆录。照此计算，苏教授至少得活到一百岁，其间还不能生病。从那本计划书中我发现，苏教授把时间分成了几个大块，这些大块都是以年来计算；大块之中又分若干小块，以月来计算；小块之中再分小块，以日来计算；一日之中，有几个时间段是固定不变的：晨练、午睡、喝下午茶、做蓝布书套。其余大部分时间则被读书与写作占用。下午四点钟，也就是东京时间下午五点钟，巴黎时间早上七点钟，苏教授开始放下手中的书，关掉书桌前的台灯，转身来到厨房，把一壶煮热的咖啡提到书房，沏上两杯，然后又把其中的一杯递给我。半个小时后，苏教授又开始工作。他的内心仿佛有一个十分牢固的框架，可以把一些分散的事物框住，使之变得有章可循。

是的，苏教授是一个很讲究生活规律的人。他的昨天是怎样开始或结束的，他的今天大抵也就是怎样开始或结束的。他的一天始于咖啡，终于牛奶。他每天坚持的一些生活方式不会轻易改变。但退休之后，他的生活有了微小的改变。首先改变的是路线。他从前都是坐着地铁四号线，转三号线去学校上课，课后沿原路返回。现在退休在家，这两条线路就从他的生活中撤离出来了。起初,他有些不习惯,有时走到地铁口,一摸口袋,没见交通卡,才发觉自己已经不需要再去上班了。为了平衡这种不适感,每天太阳出来之后,苏教授就开始出门散步了。苏教授说,在我的前半生,写作带来的快乐是由双手赋予的;在我的后半生,散步带来的安宁是由双腿赋予的。苏教授的散步方式与别人不同,他是倒着行走。那样子就像是重新学会走路。苏教授早些年是一个“思想上要求进步”的人,现在却对“退”字颇有研究:退。退休。倒退。退一步海阔天空。敌进我退,敌退我扰。韩愈,字退之……苏教授每天倒退行走的时间要比前进的时间多。他从那栋“梅竹双清阁”出门,就开始倒退着从竹林路出发、途经音乐厅、科技馆、少年宫,一直走到大广场,然后又从那里按原路返回。整个过程就像录像中的倒带镜头。在笔直前行的时间中,苏教授坚持倒退着走回家中,那一刻,闹钟刚好指向七点。每次来回一趟,总得花上个把小时,这正好是太阳的能量抵达地球的时间。我问苏教授,为什么会喜欢倒退着走路。苏教授带着风趣的口吻说,前面就是死亡,我只好背过来看我的前半生。

周末傍晚,有位教授夫人打来电话,约苏太太到一家新开的菜馆吃饭,饭后照例要打通宵麻将。保姆小吴已烧好了二人的饭菜,不能浪费,苏教授索性就留我吃饭。我去厨房打饭时,瞥见砧板上插着一把明晃晃的菜刀,我想把它拔掉时,小吴阻止了我。她轻声告诉我,苏太太每回出去搓麻将都要在砧板上插上菜刀。我不明白,搓麻将与插菜刀有什么必然的联系,也不便多问。

桌上全是清一色的素菜。我在苏教授的书中早就了解到,这些年他一直坚持吃素。苏教授问我是否吃得惯素菜，我说能吃上这么一桌可口的素菜，对我来说几乎就是一种礼遇了。苏教授听了很高兴，一边吃饭，一边向我介绍吃素的好处。食素者大都心气平和，苏教授也是如此。苏教授说，吃素食，养草木心，是可以益智的。我顺便问他，师母是否也吃素。苏教授说，我不信佛，但吃长素；老伴信佛，但平素吃荤，只有逢初一或十五的时节吃素，也就是我们乡下说的“朔望斋”。苏教授接着又指着一碟咸秧菜和豆腐乳说，我每餐都少不了这两样东西，我活到七十岁之后，口味越来越像我的父亲了。苏教授的父亲是一个乡下的菜农。

苏教授谈完了自己的家人之后，又夸起了保姆小吴。他说小吴虽然读书不多，但心灵手巧，什么事一教就会，像做素菜，就是他一手调教出来的。我向小吴请教做素菜的手艺时，小吴却避而不谈，好像做灶下婢原本就是一件不太光彩的事，她更愿意跟我谈论报纸上的逸闻趣事。

苏教授喝完一浅杯酒之后，带着微醺来到书房，关上了门。小吴告诉我，这个时候，苏教授又要开始做蓝布书套了。我见过那些蓝布书套，每一本都是有棱有角的。我问小吴，能否过去看他如何摆弄？不行，小吴代替苏教授答道，苏教授做书套的时候就像一个乡村裁缝，他总是关起门来，好像生怕别人学会了他的手艺。我笑道，这不奇怪，教会徒弟饿死师傅嘛。小吴竖起一根筷子说，你能教我写诗么？我说我只会读诗，不会写诗。小吴轻轻地“噢”了一声，接着感叹说，有知识真好，每天可以坐在房间里看看书、写写字，也不用去管蔬菜的价格。她说这话时目光中流露出一种对知识的崇拜，说得更直接点，她崇拜的是知识的化身，也就是苏教授本人。小吴说自己呆在苏教授身边倒是学到了不少知识。因此，她“宁愿做苏教授的仆人，也不愿呆在乡下做一群家畜的主人。”

我无意于探究苏教授的隐私，但每一次小吴的身影在我眼前晃动之际，我就颇费猜想了。我注意到，小吴一直在努力改变自己的形象，而这个形象跟一个知识分子家庭的背景是吻合的。拖地、择菜之余，她偶尔会向苏教授请教一些稀奇古怪的问题，而她对那些网络或电视稀释过的日常知识也有着异乎寻常的领悟能力。她用满口的“知识”平衡着手中的青菜和拖把，让人感觉她不是一个简单的乡下女孩。这个不简单的女孩子有着不简单的表现。渐渐地，我发现她在有意无意地拿自己跟苏太太作比较，她学会了苏太太抽烟的姿势，学会了她的慵懒和忧郁。有时一场绵绵细雨都能让小吴躺在沙发上忧郁半天，或是躲在厨房一角暗自神伤；有时来了兴致，她就穿上苏太太穿旧了的旗袍，软绵绵地斜靠在厨房的门口，冷不丁地吐出一句文艺腔十足的古诗。据苏教授说，这些其实都是苏太太调教的结果。我不明白，苏太太为什么会有闲情逸致，把一个乡下女孩调教成一个小文青，而且彻底改变了她的审美趣味：在轻松愉快的交谈中，她告诉我，她发现自己忽然喜欢上了老男人脸上的皱纹，在她眼中，每一道皱纹就是一段深刻的箴言。

礼拜天上午，苏教授给我打了一个电话，说是有几个得意门生结伴过来看望他，让我也过来结识一下。我进门时，屋子里已是一片谈笑声了。门口的一个雕花木架上搁着一盆百岁兰，两片修长的叶子犹如长须拂地。显然，这是苏教授的弟子们送来的。苏教授给我介绍了一圈之后，又把我介绍给他们。他们虽然高低胖瘦有别，但有一点却是很相似的：那就是跟老师一样，说话的时候通常喜欢舔嘴角。苏教授舔嘴角大约是为了清理唾沫，他讲到动情处，嘴角便跟螃蟹似的吐沫，然后飞快地伸出舌头舔掉，以免口水四溅。但他的弟子仅仅是为了舔嘴角而舔嘴角。即便没有唾沫，也要伸一下舌头。这已经成了一种遗传般的习惯。

苏教授的几位弟子大都留过洋，留过洋就不一般了，一室之内，谈的都是世界性的问题：美元、欧元、石油、股票、核武器、中东局势、美国五角大楼发布的最新消息，等等。有时夹杂几句英语、西班牙语或法语什么的。谈完了天下大事就开始谈国学，给学术界的几位老前辈评定甲乙。他们排来排去，总也忘不了把苏教授放在国学大师的行列。苏教授听了哈哈大笑，声称自己还不能位列仙班，真正堪称大师的，是他的老师朱仙田教授。论辈分，我们理当称朱老先生为"师公"。"师公"已有九旬高龄，前阵子得了肺癌。一个被学界称为"灵魂人物"的学者，不能容忍自己躺在病床上，成为病理学意义上的人，他渴望自己早日死去，化为一片精神的清风。苏教授谈起朱仙田先生，神情一片黯然。他说，朱老师是我大学时期的恩师，他一直过着清贫的生活，有一啖饭地，一栖身处，便可以埋头做学问了。从我进大学之后就知道他在学校后面的一座老院子里住着，至今未曾搬过。学校分给他一套小楼房，他也不要，他说人老了就变成树，一挪就死。朱老师还有一个怪癖，我当他助手时，发现他常常把一些重要或是自以为重要的东西放在一个小阁楼里，从来不允许别人窥视。他的腿即便坏了，也要单独一人拖着一条瘸腿，弄了很久，才翻找出自己所需之物。我至今仍然不知道他在那个小阁楼里藏了什么宝贝。说到这里，苏教授忽然把目光拉远，沉吟半晌说，朱老师对中国传统文化的沦丧十分痛心，我至今依然记得，他当年在先贤祠的庭院中抱着几块残碑痛哭流涕的样子。苏教授谈起老师的语调令我们十分动容。于是大家就提议去看望一下抱病在床的朱老先生。

我们坐车去医院的途中，有人打来电话，说朱老先生已于下午两点二十八分与世长辞。苏教授对正在开车的弟子说，你把车开回我家一趟。我们不知道苏教授为什么会半途而返。回到家中，苏教授进屋关了门。我们就在屋外的树荫下抽烟聊天，干等着。过了片刻，他就出来了，换了一身黑色的中山装。苏教授说，我穿上这样一身衣裳才合乎弟子之礼。

开往殡仪馆的路上，苏教授就坐在前排位置指指点点。让我感到惊奇的是，他对殡仪馆的路线居然十分熟悉，而且知道哪条路是捷径，哪条路可能比较拥挤。后来他告诉我们，他参加葬礼多了，也就把路线熟记于心了。苏教授一到场，一群守候多时的记者便簇拥过来。苏教授舔掉了嘴角的唾沫，对着麦克风说，我可以十分痛心地告诉大家，朱老师走后，有几门绝学也跟着他远去了。一个由他打开的古老世界，现在也由他关闭了。那个世界变得陌生而遥远，不知道要等多少年才会有人重新开启，也不知道它是否就将从此永远关闭。苏教授评价朱先生是中国屈指可数的"绝学大师"，他发愿要写一篇长文章来阐述先生的学术思想。采访完毕，记者们又向另一处聚集，围在中心的便是苏教授的同门师兄王致庸。他是个考古专家，曾师从朱老先生研究过契丹文。但苏教授一直瞧不起此人，认为他做的是死学问、伪学问，尤其不能宽恕的是，他还抄袭过老师未曾发表过的文章。苏教授把我们拉到一边悄声说道，挖土挖得浅一些的，是种番薯的老农；稍深一些的，是掘墓人；再深一些的，就是那些考古专家了。王致庸什么活也没干成，只是把泥土翻了一遍而已。苏教授的弟子都很敬重自己的老师，反过来，凡是老师瞧不起的人，他们都一致鄙视。他们看王致庸的目光就是苏教授看王致庸的目光。

王致庸教授也看到了苏教授,出于礼貌,他上来打了一声招呼。说起近况,王致庸露出神秘的微笑,说自己近些日转移了研究方向,开始研究喷嚏、饱嗝和放屁之类的医学问题。有时候,一个七十多岁的老人并不比一个十七岁的少年更成熟,他们活到这个岁数似乎都有点返老还童的意思了。如果不是有几位老教授过来插话,他们之间或许还会有一场激烈的口舌之战。就在苏教授跟大家谈论五四前后学术思想的变迁时,王致庸却在一旁面色庄重地谈论着自己对放屁的研究心得。苏教授捂住了鼻子,带着厌恶的表情转到了另一边。因为是群贤毕至,朱老先生的家人早已把笔墨纸砚准备妥当,请苏、王几位教授写几个字。王教授用契丹文写了一幅,苏教授用梵文写了一幅。还有几位老学者写的是吐火罗文、八思巴蒙文、东巴文、阿拉伯文。这些失传的文字仿佛在朱老先生死后忽然又复活了。我是一个字都认不得,有些羞愧,但我可以猜想这些文字都有着寄托哀思的意思。

上午九时,我刚踏进"梅竹双清阁",苏教授就把一份报纸愤然地掷到我面前,说,里面有一篇朱老先生逝世的小报道。我不知道苏教授为何动了痰气,就带着好奇把报纸拿起来看。报纸上长篇累牍都是有关欧洲杯的报道,而朱老先生逝世的消息只有一小块,放在毫不起眼的左下角。新闻标题赫然写着:著名语言学家朱仙田教授昨病逝。副标题:临终嘱托家人要把新书稿费两万元捐给慈善机构。正文还有一段文字,说某某出版社社长已经慨然做出允诺,要践行朱老先生的遗嘱。苏教授说,今天一大早,朱老先生的长子朱温故就打来电话,声称老人家压根儿就没有留下这样的遗嘱。临终前他仅仅是挥动拳头说了几句激愤的话,其间还夹杂着三两句粗话，谁也听不清他在骂谁。尔后便是昏迷，血压高达 240 毫米汞柱。苏教授立即找那位记者对质，记者着了慌，又把皮球踢给了出版社。出版社的社长说，朱老先生的稿费没有两万元，只有一万元，如果家属没有异议，他们会遵照“遗嘱”捐给慈善机构。至于那份“遗嘱”是谁发布出去的，只需质询一下朱老先生的次子就一清二楚。这里面的事有些蹊跷，苏教授不想深究下去，也不想插手多管。但这事显然没有就此了结，没过多久，朱温故又打电话给苏教授说，捐款的事虽然未经朱老先生本人和家属（主要是长子）的同意，但毕竟是捐给慈善机构，他们也不想为此跟出版社多加计较。再过了一会，出版社社长又打来电话，说朱老先生的长子这回不要那一万元的稿费了，可他不晓得从哪里了解到出版社还有一万元的版税未曾付给朱老先生。社长解释说，考虑到朱老先生的书出版之后估计也没有几个人能读得懂，因此限定印量极少。社长进一步解释说，版税是由图书定价、发行量、版税率决定的。一句话，是由市场这只看不见的手决定的。朱老先生的书没法在主流市场上发行，仅由国内少数几个图书馆和研究机构购买或收藏，因此他的家属今后也不会拿到多少版税。苏教授开始压低声音，跟那位社长谈起了一笔交易，经过反复权衡，他们最终达成了一个口头协议。放下电话，苏教授只是一个劲地摇头叹息。他随后又给朱温故挂了一个电话，说他已经跟出版社交涉过，一万元的版税将作为一次性稿酬打到他们的户头。

此事敲定，苏教授走过来告诉我，朱老先生当年曾在他最困难的时候接济过他，而现在，朱老先生一家老小的生活很不景气，他自然要尽己所能帮他们一把。眼下他唯一所能做的就是把自己的一本新书交给那家出版社来出，并且将由出版社划出他的一万元稿费汇给朱老先生家属。最让让苏教授惋惜的是，朱老先生还有一些文稿尚未结集出版，以后恐怕也是难见天日。苏教授向后仰了仰头，长叹一声说，朱老师作古了，而我感到自己就像一个至今仍然活着的古人。早些年，我追随朱老师一起走进了古代，现在已经回不来了。哎哎，回不来了，回不来了……苏教授说了一连串“回不来了”之后忽然又问我，有没有看见我老伴回来过？我说没见过。苏教授陡地沉下了脸色，不知道嗫嚅了一句什么。他低头穿过客厅走向书房时，在一株百岁兰边上停留片刻，把烟头按在兰叶上，就像按住一个人的脑袋那样一直不松手，直到叶片烫出了一个焦黑的小洞。这是我第一次发现，苏教授的身上开始出现了温和的暴力。

天气闷热，苏教授却一直没有打开窗户，仿佛生怕一缕细微的南风搅乱内心的某种秩序。隔着一扇门，我依然能听到苏教授在书房里来回走动的脚步声，午后轻微的倦怠催人欲睡。保姆小吴刚刚换洗了杯盏，走过来轻声告诉我，苏教授方才想写一篇怀念朱先生什么的文章，只是写了开头两行字，就掷笔站了起来。一定是天气的缘故，她说，这样的天气又湿又热，连地板都不好擦，更何况写字？我们的小吴有点像唐诗中的那种怨妇，时常对眼下这种炎热的天气发表几句怨言。她肯定我也安坐不住，因此就在我身边坐下来，不厌其烦地跟我聊起自己的情感历程。她聊得最多的是一个又穷又懒的小白脸。那个小白脸也很无聊，居然借她的钱去嫖娼，被警察逮住了，还有脸哀求她拿钱去保人。她说到这里，不失时机地要求我对她表现出来的宽容和仁慈发表几句赞美之词。她是一个对生活和男人都失去信心的女人。她觉得生活很无聊。她只是为了弄出点声音才跟我聊天。因为无聊而聊天,终归是无聊。就像我,因为无聊而读书,因为无聊而写点东西。

在朱仙田先生的追悼会上，苏静安教授作为大弟子兼治丧委员会主任发表了几句感言,感叹的也无非是天时人事的无常。轮到王致庸教授讲话时,他还没走到麦克风前,突然一个趔趄,重重地摔倒在地,继而四肢抽搐,不省人事。会场上顿时乱成了一锅粥,有人赶紧叫来了一辆救护车,把他送往医院救治。追悼会草草结束之后,我便陪同苏教授一起回家。天气闷热,我打电话让所里派车来接,但苏教授挥手拒绝了。苏教授说,从殡仪馆到家门口,只需要坐 3 路车再转 9 路车即可,不需要麻烦人家。于是,我就扶着苏教授上了电车。车上坐满了人,有个年轻人欠身让座,但苏教授看到座位上写着“老弱病残孕专座”的字样,就拒绝坐下了。那个年轻人嘟哝了几句,旋即又坐下了。因为我一手搀扶着苏教授,一手握住车上的扶手,所以一时间腾不出手来买票,售票员连续向我催喊了几声,声音里含有几分怒气。我费了很大的劲,才掏出几个零钱,递了过去。

下车后,苏教授望着绝尘而去的公交车,忽生感慨,他说,有两种人,是常常向人伸手要零钱的:一种是乞丐,一种就是公交车上的售票员。乞丐的生活是没有方向的,而售票员的生活呢?可以说是每时每刻都有方向的,但他们每天叠加起来的生活又会是没有方向的。我们何尝不是如此?每天看起来都好像是有事可干的,再回过头来,又觉得什么事也没做成,仿佛我们的一生都是无所事事的。我不知道苏教授为何突然要说这样一番话。他讲话的语调跟上午念悼词的语调有些相似,仿佛是在哀悼过往的岁月。

上午九点,我又准时来到“梅竹双清阁”。苏教授头发蓬乱,趿着一双拖鞋,正坐在沙发上埋头看报纸。见我来了,只是点点头,也不作声。我不敢拿正眼看他,悄悄走进了那个小书房。我把桌子擦了一遍才落座。小吴给我泡了一杯茶,搁在桌边,然后轻声告诉我,苏教授今早起来,脾气古怪得很,既没有出去散步,也没有吃早餐,就这样愣坐着看报纸。我透过书房的玻璃,刚好可以看到苏教授的侧影。他还在翻来覆去地看报纸,整个上午的慵懒和倦怠便深深地陷进松软的沙发。看样子,他昨晚似乎没睡好。这副情形是很少见的,苏教授向来是日食夜宿,生活有度,不敢有丝毫懈怠。因此,我疑心他是患了报纸上所谓的“老年抑郁症”。没过多久,苏教授忽然从沙发上弹跳起来,把一份报纸递到我跟前说,他发现报纸上有三个错别字。他从词源学的角度分析了三个字的来历与用法。得出的结论是:看报纸容易让人变得智力低下。尽管如此,他还在翻看报纸。而报纸上的错别字仿佛变成了鞋底下的一粒砂子、牙缝间的一片菜屑,让他觉着很不舒服。最后,他终于按捺不住了,向报社总编室打了一个电话,把他花了一个上午统计出来的错别字报告给一位编辑。

下午四点钟,苏教授没有准时去厨房泡咖啡。他仍然斜躺在沙发上,一脸的倦意。那一刻,我忽然想起苏教授本人说过的一句话:老年人力不从心,就以智取;智不从心,就索性做一个老年痴呆症患者。他那样子几乎就是一个痴呆症患者。我起身来到厨房,决定给他泡一杯咖啡。刚进门,就看见砧板上斜插着一把菜刀,把下午三点半的阳光固定在那里，含有一丝嘲讽的意味。这把刀让我想起了苏太太。我有好一阵子都没有见过苏太太了。我不知道她去了哪里，也不敢多问。但我看到那把菜刀之后，竟无端地想起昨天在报上看到的一桩谋杀案，那个男人用狗圈把妻子活活勒死，又用电锯大卸八块，装进袋子，然后封存在地下室的冰箱里。想到这些，我的手颤抖了一下，下意识地触摸到那个冰箱的把手，但我只是像握手一样，轻轻地握了一下，就走开了。

我拿着一杯咖啡，放在苏教授面前之后，又转到了小吴的房间，她正嚼着口香糖听耳机。她的一条腿搭在另一条腿上，有节奏地摇着膝盖。见我来了，她摘下耳机，跟我漫不经心地聊开了，她问我是否觉察到苏教授这些日正在跟一个人怄气。我当然明白她指的是苏太太。从我进苏家那天开始，就已经看出苏教授和苏太太之间早已是貌合神离了。小吴神秘兮兮地告诉我，师母又回到前夫身边去了。我问她，师母的前夫是谁？小吴短促地笑了一声，说，是王致庸教授。这事我从未听所里的人提起过，也许是为尊者讳的缘故吧。但我不解的是，王致庸教授近来患了脑溢血，都抢救了好几回，苏太太过去服侍一个将死的老人岂不是自讨苦吃？小吴仿佛看透了我的心思，接着说，王教授跟苏教授一样，膝下没儿没女的，他一死，师母就可以名正言顺地继承遗产了。更何况，王教授曾对她说过，只要她愿意回来，他留下的一切家产都将归她所有。小吴把王教授与苏教授的家产作了一番比较，最后得出的结论是，苏教授家除了书和几个破闹钟，几乎没有什么值钱的东西，而王教授家光是一把明代的座椅，就价值好几百万元。小吴说这话的时候，探头朝客厅里发呆的苏教授瞥了一眼，继而模仿苏太太的样子，斜靠在椅子上，哼出一句毫无新意的唐诗来。

临近黄昏时分，苏教授仍然坐在客厅里。眼前的电视机开着，声音很大，正在报道一场灾难事故。他的眉头紧锁着，脸上呈现的一道道皱纹仿佛就是因为内心的剧烈震动带来的裂痕。我隐约察觉到，苏教授从表面上看是在关注那场灾难事故，而事实上，是借用这种方式来转移或掩饰自己内心的痛苦。电视插播其他节目之后，苏教授便拖着疲惫的身躯走进了自己的书房。

这时，小吴端着满满一盘扁豆从厨房里走出来，脸上还残留着丝带般细长的睡痕。她坐到沙发上，翘着兰花指慢条斯理地抽着扁豆丝。在我看来，她仅仅是需要点什么东西来打发时日，才会想到抽扁豆丝的；而她那十根涂了指甲油的手指显得慵懒无力，似乎只能承受一根丝线的重量。因此，抽扁豆丝跟她平素穿针引线、清理分叉头发都是一回事。甚至可以说，跟我硬着头皮订校一些无聊的古代文献也是一回事。我隔着玻璃看到的，仿佛就是自己在生活中的另一种投影。跟我一样，她也在观察什么，偶尔抬起头来，朝书房那边瞟了几眼，目光背后似乎隐藏着一件她期待发生但始终没有发生的事。抽完了扁豆丝，她又探身向茶几上的一盆三色堇，把那些枯萎的花瓣小心翼翼地摘下，跟扁豆丝堆放在一起。也许是倦于做家务活，她又念了一首调子悲凉的诗，好像她学会念几首诗词之后就知道怎样抱怨生活了。

我正要提着包回家时，小吴叫住了我，附到我耳边，说苏教授近日心情很郁闷，她要跟他开个玩笑，让他乐一下。她打定了主意之后旋即走进苏太太的卧室，换上了苏太太的一身睡衣，蜷缩在沙发上，摆了个苏太太抽烟的姿势，问我，像不像？我只是微笑着点点头，但我心底里以为，苏太太的神韵她是怎么也学不会的：那是一个女人经历了身体的夏天与秋天所散发出来的圆熟和恬淡之美。不久之后,苏教授从书房中出来,看见一个穿睡衣的女人蜷缩在沙发上,以为是夫人,只是轻轻地哼了一声。过了一会儿,苏教授就拿着一瓶墨水走出来,走到沙发前,拧开盖子,兜头浇了下来。小吴忽然尖叫一声弹跳起来,疯了似的冲进洗手间。那一刻,我忽然觉得,苏教授这个粗暴的动作跟他那天用烟头烫兰叶的举动有着一丝隐秘的关联。

此后几天里,苏教授不晓得吃错了什么药,一反常态。他打破了生活中的规律和禁忌,整个人变得怪怪的:白天睡懒觉(有时手握电视遥控器躺在沙发上打瞌睡);醒来后不刷牙、不洗脸、不刮胡子,衣履不整,头发蓬乱;也不接电话、不看书、不写作。最大的变化是他忽然喜欢吃肉了,羊肉、猪肉、牛肉、鸡肉等,他都吃,而且是手执刀叉,用那种让人反感的优雅姿势吃肉。吃着吃着,他又开始昏昏欲睡了,嘴角还挂着脏兮兮的肉汁。让人哭笑不得的是,书房里的闹钟都被他动过了手脚,巴黎时间调成了东京时间,纽约时间也跟北京时间重合了,伦敦时间慢点了,布宜诺斯艾利斯的时间拨快了,马德里时间则一直指向零点,仿佛全世界的时间也都跟着他一道疯掉了。

我们的所长原本要我写一部苏静安教授的晚年谈话录,可我迟迟没有动手。更多的时间,我变成了苏教授的秘书。接连几天,苏教授都足不出户,也不与外界的人联系,一连串无聊的电话就只好由我来代接。有家出版社就苏教授是否愿意入选世界名人大辞典的事宜来电征询意见,同时要求我们尽快汇寄三百元购书费;有家气功师协会欲邀苏教授担任顾问;有所大学欲邀苏教授参加某个学术研讨会;有人求字,有人约稿,也有人找茬。眼下有一位记者正通过电话,要请苏教授本人对朱仙田先生留给后辈的精神遗产谈谈自己的看法。我正要回绝采访时,一件出乎意料又在意料之中的事发生了。我听到书房里忽然传出了小吴的一声尖叫,继而就看到她抱着胸口从房间里跑出来。就在她的泪水刚刚脱离眼眶的那一瞬间,她的嘴角却浮起了一丝骄矜的、甚至可以说有些得意的微笑。我没有去问她发生了什么事，就径直走进苏教授的房间。撕得七零八落的蓝布书套撒落一地,还有一些书,也胡乱堆在地上。苏教授就坐在一堆书上,脑袋耷拉着,双目失神,整个人像是脱了相。我俯下身,想帮他整理地上的书籍,苏教授却抬起手,有气无力地挥了挥。某些事物似乎正脱离他内心深处那个巨大的框架，已经变得不可收拾了。苏教授问我,你知道小吴刚才为什么尖叫?我隐约猜到几分,但故作不解。苏教授坦然告诉我,他刚才"碰"了一下小吴。但他声称自己这样做,只是为了抚慰她那个被爱神之箭射伤的地方,压根儿就没有猥亵的意思。她跟我一样,苏教授说,都是受过伤的可怜人。

第二天,苏教授打电话告诉我,他把家里的钥匙弄丢了,以后我不需要过来上班了。第三天,第四天,我给苏教授家打电话,都没有人接听。后来,我就听人说,苏教授失踪了。有人说,苏教授回老家种梅花去了;也有人说,苏教授跟家里的保姆私奔了;还有人把他比为晚年离家出走的托翁,说是晚境凄凉不让托翁,只是缺了风雪。

苏教授出走之后,我的工作也被迫中断了。前阵子,我受了苏教授的影响,已经养成了按部就班的生活习惯,突然的中断让我着实有些不知所措,就像一本正在阅读的书突然被人拿掉了后半部分,整颗心一下子悬了起来,除了懊恼,当然还有几分把握不定的期待。我给所长打了一个电话，申明此事，所长迟疑片刻之后，还是决定让我暂时在家休息几天，静观事态的发展。傍晚饭后，得闲，我让刚满周岁的儿子坐在一辆童车里，缓步推着，去河畔散步。我一边走着，一边指给他看这是杨柳，那是落日；这是河流，那是飞鸟。儿子也跟着我牙牙学语。走到半道，我看见一个老人正坐在轮椅上，向我这边推过来。仔细一看，竟是王致庸教授。他目光呆滞，口角歪斜，还流着口涎。后面站着的，正是多日未见的苏太太，不，王太太。她依然显得很年轻，头发绾成高髻，面容光鲜，穿一身绘有红梅图案的旗袍，身后的杨柳随风飘摆，益发衬托出她的身姿来。我唤她一声“师母”，她听了似乎觉着有些别扭，只是抿嘴笑笑。从“师母”口中我得知，王教授前些日在殡仪馆昏倒之后，虽然抢救及时，但还是落下了半身偏瘫的后遗症。坐在我面前的王教授已不是昔日的模样了，原本清癯的脸犹如刀削过一般，双眼和两颊凹陷进去，使得颧骨益发高耸，透着一丝病态的红光；智慧从他的头发与皱纹之间消退之后，留下的是近乎凝固的木讷。我对坐在童车里的儿子说，这是王爷爷，向王爷爷问声好。儿子跟王教授面对面坐着，中间仿佛相隔了一个世纪。他用异样的目光看着眼前这个老人，张了张嘴，吐出几个含糊不清的词。王致庸教授忽然间像受了刺激一般，拍着轮椅的扶手，对身后的“师母”说，回头，回家里去。

苏教授出走半个月后，我又遵照所长的意思，回到了原来的单位上班。一切如常，该工作的时候工作，该休息的时候休息，当然，少不了苏式的下午茶。我除了继续撰写苏教授晚年谈话录，抽空还整理他的一些从未公诸同好的打印稿。从这些文章中，我无意间看到了他在不久前完成的《朱仙田传》第一章《少年听雨歌楼中》。这篇文章写的是朱先生青年时期一些鲜为人知的轶事，我还真不晓得，朱先生早年居然还是个风流倜傥、放浪形骸的公子哥：好美女，到处给女人（包括伶人和娼妓）写吹捧诗；好鲜衣，穿的是一身走动时就发出沙沙响的黑色绸衫（苏教授特别指出，是电影里南霸天穿的那一种）。从朱先生一些从未公开发表过的少作中可以看出，他周旋于两三个识字闺娃、七八个青楼女子之间是常有的事。有意思的是，苏教授写他这段生活时，竟流露出一种艳羡之意。

说来也巧，我正在津津有味地读朱仙田先生事略时，朱老先生的儿子、著名兽医朱温故打来了一个电话，指明要找苏教授。他说话半吞半吐，好像有什么事不便让我转告。继而又询及他的行踪、归期以及可供联系的地址或电话。我说这些我统统不知道，眼下也正在到处托人寻找联络。朱温故深深地叹了口气说，近来真是多事之秋，什么怪事都有可能发生。我问他究竟发生了什么事。他迟疑了一晌说，昨天夜里，我老家的一位警察打电话到我家，说我父亲死而复生，出现在我们的老宅前。我说，这年头没有鬼扮成人糊弄鬼的，只有人扮成鬼糊弄人，这样的事大可不必理会的。朱温故说，起初他也不相信警察说的一番话，可后来发生的事让警察也感到惊愕万分了。事发当天，警察通过人肉搜索，发现那个冒充朱仙田的老人在相貌上不合，可老人执意说自己就是朱仙田。我说，这样的人要么是疯子，要么就是骗子。朱温故说，如果说他是骗子，他也实在没捞到什么好处，如果说他是疯子，我至今还没见过头脑如此清醒的疯子。根据朱温故的描述，此人满腹学问、记忆力惊人，能把朱老先生的著作目录和书中的要义都一五一十地背出来。后来警察就联系上了朱先生的家人,让他们来判断。朱温故向那个老人问了一个很私密的问题,朱仙田的最后一部著作交给出版社出版,得到了多少稿费。那个老人竟报出了一个毫厘不爽的数目来,而且还把此间的来龙去脉说得一清二楚。朱温故听了,不信也见疑了。一个人难道真的可以借尸还魂?他这样向我问道。我说,有些事不能以耳代目,最好是亲自过去瞧个真切。说到这里,朱温故又变得支支吾吾了。我说,苏教授不在,有些事可以直接跟我说。朱温故说,我曾在电话中听过那个老人的谈话录音,感觉语气很像,哎哎,很像苏教授。你刚才说苏教授出走已有多日,我就有点怀疑是他了。朱温故说完这话,连忙作辩解说,不,不,我也只是猜测而已。我说,你能不能让那边的警察跟我联系一下。没过多久,一名警察就打来了电话,跟我聊起了那个冒充朱仙田先生的老人的相貌特征。他只是描述了一个头部特征,剩下的,就由我来补充描述,对方不住地说,是这样的,是这样的。我继而让他把那个老人的谈话录音重放给我听。一点儿也没错,那就是苏教授的声音,虽然略显沙哑,但我还是能够听得出来。他在谈话间时不时地自称"朱仙田",这就让我不得而知了。警察说,那个老人看上去很正常,他们既不能把他扭送到派出所,又不能把他送往精神病院,只好安排他在一个养老院临时住下。这一回,我是非要去一趟朱仙田先生的老家不可了。

当晚,我跟朱温故搭上了同一列前往浙南的火车。我们睡在同一个车厢内,除了狼嚎般的鼾声,这位老兽医身上还散发着动物皮毛的气味,让我彻夜难眠。到站后,我由于睡眠不足,依然处于恍惚状态。我们尚未找到下榻宾馆之前就跟当地的一位宋警官取得了联系。宋警官说,"那个老人"昨晚忽然发生抽搐,已经被他们送往市人民医院。我们又坐上了出租车马不停蹄地赶往市人民医院。在301病房4号床,我一眼就看到了满脸憔悴、头发散乱的苏教授。我走到病床前,抓住了他的手,久久不语。他的手上长出了茧子,修长而泛黄的指甲里还留着泥垢。那时,我相信自己的目光里充满了久别重逢的喜悦,而他看我的目光竟像是看一个陌生人的目光。他没有像我想象中那样激动得老泪纵横,相反,他的面色无比平静。目光越过镜框朝我投射过来的那一刻,真有点像课本上说的凌万顷之茫然的意思了。看得出来,他的记忆是被一种神秘的力量改造过了。我一时间不知道该说什么好,他也不说话,表情依旧木然。上天赋予我们的肌肉比任何动物都要多,这意味着人的表情是富于变化的,但苏教授的脸上却是没有表情的。他看到我身后的朱温故,眼睛倒是亮了一下,但接着也只是语气略显平淡地说了一声,你——怎么也过来了?这个"你"究竟指谁?朱温故探过头去问,你知道我是谁吗?苏教授带着很重的鼻音说,废话,我难道连自己的儿子都认不出来么?说话的样子一点儿也不见夸张,好像糊涂的不是他,而是朱温故了。朱温故发出了"扑哧"一声笑,很快又忍住了。在谈话间,苏教授思维清晰、心智健全、谈吐合理,丝毫察觉不出他有什么异常。相反,我感到自己说的每一句话都是在撒谎。这让我对这次行动也产生了某种程度的怀疑。最后,苏教授挥挥手说,你们走吧,我并没有病,不需要你们的陪伴。

睡眠不足带来的疲倦依然没有驱散,我从病房出来时,感觉像是走出一个梦境。我和朱温故在宋警官的指示下见到了一位脑科医生。医生说,苏教授的病情至今尚未得出一个可以定性的结论。唯一可以确定的是,他的脑部曾受过钝器的击打,脑内还有一些血块没有清除干净。这一说法也吻合了宋警官的调查事实:苏教授的头部是被几个喝醉酒的刺青少年用石头击伤的。但我不能肯定,苏教授的非正常表现可以直接归因于那几块非理性的石头。医生也只是据此推测说,也许正是这个意外事件带来了病人的脑功能紊乱。我问医生,脑功能紊乱会出现什么症状。医生没有直接回答,他带着严肃的表情说,像朱先生,不,苏先生这样的人我还是头一回见识过。他虽然不能确知自己的身份,可他谈话的内容却丝毫没有错乱。他是个聪明的书呆子,我跟他聊过天,他对医学方面的独到见解让我不能不叹服。朱温故插话说,他都把我当成了自己的儿子,脑子还不够坏么?医生转过头问,这位是谁?我介绍说,是朱仙田老先生的儿子朱温故先生。医生微笑着说,这就对了,他自称是朱仙田,喊你一声儿子也是理所当然的。朱温故听了也笑了起来,但笑得很费劲。

第二天,我给苏教授送来早餐。苏教授瞥了一眼说,我想吃点稀粥和咸鸭蛋。我点了点头,立马转身去买。在医院大门口,我遇见了朱温故。他问我苏教授是否醒了,他很想跟他认真地谈一谈。我说,我去买点稀粥和咸鸭蛋就来。朱温故忽然抓住我的袖子说,他怎么连口味也变得跟我父亲一模一样了?父亲生前常说,生不愿做大富翁,吃粥已是赛神仙,每餐再配上两个咸鸭蛋,他就很知足了。这么多年来,唯一的变化是咸鸭蛋越来越咸。我说,你进去陪他先聊聊,我随后就来。我买了稀粥和咸鸭蛋走进病房时,看见朱温故正在擦眼角的泪水,好像是有些触景伤情了。我打开饭盒,朱温故接过汤匙,说是要亲自给苏教授喂粥。那样子,倒是真如侍奉汤药的孝子了。喂完了粥,我陪同朱温故走出病房。他告诉我,苏教授的目光纯净得像个佛陀,这一点很像他父亲。真的很像。

关于苏教授的精神状态，医生和外界的人各有说法。有灵魂附体说，有中蛊说，有脑功能紊乱说，有记忆移植说，有装疯卖傻说，有逃避现实说，有练气功走火入魔说，甚至还有人说他的脑子被外星人动了手脚。我不敢说哪一种说法更接近真相，我所知道的事实是，他的脑子里确乎有一种不可知的东西，我无法洞悉，而他本人亦不甚了然。午睡过后，我陪同苏教授出门散步。现在只有我们两个，住院部楼下的院子一片静谧。我一直在细心察看苏教授的一举一动。我想，如果他的头脑真正清醒的话，那么，他在我们单独相处之际会自行解除伪装，告诉我此举的意图。可是，苏教授一直保持缄默，似乎亦无动用舌头的必要。而我在他身边，等同于移动的树。树隙间投下的光斑从我眼前掠过，使林外的远景都变得有几分虚幻了。

在苏教授留院接受治疗期间，我陪同朱温故去了一趟朱仙田老先生的旧居。乡野之地，路上少行人，浓重的树荫大片大片地铺开，午后的风显得无足轻重。在野草丛生的地方，我们找到了朱家的旧址。朱家在当地原本是个大户人家，现在那些老房子早已毁掉了，尚余一座破旧的门台。有个老人见我们在门台前面指指点点，就拄着拐杖步履蹒跚地过来了，问我们打哪里来，做什么的。朱温故没有自报家门，只是问他是否认得这户人家的旧主人朱仙田先生。老人一听说朱仙田这个名字，就竖起大拇指说，他很了得。朱温故听了很是得意，就继续问，你可知道他年轻时是怎么个模样？老人说，他年轻时长得很英俊，也很洋派，不知迷倒了多少女人。老人说到这里忽然压低了声音说，他为人十分慷慨豪爽，我还在卖咸鸭蛋的时辰，他时常光顾我的摊子，有一回还曾请我去逛娼馆。听到这里，朱温故的脸上有点挂不住了，把头别过去，用手在鼻孔前扇了几下，仿佛闻到了一股从老人嘴里散发出来的臭气。老人意犹未尽，拄着拐杖又绕到他跟前说，后来嘛，他父亲做一笔丝绸生意亏了钱，一家人只好卖掉祖宅住到乡下去了。现在想来，他当初幸好是败了家业，否则连身体都要败掉了。朱先生当年有两个选择，一是出家，一是出国。前思后想，他还是出了国，从此就杳无音信。朱温故问，此后他有没有回过这里？老人摇摇头说，不曾见过，也不曾听人说他来过。不过，前阵子倒有个怪老头子跑到这儿，冒充是朱先生，想必是来骗田产的，结果被我一眼就看穿了，后来我让孙儿报了警，让警察给逮到城里审问去了。我和朱温故谢过那位老人，就绕着朱宅那片圮废的墙基走了一圈。朱温故说，这么大一块地方，若是围成一个畜牧场倒是不错，让它荒废着怪可惜的。

园是故园，但终究不是朱家的园了。朱温故已经买好了回程车票，无意久留。我请他在一个乡间小酒馆吃了一顿饭。我们点了几个特色菜，各自要了两碗黄酒，一边品啜，一边闲谈。朱温故到底是个散淡的人，有了酒也便木桩似的坐在那里不动了。他的舌头接受了液体的饶有风味的触摸之后，就变得十分畅快了。谈得最多的，当然是他们的家事了。朱温故说，我对父亲的了解也许还不如你们多，这让我感到十分愧疚。这位老兽医说的是大实话，在他的身上，我找不出一点朱老先生遗传给他的书卷气。他自己也向我坦然承认：他跟父亲只是形似，而苏教授跟他父亲却是神似，如果对他们之间外貌特征的差异忽略不计，他几乎可以认定苏教授就是他的父亲。我也表示赞同朱温故的看法，我说，从外表来看，猴子在所有动物中是跟人最为相近的，而在本质上，老鼠跟人之间的相近程度却达到了百分之九十九。说到动物,这位老兽医就站在专业的角度分析说，他们几个兄弟姐妹跟父亲之间除了有某种生物学意义上的联系,其余地方也看不出什么遗传基因。由于时代原因,他们兄弟姐妹几人早年很少呆在父亲身边接受知识的熏陶，日后所操持的职业也无非是屠宰、接生之类;同时,由于亲情淡薄,心性日益相远,其间的区分更有甚于人与猴子了。朱温故说,他母亲一直以来对父亲心怀恨意,所以,他们对知识也怀有莫名其妙的仇恨,父亲的藏书被抄走之后,家中哪怕有一张有字的纸他们都会拿来擦屁股。提起往事,他的语气中显然含有自责之意，推己及人，他还连带骂起了自己的弟弟,说此人连“畜生都不如”。我不知道朱家兄弟有什么过节,但可以猜想得到。

我跟朱温故继而谈到了一个眼下最为迫切的问题：如果我们把苏教授带回去,他将由谁来照顾生活起居？我只是随便聊聊,没有把他卷入此事的意思。

朱温故淡淡一笑说,总不会让他住到我家当爹来侍奉吧。当然,我也不会反对跟随他住到苏家,继承他的家产,那样的话,就很难说是谁赡养谁了。咳咳,我也是一大把年纪的人了……

我端起一碗黄酒,对朱温故说,有一件事你也许还不知道,当初你向出版社要朱老先生的一万元版税,是苏教授帮你们从中斡旋。后来事情尽管没办成,但他还是将自己的书稿交给了那家出版社,并且从稿费里划出一万元汇给你们,据他说,这样做一半是有感于学风凋敝,一半是为了报答师恩。

我说这话时,嘴里定然是喷着热气。原本以为朱温故听了我的一番话会感动得热泪盈眶，不承想却听到他长叹一声说，没有这笔钱还好，有了它，我们兄弟姐妹几人反倒闹翻了。

我也苦笑一声，不再吱声了。吃完饭，朱温故打了个酒嗝，把一只手搭在我的肩膀上，语重心长对我说，我下午就要坐火车回去，关于苏教授的问题现在只能扔给你来解决了。临走之际，他又似笑非笑地看着我，做了一个含义不明的手势。

我回到医院，把苏教授的医疗住院费打理妥当，又来到网吧，给保姆小吴的 QQ 留了言。我把苏教授的境遇和下一步的打算都如实告诉她，希望她能尽快回到苏教授身边。但小吴的回复让我大为吃惊，她声称自己刚刚在北京读完高级保姆研修班，还上过电视台的一档保姆选秀节目，身价已不同往日，而且还提出了一个让人咋舌的数目。我下了线，与小吴的联系就此中断了。吃过晚饭，小吴又发来一个手机短信，说自己可以回到苏教授身边，但她也同时提出了一个让我啼笑皆非的条件。她回到苏教授身边的意思不是说要继续做女佣，而是要取代苏太太，做苏教授的少妻。她说，她之所以做出这个决定，是看在苏教授手头还有点积蓄的分上。她希望我在她尚未改变这个决定之前做出回复。但我表示：在这个问题上我不能擅自答应，即便连苏教授本人恐怕也不会轻易答应。

过两天我们就要动身返回城里，夜晚的漫长时光最难打发。在一盏半明半暗的灯光下，我和苏教授面对面坐着。我不知道他的脑子里究竟装着何种奇妙的东西。我有这样一种错觉：苏教授其实是在跟自己玩捉迷藏的游戏，他在迷茫中寻找自己，结果找到的却是自己的老师朱仙田，于是，就把他当作自己了。证明A不是B的方法有很多种，但这一刻，我宁愿相信苏教授就是朱老先生。当他自称是“朱仙田”时，他就显得可爱多了。尽管他在实事求是地撒谎，但我不得不说，他实在是一个古怪而有趣的老头子。整整一个晚上，他跟我谈的都是学界人物。钱穆如何，庞朴如何，李泽厚如何，苏静安如何，王致庸如何。谈苏静安尤多、尤细。他问我，你知道苏静安为何叫静安么？我答不上，他就说开了，他之所以叫静安，是因为儿时体弱多病，父母就借用村上土庙里一位老和尚的法号给他取名，据说是可以压邪气的。谈到苏太太，他说，苏静安与王致庸都是我的得意门生，他们之所以交恶，全都是因为那个女人，那个女人先是做王致庸的学生，两人日久生情，就结为夫妇，可没过几年，那个女人又撇下了王致庸，做起了苏静安的学生，一来二往，索性成就了他们的一桩好事。他谈的大多是往事，后来有一段时间的记忆对他而言几乎是全然空白的。他说话的声音十分低沉，伴随着窗外树叶的沙沙声。

谈着谈着，他突然停下来，盯着我的脸，凝视片刻，吐出了一句让我沉思良久的话：你是谁？那一刻，我忽然间不知道自己是谁了。

我换了一个坐姿，平静地回答：我就是苏静安。

二〇〇八年六月初稿

二〇〇八年八月二稿

二〇〇八年十月定稿

夜宴杂谈

顾先生请我吃饭，这还是头一遭。不过，我收到请柬之后，仍然不清楚自己为什么会在受邀之列。我跟顾先生素未谋面，也没通过电话或信函。看到请柬上赫然写着我的名字，我除了有一种“受宠若惊”的感觉，心头仍然挂有一丝疑虑。但我想，赴宴之后，主人来了，彼此打个照面，这事自然就见分晓。这一番，即便是叨陪末座，我也深感荣幸。一顿饭后尽管不会把“顾老爷子请我吃饭”的话挂在嘴边，但也足以在自己的日记里浓墨重彩地记上一笔。毕竟，是顾与之先生请我吃饭，而不是别的什么人。

晚宴时间是六时整。而我不早不晚，提前八分钟来到“瓯风堂”会所。在时间上，我认真琢磨过，来得太早，怕见到陌生人无话可说；来得太晚，就显得自己太轻慢。我进来的时候，倒是见到了几张熟悉的面孔。落座后，环顾四周，没见着一个貌似主人的人，也不敢贸然打听。好在手头有一块服务员递上来的热毛巾，可以反复搓着，不至于无事可做。只要有谁进门，在座每个人都会照例抬头打量一眼，熟识的寒暄几句，陌生的点头致意。

“瓯风堂”会所的贵宾厅与别处的包厢果真是大不一样：茶叙与宴饮的区域以绘有梅兰竹菊的屏风间隔开来，茶酒流连，足以把一个人性情中的清淡与浓烈都化在那里面。会所前身据说是民国初期一位绸缎商的私宅，几度易主，但格局一直没变，依旧是三间三退（我们这儿通常把一进房子称作一退，大约是取“以退为进”的意思吧）。从台门到里屋，灯或明或暗地照着，仿佛是替老宅还魂的。除了第一退两侧四间厢房辟为瓷器博物馆供闲人参观之外，第二退大厅和第三退花厅均作宴饮场所，我们所处的地方就在花厅楼上。与门相对的粉壁上悬有一块匾额，朱漆云头描金木框，黑底上隐约露出三个已然褪色、显得有些漫漶不清的颜体字，仿佛默示着一种对永不再来的年代的存怀。四周环列古色古香的椅凳（在座一位古玩收藏家能说得出鸡翅木坐墩与楠木圆凳的工艺特点和用途）；靠墙处有一张紫檀木长案，摆放着古雅的茶具和文人清玩；一张清代髹漆香几上置一六角玻璃果盘，里面盛放着新鲜水果；墙壁上挂着斗方水墨画与琴条书法。另一厢，也就是一屏之隔的地方，是一张可坐廿人的梨花木嵌牙大圆桌。有人正在指点服务员如何调整座次，语速缓慢，显得极有耐性。完事之后，他绕到这一厢，是一个长着圆胖脸、眉眼间堆着盈盈笑意的年轻人，他循例向一圈人致意之后就一一递上名片，告诉大家，他就是顾先生的秘书。

顾先生怎么还没来？

很抱歉，顾先生有要事耽搁了，他吩咐我们先入座。

不急，不急，听说还有几位没到，我们还是先在这儿等等吧。

也好，也好，不周之处请诸位多多包涵。

本应早到的主人迟迟没来，那些初来乍到的客人就在会客室喝茶聊天，等着客人到齐。从对面的镜子可以看到我背后悬挂的一幅斗方水墨画：画中除了一抹远山、一株枯树、一间茅屋，还有三个人，一人扫叶，一人煮茶，还有一个白眼看天，什么事都没做，好像是得道了。留白处有一行长款，抄录的是宋人的一首饮茶诗。坐在我左边的人问对面的人，这幅画怎么样？那人只是“嗯”了一声。对面一位长发披肩的人说，这种画，京城茶馆里到处可见，多了，就俗。大意思没有，玩点笔墨情趣而已。

哈哈，而已。另一人应声。

坐在我右边的庹先生就是我所说的“熟悉的面孔”中的一位。其实我们也不是很熟，只是在一些艺术沙龙中偶尔会碰个面，也说不上几句。他正跷着二郎腿坐在一张宽大的沙发上，手里端着一杯咖啡。庹先生喝咖啡时不谈点文艺，或者谈文艺时不谈点西洋歌剧，或者谈歌剧时不夹杂几句英文，似乎会憋死的。因此，他的话题无非就是歌剧。

有人问庹先生，还在大学里教书否。庹先生说，我这四脚书橱，除了大学里教书，还能做什么？又问，教的是什么课？庹先生在裤管上做了个掸掉灰尘的动作说，逻辑学。那人说，我念大学的时候顶不喜欢逻辑学这门课。庹先生说，我也是。你不喜欢？那人带着吃惊的表情问，你不喜欢，怎么还教这门课？庹先生说，一个女人，你跟她结婚生子之后发现自己已经不喜欢她了，可你还得跟她过日子。

说话间，一名穿旗袍的女士走了进来，有几个相熟的人立马围了上去。从他们的口中我才得知，她就是昆曲界有数的名角杨芳妍女士。灯光下她那一身旗袍凸显出来的风韵，让人有点不敢直视。她从我身边款款走过，正要拣一张圆凳坐下时，庹先生立马从一张明式椅子上欠身站起来说，杨女士应该坐这椅子才对。众人问，这又有什么说法？庹先生说，这椅子样式古雅，与杨女士的一身打扮吻合，再说，这椅子坐面上有两个臀瓣形的半圆，非杨女士来坐不足以显示椅子的造型之美。大家听了，都说有理。杨女士也就当仁不让地坐下了。

有人问杨女士，最近忙否，杨女士说她很忙。忙什么？忙吃饭。世界各地都有人请她吃饭。有时她在名古屋的榻榻米刚刚醒来，西半球就有人打来电话，等着她赶赴鸡尾酒会。可是，她说，她不喜欢那种热闹的地方。有时她会拒绝参加巴黎的某个鸡尾酒会，宁愿独自一人去香舍丽榭大街边上的一条小巷吃一点法式小甜饼。

庹先生是喜欢听西洋歌剧的，而杨女士是唱昆曲的。因此，庹先生便把西洋歌剧与昆曲放在一起谈。他说自己没有听过杨女士的清唱，但听她说话，就感觉她的声音圆熟甜润得像秋天的葡萄。杨女士听了，笑得鱼尾纹与法令纹都一齐跑了出来。

杨女士究竟是见过场面的人，作为一种礼貌性回应，他便模仿小生的腔调说了句隐含挑逗的话，然后又清了清嗓门，改用小姐羞答答、脆生生的声音回了一句。一个人，一问一答，居然都是调情的段子。尤其是神态，不用化妆也活灵活现：眉眼一挑就有点飞扬的意思，双唇一抿又仿佛跟谁赌气，附丽于台词和手势的一笑一颦，在瞬息间变化无端。还没开宴，气氛就先自调动起来了，大家都说，有杨女士在，每人的酒量至少会增一倍,不愁冷场了。

清唱甫毕,杨女士就解释说,这些野调子都是从一位草台班子的老伶工那里学来的,虽然上不得台面,但有一种活泼、生辣的民间气息。庹先生说,他有好多年没进戏院看戏了,不看的原因,大概就是戏院里的戏没有一股真气。今晚听杨女士清唱一曲,倒是觉着昆曲的一脉遗风还没完全消失。隔了半晌,庹先生问,那位草台班子的老师傅还能找得到?杨女士说,走了,去年秋天走的。又问,老师傅叫什么名字。杨女士锁着眉头想了半天说,只知姓周,也不晓得是哪儿人。又问,那个草台班子还能找得到?杨女士答,解散了,那些饰演帝王将相的和士兵奴仆的,要么是跑到城里面打工,要么是回乡下种地去了。庹先生叹息一声:可惜。

另一人也应声:可惜。

请问,这里是顾先生设宴的包厢?一位西装革履、头戴一顶咖啡色礼帽的老先生站在门口,把手杖举在空中,像是一个问号。在座的人跟我一样,即刻认出是苏教授。顾先生的秘书忙不迭地上来搀扶着他的手臂说,苏教授,这里有道门槛,当心点。苏教授轻轻推开他说,我的腿脚还算灵便,不用扶的。

庹先生说,苏教授拿手杖进来那一刻,简直就像是从民国老照片中走出来的。

杨女士说,没错,我在一本书里面见过苏教授年轻时的模样,那时您刚从英国留学回来,好像也是拿着根手杖吧。

那是西洋人的stick,俗称文明棍,苏教授举起手杖说,有一回,我经过一家古董店,看到了这根别致的手杖,立马觉得,它需要我,而不是我需要它。我买了下来,握在手中,掂了掂,感觉它已经变成我这只手的一部分,不,身体的一部分。

我在大学校园的一条林荫道上时常能碰到苏教授,他不认识我,但只要我向他打招呼,他都会像老派英国绅士那样,向我微微点个头。那晚见他拄着手杖,向林荫道深处走去,心里掠过一丝异样的感觉。在缓慢的移动中他的身影一点点变小,仿佛一团火渐渐萎缩。这情景,谁见了,都会感叹,夕阳无限好。

看起来,在座的人跟苏教授都很熟。杨女士为了讨老人家开心,就问一句"苏教授,您今年六十出头了吧"。苏教授立马欠身,做了个戏里头白面书生施礼的动作说,小生年纪不大,才八十开外。杨女士笑得像随风摆荡的柳枝,我们也都跟着大笑起来。幽默能让人变得年轻,杨女士说,我晓得苏教授健康长寿的秘诀了。苏教授微微一笑说,还有一个秘诀,我都没有告诉你们呢。大家追问,什么秘诀?苏教授正色说,常做提肛肌收缩运动。至于怎么做法,他没有详细讲述。仿佛眼前得有一个讲台,让他讲四十五分钟,才能把话讲明白。

已经过了六点半,顾先生还是没来。顾先生的秘书说,顾先生临时有急事,可能要迟些时候过来,他刚才打来电话,让我代替他招呼诸位。

入席时,六名穿旗袍的服务员已环侍左右。在座每个人的位置上都有一份册页式的"民国菜谱",上第一道菜时,服务员就指着菜谱报上菜名。苏教授摘下眼镜,拿起菜谱打量了一眼说,果然是一派民国风,我们坐在这里就好比是吃"前朝饭"了。经苏教授这么一说,我们都有了一种实实在在的"躬逢其盛"的感觉。前面说过,这里是"瓯风堂"会所最豪华的包厢,从桌布到象牙箸的封套,从水晶吊灯到玻璃酒杯,每样东西似乎都经过精心拣选,好像一张经过妙手描画的脸。无怪画家许墨农涎着脸说,就连那些服务员的手,都是好看的。

顾先生没来,大家就谈起顾先生来。顾先生一直寓居哥本哈根,晚年回到故乡似乎是一件自然而然的事,但一些报纸与杂志把这件事渲染得极有诗意。说是两年前一个冬天的傍晚,顾先生看到异国的雪花落满庭院,忽然想起故乡的雪里蕻,就打算回来终老了。而事实上,北欧这地方,哪年冬天不飘雪?顾先生何时又断过对故乡的念想?

顾先生的秘书说,早些时候,顾先生给自己算了一卦,说是年过八十就得回老家,找一块安身福地。就这样子他说回来就回来了。

苏教授摇着头说,这老顾太不像话了,回来这么久也不跟我吱一声,见了面我非得打他三拳。

顾先生的秘书说,实不相瞒,顾先生的身体一直不太好,因此他老人家索性就过上闭门谢客、吃斋读书的清淡日子。有句话叫在家翻似出家人,说的大概就是这意思吧。

在座一位姓庄的古玩收藏家说,他曾有幸拜访过顾宅。据他描述,顾宅像一座地主屋,光是书房,就堪比这个贵宾厅。书房中间有一株树,树不大,但坐在树下读书、闲聊,会是一件非常惬意的事。古玩收藏家说,顾先生的书房里有幅字,上面写着:长做树下闲人。大家都说,这年头,做闲人难。

嗯,做闲人难。有人应声。

主人还没有到,大家不敢敞开怀喝。有酒量的,宁下毋高。席间,大家讲了些有趣的废话,以免酒局干冷。

苏教授,您是顾先生的老同学,趁他还没来,您就讲几个有关他的掌故吧。酒席上,一位文史专家提议。众人也都附和。这么一说,教书匠那种爱说话的老癖气就立马被勾了出来。苏教授咳嗽几声后,大家也便静了下来,期待他能讲些与顾先生有关的鲜为人知的事。

苏教授说,他与顾先生在上海读书时,顾先生就喜欢逛戏院与书店,有时也去百乐门跳跳舞。不过,他早年就显露出对古旧东西的偏好。他爱收藏北朝佛像碑铭的拓片、爱听昆曲和西洋古典音乐,爱喝有些年头的葡萄酒、爱八大山人笔下的残山剩水……有一回,我跟他借了一本金边印度纸印的《约翰·多恩诗选》,不慎弄丢了,他后来很长一段时间都没搭理我……

一个面目模糊的人,经苏教授一描述,一时间就鲜活起来了,仿佛就在眼前。

其实我们想听的,是顾先生年轻时的风流韵事。杨女士这么说着,又给苏教授斟上一浅杯红酒。杨女士就坐在苏教授边上,眉目间透出的风韵把苏教授的一头白发映照得益发苍古。大概是有大美人在侧,苏教授的酒量比平日里又高出了许多,被酒水浸润过的舌头也灵活了许多,以致我们都忘了眼前这位意态昂扬、谈兴方浓的老人已年逾八旬。

苏教授讲了一则又一则有关顾先生的趣闻(当然也包括情事)之后,忽然放低声音说,我们虽然都是民国过来的人,但我感觉民国离现在很遥远,离古代很近。有时我翻看自己年轻时的日记,看到我与老顾交往的一些旧事,就像是读另一个与我毫不相干的古人的日记。

顾先生的秘书说,苏教授提起故人,果然有说不完的旧事。不过,顾先生还有一事在这里很值得一说,估计大家都不晓得。众人都拿询问的目光看着他,等他快点说出来,不料他又故作神秘地说,诸位可晓得顾先生今天为什么要请大家？众人摇头。有人问，是不是又在海外淘到什么宝贝啦，值得庆贺？顾先生的秘书说，顾先生手头的确有几件宝贝。不过，新近拿出的一件宝贝可能会震惊世界。

众人听了这话，也都露出一副震惊的表情。顾先生的秘书说，顾先生有言在先，如果他今晚迟到了，我可以临时扮演新闻发言人的角色，代他发布这个消息。我也不打算卖什么关子了，顾先生今晚请大家来，无非是要分享他的一项最新研究成果。

是什么？

是一部奇书。

什么奇书？

唐人写的长篇小说《崔莺莺别传》。

坐在我对面的文史专家说，如果我记得没错的话，唐人元稹写过一个《莺莺传》的传奇。

苏教授接过话说，元稹那篇《莺莺传》也叫做《会真记》，不一样的。我早年在顾先生家里读过的《崔莺莺别传》倒是一部了不起的长篇小说。不过，依我之见，它无非就是一部明清之际的孤本小说。

文史专家问，这是一部怎样的长篇小说？苏教授不妨给我们做一个大致描述。

苏教授说，刚才说《崔莺莺别传》是唐人写的，其实不然，严格地说，这部书是效仿唐传奇的笔法写的。如果我猜测没错的话，此人应该是晚明时期的人物。

文史专家又问，除了篇幅，这部小说跟元稹的《崔莺莺传》还有什么区别？

比元稹写得要有趣得多，苏教授举例说，比如里面写到崔莺莺与张生私会时总是带上自家的枕头，否则就睡不安生；又比如，张生是个近视眼，常常把红娘当作崔莺莺来搂抱。最精彩的是写张生翻墙那一节。张生翻墙时，起初觉得墙很高，要费很大的劲才能翻越。后来，翻墙次数多了，手脚更麻利了，忽然觉得墙似乎矮了许多。再后来，墙之于张生，如若无物。值得一提的是，手抄本《崔莺莺别传》虽然是一部伪托唐人的作品，但伪书中也是有好东西的。正因如此，它才流传下去。手抄本的字是唐人写经体，出自顾先生的老师、文字学家陈宿白的手笔。

哦，陈宿白，文史专家说，此人我知道，他是章太炎先生的弟子。曾于民国初年留学日本早稻田大学，读的是测绘专业，后来做的却是唐史研究。

苏教授说，你说的没错。陈宿白先生当年留学日本时，在一家专门收藏汉籍的文库（也就是我们所说的图书馆）里发现一部手抄本《崔莺莺别传》，他借到手后，原本只是当作闲书来读，看着看着，越发觉得此书对他研究唐史有极大帮助。因此，他又动手把整本书抄写了一遍。在抄写过程中，他曾写信向日本汉学家和中国国内的藏书家打听此书的作者和来龙去脉，结果他们都回复说不曾听过，更未读过。陈先生从此对《崔莺莺别传》以及与此有关的古籍多留了一个心眼。几个月后，陈先生带着省吃俭用积攒下来的钱再度去那家收藏汉籍的文库时，发现它已经被一位日本汉学家以高价买走了，陈先生后来有没有去寻找这本书的下落我就不得而知了。

文史专家说，我没读过这部传说中的《崔莺莺别传》，不过，我在陈宿白先生的日记中发现，他每年都要把一部秘不示人的“狭邪之书”重读一遍。现在想来,这部书莫非就是《崔莺莺别传》了。不可理喻的是,他居然说自己每每看到会意之处,就会出现异常的生理反应。

画家许墨农说,从前有位红学家,我忘了名字,八十多岁还发生过读红楼夜遗的怪事。

好色嘛,也是疾。我身边那位长发披肩的诗人竖起一根手指说,人即便横躺着,还有竖立起来的欲望。

苏教授说,用现在的眼光来看《崔莺莺别传》里那一点性描写真的不算什么,尽管它充满了唐人所特有的浪漫情怀。独独让我不解的是,陈先生一直以来对此书青睐有加,身后由遗属整理出版的全集里面却没有一句话提到《崔莺莺别传》。等老顾来了,我倒是要请他揭开这个谜底。

文史专家说,陈宿白先生最后几年是在"文革"中度过的,我是见证者之一,可以作一下补充。陈先生是在"文革"爆发那年的秋末离开北京,隐居我老家那座偏远的小镇。但他无书可读就没法活,平日里有事没事总要捧着一本别人都看不懂的书。邻居们都说,他是这个镇上最爱读书的人。于是就有人过来,把他手中的书扔掉,把他打翻在地。这期间听说还烧毁了他的一部分手稿,有关《崔莺莺别传》的考证文章是否也在其中我就不得而知了。

苏教授说,陈先生的晚年生活如何我不大清楚,我只是听说他在临终前几天不吃不喝也不说话。老顾跑过去看望他时,他忽然支撑着坐起来,想说什么突然又忍住了。待家人走开,他就附在老顾耳边说了几句,然后就闭上了眼睛。老顾后来在写给我老同学的一封信中提起过这事。

陈宿白究竟对顾先生说了句什么话?席间大家猜测了一番。有人说，陈宿白定然是要把那本《崔莺莺别传》的手抄本传给顾先生，让他妥善保存。

不，苏教授说，你们猜错了。陈宿白先生只是道出了自己的一则写作秘诀。

什么样的秘诀？

苏教授说，我们现在正在进餐，所以我就不说出口了。还是说说那本《崔莺莺别传》吧。

古玩收藏家问身边一位长得如同一只野鹤的瘦先生，听说你跟顾先生有交往，不知是否见过此书？

野鹤般的瘦先生说，我见过的那个手抄本，应该是更古旧一些，大概有好几百年光景了。

苏教授听了这话，忽然露出了满含深意的微笑。

经人介绍，我才知道，眼前这位野鹤般的瘦先生就是津派的古籍修复专家，从天津一位陆先生那里学得一手“千波刀”绝技。

野鹤般的瘦先生又接着说，顾先生家里有几部堪称海内孤本的病书，之前曾派人找我修复过。两个月前，他还亲自登门找我，请我修复那本叫《崔莺莺别传》什么的手抄本书，我一闻到书衣的明矾味，就晓得之前有人修复过了。不过，那本书在之前的修复过程中用白芨过多，纸张都变得脆黄了。大概是因为不能修复的缘故，我就记住了书名。

苏教授问，你可读过？

野鹤般的瘦先生说，不曾。我只是个手艺人，论学问哪里及得上你们的万分之一？

文史专家笑道，如果此书真是唐人所著，你将它偷偷翻印出来，恐怕就是一件功德无量的事了。

野鹤般的瘦先生说，我师傅当初传我这门“千波刀”的手艺时就说，心术不正的人学了它，真是贻害无穷啊。因此，他倒是希望自己的手艺及身而绝。

苏教授说，你师傅所掌握的想必也是一门古董级的学问了。这好比一盏灯，有人守护着，不让风吹灭，就能做到灯灯相续了。老顾这人有时虽然有点迂，但他传承了陈宿白先生的衣钵，潜心做冷门的学问，迂也变得可爱可敬了。

庹先生似乎对这些混合着老宅的陈旧空气的话题不太感兴趣，打了个哈欠，低声对我身边的诗人说，很奇怪，为什么人们总是喜欢在酒桌上谈论自己的专业？前阵子我的一位亲戚喜得贵子，请我吃满月酒，酒桌上有位妇产科医生从头到尾就聊生孩子那些事儿，好像这门专业是世界上顶顶重要的。我是教逻辑学的，但我从来不会在喝酒时跟人谈论逻辑学。如果喝得多一点，我连那种有逻辑性的话都不会说了。

是的，诗人说，我喝酒之后说的每一句话都是不可解的诗。

他们就这样嘀咕着。

顾先生的秘书依然沉浸在前面那个话题带来的氛围里，不停地夸赞顾先生在治学方面如何勤奋和严谨。顾先生积数十年之功研究《崔莺莺别传》，在外人看来好像不值得，可他相信，顾先生这么做自有他的道理。说到这里，他举了一个例子：几年前，刚刚病愈的顾先生几乎要放弃继续研究《崔莺莺别传》这部书时，在法国一家私人收藏馆里居然翻看到了一页敦煌残卷，这张残卷上面有一段谈经说法的文字出自《崔莺莺别传》，末尾还写明该书作者与抄录者有一面之缘。

他提到的作者是谁?

白居易,还有元稹。顾先生的秘书说,顾先生通过很多线索,最终证明《崔莺莺别传》其实是白居易与元稹合著的一部长篇小说。

理由呢?

在座诸位可能都知道,元白二人同年中进士,一起倡导新乐府运动。他们相交三十年写了大量赠寄酬酢之类的诗和互通消息的信札。白居易和元稹无疑都是赫赫有名的诗人,但很少有人知道他们还是小说家。

苏教授说,元稹好歹还留下一个短篇小说,白居易好像一篇都没留下。现在很难说他有没有写过小说。白居易的诗里面有不少叙事成分,可见他是块写小说的料。现在我们不妨用创作发生学的方法来分析这样一种现象:白居易当年听了白头宫女讲述的唐玄宗与杨贵妃的故事,很想写一篇小说,结果还是弄成了一首叙事诗,也就是我们现在读到的《长恨歌》;而元稹呢?原本只是打算写一首崔莺莺的诗,结果是意犹未尽,写下了一个与崔莺莺有关的短篇小说。

没错,顾先生的秘书说,《崔莺莺别传》的蓝本是元稹提供的。据顾先生考证,元稹写完了这个短篇,心里颇不平静,就交给白居易过目,白居易还没读完就流泪了。

苏教授说,白居易这人是动不动就流泪的,他坐在船上读元稹的诗要流泪,坐在家里面接到元稹的信也要流泪。这足以证明他是一个神经脆弱、情感丰富的诗人。

白居易读《莺莺传》流泪还有另外一层寓意。顾先生的秘书突然压低声音说,顾先生细读元白诗集和信札之后发现了这样一个秘密:贞元十七年秋，白居易与元稹一道狎游胡人开设的酒馆，他们同时爱上了一名胡旋歌舞妓，至于她叫什么名字，是中亚哪个种族的移民，顾先生还能说出个子丑寅卯来。

文史专家问，这个女子跟《崔莺莺别传》有关？

顾先生的秘书说，她就是《崔莺莺别传》里那个崔莺莺的原型。

苏教授说，元白二人狎游时写过同题诗。因此，同时爱上一个歌舞妓也不奇怪。把她跟崔莺莺扯到一起，似乎有点牵强。早些年，陈寅恪先生也考证过这事。我是不以为然的。

顾先生的秘书说，起初我也不相信顾先生说的一番话，后来我翻了翻书，还真发现有这样一个"酒家胡"女子呢。不同的是，元稹爱上了她的肉体，白居易却爱上她的灵魂。因此，元白二人不仅相安无事，而且还以各自的方式证明男人之间牢不可破的友谊。

文史专家接过话茬说，如果套用《围城》里面赵辛楣的话来形容，他们简直就是"同情兄"了。

不过，野鹤般的瘦先生说，他们比"同情兄"的关系似乎更进了一步，大概算是很难得的一对基友吧。

好像是这样的吧，顾先生的秘书说，白居易晚年回到洛阳居住之后，有一天，偶尔翻到元稹的旧稿，突然有了冲动，想写点什么。他写了个开头，就把纸片抛进陶罐里。第二天醒来，他又续写了一段。就这样，他花了不到半月的时间写了《崔莺莺别传》的第一部分，嘱人重抄一份寄给元稹看，元稹看了，惊喜莫名，又添枝加叶补充了一些细节。一来二往之间，故事的线索越拉越长，竟然衍生成一部长篇小说。大家都知道唐人重诗不重小说，他们写小说权当是玩一种文字游戏，自得其乐，压根没想到要公之于世。一年后，这部题为《崔莺莺别传》的长篇小说杀青。同一年，白居易生子阿崔，元稹生子道保。

文史专家带着好奇问，阿崔这个名字是否就是因崔莺莺而起的？

顾先生的秘书说，这个嘛，我也不晓得，顾先生来了，你问他本人就知道了。

苏教授说，有时候学者为了自圆其说，常常会一本正经地胡扯，我看过一些研究文献说什么崔莺莺的原型是元稹的远房表妹，叫什么双文；还有的文献说崔莺莺的读音在唐代与曹九九相同，而曹九九就是中亚特粟族人。姑妄言之，姑妄听之好了。

顾先生的秘书说，我没有研究过《崔莺莺别传》这部书。只是听顾先生说，这本书里面夹杂了不少古伊朗语。他去年去了一趟阿富汗和伊朗，在两个国家先后逗留了三个月，就是为了研究那里的古伊朗语。

苏教授说，古伊朗语在唐朝的时候就叫波斯语。那时候，有些波斯人入住中国，因此，唐人也能懂一些波斯语。这不奇怪。

顾先生的秘书说，不晓得诸位有没有留意，顾先生前阵子发表过一篇重要的论文，明确提出白居易不是纯粹的汉人，而是汉人和波斯人的混血儿。

白居易有波斯人的血统？

是的，白居易的母亲是一名波斯商人的女儿。白居易自小就以波斯语作为母子之间的会话用语，平日里主修汉语，再后来就一直用汉语写作。起初我读了顾先生的文章也觉得很吃惊，但顾先生说，事实就是这样的，白居易当年给母亲写的信里面就夹杂着很多波斯语。由此他推论，白居易喜欢那名胡旋歌舞妓，不排除恋母情结……

苏教授一径地摇着头说，这老顾看来有点走火入魔了。

顾先生的秘书笑着说，等一会儿顾先生来了，你倒是可以跟他作一番辩论了。

顾先生的秘书正想说什么时，突然接到了顾师母打来的电话，他站了起来，一边用手拢着嘴悄声细语地说话，一边走出包厢。

苏教授又接着跟大家说，我至今仍然怀疑那本长篇小说《崔莺莺别传》是明清时期文人的伪托之作。陈宿白当年认定这部书是唐人所作，但作者不详，现在老顾又作了进一步的研究，说它是唐人白居易与元稹合著，我就觉得荒唐得很。陈先生当年曾对老顾说，日本第一部现代小说《浮云》要比中国的《狂人日记》早三十年，这是毫无疑问的。但要说日本的长篇小说《源氏物语》要比中国早，就不见得了。老顾问他何以这么断定。陈先生说，以他手头的一部手抄本《崔莺莺别传》为证。恕我直言，他们两位一口咬定这部长篇小说是唐人所作，无非是想证明中国的长篇小说要比日本出得早。显然，这与他们的仇日情结有关。

文史专家说，苏教授说得没错，陈先生的胞妹、也就是顾先生的母亲是被日本人杀害的。

苏教授说，据我所知，老顾后来刮胡子一直不用电动剃须刀，因为他的童年时代是在战乱中度过的，跑警报的经历使他一听到电动剃须刀的嗡嗡声，就会不由自主地想起轰炸机在头顶盘旋的场景。

说话间，庹先生晃悠悠地从洗手间里出来，拍着画家许墨农的肩膀说，许兄让我大开眼界了。

大家都问，是什么东西让你大开眼界？

庹先生说，你们去一趟洗手间就晓得了。

洗手间里有一幅美妇如厕图，据说出自画家许墨农之手。许先生此前在这间堪称豪华的洗手间如厕时，看到里面那个考究、别致的新式马桶，灵感忽至，出来后，慌不择纸，立马就画了出来。会所老板识货，立马出了高价买下这幅画，挂在洗手间里面，以示风雅。

因为喝酒的人多了起来，如厕的人也便多了起来。

我多喝了几杯酒，也未能免俗地进了一回洗手间，坐在马桶上，看着对面那幅美人如厕图，便有了一种慢慢到来的醉意。

出来的时候，没有人再谈陈宿白、顾先生，以及那本我们从未见过的《崔莺莺别传》。

晚风吹过夜风吹，这一桌热菜都变成冷菜了。服务员，把这几个菜再热一下。黄酒再温一壶。

潘诗人好像来兴致了。

老管，你这回有没有带琴来？

勿跟我说起弹琴，我已经三个月不曾摸过琴弦了。自打每家茶馆里都玩起闻香听琴的雅事后，我听到琴字就厌憎。不弹了，不弹了。

一桌人都被浓烈的酒气簇拥着。通常，这个时候总会有一两个人扮演思想家的角色，说一些深奥难解的话。他们说话时脑袋摇来晃去的，好像突然变轻，要飘浮起来。我也是。我感觉自己的脚一直没着地。

有人开始剔牙，也有人掏出笔来互留电话号码与地址。今晚的酒宴是可以记下一笔的。同饮者：学者苏永年、画家许墨农、书法家柳喻之、诗人潘濯尘、琴师管天华、昆曲界名伶杨芳妍、文史专家（姓彭，其名不详）、古玩收藏家庄慕周、音乐评论家庹宗玉、“千波刀”传人虞问樵，还有几人不曾请教大名，想必也是本城的名流吧。

我们在这里闲坐说玄宗，玄宗还来不来？苏教授忽然又提起了顾先生。此时，他已进入微醺的状态，灯光醒在脸上，几颗老年斑便如同经年的干红枣。

顾先生究竟还来不来？杨女士接着问。

顾先生的秘书迟疑半晌说，顾先生近来身体不太好。刚才打电话过去询问，师母回话说他有点头晕。

古玩收藏家说，顾老先生的身体时好时坏，很让顾老太太担心。听说他近来吃了饭后就一直坐在书房里的树下，像是老僧入定。有一回他身子刚离座，就栽在地上了。送到医院，说是脑血管阻塞。顾老太太说，伊拉脑血管被墨字塞住了。

顾先生的秘书说，这事的确发生过。不过他很快就奇迹般地苏醒过来，看上去好像也没有大碍。

一桌子的人都沉默着，仿佛是安然流逝的时间和不断见少的酒让人有些伤感了。

顾先生的秘书说，顾先生这些年几乎是将所有的心血都倾注在《崔莺莺别传》上，他一直把这部书放在枕边，批校了一遍又一遍。他说，如果这部书的真伪问题尚无定论，他宁愿将它带到棺材里去。

啊，带到棺材里去。另一人发出回声似的感叹。

顾先生到底还是没有来。

饭局结束了。文史专家剔着牙问苏教授，之前你说陈宿白先生当年留下了一则写作秘诀，现在可以说说了吧？

苏教授说，我原本是当闲话来讲的，没承想你却还挂在心上。

不妨说说。

陈宿白先生临终前传下的一则写作秘诀是:大便可拉可不拉的,拉掉,宿便留着,对身体大是不益;文章可写可不写的,不写,写了也是徒耗心力。

众人点头。文史专家补充了一句:陈宿白先生当年就是死于便秘的。文史专家神情严肃,此事好像是经过严密考证的。不过,我一直没有告诉他,我就是陈宿白先生的曾外孙。

就将散宴时,外面忽然下起了瓢泼大雨。大家一时间打不到出租车,就姑且在一楼一块足供盘旋的地方一边等候,一边聊天。雨落在瓦背上、布篷上、后院的竹林里,远远近近一片繁响,更有喇叭声没头没脑响着,仿佛在催喊着雨下得快一些,更快一些。雨声包围了这座孤舟般的民国式建筑,我有一种微微荡漾的感觉。毕竟是深秋了,下了雨,寒气又添了一层。顾先生是不会来了。雨下得一阵比一阵急。顾先生是真的不会来了。大门口的服务员截下一辆出租车便嘱人传话:车子不够,顺路的请搭同一辆车吧。于是,在一阵谦让间有人搭上了车,另一些人留下来,继续等车。庹先生对杨女士说,我跟你应该是同路的吧。杨女士说,我先生已经开车过来接我了,我们还要绕道送苏教授。你不怕麻烦的话可以同行的。说话间,又一辆出租已泊在门外。我们照例推让了一番,庹先生没有打算搭杨女士的顺风车,跟随另外几个人匆匆离开了。此刻,我们的苏教授正蹲在屏风的另一厢,默默地做着提肛肌收缩运动。

二〇一三年秋写于觉簃

风月谈

一

白大生平素不大瞧得起东瓯城内九山书社那帮靠写剧本发家的所谓先生。白大生说，他们出手低俗，却让草台班的娘儿们唱出了名，这世道究竟是教人糊涂的。白大生与他们不同，他还要顾及读书人的本分，平素只写一些高古雅致的诗文。写完了，就邀来几位南川吟社的朋友，听他朗诵；朋友若是没空，他就逮住猫啊狗啊，念给它们听。白大生读了几十年的书，写了十几年的诗，落下了读书人的通病：固执、迟钝、懒散、爱发牢骚。这样的人在苜蓿街上也有几个，心高眼高，但终其一生，没有什么大出息，还少不了老婆的抱怨，左邻右舍的奚落。白大生家中有几亩地，雇表弟王阿六耕种，年成四六分，除此之外，他没有别的什么收入。白大生虽说是东瓯城一带有头脸的读书人，却没有学会什么谋生的本事，家道是一日不如一日了。白大生的女人对白大生有着说不尽的怨恨。女人的怨恨有时是通过敲打锅盖、倒扣米桶、把衣服捶得山响等一些生活细节表现出来的。更多的时候，女人是像戏子唱“啰哩连”似的向他唠叨。女人唠叨的，都是一些米碎的事。单是一点小事，她就可以唠叨上整整一个夜晚。这些日，女人唠叨的话题与昆吾生有关。确切地说，是与昆吾生的一个新剧本有关。女人谈的不是剧本本身，而是剧本外的事。女人说，自从昆吾生卖出了一个剧本之后，他家的女人第二天就到街上买了一件今春最流行的百褶裙。白大生说，人家添了一件新衣裳又干你什么事？女人说，吾见不着也就罢了，偏偏那骚货隔三岔五都要打屋门头经过。回头再看看自己这一身寒碜相，吾都替你心酸，白大生啊白大生，吾对你没一点指望了。

女人一唠叨，白大生就头大。他轻轻地哼了一声说，俗不可耐。他觉得，自己的女人本来就俗不可耐，穿上百褶裙就益发俗不可耐了。白大生没再搭理女人，带着一脸的阴沉走进了书房。这书房曾更换过几个很雅的斋名，但里面的摆设却陈旧如故。门角和书桌底下堆积着一些废弃的农具，似乎也算得上是耕读传家了。白大生在书桌前坐了下来，发了一阵子呆。书桌上有一个白瓷碗，里面盛着清水，不是用来喝，也不是用来洗笔砚。这一钵清水，关乎心境。心烦意躁的时候，他常常会注视着它，让心底里的杂质慢慢地沉淀下去。心闲气定之后，他拿起了笔，荡去滞墨，在一张白纸上画了几竿竹子，一下子就感觉两肋生风，心境也清爽了许多。白大生的女人在厨房里一边唠叨，一边张罗着早餐。这时，她瞥见一个白衣人朝这边大门径直走来，衣裳素净，微尘不生，他便是白大生的诗友谢一尘，外号“世外闲人”。他进屋后，白大生的女人也没问他是否吃过早餐。反正这个自称有仙术的人只消在路上吞几颗露珠，吸一点雾气，就能解决肚子的问题了。谢一尘向白大生的女人问候了一声，她却霜着脸，爱理不理。白大生的女人揭开蒸笼盖，一股热气腾腾的烟雾一下子就飘散了。谢一尘一大早出门，水米还没沾过牙，闻到了粥香，就深深地吸了一口气，忍不住舔了舔舌头。但他还是十分洒脱地拂了拂衣袖，从烟气中飘拂而过，有如仙人。

哈，老谢来了。哈，老白，嫂夫人的脸色真难看，一定是你昨晚没有好好地服侍她。两人碰到一起，总要开些无伤大雅的玩笑。在本城，白大生与谢一尘最为相得。凡是谢一尘写的诗，白大生都称好；凡是白大生写的诗，谢一尘也都无不称好。谢与白曾击掌为誓，将来无论谁死在谁的后头，都要为对方写一篇祭文，勒石为念。他们以为，让别人写这祭文终究放心不下。谢一尘一来，白大生就把新近写的几首七律交给他看。老谢这人每每读到好诗，都会激动得热泪盈眶。这一回虽然没有流泪，但他照样要发几句感慨，说这几首诗若水月，若镜花，飘逸极了，精彩极了。他也带来了自己的诗稿，里面有一大部分是咏物诗：咏荷、咏梅、咏兰、咏竹、咏菊、咏笔、咏墨、咏纸、咏砚、咏琴、咏棋、咏诗、咏书、咏画、咏马、咏鹤、咏鸡、咏犬，等等。白大生称他的诗气味不俗。说不俗就是好。白大生平素极少夸人好。他也是有脾气的。因为近视，所以目无古今。像本城最有名望的诗人叶天问，新近出了一本厚厚的诗集，谢一尘说好，南川吟社的同仁说好，梅溪书院的山长李祈昌说好，国子监出身的张师秦监生说好，县太爷胡德贵说好，唯独白大生公然说不好，弄得叶天问极是不愉快。谢一尘的诗风明明是受了叶老先生的影响,白大生却坚持认为谢的诗在叶之上。可见,好朋友的诗就是好。

两位老朋友眼下就要出书了,出的是合集。这段时间两人时常凑到一起,挑了一些自己满意的诗作,挑来挑去,觉得每一首都很满意。考虑到篇幅和经费的问题,他们不得不作些取舍。既是出合集,首先自然要在篇幅上平衡一下。这一比较,谢一尘就有些汗颜了。谢一尘写诗向来没有一定之规,有时一天能写十来首,有时一年半载下来也没几首。写了十几年的诗,总共也不到三百首(这在东瓯城的诗人当中只能算是少产)。白大生就不同了,他写诗跟写日记一样,几乎每日都有东西可写。十几年来,晨练(打太极拳)、写诗,成为他每日不可或缺的课业。日积月累,他居然积攒了五六千首。数量悬殊,出合集就成了问题。为了弥补这一缺憾,谢一尘临阵磨枪,前阵子躲在竹清寺的寮房里埋头写作,现在终于凑足了四百首。而白大生也理所当然地作了让步,从近六千首诗中选出了五百余首。毕竟是好朋友,谢一尘非但没有因为对方所占的篇幅比自己多而感到心里不平衡,相反,他还鼓励白大生凑足六百这个整数。这样,整部合集也就有了一千首诗。这老谢也不知怎么搞的,对整数似乎怀有异乎寻常的好感。至于经费,老谢也说了,由他负责筹措。白大生知道老谢本人也没什么钱,全仗一位在外经商的表兄。近年来,谢一尘的表兄在江浙一带贩盐赚了一大笔钱。去年回乡过年,他捐了一笔钱给村里造了一座桥、一座茶寮。捐助出书,对他来说只是一笔小数目,他自然是满口应承了。

接下来,他们探讨的便是一些琐碎的问题了。比如这本书的序,请谁来写,也颇费思量。谢一尘说,表兄的意思是,他出这点钱不图别的什么，只希望谢白二人能为他和知县大人胡德贵各写一篇文章，作为序一、序二。表兄的意思是，他若能与知县大人的名字并列在一起，自然就能抬高他在乡党中的威望。白大生说，表兄的意思吾明白，但吾觉着，请胡大人作序会多少带些官僚气息，请表兄作序人家又会说商业气息太重。以吾之见，还不如请京城里的贾宝春先生作序。谢一尘说，这事吾也考虑过，贾先生兴许会念同乡之谊给咱们写上一篇，但贾先生的文章向来是按字来计算稿费，写短了怕压不住卷，写长了又怕咱们私下里付不起这钱。再说，贾先生的文章前些年还值钱，这些年跟刘子胥先生的招牌字一样，到处都是，反倒不金贵了，还不如仿效他的风格自己动手写一篇了事。白大生连连摇头说，不可，不可，这于文德有亏的。两人意见合不到一处，都不约而同地转移话题。继而谈的，是印书纸张的选用。谢一尘说，永丰绵纸的价格实在太贵了，顺昌书纸听说最近也涨了价，选来选去，吾觉着还是江西竹纸好。白大生点头表示同意，但他又指出：竹纸中有厚薄之分，既然是两人出合集，篇幅较多，不如用竹纸中那种薄一些的毛太纸。谢一尘摇头说，毛太纸不行，拈在手中分量太轻，应该选用厚一些的毛边纸。吾到纸庄打听过，这两种纸的价钱不差上下。从成色来看，米黄色的毛边纸要比乳白色的毛太纸显得更古雅一些。谈到细枝末节的问题，两人在看法上的分歧就出来了。彼此间都想说服对方，那种压抑下去的怒气在故作平静的谈话间隙若有似无地流露出来。谢一尘常常会提到“表兄的意思”，以便提醒白大生：表兄是他谢一尘的表兄，他比白大生应该更有发言权。

谢一尘怏怏不快地走后，白大生的女人就进来了，把盛着几个冷馒头的大碗“当”的一下搁在白大生眼前。白大生伸手触摸了一下，跳起来说，好呀，你这懒婆娘，馒头冷了，也不放在蒸笼里馏一馏。女人刚要走出门（书房跟厨房仅隔着一块布帘），又猛地回转身，眉眼一横说，你算是哪根葱呀，你以为自己是大老爷，把吾当成灶头婢来使唤不成？白大生也是火气冲天，连馒头带碗一齐掼到地上，又踩上一脚说，老子要是中了一甲前三名，头一件事就是休了你这黄脸婆。女人听了这话，就脱下一只脚上的粗布鞋，向白大生猛扑过去，一面咒他出门被雷劈，一面用鞋底拍打他的腰背。白大生看见女人手中的鞋子，就想起她那双大脚。在本城的文人中，用妇人的裹脚布漉酒、用三寸金莲的弓鞋作脚酒杯，都是一件文雅之事，可眼前这双大脚却让他觉得俗不可耐。白大生不但脚小，手腕也十分纤瘦，论打架未必是他女人的对手，他只能借助嘶声怒吼为自己制造声势。但女人的声势之壮反而盖过了他。渐渐地，他就有些招架不住了。白大生练过太极推手，那种推法斯文了一些，他竟一点也用不上。他被女人从书房逼到了灶角，又从灶角跳回到了书房，把整个家里搅得鸡飞狗跳。这时，表弟王阿六从门外进来，见两人扭打成一团，就上来劝架。王阿六是庄稼汉，手腕粗，虎口阔。他的一双大手插在两人中间，试图分开他们。女人扑过来时，他的手碰到了女人柔软肥大的胸脯。白大生退缩到王阿六的身后，女人不依不饶地冲上来，看上去像是要扑进王阿六的怀里。白大生乘其不备，从王阿六身后溜到门角，夺门而出。他跑了几步，又忽然觉得这种抱头鼠窜的样子有辱斯文，于是又踅回来，掸了掸衣襟上的灰尘，再次站到女人面前，说了几句多余的狠话。女人被王阿六的一双大手钳住，竟一筹莫展。她向白大生连啐了几口，就哇啦哇啦地哭诉起来。大约是怨自己命苦，三岁死了娘，嫁个男人八字命中又没一点财星。王阿六望着地上的馒头说，表嫂，吾这一大早出来还没吃过饭，你给吾弄两个馒头吃吃罢。女人气咻咻地说，要吃你就吃地上的馒头。王阿六嬉笑着说，吾要回头吃家里老安人那两个又软又肥的肉包子。女人白了一眼，撇撇嘴说，大清早就要吃肉包子，哼，不怕噎死了你?! 王阿六说，噎死就噎死吧，吾要是噎死了，就在老安人那个洞穴里葬了罢。女人破涕为笑，戳着王阿六的脑门嗔道，狗畜阿六，你尽说这种不知羞耻的话。王阿六学那戏里的“仑噔调”说，嘻嘻，吾这就回头跟家里的哩啦哩咯篮。女人听了笑也不是，哭也不是。王阿六见表嫂情绪稳住了，就跟白大生使了个眼色说，表哥，你就别在这儿撩惹人了，你看表嫂都哭成泪人儿了。白大生看了一眼女人，带着轻蔑的微笑走开了。

二

白大生跟女人吵翻了之后，郁闷了好些日。这一天上午，有人送来请帖，邀请他下午未时赴城东文昌阁参加南川吟社的聚会。白大生坐在家中正闷得慌，有了活动，也就乐得出去散散心。白大生经过谢一尘家门口时，打算约他同往，敲了几下门，都没人应答。白大生的心中又添了一层疑虑：前些日，他固执己见，说话有些冲，老谢恐怕还在暗暗地生他的闷气。白大生在谢家门前呆了一阵子，也没见人进出。因此他想，老谢也许早已去了文昌阁。话又说回来，老谢若是独自去了文昌阁，就说明他真的在生他的气。本来，文昌阁是可去可不去的。现在他是非去看一看不可了。

文昌阁三面环水，背靠笔架山。但凡到省城或京城赶考的读书人都要先到这里拜一拜文昌帝君。文昌阁两端的翼角十分傲慢地翘着，顶端有一尾文采横逸的鲤鱼，意思是鲤鱼跳龙门(但凡在东瓯城里呆久了的人似乎都想跳出去)。文昌阁也是读书人经常聚会的所在，他们在街上闲荡时，荡着荡着就不知不觉荡到这儿来了。三五成群，说说闲话，拢拢大伙的心气。仅此而已。像这一次，来的人就多了，除了南川吟社的人，也有几位九山书社的。白大生进去后，先是在人群中扫视一圈，看有没有谢一尘的影子。里里外外他都找遍了，老谢不在，他总觉得少了点什么。这次雅集照例是由老诗人叶天问主持。叶天问已有八十五岁高龄，后生们都尊称他为“叶公”。白大生敬重叶公的人品，对他的诗却颇有微词。白大生觉得，这个县城里诗比叶公写得好的大有人在，但能够活到这个岁数的诗人恐怕只有叶公一人。叶公不但活过了别的诗人，而且他的名声也盖过了所有的诗人。白大生望着叶公的满头银发，得出了这样的结论：名声的大小有时与白发多寡有着莫大的关系。想到长寿不能让一个人获得好名声，这对写诗的人来说会是一件多么叫人沮丧的事啊。白大生自视很高，他是不打算靠长寿来赢得好名声的。

叶公边上，就是那位既写诗又写剧本的昆吾生了。白大生向来鄙薄此人。有人说昆吾生的诗也是字字可入律吕，在白大生听来，那是带有嘲讽意味的。昆吾生身边还有几个不辨香臭、到处用鼻子来寻找同类的诗评家，他们正在跟昆吾生谈一些与诗无关的话题。昆吾生是著名剧作家葛临仙先生的入室弟子，因此碰到昆吾生的人，大约都要说到葛先生；说到葛先生，大约都要说到他的女人。葛先生喜欢收集一些有些年头的东西，但女人例外。女人是要新的。葛先生当初曾为江浙一带的女伶编写过几个后来使他声名大振的剧本。葛先生每出一部，都会有一名女伶被他捧红。现在葛先生年纪大了,就有了淡出的念头。他在本城的东南角买了一大块山地,造了几间竹屋,自号“忘机山农”。除了夏日会在这栋山间小筑消暑,平日也偶尔在衙门或花街柳巷走动。朋友们说,他是风尘外物,然而他又是喜爱风尘女子的。昆吾生与葛先生交往颇多,有关葛先生的趣闻也多半从他口中出来。昆吾生说,葛先生经常挂在嘴边的一个词就是“无聊”。因为无聊,他总想弄出一点新花样来打发日子。最近听说他喜欢上了吐血。葛先生以为,把血吐在美人的香帕上是人生的一大快事。有人难免会产生这样的疑问:葛先生一身鸡皮鹤骨,哪有那么多血可以吐?不然,昆吾生说,葛先生吐的不是血,而是印泥跟胭脂调和出来的一种红水。那女人美是美的,却糊涂透顶,居然以为葛先生真的得了什么要命的咯血症,吓得面色苍白,泪水涟涟。葛先生看着她那副又惊又怕、楚楚可怜的模样,就愈发得意了。这昆吾生虽说是葛先生的弟子,但有时也会在老师背后说些不敬的言辞。白大生曾听圈内的人说,他们之间还因为剧本的事发生过小小的龃龉。昆吾生刚出道那年,写了一个剧本,托名葛先生,然后又以“欲死欲仙社友”为名,替自己写了点评。葛先生知道此事后大为光火。昆吾生是被葛先生骂过的,且是骂出了名的。自从葛先生搁笔不写后,昆吾生就被九山书社的同仁捧出来了。他的书虽然没有像葛先生那样俏卖,却也印行了好几部。

昆吾生刚刚讲完葛先生的一些掌故,几个生性疏懒、不太守时的诗人进来了。于是他们又聊起了诗。还是那老一套的:四言、五言、七言、绝句、格律、四声、平仄、对仗、次韵、长短句。几个闲人穿宽松鲜洁之衣,在露台上饮酒。喝的是茱萸酒。昆吾生朗诵了自己的几首近作之后,口出狂言,还摔了一个杯子。那个年头,率性傲慢的诗人有一个怪癖:写了一首得意之作就要喝酒,喝酒之后就要摔杯子。昆吾生也是这样,他每写一首诗都觉得可以传世,因此他情不自禁地要摔起杯子来。一年之中他只写了二十余首诗,但至少要摔掉七八个杯子。昆吾生家境好,摔几个也无所谓。但昆吾生的女人见着心疼,就把陶瓷酒杯换成铜制的,昆吾生非常恼火,他说,铜制的杯子有铜臭,酒一入杯就有俗味了。所以,昆吾生照例要用陶瓷酒杯盛酒。杯子照例要摔。自从昆吾生以摔杯子出了名之后,白大生就再也没有摔过杯子了。以后凡是见着摔杯子的诗人他都格外鄙视。

白大生见不惯那种很热烈的场面,只是找了一两个平素聊得来的人聊聊,其余的人都仿佛视而不见。众人聊得正酣时,一辆豪华马车在文昌阁大门口停了下来。车夫掀开蓝印花布,从车上下来一个大胖子,后面还跟着一个瘦弱、白净的小后生,看样子是他的书童。大胖子向书童交待了几句,就迈着方步向大门走去。叶公、昆吾生、白大生等人都纷纷出来迎接。这个大胖子就是京城十大书坊之一郑氏文渊阁的董事,名叫郑忠厚。他看上去没有一点书卷气,八字须,国字脸,尖刀眉,虾球眼,其面相属于亦忠亦奸的那一类。这一次到东瓯城,郑忠厚带来了郑氏文渊阁刻印的二十多种新书。这些书既不是放在坊间出售,也不是用来送人,而是作为样本做些展览推广的活动。东瓯城的书肆中最俏卖的是国子监出的书,其次是金陵徐氏文澜阁出的书,燕京郑氏文渊阁出的书也有,但不多见。因此,这位京城来的书商觉得有必要大肆宣传。郑忠厚申明来意后对大家说,东瓯城是他此行的第四站,下一站,他要去另外几个文风较盛的县城。郑忠厚让书童把郑氏文渊阁出的新书像鱼干那样摆出来,供众人观赏。人们翻看着,摩挲着,发出由衷的赞叹。白大生手中是一本介绍草木虫鱼的书,墨字很亮,很庄重,柔软的纸张散发着洁净的木香。他的手指触摸着毛边纸的细密纹理,恍惚觉得这便是自己与老谢合出的那本新集子。

这毛边纸其实也不错啊,可那时吾怎么就认死理说它不好?白大生不无自责地想,人有时候固执起来真是没法子啊。散会后,白大生没有随众人赴松鹤楼吃酒(书商请的客),而是提着两斤黄酒、三两花生米来到老谢家。天色已暗,谢一尘依旧没回来。透过爬满藤蔓的竹篱往里细看,屋子里灯火全无。谢一尘自打老婆被一名小商贩拐跑后,儿女都寄养在乡下父母家,他很少居家过日子,更多的时候是外出求仙问道。以后几天里,白大生去紫霄宫、竹清寺、红叶村、老谢的父母家、张寡妇家找过他,都说好长时间没有见着他了。

半个月后,谢一尘带着数百册刚刚印好的诗集出现在东瓯城。这本书收录了谢一尘的四百首诗,书前还冠有知县大人胡德贵和盐商陈金奶的两篇序文。里面除了收入十几首与白大生唱和的诗作,并没有一篇白大生的作品。这本书辗转传到了白大生的手中,白大生先是震惊,继而愠怒。震惊和愠怒之后是长久的叹息。这一天,白大生又把一碗清水摆上了桌子,极力让自己沉静下来。那一碗清水不亏不盈,仿佛可以通向另一种澄明之境。慢慢地,他的脸上就显示出一种对自己的涵养工夫很有把握的样子。

隔了些日,白大生又收到了老谢写来的一封信。信中说,由于两人意见没有统一,他只好单独出书,剩下还有一些经费,可供白大生日后出书之用。读完信,白大生又把鄙夷的目光投向那本诗集。这样的书,一眼看出便是从那种刻印农家历的小作坊刻印出来的，纸张间透溢的墨臭还没化开，闻起来叫人十分难受。这么一看，他又自我安慰起来，庆幸自己没有跟谢一尘合出诗集。要是他的书也被弄成这个模样，非投进茅厕不可。这算什么书啊，郑氏文渊阁出的书才叫书。

三

这些日的大事小情总算过去了，白大生难得图个清闲的心境。他在苜蓿街上闲荡时，遇上了京城来的那位书商。前阵子，郑忠厚去了邻近几个县，事情一了手，他就打算从原路返回京城。旅途劳顿，又加上身体不适，就在东瓯城的五柳客栈住下，歇几天脚再走。站在郑忠厚身边的，是他的书童，手中提着几包糖葫芦似的串在一起的药。白大生想，这大约就是人们常说的富不离药了。白大生见郑忠厚脸色灰败，就问他得了什么病。郑忠厚咳嗽了一两声说，偶染小恙，不打紧的。白大生说，在客栈煎药恐怕不方便，不如吾给你带到家中去煎，吾家就在后巷，煎好了便给你送来。郑忠厚想了想说，这也好，只是有劳白兄了。他叫上书童跟白大生一道走，还附在他耳边反复叮嘱了几句。白大生心想，这郑先生做事也恁谨慎，他莫不是怕吾在药中投了蒙汗药什么的。

煎好了药，白大生又陪同书童提着药罐来到五柳客栈。郑忠厚掏出几个铜板表示谢忱，但白大生坚辞不收。两人就坐下来聊了起来。郑忠厚问白大生是否写剧本的。白大生摇了摇头。郑忠厚说，自打迁都北方，南戏在那里就越来越受冷落了，文渊阁出的几种南戏剧本净是赔钱。所以，这一路上有几个写剧本的先生要他帮忙出书时，他都婉言谢绝了。

白大生告诉郑忠厚，他是写诗的，对南戏不太感兴趣。郑忠厚问他有否出过诗集。白大生就把自己出诗集未果的事说了一遍。郑忠厚说，出诗集纯粹是赔本赚吆喝，弄不好非但赚不来吆喝，还免不了同行的恶语中伤。再说了，这年头靠写诗出名也不是件容易的事。你要出名，就要到京城来出名。你在一个县城出了名，只有方圆五百里的人知道，你在京城出了名，天下人都会知道。白大生说，京城米贵，纸也贵，恐怕不是吾辈呆的地方。郑忠厚见他一身素气的衣裳，知道他是一介寒士，就说，我有一个法子，可以让你赚些小钱，兴许还可以帮你解决出书的经费。一举两得的事，白大生自然想听听他的高见。郑忠厚露出诡秘的笑容说，现在不忙说这正事，今晚我请你去金谷园放松一下。金谷园是什么去处，白大生不是不明白。他听人说，那里的美酒会把人的肠子吃烂掉，那里的美女会让所有进去的男人不服软也不行。一说到女人，白大生就立马摆出忠厚长者的面孔来。他说，那种地方他去不得。郑忠厚问他原因，他就拿圣人的话来为自己开脱。郑忠厚说，圣人的话，道学家的口实，骗骗老实人罢了。我们这些俗人若是个个都像圣人一样完美无缺，就很不好玩了。他拿起桌上一枚铜钱说，就像这铜钱，因为外形太圆了，所以就在内里凿个方口，所以人人都觉得铜钱好玩嘛。白大生心想，这位郑先生说的并不是没有道理。从前因为自己太固执，错过了不少机会，有时回过头来想想都后悔莫及。人有时候真的是不能太固执的。

月白路明。白大生随同郑忠厚来到金谷园。快到门口时，他又犹豫了。白大生行事向来有分寸，仿佛举手投足之间都有一把尺子规范着。金谷园的门槛在他眼里也是一把尺子，门里门外，人就有区分了。白大生的目光朝四下里溜了一圈，没发现什么熟人。但白大生显然犯了一个小小的错误:他是近视眼,他看不见别人并不意味着别人也看不见他。好在那时正是夜晚,从这里进进出出的人只能看到模糊的面影。白大生伛着腰,侧着身子一脚跳进了那道门槛,接着就放慢了步子。

金谷园所在的山谷间有两脉泉水。一是温泉,一是冷泉。洗温泉可以祛病,远近一带,但凡有风湿病、皮肤病的,都会来这里洗个澡。金谷园的老板脑子活泛,在园中建了一个大澡堂,把活水从外面引进一方池子。汤气氤氲,人在蒙蒙雾气中走动,仿佛水中模糊的影子。郑忠厚提议先洗个澡。他和白大生各自伏坐在木桶中,让温泉浸润全身。木桶中升起一股浓烈的药香,使人丹田暖和。郑忠厚见多识广,向白大生讲解了药浴的功能。白大生问他洗一次药浴要花多少钱,郑忠厚报出了一个让他瞠目结舌的数目。在药液的作用下,白大生的身体进入了放松的状态,那颗激动不安的心也得以平抚了。他光着身子从木桶中爬出来时,看见郑忠厚正闭着眼睛伏坐在另一个木桶中,水面浮荡着一片雪白的赘肉,看上去像一只呆钝的鹅。洗完药浴,梳洗整齐,白大生竟感觉身上那件衣裳宽大轻盈了许多。两人心清气爽地来到一个正对着后花园的露台,那里已摆上一桌酒席。郑忠厚招来十余名妓女,从中挑拣了两名作陪。席间,白大生忍不住问郑忠厚,他在客栈里说的一举两得究竟是怎样一回事。郑忠厚故作神秘地笑了笑,岔开话题说,来来,先喝酒,别辜负了眼前这一番良辰美景。

月亮从云层间露了出来,薄薄的一瓣,却把整个后花园浇得遍地银光。此时,白大生已有了微微的醉意,本来就近视的眼睛显得愈加蒙眬。他望着远处的月光,以为那是满地江湖。白水多于地,他说,这唐人的诗句写得真是好。郑忠厚说,今晚不谈诗,只谈风月。白大生这时才忽然意识到,身边坐着的,是一名陪他吃花酒的妓女。起初他不敢太放肆,调情的话也说不上几句。嘴角有点干,就喝点酒;没话可说,就往嘴里塞点菜。他和妓女一时间找不到可以闲聊的话题,只好默不作声地看着郑忠厚,以及那个坐在他怀里的女人。他注意到,郑忠厚有一双白白胖胖、指骨间生着肉涡的手。他的手有时举着酒杯,有时飞快地出入于女人光滑的衣料与肌肤之间。他还注意到,他是左撇子,无论喝酒,还是抚摸女人,使用的都是左手。白大生心想,郑先生既然付了钱,总得在女人身上讨些便宜回来。这么想着,便有一种欲念犹如微风贴身,让他浑身爽快。身边那个妓女被他的手指激活了,发出咯咯的笑声。白大生觉得,眼前这张漂亮的脸蛋是值些钱的,但加上淫荡的笑,就变得十分廉价了。白大生憎恨女人的淫荡,所以就在她身上下了些狠手。

两人兴致正浓,黑暗中忽然传来了朗朗笑声,呵呵,两位仁兄在此饮酒作乐怎么也不叫上小弟?来人便是昆吾生。方才他在门口看到了郑忠厚的豪华马车,就进来探问,但他对郑忠厚却说自己是闻着书香来的。昆吾生见了白大生,就连讥带讽说,白兄读圣贤书之余不忘嫖妓,真是可敬可敬。白大生反唇相讥说,兄弟你嫖妓之余不忘读圣贤书,也是可敬得很哪。在口舌之争上,白大生有欠灵活,但他有时冷不丁说出的话却能伤人到骨。昆吾生被他反过来狠狠地挖苦了一番,脸色顿时就变得异样了。郑忠厚见两人之间有些不太对劲,连忙插进话来说,读圣贤书也好,嫖妓也好,大家彼此彼此。昆吾生毫不客气地在白大生身边坐了下来,而且还有把屁股坐热的意思。白大生忽然间就没了兴致,只顾喝酒夹菜,不作理会。白大生平常吃的大都是蔬食,胃弱量小,一下子吃进那么多肉食,哪里消化得了,吃到一半就感到肚子发胀,赶紧捂着肚皮跑到茅房大解。事后回来,见昆吾生还没走,又照吃照喝。昆吾生跟郑忠厚谈论的是剧本上的事,好像有什么事要托他办。郑忠厚举起酒杯照了一圈说,先喝酒,正事以后再谈。昆吾生也举起刚喝完的空酒杯,在郑忠厚面前晃了一下说,这一桌酒席就算是小弟我请的。他这么一说,白大生就没了胃口。他索性装醉,让身边的妓女扶他回房。进了房间,妓女脱掉了白大生的外衣和靴子,让他躺下来。盖被子时,白大生捉住了她的手。这双手比起自家女人的手要细腻柔嫩得多,其间的区别就像是竹纸和稻草纸。白大生顺着她的手腕往上摸时,昆吾生贸贸然地走了进来,搂着妓女的腰肢说,白兄醉了,就让他好好歇息,你就陪吾出去吃两杯。妓女跟白大生对望一眼,就随了昆吾生手挽着手,出去了。白大生只好眼睁睁地看着他们的身影消失在门外的黑暗中。一团游移的欲望没了着落点,心就浮荡起来了。

第二天起来,白大生面带倦容,而郑忠厚依然红光满面。奇怪的是,他不咳了。郑忠厚把一本书稿交给白大生说,最近我搜到了一部奇书,是几百年前这里的一位野和尚写的,里面都是一些有趣的野歌子,你给它整理一下,做些点评和笺注。白大生拿过来翻了翻说,这本书吾先前看过,是一本很烂的歌谣集。郑忠厚说,可我要的就是这本很烂的书。我们书商其实跟那些卖生熟药材、虾皮鱼干的没有什么区别,我们看的不是书本身的好或坏,而是好卖或不好卖。白大生迟疑了良久说,编注这本书倒也无所谓,但书成之后不能署他的名字。郑忠厚说,考虑到这本书的销量,他决定署葛先生的名字。一是借重他的名气,二是葛先生也编校过类似的书。他与葛先生在京城国子监有过一段交情,只要跟他通融一下,他也会愿意署这个名的。郑忠厚还说,在他临走之前,他要带白大生去拜访一下葛先生。据白大生所知，去葛先生府上的，都是一些响当当的人物，就是没见过衣裳不整的人上他家去过。白大生以为，一户人家要是没几个穷亲戚走动，定然是个势力鬼。既然是势力鬼，他也就犯不着拿热脸贴人家的冷屁股。所以，郑忠厚相邀时，他婉言谢绝了。两人谈妥出书的事，郑忠厚先付给白大生一半的稿费，限他三天之内交稿。书成之后，付清另一半。白大生拿了五十两纹银，忽然间扬眉动目，全身透出一股精气神来。他夹着书稿经过那道长廊时，瞥见了几个肤白貌美的妓女。出了门，心里仍觉得有些丢不开。

白大生回到家中时，女人正赤条条地躺在床上睡觉。一直以来，白大生四体不勤，淡于房事，现在忽然间有了冲动，让他自己都觉得有些吃惊。他爬上来的时候，女人也没睁眼瞧他，只是翻转身子懒洋洋地哼了一声。白大生进去之前，朝手心吐了一口唾沫，仿佛是在干一件搓麻绳的活计。女人来了兴致，也就不计前嫌，十分坦荡地接受了。白大生的身体垂直于女人，脑袋有节奏地晃荡着，那样子很像是在自家田地里闷锄。完事之后，白大生心情舒坦，出手自然也就阔了，他从口袋里掏出了十两纹银交给女人。女人得了钱，喜上眉梢，要他再来一次。那一刻，白大生忽然有了一种嫖妓的感觉。

白大生花了两天时间就把那部书编注完毕，交到书商郑忠厚手中。就在他决定去拜访葛先生的那天下午，从葛府传来了消息：葛先生死了。白大生心中一寒，喃喃着说，葛先生死得真不是时候。郑忠厚听了这则死讯，却连说两声：死得好，死得好。白大生不知道他为什么会说葛先生死得好。他也不作兴去问。郑忠厚翻了翻白大生编注的书稿，叫书童拿出八十两纹银给他。白大生说，你已给过我五十两，现在再给我五十两就够了。郑忠厚笑着说,这多出的三十两是葛先生给你的。白大生听了,更是丈二和尚摸不着头。郑忠厚解释说,葛先生一死,这书就成了他的遗作,既然是遗作,这书前就比先前更值钱了。你懂我的意思?白大生拍了拍头,哭笑不得。当天上午,郑忠厚就带着"葛先生的遗作"回京,留下一箱书交给白大生去处理。打开一看,里面竟全都是昆吾生托他带到京城推销的剧本。郑忠厚临行前吩咐过他:要么把它们当废纸卖掉,要么拿回家去当柴烧掉。

葛先生出殡那日,白大生还听人说起了这样一段掌故:葛先生弥留之际,要弟子昆吾生给他拟一篇祭文。昆吾生以为,葛先生平素最讲究用词,祭文中自然不能提到"死"字。而与死相关的词实在太多了:溘逝、作古、疾终、物故、弃堂帐、启手足、捐馆舍、遁化、隐化、迁化、迁神、迁驾,等等。他不知道用哪一个词最为妥贴。于是他就把这些词附录于后,让葛先生亲自过目后再作定夺。谁知葛先生竟用朱砂笔在这些词上画了一连串圆圈。画完了,葛先生也就死去了。这一连串圆圈却给人们留下很多有嚼头的话题。有人说,这是功德圆满的意思。也有人说,不对,这明明是告诉昆吾生,这么多与"死"相关的词到底还不如一个"完蛋"。

四

眼看秋试临近,白大生决定赴京会试。这一趟上京,走的是水路。与他同行的,还有几个同县的穷秀才。走旱路自然比水路快些,但订一辆马车价钱不靡,实在不合算。那位京城来的书商坐的便是那种豪华马车,价钱更贵。白大生听说此君还有龙阳之好(出远门一定要带书童),

不走水路走旱路也是正理。白大生他们走的是水路,但不坐官船,而是坐价钱更便宜一些的粮船。船到了省城,逗留一天,又换坐另一艘直达京城的漕船。这样整整走了一个多月才到京城。京城到处都是屋宇,一眼看不到山,大得叫人有些茫然。京城好,这是无疑的了。东瓯城那些不得志的读书人遭人奚落时,就会梗着脖子白着眼说,吾要是到了京城,中了头甲,你们就死定了。

白大生跟几个穷秀才就在京城一家破旧的客栈落脚。四五个人挤在一个房间,房钱大伙分摊。穷秀才们到京城开了眼界,都兴奋得合不上嘴。有几个跑出去玩了一圈,带回了几张邸报,一坐到房间里就有得聊了。聊的是皇帝和臣子们最近都在干些什么, 后宫里都发生了什么事。白大生没兴趣听他们闲话散讲,显得分外落寞。这一次,白大生是负恨出来的。他跨出家门口的那一刻,就做出了抛妻离家的打算。白大生没想到自己的女人跟王阿六早已有了明铺暗盖。表弟不但分了他家田地的收成,还要分享他的女人,这就很不够意思了。跟王阿六这种人干上一架也没意思。女人呢,更没意思,他犯不着为了她跟别人打得头破血流。那阵子,他常常这样对自己说,什么都是空的,只有功名事业才是实实在在的。因此,他就下了参加秋试的决定。这样也好,他终于可以为自己的出走找到一个冠冕堂皇的理由。赴京考试前,白大生到文昌阁请那位拆字先生给自己测测字。白大生拈到了一个"申"字。拆字先生说,恭喜恭喜,这"申"字拆开来就是一定高中的意思。在旁观看的读书人说,"申"字在古时也指男人的臊根,怕是近日会有艳遇了。白大生自我解嘲说,无论是科场高中,还是风月场中得意,都无非是一"举"惊人罢了。在场的人听了都哄堂大笑起来。进京之后,白大生除了在客栈里读些八股选本,有时就坐在那里发呆。床铺很脏,时常有臭虫出没。发丛里爬进了几只虱子,与书一样,寂寞时随手拿来,颇可以解闷。

考试前一天,因为水土不服,白大生得了头痛病。他从书箧中掏出一把家乡带来的灶心土,和水服下,竟也未见功效。第二天,他带着文具昏沉沉地进了考场,信笔涂鸦一番就交了卷。白大生从考场出来,出了坊门,跟没魂似的。这一次文战不利,他就打算在京城找一份差事做做,也好给自己铺一条后路。沿途打听到京城里有个南方人的聚居地,就去了那里。白大生不喜欢逛衣冠铺、珠宝行之类的地方,他径直来到一个杂乱无序的棚户区,那里有说书的、玩杂耍的、弹唱的、卖字画的。人群扎堆的地方有一个大戏台,据说以前南戏都在这里上演,现在却破败不堪,变成了骡马交易处。戏台左近有一个书摊,一排溜摆着京城几家书坊刻印的书,但大都是一些过时的书。守摊的老人须发皆白,衣裳破旧,盘腿坐在地上,仿佛一段枯木。白大生在书摊前蹲了下来,随意浏览。无意间发现了几部由郑氏文渊阁出的书,其中一本就是他编注的歌谣集,封面上印着几个大字:忘机山农葛临仙遗著。老人顺着他的目光,指着这本书介绍说,此书的作者便是他的同乡人。老人的手指干瘦如柴,留着发黄的长指甲,指缝间布满了泥垢。你也是葛先生的同乡?白大生抬起头说,这么说你跟吾也是同乡喽。老人也改用方言跟他说,吾原本就是东瓯城贾桥村人氏。白大生说,你既然是贾桥村人,那么你一定认识贾宝春先生了。老人抬起浑浊的目光打量着白大生,一字一顿说,老朽正是。白大生一下子绷直了身体,半信半疑地问,你真的就是那个写剧本的贾先生么?老人说,吾姓贾(假),名字倒不假。白大生听说过贾先生年轻时的若干逸事,在他没见过贾先生之前,想象中的他应该是面色红润而微胖;穿戴高古而洁净;身子骨硬朗,谈吐风趣;还应该有一头好看的白发。怎么也不会想到竟是这么一个可怜兮兮的糟老头。但白大生还是站起来,双手作揖,一躬到底。贾先生受了这样的大礼,竟有些激动莫名。白大生说,先生的大名在家乡一带可是响当当的。想当年,先生名声在外,乡里的文人每出一部书都指望着先生给他们作序,先生的剧本至今还在家乡传抄成诵呢。贾先生听了白大生的一席话,忽然间老泪纵横,他反复地问道,你说的可是真的么?家乡的父老真的没有忘记老朽么?白大生点头之后又轻叹了一声,他没想到这么有头脸的人物到了晚年,竟在京城一隅干起了摆书摊的贱业来。看看他那副穷困潦倒的模样,他的心都凉了半截。贾先生见白大生也是个读书人,就向他推荐了自己写的几本闲书。一本是教人怎样种蓝草的,一本是教人怎样写公文的,一本是教儿童怎样写正楷的,还有一本,贾先生向他极力推荐,是教新婚夫妇怎样行周公之礼的。这四本书都是由一家名气不大的书坊刻印,质地拙劣的程度与谢一尘那本诗集相差无几。白大生见贾先生的书摊生意清淡,便掏出两文钱,买下了那本厚厚的房事宝典,还附带一份过期的邸报。

白大生把贾先生的书带回客栈,躺在床上翻看起来。这本书,有点意思,谈的是两个人分别在上面、下面、侧面、前面、后面都应该采取怎样的姿势。没有图解,但可以想象。看着看着,他就觉得浑身燥热。白大生摸了摸口袋,还有一笔不小的余数,于是就有了去“放松放松”的想法。当晚,白大生去了附近一家窑子,刚掀开门帘,就听见里面传出两个男人用东瓯城方言交流心得的声音。这些穷秀才,一路上省吃俭用,把钱花在这事上却一点儿也不吝啬。白大生退出门时,又不无鄙夷地想,这些土包子,也只配跑到这座破窑子跟末等相的婊子们鬼混。白大生要玩就玩大的。他来到了京城一家顶有名气的妓院。京城的大妓院有着礼遇天下的气派,进进出出的妓女碰到嫖客,都会点头致意,个个都像知书达礼的。老鸨见白大生长相斯文,出手又阔,就给他物色了一位纤巧、秀气的女子。白大生进了她的房间,她却没好脸色,在床上一躺,就着床头的蜡烛,自顾自地看起一本闲书来。白大生脱了衣裳,怔怔地站在那里,不知道这算什么意思。女人说,时间宝贵,你还愣着作啥?白大生说,这话应该由吾来问你,吾是客人,付了钱的,你却躺在这里看起闲书来。妓女说,我就这德性,你要是看不惯,可以另外叫一个。女人的冷漠反而使白大生的全身激起了不可遏制的欲望。他的贪婪在那一瞬间释放出来,他脱下了她的衣裳之后,仍在她的皮肉上做着剥笋皮的动作,差点把女人身上的污垢搓下来。白大生要她翻过身来趴着,她也没拒绝,只是把双肘支在枕头上,书放在两手之间。她尽量把身体调整到既可以应付他又可以看书的姿势上来。白大生不耐烦地说,你就不能停止看书?妓女说,不能,这是一本好看的小说,一刻都不能叫我停下来。白大生闷声闷气地说,吾是来做事的,不是来打坐参禅的。你这样一门心思看书,叫吾怎么做来着。妓女说,我看书使用的是自己的脑子,你做事使用的是我的身体,咱俩谁也没碍着谁。白大生被她这么一反驳,竟哑口无言。他想,这妓女看来也不是泛泛之辈,而这种有脑子的女人正是他喜欢的。他停了下来,跟妓女并排坐着。妓女被他瞎折腾一番,却依然是整头平脸,一丝不乱。看样子,她经验老到,懂得怎样完好地保护自己。她没问他为什么停下来,也没问他什么时候再上来。妓女兀自看着书,他看着妓女。他问她看的是什么书。妓女说,是一本男盗女娼的书。出于好奇,他也跟着一目十行地读起来,竟忘了来这里的目的。看了大半,白大生不屑一顾地说,这样的书,我也能写。妓女说,你若是能写,我以后就不收你的嫖资。这话本来是开玩笑说的,没想到白大生竟动起真格来。他向妓女索要了一副笔墨纸砚,当即挥笔写了起来。在写作的过程中,贾先生那本房事宝典倒是帮了他的忙。一个时辰过后,他就写了洋洋万言。他很得意,考场失利带来的耻辱在那一刻似乎都被抵销了。

妓女名叫素女,是个书痴,尤其爱读闲书。白大生写了两章,她就躺在醉翁椅上读起来。一路看下来,看到书生爬进小姐的闺房与她幽会时,作者竟无缘无故地抛出了一大段议论,然后就是四首七律。素女说,男女上床之前哪有那么多话好啰唆的;男欢女爱时,若是还拉一大堆家常,就不是情人,而是一对老夫老妻了。白大生想想也有道理,就把那些闲杂的话删去了。读完两章,就没下文了。但素女跟白大生却有了下文。当晚,素女不再秉烛夜读,她十分温顺地接纳了白大生。白大生一点儿也没有纨绔子弟的张扬,也没有市井商贩的粗俗。他做得很细致、深入。书商郑忠厚曾对他说过,做这事就像吃酒,有些人量大,有些人量浅,每个人都要量力而行。白大生是慢性人,自然要细斟慢酌,而且结合了养生之道。这样的事也有诗为证,诗中让他最为得意的地方便是用了险韵。

一来二往,素女与白大生之间也就有了互相倾慕之情。从她口中他才得知,她原本出身书香门第,父亲是个书记官,因为对时政发了几句牢骚,结果被同僚告发,掉了脑袋,全家也遭到连坐。只有她一人被一位在皇宫当太监的表叔救下,幸免于难。她沦落到京城,衣食不周,靠卖唱为生,后来被酒店老板奸污,又拐卖到了这家妓院。素女说,她即便当了妓女，也不是那种皮肤淫滥之物。她说妓院里那些婊子不知有多贱，见了男人就叉着腰说，你带足本钱了？她说红杏那婊子每天最多可以接待三十多位客人，从早到晚也没歇着，她那烂尿窑，也不知捣成个什么模样了。像她，就不同了，宁缺毋滥，每天限量接客，多则一两个，有时身体不适或情绪不佳索性就闭门谢客。她把自己跟红杏之流一比较，几乎就是一个良家妇女了。原来，妓女跟文人一样，也难免同行相忌。白大生知道素女的身世之后，很是同情。见她有从良的意思，就当即表示自己愿意帮她赎身。素女说，你拿什么为我赎身？白大生说，我要用写书赚来的钱为小姐赎身。素女垂着两行热泪说，我看你也是个贫寒的读书人，靠写书一时间也很难发家的。官人和我只是露水夫妻，犯不着对我如此认真。听了这话，白大生益发坚定了信心。

白大生以素女的身世为题材写了一部书，署名“不题撰人”。此书由素女录副，以手抄本的形式在妓院中秘密传阅，但影响范围究竟不大。想到出书，白大生自然而然地想到了那位郑氏文渊阁的老板。当天，他就依照郑忠厚当初写给他的地址寻找他的府邸。京城还是大了些，不像东瓯城，巴掌大的地方，找起人来方便得很。白大生拐了好几条街巷，打听了好几户人家，才找到了郑府。他抓住锡面铜制的门环，敲了几下，里面响起一阵犬吠，继而出来一人，是郑府的看门人。白大生问他郑忠厚先生是否在家。看门人说，老爷去圆社蹋球去了。问他晚间是否回来，回答说晚上他要宴请几位球师，要回来也要很晚了。白大生刚来京城，就在邸报上看过这么一则消息：当朝皇帝喜欢蹋球，所以京城一带的官员和老百姓也都把蹋球当作一件高雅的事。蹋球蹋得好的，就有面圣的机会。

白大生回到妓院，素女兴奋地告诉他，他的小说被一个大贵人看中了，决定花五百两纹银买下他的书。白大生问她那位大贵人是谁，素女说，就是她那位在皇宫里当太监总管的表叔。白大生问，太监怎么也逛起妓院来了？素女说，这你就不晓得了，妓院里有几个妓女就是太监包养的。不过，表叔这次来的目的是为皇帝办事的。在素女的引荐下，白大生见到了那位表叔。他很肥，连耳根也是肥的。脸上白白嫩嫩，一团面粉似的，长不出一根胡髭来。表叔也爱谈文艺。听说白大生是南方人，就自然而然地谈起了南戏。表叔说，前朝的皇帝是喜爱看南戏的，京城里每每有新剧本出来，他总要先睹为快。受了他的影响，后宫嫔妃、满朝文武都跟着争读剧本，闲时也能哼上几句。那个年头，小说倒像是被打入了冷宫，小说只有被改编成剧本之后才会有人看。表叔说，这一朝的皇帝就不同了，他登基之后，下了一道禁令：禁止朝中官员蓄养优伶，禁止嫔妃们看剧本、哼曲子。但当今皇上倒是喜欢读一些另类的小说或野史。近些年，小说读者之所以多起来，跟当今皇上的喜好有着莫大的关系。表叔还说，宫里有几位贵人，近来无聊得很，想读些闲书，故而就让他到民间收集一些好看的小说呀、野史呀。表叔最后说，他读了白大生的小说，很是喜欢，决定上贡给宫里那些贵人阅读。

要读闲书的，不是别人，正是当朝皇帝。皇帝好玩，地方上凡有新奇的东西都要上调供奉。拿脚玩的，他喜欢球；拿手玩的，他喜欢麻将牌；取悦眼睛的，就更多了，譬如春宫画，譬如闲书。凡是有趣的、刺激的、肉麻的，皇帝统统要看。那一天，皇帝读完白大生的小说，很有些感触，他把这本书推荐给后宫那些爱嗑瓜子的娘娘们读，并且很认真地对她们说，世间若是真有素女这样的奇女子，朕愿意为她赎身。

白大生的小说很快就从皇宫流传到了国子监，又从国子监流传到了茶寮妓院，一时间京城里的人都争相阅读。只是没有人知道这部书的作者“不题撰人”究竟是谁。白大生拿了五百两纹银的稿费，存进了票号，手头原有的那一笔钱只是作为日用。为了凑集给素女的八百两纹银，他费尽周折找到了京城的书商郑忠厚，在他的授意下又干起了未能免俗的营生。平日里，白大生的生活极为俭朴，住的，因陋就简；吃的，素多荤少。到了深秋，白大生总算勒紧腰带攒足了八百两纹银。兴奋之余，他从箱子里翻出那件做客时穿的袷衣，精心打扮了一下，就直奔妓院。他向老鸨打听素女时，老鸨带着歉意说，真不巧，素女两天前就离开这儿了，不如介绍别的姑娘给你认识罢。白大生问她素女去了哪儿。老鸨努了努嘴说，你去问我们的老板。白大生又找到了妓院的老板，说明来意。老板掏出一封信给他，说是素女留给他的。看了信，他才得知，素女已被刘公公赎走了，听说还要入选后宫呢。妓院老板说，那天刘公公来，他没敢收刘公公的钱，但要了他的一幅墨宝。老板知道刘公公跟皇帝一样，喜欢书法，喜欢到处题字。因此就捧上了文房四宝，请他赐了几个字。老板说着就拿出那幅字，问白大生，上面那几个字是什么意思，写得怎样，白大生却没心思看。老板见白大生一副怅然若失的样子，猜想他一定是喜欢上了素女，就劝慰他说，这事说起来都怪那本叫素女传的书，自打此书风行京城，就有好事的人过来对号入座，说此素女就是彼素女。这事一传十，十传百，很快就传到了皇宫内苑，皇帝还真把它对上了号，当即给刘公公下了一道朱谕，要把我们这儿的素女召进宫去。这都是哪儿跟哪儿啊，老板作苦笑状说，写书的人什么不好写，偏偏要写一个同名同姓的女人。白大生想起了那天来取稿的刘公公，叹息一声说，要怪就怪她那表叔。老板说，素女在这儿没亲没戚的，哪儿来的表叔？不对，白大生说，素女当初亲口告诉吾，她的救命恩人刘公公就是她的表叔。老板听了，从鼻孔里冒出一声冷笑说，表叔表叔，一表三千里，我们这儿的姑娘见了有钱的老汉都要叫他表叔的。白大生说，照你这么说，刘公公非但不是她的表叔，更不是她的什么救命恩人喽。老板说，压根儿就没影的事。白大生听了这话，心中生疑，就把素女的身世一五一十地说给老板听。老板一经地摇着头说，你说的这些都不是真的，但跟那本书上写的倒很相似。莫非那本书的作者也上过素女的当。白大生说，书上写的素女不正是这儿的素女？老板跳了起来，吓，书呆子，你还真信书上写的？我实话告诉你，素女是我从南方一个穷山沟里捡来的，我看她身子胚长得不错，就专门请了一位老艺人教她琴棋诗书画。这丫头片子平时看书看多了，满脑子胡思乱想，居然就编起这样的故事来了。那本书上说什么素女出身书香世家，父亲被人陷害殃及全家，还说什么素女进京鸣冤，又被坏人拐卖到妓院等等，统统都是小说家言，不能坐实来讲的。白大生没敢承认自己就是那本书的作者，只是很无奈地摇着头。

白大生凑集的八百两纹银本想是为素女赎身的，现在没用得上，就想到了出诗集。这一次，他倒是在自己的诗集上署了真名，似乎要凭这样一部书让天底下的人都知道白大生其人。书由郑氏文渊阁刻印，里面自绘的插图采用不多见的套印法刻印，纸张是那种昂贵的永丰绵纸。这本书定价五两八钱，比李杜诗选还要高出二两三钱。白大生的诗集流传到家乡，人们才晓得，白大生在京城里混出名堂来了。同行中有人表示鄙夷，说一条狗拉到京城遛一圈，回来后兴许也会成为一条名狗。也有人不这么看，他们以为白大生现在理应同贾宝春先生平起平坐了。乡里的秀才常常写信给他，请他为自己即将印行的书写一篇序或什么的。也有个穷亲戚，听说白大生与宫里的太监相熟，就托他到宫里疏通疏通，让他的小儿子去皇宫当太监，好歹也可以混碗饭吃。

写于二〇〇四年初春

好快刀

明末，济属多盗。邑各置兵，捕得辄杀之。章丘盗尤多。有一兵佩刀甚利，杀则导款。一日，捕盗十余名，押赴市曹。内一盗识兵，逡巡告曰："闻君刀快，斩首无二割。求杀我。"兵曰："诺。其谨依我，无离也。"盗从之刑处，出刀挥之，豁然头落。数步之外，犹圆转而大赞曰："好快刀！"

——蒲松龄《聊斋志异》

是的，我没听错，这一声"好快刀"就是从我嘴里发出的。围观者也纷纷赞道：好快刀！他们朝我围拢过来，仿佛要看看这一坨血淋淋的东西何以会张口说话。然而我很快就闭嘴了。我可以想象，我的嘴巴像傍晚时分的花朵那样，慢慢闭合。影随形，响随声，人影乱成一片，声响也叠作一团。一阵足以让围观者为之热血贲张、官兵为之忙乱不安的骚动持续了片刻,人群就朝四面八方无序散开了,留下满地的果皮和痰迹,离我不到三尺远的地方还有我脖子间飞溅的,数点梅花状的血迹。几只恶鸟在天空画着圆周,久久不愿离开。我晓得它们不是来为我送别的。

一阵夹杂血腥味的风从我鼻尖吹过。我的鼻子酸了一下。

有人把篮子里的馒头递给刽子手说,行行好,内人得了肺痨,蘸一蘸这刀口的血吧……

有人嚷着,看呀,这小淫贼的眼睛还能眨动呢……

有人探过头来叹口气说,真不晓得,脑袋从脖子间落下来,会是怎样一种感觉呢……

有人把我的身体抬走,接着又有人铲了一抔黄土,把血迹盖住。然后就听得一声:大吉利市——。与此同时,有一只枯瘦、黝黑的手伸过来,抓住了我的头发。未及多看一眼,我的脑袋已落入一个漆黑的布袋,但我依然能听到杂乱的脚步声和叫卖声。

提走我脑袋的,是一个老和尚。

在我脑袋尚未落地之前,我看到了那一圈又一圈争相围观的人。秋分,午时三刻,阳气最盛,那一刻身首异处,据说连鬼都做不得。在无聊的人们看来,这大概是一年中难得一见的景观了。围观者当中,有提着鸟笼、闲逛至此的公子哥,有挽着菜篮子的妇人,有卖炊饼的小贩。也曾听人说,秋决之际,会有一些嗜好古怪的先生,坐着马车从远道赶来,在城里住上一晚,翌日特意在法场近旁的酒楼上拣一个雅座,端着一杯酒,十分悠然地欣赏刽子手杀头的场景,也不晓得是真是假。我是的确看见对面的酒楼上——阿爹曾请我在那里吃过一顿豆腩栗子肉——有位身穿蓝色绸衫的老爷正手搭凉篷朝我这边张望，他看了一阵子，就跟身边的妇人交头接耳，指指点点，不知说了几句什么；边上有个戴瓜皮帽的小男孩，也正伸长脖子朝我这边投来好奇的目光。

阿爹的脸在我眼前晃了一下，随即就在众多的面孔中消失了。阿爹有一张看起来多少有些滑稽的马脸，马脸上有两只不太对称的眼睛——他的左眼死了，右眼还活着，他喜欢用那只活着的眼睛看东西。看来看去，好像他无论看什么都能看出门道来。那年深秋，阿爹对我说，我带你去西门菜市场看杀头，去不去？我说不去。阿爹突然发出一声短促的冷笑。我胆子小，连杀鸡都不敢多看一眼，何况杀头？阿爹说，你不看杀头也行，我让你看看那个女犯是怎样骑木驴游街的。没等我发问，阿爹就接着说，有户举人家的姨太太跟管家通奸，一来二往，就被老爷逮个正着，他们一不做二不休，索性把老爷杀了，然后故意制造出窃贼入室行凶的假象。不过，他们之间的奸情最终还是被人告发了，定罪之后，管家照例要被游街砍头的，而女犯呢？照例是要剥光衣裳，用绳索捆绑着，放在木驴上，让驴背的木头橛子戳进她的下体，后面有人推木驴，前面有人用绳子一拉，木橛子就在妇人体内胡乱搅动，那时候，妇人就会发出嗷嗷的叫声，她叫得越响，围观的人就越欢。据阿爹描述，每逢有淫妇骑木驴，城里的人便像是过节一般热闹。这样的场景，阿爹当然是不容错过的。那时我走到街口，忽然对阿爹说，我闻到了血腥味。阿爹说，前面就是法场了。我捂着鼻子，踌躇不前。阿爹问那边回来的人，前面可曾砍头了？那人掩面说，已经砍掉了好几个脑袋，实在看不下去了。阿爹怔了怔，弯下腰，在我鼻子上刮了一下说，你这鼻子真是尖。阿爹又说，嗅觉灵敏的人胆子通常很小，比如老鼠，嗅觉比别的动物要灵敏，所以它们的胆子就出奇的小。

监斩官投下杀头的令箭时，人群中顿然响起一阵轰鸣。那一刻，我是多么渴望能看见阿爹那瘦长的身影和冷漠的眼神啊。我的目光在人群中扫了一圈，就缓缓抬高，掠过微微上翘的屋檐，朝更高的地方移去。那里，在一片足以遮暗一条街的长云下，一只鸟划过天空，落进我的视野，而我脑子里竟莫名其妙地跳出一只鲜血淋漓的公鸡来，与眼前那只鸟叠印在一起——以至于我疑心，在我头顶盘旋的鸟就是被阿爹所杀的那只公鸡的化身，而它从高空俯视我的目光定然是阴冷的，夹杂着一丝怨怼的。我甚至觉得，还有另一个我，就站在不远处，近乎迫切地等待着我脖子间的鲜血像鸡血一样飞溅出来，落在地上。

仍然记得那个跟公鸡有关的奇怪的梦。那年我大概只有八九岁，我娘死后（邻居们说娘是被我克死的）第六天，我独自一人睡觉。黑暗中有人来到我床前，头戴红色帽子，双手作揖，说，我今日有难，你能否救我？我问，你是谁？为什么要我救你？那人说，我本是秀州府一位丝绸商，死后堕入六道轮回，做了一只公鸡，昨天我在院子里散步时，被主人抓去，送给你父亲。现如今我就关在笼子里，等着明天挨刀子。我知道你有一片善心，因此斗胆请你帮个忙，把我放了，回归田园。我说，现在我很困，明朝起个大早，准把你放了。那人向我深深地鞠了一躬，就退到黑暗中去。第二天，我醒来后就抹着惺忪睡眼，去鸡笼边看看那只公鸡。鸡笼是空的。我赶紧跑出院子，看到公鸡正躺在地上，脑袋无力地耷拉着，喉咙被切开，鲜血直往外喷涌，满地都是它挣扎过后掉落的鸡毛。我怒气冲冲地对阿爹说,你竟杀掉了这只公鸡?! 是的,阿爹说,今天是做头七的日子,鸡血洒在家门口,可以驱鬼。我说,你可知道这只公鸡是谁? 阿爹说,一只公鸡还会有高姓大名不成? 我就把自己梦里的事如此这般地说给阿爹听。阿爹听了我的话,讪笑着说,你有佛性,不如让你出家去做和尚,往后好歹也可以混碗饭吃。阿爹说这话的口气就好像要把家中一件多余的物什送给别人。

我知道,阿爹一直不太喜欢我。在他眼里,我简直就个怪物。我出生之后,除了脖子和脑袋,通身长满了坚硬的鱼鳞皮。流汗的时候,我还能闻到一股鱼腥味。阿爹说,这一身鱼鳞皮是胎里带的,前辈子作的孽带到了今生。阿爹还说,我从娘肚子里出来时,娘还在睡梦中,竟然一点儿都没察觉。按照他的说法, 我像一条草鱼那样从娘的两腿之间游了出来。阿爹厌憎我这一身鱼鳞皮,就说我前世定然是个打鱼人。不过,有一点可以肯定,我是天生与水相亲的。有一回,我站在岸边,看鱼在水里游,似乎很快活,就跃入水中。我没学过泅水,却能浮着。我想我的前世不是打鱼人,而是一条鱼。小时候,我并没有觉得自己的身体有什么异样,手与足是相安的,头与身也是相安的;然而,打我懂事起,我就从别人的目光里看到了自己,也由此开始嫌憎自己的身体。又有一回,阿爹不晓得从哪儿打听到一种可除我身上鱼鳞皮的法子。他让我从水涧里抓来一条草鱼,放在砧板上。他用刀拍了拍鱼身,鱼就不能动弹了;接着,他往鱼身上抹了点醋之后,就开始抄起刀来,从鱼尾慢慢地刮过去,鱼鳞纷纷剥落,阿爹的嘴里喃喃有词,好像在念什么咒语。我不敢多看,闭上了眼睛。但听着刮鱼鳞的声音,身上还是十分难受。从小到大,我喜欢树的身体、草叶的身体、蝴蝶的身体、马的身体,唯独不喜欢自己的身体。长大之后我就越发不能忍受身上的鱼鳞了，鱼鳞只能长在鱼身上，就像人皮只能长在人身上。人长鱼鳞，无异于鱼生人皮。因此，他们都说我是一个人头鱼身的不祥之物。

阿爹死后（邻居们于是乎又说阿爹也是被我克死的），我一下子没了着落，过着有一顿没一顿的生活。饥饿时常像一条野狗那样追着我——对，饥饿就是这么一条狗，有一双冷冷的眼睛，还有一口白厉厉的牙齿。我没法撵开它。记得阿爹临终前曾对我说，你若是无路可走，就去衔草寺找木头陀，他或许可以给你指明一条谋生的路子。阿爹早年做过山贼，木头陀是个和尚，我不晓得他们何以会成朋友。我在城里实在混不下去了，就来到衔草寺，找到了木头陀。木头陀问我，你家里还有什么人？我说没有。屋子？没有。媳妇？没有。我饿得头昏脑涨，就不耐烦地说，我现在什么都没有了。木头陀说，你摸摸看，你的眉毛是否还在？我摸了摸眉棱骨的地方，说，还在。木头陀说，既然眉毛还在眼睛上，你怎么能说自己什么都没有了？我张开嘴呵出一口气说，我的嘴也在，这里面除了舌头，什么都没有了。木头陀说，倘使你出家只是为了混口饭吃，终归是个饭桶和尚。以后你若是有肉可吃，有酒可喝，早晚还是要还俗的。

木头陀给我打来了一碗冒尖的米饭，饭后又给我牵来一匹骡子，说，你爹没了，以后就跟它做伴吧。

这匹骡子是公驴与母马交配所生的，长得像马，所以叫马骡。它有一副强壮的身子骨，还有一副好脾气。在木头陀的安排下，我暂且在寺庙后面的柴房里住了下来，柴房旁边就是马厩。没事的时候，我喜欢跑过去跟马骡说话。它用清亮的眼睛看着我，便让我想起佛前的长明灯来。骡子既不是马，又不是驴。我呢？既不是人，也不是鱼。他们说得没错，我是怪物，当然是要跟怪物生活在一起了。话说回来，有了骡子，我手头就有活可干了。寺庙里的沙弥在山下采集了一些货物之后，就吩咐我牵着骡子去驮运。

有时，我经过半山腰的梦庵，里面会有一位师姑咿呀一声打开柴扉，一身缁衣，一张素净的脸，探出门外，合掌行礼、念声佛号之后，便递给我一张纸条——那手骨真是纤细，可以看得见淡青色的筋脉——细声细气地交待我下山后顺便帮她带些这样或那样的物什。她便是静莲师太，木头陀的妹妹。听说她自出生以来就不沾荤腥，小时候见人就合掌微笑，见佛就拜，不到十岁就出家做了师姑，每天念经书一部、法号两万声，抄经文五百字。木头陀说，静莲师太虽然年纪比他小得多，但道根已深，从她身上可以看到"大丈夫相"。有这种大丈夫相，离成佛也就不远了。但在我眼里，静莲师太就是个女人。是一个跟我娘一样温和、柔弱的女人。我娘已经死去十多年了。

衔草寺和梦庵都是小庙小庵，香火不旺，门头清寂。木头陀除了每天抄写经文，闲时还斫琴，一床床挂在墙上，那些爱风雅的居士如果喜欢，可以给寺庙捐点香金，"请"走几纸经文、一床琴。这些钱勉强可以养活庙里的十来个和尚。

木头陀斫琴，用得上各种木头。一般来说，一张琴要用两种木材合成。面板可用桐木，底板可用梓木。木头陀说，一面是阴，一面是阳。这琴才能合成一体。用佛家的话来说，这叫一合相。不过，木头陀对木材倒不是很讲究。没有桐木、梓木也不打紧，有时还可以用别的木头代替。平常没事，我就牵着骡子在山上或乡间转悠，专收陈木。木头陀看中了，我就拉去解板。给衔草寺干这些粗活，也可以赏饭的。木头陀持过午不食戒，每天只吃一碗粥。但我每回过来，他总是以饭招待。他说，干体力活的人，有饭落肚才管饱；不干体力活的人，吃点粥，也能管饱。

我从此把木头陀当作我的亲人。

我也想有个一辈子都属于自己的女人。斫琴所用的木头都要由一阴一阳合成的，何况是人？两个人的生活虽然难免有缺憾，但没有女人的男人毕竟是不完整的。在黑暗中独处时，我脑子里时常飘过一个女人的身影，柔柔的，白白的。但每回洗澡时看到自己一身铠甲般的鱼鳞皮，我就泄气了。因此，我总是像醒来后竭力忘掉夜晚的噩梦那样，从脑子里抹掉那个女人的身影。

有一回，我和木头陀一道去山中寻找陈木，出了一身汗之后，浑身散发着一股刺鼻的鱼腥味。我看见半山腰处有一口水潭，就赶紧脱了衣裳，一头扎进去，舒舒服服地泡了个澡。木头陀看着我一身的鱼鳞皮说，你的脑袋已经进化为人，身体却还是鱼。我问，法师可有什么法子将我的鱼鳞皮除去？木头陀说，这一副臭皮囊，是父母所赐，它该是怎样就是怎样，你理它作甚？我说，我眼睛看着，心里难受。木头陀说，人有一双美目，到头来还不是要烂掉？人有一身强壮的肌肉，到头来还不是被蛆虫吃掉？木头陀接着就给我讲了一个故事：他的师父坐化时，一直保持吉祥卧的姿势，弟子们都觉得他已修成了金刚不坏之身。然而没过几天，他的身体竟散发出一股尸臭，之后全身的皮肉尽皆腐烂，流出黄水。不过，与众不同的是，那些蛆虫居然还能列队从他的七窍里面爬出来，一点儿都不慌乱。木头陀从身与头的两无是处，说到“凡所有相，皆是虚妄”，我就听不明白他说什么了。为了打消我的妄念，他跟我说了许多，可我还是不能让自己变得轻松起来。

无聊的时候，我也会坐下来翻翻经文，或是听木头陀说法。可是怎么办？我的心地越是干净，越是无法容忍浑身上下的鱼鳞皮，以及它散发出来的鱼腥味。人有了身体，忧患就开始了。这是木头陀说的。也许不是木头陀说的，是某个说不上是谁的老人家说的。

刽子手雷大头来了，好威风呵。他们说。小淫贼，剜了他的心，刿了他的肺，喂狗吃了吧。他们说。哐哐哐。哐哐哐。有人鸣锣开道，县太爷也过来看热闹了。车马兵甲好威猛，转眼间灰飞烟灭。更莫说这一头黑溜溜秀发，那一身硬邦邦肌肉，到头来都是枯骨死灰。衔草寺里木头陀说色身。也说山河大地梦幻泡影。笃笃笃。笃笃笃。梦庵里的静莲师太，我把她放在心里供着了。回避。肃静。回避。肃静。县太爷来了。县太爷好威风呵。午时三刻转眼间到了。我总算是等到这一刻了。身体里有什么东西在吱吱作响？那是灵魂？那看不见摸不着的小东西是否要急着跑出来？还有那耳边呜呜作响的，又是什么？呃，是风声吧。冬日的风，一刀一刀的，直割人的耳。有人把我这一头乱发扎成一束稻草，露出后面一段细长脖子。风一吹，脖子上这颗原本沉重的脑袋忽又变得轻盈了。小淫贼，剜了他的心，刿了他的肺，喂狗吃了吧。他们说。刽子手雷大头来了，好威风呵。他们说。

初识雷大头是在去年秋决过后。那天午后，我背着呜咽作响的北风，在寺庙后院劈着木头，听得两个小沙弥正聊着闲话。

一个说，都已经是深秋了，这庙里怎么又闹蚊蝇了？另一个说，难道你还不明白？这蚊蝇是法师的朋友带来的。

哪位?

就是在法场上拿刀的那位呀。

他来了,为什么就带来蚊蝇?

这你就不懂了。

他们说着说着就转到别处去了。

是夜,灯还未熄,就有一只蚊子迫不及待地叮我左臂,我当即用右手拍死蚊子。左臂留下了一道蚊子状的血迹,蚊子的尸身却粘在我右手的掌心了。事后没过多久,奇怪的事发生了:那只被蚊子叮过的左臂没有发痒,拍死蚊子的右手掌心却奇痒难搔。本来想以这事请教木头陀的,但觉得小事一桩不足以搅扰人家,作罢。熄灯之后,我细细琢磨,不得其解,只能说是因为我右手杀生之后,突然起了悔意,以至于左臂的痒突然转移到了右手掌心。但清晨起来转念又想:人生了杀生的念头,全身都是杀气;所造之孽,岂分左手和右手?出门,太阳照在身上,觉得自己为杀死一只蚊子而苦恼实在荒唐。

下午,我把几根陈木送到木头陀的房间时,迎面就看见一副木架上正挂着一把刀,刀上血迹未干,也许还会有蚊蝇停在那里忘情地啜饮吧。

之前就曾听木头陀说过,他有个好朋友,叫雷大头,是章丘城里的刽子手。每年秋决之后,他就带着犹沾血迹的刀来到寺庙,同木头陀一道,念三天三夜的经,超度亡魂。

禅房里坐着三个人:木头陀和静莲师太相对坐着,我只能看到他们的侧影,正对我坐着的那一位黑脸团团,胡子拉碴,自然就是雷大头了。多年前,阿爹带我去西门外看杀头,我迟迟不敢近前,但阿爹不管三七二十一，一把抓住我就扛在肩上，大踏步走进人群里。阿爹指着一个袒露半身的壮汉说，喏，他就是刽子手雷大头了。此人手执一刀，气定神闲。手一挥，脑袋落地。然后就是一片喝彩声。他十分满意地收起刀，眼睛微闭，嘴里好像念了几句什么，大概是希望死者莫要变成厉鬼，找他麻烦。他的脑壳很大，所以城里的人都管他叫雷大头。至于他真名叫什么，似乎也没有听人喊过。

见我进来，木头陀就向雷大头介绍说，你家里那张琴所用的陈木，就是他从济南府一座废弃的老宅里驮过来的。

雷大头双手合十，向我道了声谢。我问，你也弹琴？雷大头说，我是粗人一个，哪会弹琴？只是把琴挂在家中的墙壁上，每天看看也好。我那琴是法师弹过的，每晚夜深人静的时候，我对着那把琴，耳边就好似真的有琴声传来。琴的正音能辟邪气呢。

木头陀说，今日静莲师太正好也在，不如请她为你抚一曲。

静莲师太说，我的琴是法师教出来的，怎么敢在这里卖弄？

雷大头说，只怕我在这里，浊气太重，污了琴声。

法师说，你虽然是拿屠刀的，却有正心。

静莲也点了点头说，那我不妨在这里弹一曲。

师太这一弹，小小的禅房就有了天地，有了望不到尽头的青草，滚滚而来的白云；霎时间，有了男人，也有了女人；有了对话，也有了独语。这曲子我似曾听过，却忘了名字。先前听法师说，这曲子说的是一个女子在佛前倾诉自己一生的痛苦与爱，末后一段，就是女子安静下来，听佛如是说。然而，法师说，在凡人听来，这曲子仿佛是男女之间的絮语，有缠绵不尽之意。

师太弹完一曲，雷大头竟齐刷刷流下了两行眼泪。过了许久，他才开口说，方才听琴，忽然想起多年前遇到的一名窑姐儿，她会弹唱，也会作诗，天可怜见呵，只因有一回接客时那位老爷突然栽倒在她身上，七窍流血而死，她就被差人拘了去。她有理说不清，居然被县太爷稀里糊涂地判了个死刑。行刑时，我着实于心不忍，手一抖，没从骨缝下刀，那颗脑袋竟连皮带骨粘在脖子上，嘴唇一张一翕，一迭声地唤着"好痛呀好痛呀"。至今想起那一幕，手心都会出汗，心里直喊痛。

师太双手合十说，人人都说你是一个杀人不眨眼的刽子手，却不晓得你有一副菩萨心肠。

雷大头说，这么多年来，我一直谨记师父的教诲：一念成佛，一念成魔；手上即便有刀，心里也要有佛。我原本是收尸人的儿子，家里兄弟姐妹太多，父母养不起，就把我过继给刽子手做义子。十岁的时候，师父就开始教我如何杀地上会跑的兽、水里会游的鱼、空中会飞的鸟。他总是盯着我说，你的眼睛里有杀气，你的手上有杀气，这样子不行，等你身上没有一点杀气之后，方可做刽子手。可我还是太急于求成了。师父死后，我即刻补了他的缺。师父传授的刀法说穿了很简单，只有四招：出刀、举刀、挥刀、收刀。可是，你要是想把这四招全都练好，至少要花十几年的功夫。即便如此，这二十年间，我还是会出点差错、留点遗憾什么的。直到两年前有一天，我遇到了一个奇人，不仅赐我这把宝刀，还把奇妙的刀法倾心传授给我。

遇到奇人，必有奇事，师太说，不妨说来听听。

我没想到，法师和师太对刽子手的砍头活儿也很好奇，听雷大头一一道来，他们时而发出一声"噫"，时而又发出一声"唉"，更多的时候是

双手合十,念声佛号。下面便是刽子手雷大头给我们讲述的一次奇遇:

两年前,章丘县危山一带闹匪乱,死了不少人。雷大头奉官府之命去收尸。那一路上,到处可闻一片嗡嗡声。身边的人说,这些苍蝇都是冤魂的化身,他们在哭诉,在喊冤哪。雷大头正要把一具无头尸往袋子里装时,忽听得一个沙哑的声音:兄台,有劳了。雷大头十分警觉地缩回了手。环顾四周,没见人影。怔愣间,又听得一个声音:兄台,我就在你眼皮底下。雷大头低下头,看见那个头颅正咧着嘴,跟他打招呼,声音跟一缕烟似的飘上来。他擦了擦眼睛,再细瞧,那张嘴微微地张开,又缓缓地合拢。随行的人见了都赶紧丢开手中绳子,撒腿跑了。雷大头依旧留在那里,跟那颗脑袋聊了起来。不过一会儿,走来一个形如枯木的老道,手里拿着一个布袋,对雷大头说,身体你拿去,头就交我吧。雷大头不解地问,你要脑袋作什么用?老道说,死者是我弟子,我过来的时候,他身上已扎出了好几个血窟窿,他在奄奄一息之际恳求我给他补一刀,早作解脱。我见他这痛苦模样,就毫不客气地砍下他的脑袋。这时,脑袋又开口说话了:我原本以为,我可以死了,谁承想,我的脑袋与身体分离之后,竟没有丝毫疼痛,而且还有知觉,也不知道师父施了什么法术。老道拈须一笑说,你我师徒有缘,心灵感应,这一刀若是落在别人身上还未必有这奇效。说着,他就提起头颅,放进布袋。雷大头突然回过神来,扑通一下跪在老道面前,请求他授以刀法。老道发出了爽朗的笑声,说,我知道你叫雷大头,而且素知你身为刽子手,却有一片善心。今番我失去一个弟子,又平白得了一个弟子,算是造化的补偿吧。就这样,老道把雷大头带到一座山上,授以刀法和秘咒。学成之后,师父又赠他一把宝刀,让他在一匹狼身上下手。雷大头斩落狼头后,那狼头在地上滴溜溜转了一圈,居然还能叫两声。雷大头十分满意地收刀入鞘,正要跟师父说话时,师父已飘然下山,迅速变成一个黑点,没入树丛。之后他就再也没见过师父一面了。

我就此记住了雷大头的故事。当然,还有那把刀。

雷大头的刀在木头陀的禅房里挂了一个月后,血迹全无,仿佛刚刚磨出来的。他来衔草寺取了宝刀之后,经过后院,见我正在劈木头,就蹲下来,夺过我手中的斧头,跟我讲解劈木头的几种方法。我说,你能否让我开个眼界,用手中的宝刀劈一下木头?雷大头也没二话,就拔出刀来,随手一挥,砍掉了我身边的一根木头。我还没看清,他已收刀入鞘。

我问雷大头,能否让我摸一下你的宝刀?雷大头说,你敢摸么?我说,又不是老虎屁股,有什么不敢的?我伸手摸了一下刀柄,立马缩回。那一瞬间,一种让我手上的血液骤然变冷的东西一点点扩散到全身。

想跟我学这门手艺活?雷大头问。

我摇了摇头。天色尚早,我给他斟了粗茶,请他坐下来聊会儿天。他把刀放在一边,兀自喝着茶。喉结一上一下地滚动。从瓜架上投射下来的阳光,静默地伏在他那双粗壮的手上。

那晚,我梦里出现了雷大头的刀和那只握刀的手。

第二回见雷大头,我们就喝起酒来了。坐在那间动一下手脚就有可能碰落灰尘的屋子里,我喝得浑身发热,并没有觉出外人所说的那种阴寒之气。对面的土墙上,跟那把刀并排挂着的,是一床木头陀所斫的琴。他说这样可以调和阴阳之气,我实在不明就里。

我们都是独身,性格孤僻,说起话来还真个投缘。我告诉他,很早以前,我就听阿爹说起过他的一桩轶事:一天傍晚,他喝了点酒,独自一人穿过一座山，经过一条狭窄的山路时，迎面撞上一只老虎。他走上前去，摸了摸老虎的前额，老虎竟低下了头，从他身边过去了。

雷大头点点头说，有这回事，但情节有点夸张，那日，他在山中一家酒店喝醉了酒，独自一人扶篱摸壁回去，天色还没完全暗下来，朦胧间看见一头庞然大物立在面前。他看得不甚分明，便打算上前打个招呼，走近了，才发现眼前站着的便是一只老虎。老虎看他一眼，就转头离开了。回到家中，他睡了一觉，方始清醒过来，回想起那只吊睛白额大虫，身上直冒冷汗。他弄不明白，老虎见了他何以没有猛扑过来？他曾将这事告诉木头陀，木头陀解释说，他刚刚从法场回来，身上的煞气重，老虎也怕。

我身上的煞气太重了，雷大头说，所以要借助佛法，消除一身煞气。

说话间，有几只老鼠不晓得从哪儿钻出来，左右嗅嗅。雷大头把碟子里面的罗汉豆丢几颗在地上，老鼠叼了，又回到黑黢黢的洞穴里去了。雷大头砍过不少人头，却没有杀过一只老鼠、臭虫什么的。这是木头陀说的。

我问，时常听法师说色身，你可知道什么叫色身？雷大头说，色身嘛，就是肉体之身。我又问，色身都是虚妄的吧？雷大头点了点头。又问，你跟女人睡过么？雷大头说，早年间睡过一次。我说，一个人不曾进入过女人的身体，如同未生一般。所以，像我这样的人，已是生不如死。雷大头吞了一口酒，长叹一声说，跟我睡过的是一个女犯，到了秋决的时候，她的脑袋还是我亲手砍掉的。

上回你说，有位老道传你身首分离的刀法，可曾在人身上试过？

不曾。

可否拿我试刀？

什么？莫非你要我削去这一身鱼鳞皮么？我的刀法再好也帮不了你这个忙。

不，我是说，你可以直接给我脖子间来一刀痛快的。

我这么做就无异于杀人，你以为我醉了么？告诉你，我没醉。

我也没醉。实话跟你说吧，在这世上，我就是不愿意做一个人首鱼身的怪物。

你没醉，可是你疯了你知道不？

求求你，就拿我的脑袋试一下吧。

师父说，行此身首分离续命术，除了念咒，非得两人心灵感应不可。

那么，就让我做你的徒弟吧。

我醉了，不知道你在讲些什么。你也醉了，是不是？有事明天再说吧。

我跟刽子手雷大头歪歪斜斜地躺在一张破床上，一直睡到日光照亮东窗。我是被嘴里的一口苦味呛醒的。酒醒了，脑子醒了，舌头也醒了。雷大头还是死活不肯收我这个人头鱼身的怪物做徒弟，但他自此把我当作兄弟来看待。

跟刽子手雷大头熟识之后，我的脑袋便决意要跟身体作别了。一颗头颅，暂寄项上，浑浑噩噩，不觉间又过了一年。我虽说没有跟自己的身体反目成仇，但我对它的厌憎已是日甚一日。每晚睡下的时候，只觉心里有一团黏稠的、化不去的黑暗，跟蛇一样盘着。那一晚，我喝了点酒，竟做了一个春梦。我梦见了什么？当然是女人。确切地说，是师姑（师姑当然也是女人）。师姑盘腿坐在床上，整个身体被绯红色的圆光笼罩着，仿佛正在入定。我大着胆子，伸手探了探她的鼻子，尚有微细的鼻息。我的手指碰到了她的嘴唇，她没吭声。我的手不听使唤了，沿着脖子，一径滑入了领子，触摸到了锁骨和肩胛窝。这双手仿佛在那一瞬间变成了两尾鱼，在她衣服里面游动起来。

我醒来后，回想梦中那个女人的面容，猛然坐起。那个师姑不正是梦庵的静莲师太么？一个月前，她沐浴更衣后，跏趺而坐，弟子过来问话，她没反应，推她，也无动静。起初庵里面的众尼都以为她已入于禅定，后来过了一天，才晓得她已经坐亡。跟别的僧尼不同的是，她圆寂之后身相如生，脸上仍见肉色。据说这事惊动了京城，朝廷特地派来了宫廷画师，说是要给师姑写容；地方官员、缙绅、男女两众也都闻风过来，持香礼拜，称她为肉身菩萨。

我从那个绯红色的梦里脱身出来的时候，手指上还留着一丝温热，好像我真的触摸过什么。尽管是做了一个荒唐的梦，但我还是感到羞愧难当。我下了床，走到门外，撒了一泡尿。听见枯叶瑟瑟作响，禁不住打了个冷战。那一刻，回到柴房里，我突然想找点什么。找了好久，才想起，我要找的，原来是酒。喝了点酒，我就有了一种想干点什么的冲动。一个人下定决心之际，仿佛能听到内心传来咔嚓一声。咔嚓，那么果断的一个决定。

兄弟，喝了这碗酒吧。雷大头把满满一碗酒递了上来。那酒看上去分明是一碗汤药，黑糊糊的，像冷天里凝固的猪血。如果此刻能配上豆脯栗子肉就好了。过了午时，对面的醒春居又会有人喊着豆脯栗子肉了。他们就要吃掉我喜欢的豆脯栗子肉了。

那天是我留在衔草寺的最后一天。我偷偷吃掉了一碗豆腩栗子肉，也许还吃了点别的什么。总之，我把所有的食物都留给身体了。直到傍晚，我就牵着骡子下山去。途中碰到一些熟人，他们打量一眼驴背上的靓蓝布袋，就问，送货么？我说，法师刚做了两床琴，今晚就给买主送去。我下得山后，钟声飘了过来，又随风飘远了。庙在夕阳那边，红得像一片枫叶。

下山之后我就知道自己不会回到衔草寺了。我骑着骡子出了章丘城，前面连荒村野店都没有，只有一座茅草搭就的路寮，但我还是不敢在那里借宿。我知道，明天天一亮，章丘城里就会传出肉身菩萨被盗的消息。再过些时辰，就会传出官兵追捕我的消息了。我也没有打算穿州越府跑得更远，只是想去城外走走。在这个清冷的夜晚，蹄声由轻快而变得滞重。骡子跑着跑着，突然停下来，分开后腿撒了一泡尿，月光下，尿色淡白，且带泡沫，表明它已极其疲乏了。举目四望，分不清远处是野水还是月光。我翻身下来，身上的勇气仿佛被黑暗一点点吸走，脚下不稳，打了个趔趄，险些瘫软在地。我把骡背上的布袋卸下，放在一边。骡子歪歪斜斜地躺在一边，发出吭哧吭哧的声响。夜风吹来，我冷得直打哆嗦。月光下，我仅凭嗅觉，就找到了几块干牛粪，因为外层被夜露打湿，不易点燃，我不得不弄来一堆枯叶，费了点劲才把它引燃。等牛粪烘干之后，我就把它投进火堆里。我的手脚慢慢开始暖和起来了。

师太，请了。我打开布袋，对里面那个一辈子都没沾过荤腥的女人说，恕我失礼了。师太手柔足小，身体看起来只是比琴体大一点，手指间依稀可闻桐木的清香。我摩挲了一下她的四肢关节，让她盘起腿来，端坐树下。师太当初死状吉祥，即便经过这一路颠簸，她的脸庞在火光映照之下也依旧是一副庄重淡静的表情。我跪在师太跟前,告诉她,我想完成一个夙愿,这事只有她可以帮得上忙。因为冷,我的舌头显得不够利索。风从我们中间吹过,我想风会把我的话带给她的。天地是她的,也是我的,有男有女的天地是完整的。我念了一句佛号,只觉得口舌生津,眼中涌出了喜悦的泪水。当我抬头之际,似乎看到师太的脸上露出了似笑非笑的表情。

我没想到自己的行踪这么快就被人发现了。远处有人直着嗓子咋呼,好像是看到了林中的篝火。静着的天空忽然有了异样的响动,起初以为是闷雷。细听,才发觉这声音是从地底传来的。随后,一阵急骤的马蹄声掩涌而至,我有一种即将被流水淹没的感觉。我紧紧地抱住师太,好像随时会有一股流水会把她从我身边卷走。马蹄声近了,一群人下了马,形成了一个包围圈。他们踩着积叶,在黑暗中跑动,风声满地。我大着胆子睁开眼时,一匹马的阴影已迅速覆盖了我的脑袋。带头的那个官差举起火把,在我脸上照了照,随即翻身下马,用刀指着我的脑门。一阵风忽地朝我吹来——经过刀刃吹来的风让我禁不住打了一个冷战。我终于听到心底里有什么东西坠地的声音了。

拿刀的雷大头,还是跟往常一样板着脸。我跪着,他站着,圆壮的肚皮在我眼前凸显着。彼此间只是对视一眼、点一点头,没有多余的话。除了对自己在那一瞬间表现出来的平静微微感到有些吃惊之外,我心里居然还滋生出一种要跟身体就此诀别的急迫感——船要离岸,一个人要远离自己厌憎的地方,大概就是这样一种感觉吧。刽子手雷大头近乎无声地拔出刀来,双手举着,向天地敬拜,嘴里还念念有词。念毕,刀对着太阳晃了晃,一道光嗖的一下反射到我的眼睛。然后,他就站到我身后一侧。我能感觉到他的刀正对着我脖子间的某道骨缝,斜斜地举起来。那一刻,我还是没忘记瞥一眼自己的身体。这应该是最后一瞥了。

是呀,他们说得没错,我是强盗的儿子,天生就是做贼的料。不过,我偷的不是别的什么东西,而是人。也不是人,是死掉的人,应该叫尸体。也不是尸体,应该叫肉身菩萨。这一回,县太爷动了怒,满脸涨紫。公堂里我满耳都是他呵斥的声音。什么,竟有这等事?伤天理呵,你竟盗了肉身菩萨。你的手伸进福田衣底了么?你这恋尸的狂生,伤天理呵,非但辱尸,而且渎神,犯的是人神共愤的大罪呵。来人,先拖出去当众打他五十大板,再斩狗头。噼噼啪啪。噼噼啪啪。他们在打我的肉身,而我却在一边叫好。打完了,我被几个差人从门外拖到了公堂,待画完了押,县太爷就拿起朱笔,在纸上重重地点了一下。然后掷笔离开。

眼看这一年秋决的时辰又快到了。

我坐在牢里,一直等待着雷大头手中的刀。但我等来的却是木头陀。说实话,我有点羞于见他。深夜吃过辞阳饭后,我就看见木头陀手里抱着琴,来到我跟前,盘腿坐下。木头陀说,人身难得,佛法难闻,你何苦如此?我问,你都知道了?木头陀说,都知道了。我说,知道我的人只有两个,一个是你,一个是雷大头。木头陀说,还有一人,是师太。我双手合十,说,这回我让师太蒙羞,真是愧疚啊。木头陀说,既然你已经抱着必死的念头,我也不再劝阻。我有一曲,是神灵所授,只在半夜弹,而且只弹给将死之人听。你若不嫌憎,我就为你弹一曲,送你上路吧。

木头陀的手指在弦上挥动之际,我的心尖颤抖了一下。听着这曲子,我感觉自己跟一只白鸥似的,在海上飘飘荡荡,找不到岸,也不辨方向。忽然，一轮红日跃出海面，一道金光下隐隐约约浮现出一线岛屿。我的脑袋晃荡了一下，岛屿、红日随着波浪浮荡起来。一切都似隐似现。外面风声一忽儿紧，一忽儿慢，灯光也是忽明忽暗的。木头陀弹毕，双手凝然不动，琴曲却在我耳畔缭绕不绝。暗夜里有了暖意，不能说，于是默然地喝上一口水，把要说的话含在唇齿间了。

木头陀也没说什么，就抱琴走了。灯灭后，琴声又响了起来。我拍了拍自己的身体，告诉它：你在世上的日子已经到头了。

日子已经到头了，日子已经到头了，阿爹在临终前也是这么说的。日头落下，日头出来，阿爹说，两个日头之间无非是夹着几个梦罢了。梦这东西，到头来还是随了身体，一并消散。都是空的，都是空的。

风是斜斜地刮过来。咔嚓一声，我的脑袋飞了起来。

然后，我就听到自己发出一声赞叹：好快刀！

写于 二〇一七年仲春

空　山

那说话人五十来岁年纪，一件青布长袍早洗得褪成蓝灰色。只听他两片梨花木板碰了几下，左手中竹棒在一面小羯鼓上敲起得得连声。唱道：“小桃无主自开花，烟草茫茫带晚鸦。几处败垣围故井，向来一一是人家。”

——金庸《射雕英雄传》

南

1

彼时，洪七正手握鸡翅，看着一只鸟飞过，远远地飞过。洪七与我相对坐着，一座大山的阴影覆盖着我们——时间在这里仿佛有着高深长阔的形状。山是华山。那枯树的形状仿佛是风随意塑造出来的,充满了不可驯服的野气。风也是带野气的——在山谷间,如同野狗一般跑来跑去——眼睛固然看不见,但能感觉得到。

打坐之后,口就淡了,肚子里老是念阿弥陀佛,幸好这褡裢里还剩一只鸡翅。洪七说完这话,大概是发觉自己的言行在我这样的出家人面前多有冒犯之处,便吐了吐舌头,把鸡翅放回腰间挂着的褡裢里,扳直了身板,学着禅和子模样,继续盘坐。我们坐的是一块船头状的悬崖,三边没遮拦,风从山口灌进来,吹动着洪七的胡子。脚底下有雾气冉冉上升,整座山像是要飘浮起来。

移时,我睁开了眼睛,洪七也睁开了眼睛。我说,我看你的目光,就知道你的静坐功夫又进了一层。

智兴,我坐在你身边,感觉就像坐在水池边,能教我安静下来。

智兴是我的俗家名字，洪七总是习惯于像从前那样称呼我。我不语,望着空中的一朵浮云出神。从华山之巅掠过的浮云,有数十席宽。

智兴,整整一天你不是低头念阿弥陀佛,就是抬头看云。念阿弥陀佛是你本分,这云又有甚好看的?

我念阿弥陀佛,阿弥陀佛也念我;我看云,云也看我。

世事变幻真好似这浮云,几年前,我见到你,还是穿一身龙袍的,现如今却换成了僧袍。

世上最重的是龙袍,最轻的是僧袍,何不让自己换得一身轻?

你只是换了一身衣裳,可大理国却不知道换成个什么模样呢。

啊啊……我当初出家，竟没想那么多……罪过罪过……这事说起来，真是一段让人难以启齿的罪孽啊……

2

母亲生我之前，梦见窗外有人持剑而立，那人对着一颗脑袋挥剑时，她突然惊叫一声，我就从她身上滚落了。她不知道这把剑预示着什么，心里一直惴惴不安。父亲虽为一国之君，却像一只柔弱的绵羊。朝中很多事，都是高氏族人说了算。父亲知道，以一己之力对抗庞大的高氏族人，还不如默默忍受。他除了唪念经文、把玩南红，在朝多年实在没有什么像样的作为。不过，自我诞生之后，他就决意将我从一只小绵羊驯养成一只可以威服四方的猛虎。因此，在我刚刚学会识字之时，他就迫不及待地为我四处寻访剑客，教我剑术。待我长大成人，羽翼渐丰，父亲也就萌生退意，而高氏族人趁这时机主动示好，要将高家名媛许配给我，结为世代姻亲。父亲一直忌惮高氏族人的势力，权衡其间利弊，也就答应了这门婚事。他给我铺设了一条坦途之后，索性禅位做了和尚。就这样，我作为大理国第十八位皇帝，正式登基。我一改父亲当年的作风，开始整治朝纲，修建城墙和寺庙，平衡各方势力。我时而像暴君那样凶残，时而又像佛陀那样慈悲。这种喜怒无常的性格让我的敌人和朋友都望而生畏，不敢造次。在短短几年内，我就把自己的位子给坐稳了。可以说，作为一名国君，人家该有的，我都拥有；人家没有的，我也拥有。我有一柄可以照亮黑夜的宝剑，有一个专门为我磨剑的侍从；我还有一群我谈不上喜欢或不喜欢的女人和一支效忠于我的军队。我看起来好像什么都不缺乏，但我就是感觉自己缺点什么。有一天清晨，我提剑出门时，突然明白自己缺的就是一个强劲的对手。彼时血气方刚，好斗，但凡遇见什么高手，总想跟他比划一下，非要见出高低不可。俗话说，刀剑不长眼。死在我手下的，也不乏其人。

一件奇怪的事就是在我砍掉一个刺客的脑袋后发生的。那时我正要收剑入鞘，背后突然冒出一个沙哑的声音。回望，除了一溜树影，没见人，心中不免疑惑。声音忽前忽后，飘没无着。我越过几堵高墙，追到外面的护城河边。月亮正从东山升起，一只鸟扑棱一下飞出树丛。四野沉寂，月光在地上一漾一漾的。嘎的一声，沙哑的声音又烟一般从我背后飘过来。我问，你是谁？为什么老不出现？那声音答道，我就是死在你剑下的那个衡山道士。我猛一回头，才发现地上多了一条影子。影子说，那回我跟你比剑，我原本可以战胜你，但我念你是一国之君，故意让了一手。不承想，你被血气所迷，愈斗愈勇，所出剑法是我平生见所未见的，再加上你是顺风使剑，速度更快，我一着不慎，被你刺中。我流了很多血，你原本可以救我一命，但你却骑马离去了。那时，我就死在这里，你还记得？我自然记得，我说，你现在变成厉鬼，想要向我索命？影子突然立起说，我虽然只是个影子，无法杀死你，但我不会让你这辈子安生。我朝影子连劈数剑，影子也不躲避。只见几片落叶，在剑底回旋着。影子在月光下缓缓升起来，跟怪鸟似的，发出嘎嘎的笑声。我杀不死你，你也休想再杀死我，彼此好自为之吧。影子语罢，如同烟雾般淡去，没入夜空。

我曾请来一名法师做法祈禳，念了七天七夜的打秽鬼经。影子似在非在，我也就见怪不怪了。影子自然无法拿刀剑砍我，只是在我杀机陡生之际，冷不丁地冒出来惊吓我。反过来说，我也不能拿刀剑杀死影子。我们就是这样一种关系。

我年轻时除了好斗，还落下一个毛病，那就是好色。我的宫殿很大，而我的女人散布在不同的角落，我得骑马去找她们。我的箭射在哪座房屋的木牌上，我就会在哪里过夜。有时我也会乔装打扮成商人的模样溜到宫外去打点野食，我喜欢偷偷跑到勾栏听歌、青楼买醉，看着那些晃动的柔软的身影，听着软绵绵的曲子，我就忘掉一身烦恼，直至在云团一样的酒香中渐渐沉醉。翌日醒来，常常不知道自己身在何处。

我说过，我是一个不安分的人，四处游荡是我生活的一部分。有一回，我驯服了一匹烈马之后便更换行装，独自一人外出狩猎。天色将晚，我骑着马，在一只鹰下面飞奔，呼啸而过的风声让我暂且忘掉自己背负的烦恼。鹰长唳一声，猛地俯冲下来，扑向一只野兔时，我的一枚箭也脱手飞出，射穿了它的胸膛。鹰落地，羽毛散开。兔骇，突然定住，回头睃我一眼，又开始没头没脑地朝前奔逃。在一片旷野里，我继续骑马追击着野兔。我虽带弓箭，却引而不发，因为我要像猫玩老鼠那样慢慢玩弄这只野兔。迎面一片树林，一下子遮暗了光线。一群白鸟被马惊吓，蓬蓬然散开，如同飞花。野兔跑进了一座李园，我的马也随之一跃而入。环顾四周，李花虽已凋谢，但满园荡漾着木叶的清香。我正要继续向前寻找那只兔子时，忽然有人从斜刺里冲过来，挡住了我的去路。那人骨骼粗壮，像一匹头大额宽的蒙古马，短衣打扮，看样子是个仆人。我没把他放在眼里，只管跃马向前。那人便拉住马头的缰绳，恼怒地告诉我，这是军巡使老丈人的府上，不得擅入。我听了，便想举起鞭子，劈脸抽过去，然后告诉他，这里所有的领地都是我们段氏的。但我很快就冷静下来。一阵风吹过来，我的目光微微一颤，越过他的肩膀，看见树林间走出一名女子，手里抱着的，正是那只惊慌失措的野兔。她穿着黄罗销金裙，两襟敞开，丝带飘拂。又一阵风从我手指间吹了过去，掠起她额前的一绺黑发。她噘着嘴，挑着眉头，有点带挑衅的意思。这世上的妙人儿都是甜蜜的毒药，见到她第一面，我就想毁在她手里了。

在黄衫女子的眼中，我大概就是那种架鹰走马的公子哥。她没搭理我，抱着那只蜷成一团的兔子转身穿过李树林，向一座花木掩映的瓦屋走去。我下得马来，也跟着走进李花丛中。可我走着走着又转了出来。连闯三遍，不得其门而入之后，我就明白，自己进入的不是一片李树林，而是精心布置的迷魂阵。那一刻，我不知道是树在移动，还是自己被人施了奇门法咒，脑子里有魇魔作祟。本想拔剑砍掉那些树木，但念及此举一则唐突美人，一则煞风景，也就知趣地退了出来。转眼间，黄衫女子又从树林间露出脸来，向我喊话：陌生的客人，你没有主人的邀请，怎能进得了我的家门？我知道她不是个简单的女人，就向她请教芳名，她却称自己只是一个小女子，姓甚名谁不值一提。既然这样，我说，我赐你一箭，请你收下，也许有一天我会再次来到这里。这样说着，我就拉满弓，把一枚箭射中了她身边的一棵李树。黄衫女子连看都没看一眼，说，我夫君若在，准会还你一箭。我问道，请问夫君高姓大名？黄衫女子笑而不答。

这时，屋内传来一声老人的叫唤：瑛姑，你在外头跟谁搭话？黄衫女子回头应了一声。

你叫瑛姑？我对瑛姑说，能否把你怀里的兔子交还给我？

瑛姑说，兔子既不是你的，也不是我的，它从哪里来，就让它回哪里去吧。我说，我要定这只兔子了。瑛姑说，我们不妨打个赌，官人若是输了，就放过这只兔子。我说，你怎么知道我会输？瑛姑说，官人守信便好，我且斗胆向官人请教一个简单的问题：今有雉兔同笼，上有三十五头，下有九十四足。问雉、兔各几何？我自然知道这是一道算术题，但我也知道眼前这女子没有我之前所想象的那样简单，我若是往深里想，就怕自己像走进林子那样绕进去。再说，我看中的已经不是她手中的兔子了。多情如我，见美姝在前，即便有一阵微风吹过，似乎也能牵动一缕欲念。但我仍然装出一副满不在乎的神色，把那个问题撇到一边，牵着马往外走去。没走几步，林子那头突然又传来瑛姑的声音：既然官人赠我一箭，我也回官人一箭吧。

我在树下驻足片刻，一枚箭嗖的一下，穿林而至，射中我脚前一步之地。我从地上拔出箭来，细视箭杆，上面镌刻着一个我所熟知的神箭手的名字。我隔着林子扔去一句：我已经明白你的夫君是何许人了。随即就传来一声回应：明白就好，免得下回再来我家门前炫耀自己的箭术。

我把箭收入囊中，骑马离开了。

得遇瑛姑，我才算明白，宫里面的女人都不过是庸脂俗粉。瑛姑是一位幻戏乐人的女儿，她熟读《周易》，精通九章算法，会布阵，也懂音律，是我生平所见过的一等聪明的女子，她有个外号，叫神算子。那一阵子，凡与瑛姑有关的消息，我都要向人打听。

3

那年初冬，草木黄落，我带领部属去京畿山野间狩猎。扈从三百余人，连扛药箱的太医和抬恭桶拎夜壶的太监们都没遗漏。当然，我还特意叫上了羊苴咩城的一位军巡使。那人善射，据说是一位“能教鬼怕神愁的神箭手”。我们就在猎场的空地里搭起帐篷，挂起虎皮狼蜕。我喜欢那样一种冬狩的排场:白云覆地,马嘶鹰飞,旌旗飘展,弧矢鸣荡。想想都令人过瘾。

我屏退左右,让军巡使侍坐一侧,把温好的酒递了过去,他跪下来,诚惶诚恐地接过杯子。在我看来,酒便是酒,在他看来,这是御赐之物,自然非同一般。我饮下一盅,说,喝了酒,肺腑开张,正好可以杀几头虎狼助兴。军巡使说,这一带很少有虎狼出没,卑臣多年前同好友在这里巡逻时,曾见过不少麋鹿。说话间,我看见一只麋鹿正在山麓的溪流边饮水。我对军巡使说,我跟你打一个赌如何?你我之间,看谁抢先射中那只鹿。军巡使问,难得皇上有此雅兴,却不知赌的是什么。我说,若你赢了,我宫中的嫔妃任你挑选一个;反过来说,若我赢了,你家中的美妾也任我挑选一个。军巡使说,皇上既出此言,一定是胜算在握了。

我与军巡使折箭为誓,他那张脸满是络腮胡,看上去似乎没有一点表情。我们取了弓箭,各自上马,分头追杀那只麋鹿。

最后当然是我赢了。

我迫不及待地跑到那座李园,跟瑛姑见了一面。瑛姑得知事情的始末后,依旧隔着一片树林跟我说话。她说,让我做你妃子,只有一个条件。我问,你无论提出什么条件我都会尽可能满足你的。瑛姑说,砍掉军巡使的一只手臂。我问,他是我的爱将,又是你的夫君,你为何要砍他手臂?瑛姑说,因为他把我当作跟人交换的物品,便是对我不敬。既然他不敬在先,也就休怪我不讲情义。

三天后,我派人给瑛姑送去了一份彩礼,顺便带来了军巡使的一只手臂。

羊苴咩城的人都说,瑛姑是一个悖德的妇人。而我娶了悖德的妇人,也不会有什么好结果。他们是这样说的。

迎亲队伍进入羊苴咩城之后,我便穿上一身吉服,带上仪仗队来到皇宫大门外迎候。一名文官跪在我跟前说,皇上是九五之尊,不可屈尊。我立刻把他轰开了。瑛姑下了凤舆,我让她从正门进来。又有一位文官跪在我跟前说,先皇已定规矩,迎娶皇后的时候才可以走正门,皇上万万不可让妃子……我二话没说,就把他踢到侧门那边去了。那晚,我牵着瑛姑的手,大摇大摆地从正门走进大殿。

我为什么会喜欢瑛姑?因为她脸上有一颗痣。皇后身上几乎找不到一颗痣,但我偏偏不喜欢一个没有瑕疵的女人。

那一晚,我喝了很多酒。我和瑛姑躺在床上的时候,有一阵巨大的声音突然从我头顶滚过,然后就听到远山传来空洞的回响。是打雷的声音?我问瑛姑。不是,瑛姑说,这声音好像是从地底传来的。瑛姑说,床好像在动。不,是地在动。我抱住瑛姑说,是我的身体在动。那时候,酒劲已经上来,我感觉自己脑袋里有什么东西也在动。

4

(智兴,你说每个人的心里都有一个暴君和佛陀?暴君手里拿着一把刀,佛陀手里拿着一朵莲花。是这样吗智兴?)

5

翌日,外面传来急报:威楚府地震,地忽然裂开,吞没了不少人。坏消息传到我宫中的同时，我的坏名声也传到了宫外。于是，民怨沸腾，骂声一片。朝廷上下，但凡遇见灾异，都要找个煞有介事的说法。事情闹大了，话也就多了。朝中大臣历数了我十条罪状。即便连地震这样的事，据说也是因为我忤逆天意惹得天怒人怨，以致上天以灾异示儆。高氏族人借势向我倒戈，发动了一场规模不可谓不大的政变。那些骑马的人、拿刀的人、放狠话的人，全都杀过来了。失掉一只手臂的军巡使与叛军里应外合，浩浩荡荡地从正门进来，说是要"入宫谢恩"。也就是在一夜之间，高氏族人借着"勤王"的名义掌控了朝政。我跟父亲一样，再次沦为傀儡。

想来这也是宿命:一旦大理段氏摆脱高氏族人的掌控，边地必出骚乱;一旦高氏族人入主朝廷，边患即刻消除。我现在终于明白，父亲当年是如何过着委曲求全的生活。那一年，金兵犯境，军国大事大都由高氏族人说了算，我坐在龙椅上不过是摆个样子——既然如此，我也就懒得上朝听政了，索性把日朝改为朔望朝，后来连初一、十五都不上朝了。那些当初称我是"暴君"的人又开始嚷嚷着骂我是"昏君"。过了些日，高氏族人大概是拿金人没法子了，便把烂摊子甩给我，指使大臣们一次又一次地提醒我，我长久以来疏于临民莅政，以致几座边城屡屡失陷。我掐指算了一下，我已经有好几个月没跟大臣们见面了。于是，我又披上袍子，懒洋洋地登上那张被人们称为"龙椅"的椅子。我不算勤政，但有时也会把堆叠如山的奏章带回寝宫。瑛姑见我在灯下支着下巴长叹，便问我为什么忧虑。我把那些奏章带来的烦愁说给她听。瑛姑翻阅了一遍，给我出了一些点子。她的才智远远在我之上，花了一个通宵的时间，就帮我把各种奏折批阅完毕。第二天，我把朱批交给朝中大臣时，他们几乎不敢相信自己的眼睛。

瑛姑发现我的剑术不进反退之后,就暗暗替我担忧。她开始管制我的后宫,收起我的酒杯。在瑛姑看来,凭我的悟性,若是用志不分,勤加修炼,不出几年,就能与那位终南山剑客一争高低了。在她的督促下,我刚日打坐,柔日练剑,自觉有了精进。每回我练不下去,想找点乐子时,瑛姑就会像一位严厉的师傅那样提醒我。至于朝中的事,我已交付几个朝臣把持。如果他们还有什么事不能裁决,就经由瑛姑转告于我。事实上,那些事让瑛姑打理起来会比我更得体。碍于妇人不能主事的老规矩,我也只能让瑛姑在暗中帮我出主意。

鸡叫三遍了,你也该去练剑了。

月亮刚从东山出来呢,你为什么就早早收剑了?

我每天总能听到瑛姑口气温柔却又不失严厉的敦促。

瑛姑才智过人,无书不读。像算六十甲子书、占贝卜书她都能通读,还有一些从江湖异士那里搜罗过来的稀奇古怪的剑谱,她也能读一些。她边读边讲解给我听,然后就让我照着本子把每一路剑法都练上一遍。我练得愈多,忘得愈快。当我忘记所有的招数时,我的剑术就有了明显的长进。汗水流淌下来,血气翻涌上去,不能不说是一件痛快淋漓的事。每回收剑,看到满地落叶,我就很满意。

半年过后,瑛姑请来了一位国中剑术名家。他看了我的剑术,感叹说,我的剑里面带秋声,让人想起无边落木萧萧下。这句话很美,我就让史官记下了。还有一位琉球高手,称我为“三百年来剑术造诣最高的剑之圣者”,我也让史官把这句话一并记下了。

在我不理朝政的年头里,高氏族人反倒不知道应该怎么办了。他们掌控的权力愈大，内部的纷争就愈多。他们闹得不可开交时，又希望我出来平衡一下。于是，我又可以做一些让自己说了算的事。比如恢复旧制，比如兴建寺庙和城墙。有朝臣送来青铜大鼎，内铸铭文，对我的文治武功大加赞赏；又诣阙上表，向我提议废除身为高氏族人的皇后，另立瑛姑为后。

我把这事说与瑛姑听。瑛姑说，她昨夜做了一个梦，梦见一位羽人进室，把凤袍披在她身上。我告诉她，我已经把万千宠爱都加在她一人身上，还要凤袍作甚？瑛姑说，她喜欢凤袍上绣的那些熠熠生辉的金翅，她觉得自己穿上这样的衣裳走出去会是一件很体面的事。

很快地，我就收到了皇后的宫怨诗，说的是自己在凄清的夜晚如何翻出箱底那件大婚时穿过的凤袍暗自落泪，如何抚摩着熟睡中的孩儿替他的命途担忧。我把这诗扔给瑛姑看，瑛姑读了，叹息一声，说，这世间的男人都爱青丝，嫌憎白发，等我老了，或许也会被人冷落。这些话说得我心里凉一阵、热一阵的。外面的竹影映在窗上，风吹竹叶的声音传到我耳中，我没什么话可说，只好望着窗外出神。女人心思细密，在房栊四围种了竹子，以求幽情，现在听来，全像是凄凉的低语了。

6

（那一年秋天，我经过瑛姑的李园，见了她一面。她的头发全白了，像李花一样白。我问她，怎么会变成这样子？她说了一些不知所云的话。她好像是真的疯了。我唯一听懂的一句话是，她痛恨这世上所有的男人。智兴，她像疯婆子那样诅咒着世上所有的男人。）

7

从她身上，我能闻到李花的味道。我们站在塔楼上，她的眼睛里倒映着暮春三月的晚空。她说，昨夜我梦见一只黑鸟飞入我帐中，遗落一枚透明的白卵。我问，这是什么意思？瑛姑说，我查了一部解梦的书，说是吉兆，古代的皇后就因为做了一个玄鸟堕卵的梦之后诞下一子，后来成为皇帝。所以，我觉得，这个梦就是天启，我也要替你生一个孩子，让他继承皇位。我听了，不由得吸了一口凉气。瑛姑不仅想做皇帝的女人，还想做皇帝的母亲。我向她解释说，我已将皇后所生的长子立为王储，现在如果废长立幼，必致宫乱。再说，你又如何能保证自己所生的是儿子？瑛姑的回答令我大为吃惊。她说，你别忘了，我的绰号是神算子，我凭借五行八卦算出哪个时辰交合可以怀上男孩的。

我开始害怕跟她见面了。

为生孩子的事，她跟我没少发脾气。很显然，她身上有着强烈的占有欲，如果可能，她想占有我的一切。后来我就以练先天功、务须禁欲为由躲进密室，避而不见。

我闭关修炼的时候，把兵符与印信交给朝中几位信得过的大臣。每个月，他们还要捧着我的金靴去城外转一圈，代替巡视。我回到朝中的时候，很奇怪，手下的人竟没有一个做出背叛我的事。唯一背叛我的人是瑛姑。

出关那天，她就跪在我面前，泪流满面地告诉我，她有了。那一刻，我仿佛听到了内心里传来一柄剑崩断的声音。我没有逼问，她就把那个男人的名字告诉我。那人是我的朋友，确切地说，是我朋友的一个师弟，长着圆胖脸，性喜谐谑，有点像古书上记载的那种俳优、狎徒之流。按照她的说法：他只是用手指碰了一下她的身体，她就爱上了他，然后就做了他的女人。我问她，这件事还有谁知道？瑛姑说，朝中上下都已经知道了。

我知道，所有的人都在暗地里谈论我的隐私，而且都在迫切地等待我以一种残酷的方式了结这件足以让我一辈子都抬不起头的事。望着墙壁上挂着的宝剑，我的怒气仿佛带着一股呼啸的声音蹿出了我的身体。我可以驾驭一匹烈马，却怎么也无法控制自己的情绪。然而，当我举剑刺向瑛姑的时候，那个久违的影子突然出现了。

我问影子，莫非又是我做错了什么？影子没有回答，只是发出一阵嘎嘎的笑声。我用剑尖指着影子喝道，不许笑。影子反倒笑得更厉害了。门口的珠帘也在不停地晃动着。

影子消失之后，我才转过身来，看见瑛姑依旧跪在那里。

我的剑始终没有落下。

一缕曙光照在我手上。我像收起一柄剑那样，收起了我的愤怒。

我是一个罪大恶极的人：我好斗，滥杀无辜，结果被影子附身，摆脱不得；我好色，淫人妻子，结果自己的爱妃反被人淫。用佛门的话说，这都是因果报应。

从此以后，我开始憎恶刀剑，憎恶女人。宫里面的人和大臣常常找不到我。更多的时候，我是去外面访僧问道。听说有位西域圣僧，在城外一座山里结庵居住，我便带着十余名侍从、一车礼物进山拜访。山很大，上有白云缭绕，下有烟岚弥漫，茅庵藏得很深，我们费了一番好找。在一口水潭边，我看到了一座依树而建的茅庵，柴扉紧闭着，寂中透静。侍从说，这和尚真是不识抬举，皇上来了，也不开门。我下马上前，敲了三下门，里面就传来一个小沙弥的声音：谁呀？我曼声应道，大理国皇帝段智兴特来拜会圣僧。小沙弥答道，师父三天前闭关，再过一个月出关。我说，师父闭关，你可以开门呀。小沙弥说，师父说了，茅屋太小，容不下你这样的贵客。侍从威吓道，如果你不开门，我就放火把你们的茅屋给烧了，看你还敢不开门。屋子里面突然就没了声息。罢了罢了，我说，既然圣僧不想见人，你就是把整座山烧了也不管用。我让侍从奉上礼物，就下山了。

后来，我派人请圣僧出来做国师，他婉言谢绝；赐他一座寺庙，他也谢绝。听西域过来的人说，圣僧原是西域某国的王子，身为天潢贵胄，享尽了人世间的一切荣华富贵之后，突然又看破一切，出家做了和尚，从此草衣卉服，穴居野处，不跟世人往来，却与鱼鸟相亲。又听人说，他在山中修行时，身上落满了树叶，爬满了蚂蚁，也不去拂拭。那年冬天，我想起这位圣僧，又带着几个侍从去拜访他，他还是避而不见。没法子，我就把那座山送给了他。

下得山来，我让侍从先行，独自一人沿着一条长河默默行走。听着潺潺水声，感觉自己也在缓缓流动。山在恍惚间退远，近似于无。河流没有尽头，时间也没有尽头。天地之间，只有我和马的影子在缓慢地移动着。我脱掉了自己身上的袍子，卸掉了马身上的鞍辔。一下子感觉自己轻松了许多，马在我前面踢着土块，微尘飘落河面。这时我忽然明白：去见圣僧，是不应该穿着皇袍、带上那么多侍从和礼物的。

到山中寻访圣僧的念头一直没有打消。下过一场雪之后,太阳劈开一条爽净的山路,我穿着一身粗布衣裳来到山中。我站在一座低矮的茅屋前。听得里面有人问:谁呀?

答:是我。

又问:你又是谁?

又答:我是我。

门开了,圣僧走了出来,双手合十对我说,站在我面前的,不是一位国君,而是一个善男子。来来,我们可以坐下来聊聊了。

我盘腿坐了下来,把腰间的剑横放在膝头。

果然是剑不离身。

习惯佩剑,好像它已经成为我身体的一部分了。

那么,你能否告诉我,你的剑在心外还是心内?

剑在心内。

那么,你的心又安放在哪里?

啊啊,一直以来我都过得浑浑噩噩,不知道把心安放在哪里。

那就暂且把心安放在我的茅屋里吧。

我在茅屋里坐了一个下午。圣僧给我讲了一个故事:他的高祖晚年耽悦佛法,长年不问朝政。有一天,他突然心血来潮招来八方工匠,在宫里建造了一座百尺高的塔楼。他在塔楼顶端,闭关修炼。据说他可以偷听神仙说话。多年来,他没再下得楼来,光是听神仙说话,却没有听到底下臣民说话的声音,结果是可想而知的,他的亲信不得力,以致大权旁落。某夜,星坠木鸣,朝中有人认为这是天降异象,于是联络京畿一支军队,闯入皇宫,杀掉了护卫,在塔楼底下点燃了大火。高祖皇帝的三个儿子听到兵变的消息，便各带三支军队前来勤王。我们的高祖皇帝看到楼下张开的大网，却不敢往下跳，因为他在那一刻连自己的儿子都开始怀疑了。他宁可死于敌人点燃的大火，也不愿意死于亲人之手。就这样，眼看塔楼就要坍塌下来，我的高祖依旧抱着柱子，用绝望的目光俯视着我的曾祖父。

圣僧接着又说，我们这位高祖皇帝，活到一定岁数，忽然想到人的寿命无论有多长，终有一死，于是就看淡了手中的权柄与眼前的富贵，看上去他好像是悟道了，其实不然；他后来为了求得长生，宁叫皇权旁落，视生灵于不顾，这实在是不智之举。我知道，圣僧讲这个故事，说这番话，便是要告诫我：既然做了皇帝，就应该做皇帝应该做的事。

那一晚，我就在茅屋里住了下来。睡的是草荐，盖的是破被。

第二天，圣僧突然问我，昨天是否睡得不太好？

岂止不太好，简直就是一夜没合眼。

为什么？

被几只跳蚤骚扰，不得安宁。

你捉到那几只跳蚤了？

一只都不曾捉到。

一个皇帝竟拿几只跳蚤没法子。

是的，我可以战胜很多人，却无法打败几只跳蚤。

几只跳蚤都可以制造出这么大的麻烦来，何况是人？

唉，当皇帝有太多常人难以想象的烦恼。这一切，家父最能体味。他曾把我带到一片松林里，教我如何打坐。松风吹拂一颗心，有禅意啊。可我走出松林时，心底里还是觉着苦啊。

烦恼不除，正念不生。种种烦恼，譬如缸底积垢，越积越厚。

如何除去烦恼？

太阳出来了，我们晒暖去吧。

圣僧脸上露出了淡静的笑容。有风缓缓而至，他像一片树叶那样飘到了阳光那一边。

8

皇后听说我有出家的念头，便派人送来一撮用绳子系好的头发，还特地在捎带的信中说，这是我当年与她共枕后遗落的头发，她每天晨起都会将它捡起来，放入匣子里，时日久了，就集成一束。我揪着这一撮头发，心绪纷乱。隔日，我将太子召来，让他坐在一边，看我如何批阅奏折，如何跟身边的大臣商讨国事。

我们大理国衰弱的时候，有人说我们偏安一隅；强盛的时候，又有人说我们独霸一方。我把城墙修得愈坚固，就愈是招来敌国的侵犯；我把法典修得愈完备，就愈是有人敢以身试法。治理一个国家，我知道，不是靠手中的一柄剑。你有一把利剑，但用来切菜还不如一把菜刀。这是圣僧对我说的话。尽管我凭借一己之力无法改变这个国家的命运，但我还是试图改变点什么，以此证明我比父亲那样的傀儡皇帝要强。直到有一天，圣僧突然告诉我，我在十月会遭遇一场“天变”。所谓“天变”就是：日月交晦，星辰昼见。

圣僧所说的“天变”之日果真来了。太阳刚刚还高挂空中，转眼间天色就暗了下来，狂风乍起，在顷刻间席卷羊苴咩城。这一阵风，不是从西方或北方来,也不是从东方或南方来,而是从四面八方来。我坐在宫中,但听得门窗吱咯作响,桌椅吱咯作响,梁柱吱咯作响,我的牙齿也在吱咯作响。

侍卫来报:高氏族人已在门外陈兵三万。

他们是来逼宫的吧?

他们要皇上登上城楼跟城下将士和百姓对话。

他们为什么偏偏要挑这个时辰?我挥了挥袖子说,不见。

无须探看,我也知道外面已是黑云压城之势。宫里面的人东奔西窜,早已乱作一团,更多的人偷偷卷起了珠宝,打算趁乱逃生。几个嫔妃来到我跟前,用可怜巴巴的目光看着我。我知道她们想要说些什么。

紧接着,一位老臣跑过来传话,归总起来,无非是说我在位多年,内忧外患不绝,天灾人祸不断,宜应尽早禅位给太子。

我对老臣说,这个我自然明白,太子有高氏族人的血统,他们往后操控起来自然更省心。

老臣说,他们还放话:如果在天光再现之前,皇上还不退位,他们只能采取兵谏。

我自然知道“兵谏”这个词意味着什么。从前,我好斗成性,手中即便没有刀剑,脑子里也是刀光剑影。而现在,我早已倦于争斗了,也深知一场恶战之后,不知道会有多少人最终变成累累白骨。古书记载:周穆王南征,一军尽化,君子为猿为鹤,小人为虫为沙。怎敢想象,那样的惨状就将在羊苴咩城内重演?

想到这一节,我就让老臣跑过去传话:只要他们退兵,我就退位。

我的话刚刚传出去,天光就亮了。城外响起了一阵雷动般的欢呼。

随后又有一名太监来报:皇上,他们已经把您的坐骑准备好了。

够了够了,我冲着那个老太监咆哮道,他们为我准备的东西已经够多了。王位是他们为我准备的,皇后是他们为我准备的,刀剑是他们为我准备的,现在,让我滚出皇宫的座骑也是他们为我准备的。可我要告诉他们,唯独这坐骑,我不需要他们为我准备。

我脱下了皇袍,解下腰间的宝剑,丢下了所有可以丢下的东西,孤身一人,举着火把,穿过一条秘密通道,逃出了皇宫。此时,一道天光忽然映照在我脸上。远远地,我回头望了一眼,一座城在疏淡的树枝间浮动着,依稀听得草丛下一缕风的呜咽。

我跑到山中,跪倒在圣僧面前,问他如何摆脱眼前这场“天变”。圣僧吹熄了一盏灯,又将它点燃,说,熄灯的人就是点灯的人。我知道,他的意思是让我“先死而后生”。杀死我的人,和拯救我的人,不是圣僧,也不是别人,正是我自已。我把一个俗名叫“段智兴”的人杀死了,然后一个法号叫“一灯”的和尚就重生了。

之后也曾心生邪念,也曾发出恶声,但圣僧会让我跟随他默念一段经文。以前种种,散作骷髅、蛇蝎、闪电,刀剑,交会眼前,我依照圣僧所授心法,收视返听,什么腥风啊血雨啊,全都不见了,那一刻,我心里只有绵绵细雨,只有雨后的彩虹。出家之后虽说不能把一身的烦恼垢洗得一干二净,但心里到底是清净了许多。至于那个影子,是的,它再也没有出现过。我一度以为它跟那个名叫“段智兴”的人一起死去了。事实上,它一直在那里。我不会惊动它,它也不会惊动我。我们相安无事。

9

这么多年来，我修炼的是如何消除身上的杀气。现在我手里即便拿着刀剑，也不会有杀气了；如果我身上还有杀气，树叶放在我手里也可以伤人。

华山论剑之后第十年，我们约定再上华山，此行的目的当然不是论剑。洪七在信中说，他有点想念老朋友了，想在此会会，仅此而已。其实见了面，也没什么好说的。瞧洪七的神色，心里像是装着什么事，可话到嘴边又咽了回去。我不便多问，照例是手捻佛珠，口念心经。洪七觉着无趣，拍拍屁股离开了。两只凝固在枯枝上的黑鸟也蓬的一下张开翅膀，向天空飞去，画了一个大圈，又陡然飞下，落入滚滚云涛。洪七在山里面转了一圈，带回了一只骨瘦如柴的山鸡。不觉间天色暗了下来。洪七从石屋中取来柴火，在我对面点燃了一堆火。远山在风中微微晃动。

洪七来到我跟前，盘腿坐下。

刚才你离开之际，我听到有人发出狼嚎般的声音，心里仿佛藏着大悲恸。

我也听到了，如果我猜得没错，那人是从白驼山来的。

想想也是，只有他的啸声能如此深厚绵长。

我可以感觉到他的内劲。

你过来的时候，我也能感受到有一股强劲的气息拂面而来，这是一股至纯至精的阳刚之气。洪七，你是如何练成一身绝学的？

就是为了混口饭吃，没有什么可说的。

但洪七终于还是说了。

洪七有兄妹八人，他排行老七，洪七这名字就是这样来的。至于他真名叫什么，连他自己也记不得了。洪七的兄妹中，有三个因七日疯或别的什么病夭折，还有两个跟随宋军，战死沙场。他们平生事略都很简单，没什么可说的。唯独洪七的父亲，似乎可以一说。他是个老饕，好吃懒做。平日里，酒杯常满，光阴虚度，也没有一丁点愧疚感。洪七的母亲对他颇多抱怨。洪七的父亲除了吃，竟不晓得自己还能做什么。洪七的家人迁居异地、妹妹远适之后，宅院从此夷为平地，断了人声。后来盖起的一家酒楼，就跟洪家无关了。洪七在外面浪荡，一直没有回过老家。有时即便惦念那个地方，也是因为那里还有未还的酒债。洪七当过步兵都头，因为酒后痛骂官府，被人告发，当即被贬为一般的差人。当地人都说他是“申时一官，酉时一卒”。不过，他也乐得自在，仍然喝他的酒，发他的牢骚，此间跟街头小贩打过架，砍过几个金人的脑袋，偷吃过邻居家的鸡。在大伙眼里，他就是这么一个浑浑噩噩的人，后来有一天，有幸得遇高人指点，练就了一身绝学。他参加过几场能让人谈论七天七夜的武林大会。于是，原来被人瞧不上眼的江湖小混混，也便被人奉为豪侠。

我本不想习武的，洪七说，我的梦想是跟我爹一样做一个老饕，吃遍天下。但有位算命先生说，我这辈子口福不浅，却是乞丐的命。

我说，我还在位的时候曾碰到过一个从汉地过来的乞丐，我问他，现在最想要的是什么？他说，我想要吃一顿红烧肉。于是我就送他一碗红烧肉。他问我是做什么的，我说我是大理国皇帝。他有点不敢相信。他想了半天，跟我说，当皇帝定然是天天有红烧肉吃吧。我说，天天吃红烧肉又怎样？烦恼照样没见少。他很惊奇，皇帝怎么也有烦恼？我说，这世上如果没有烦恼,我更愿意去做乞丐。乞丐说,乞丐也有烦恼,比如,吃到了红烧肉之后,他还想要一个女人。我说,我赐你一个女人之后,你还会要更多的东西。人有了妄念,也就有了烦恼。洪七,你说是不是?

洪七呸的一声吐掉鸡骨的渣滓说,皇帝与乞丐有甚区分?也屙屎,也吃饭,困来也睡觉。

你说得对。皇帝与乞丐没有区分。我们什么都不是,我们不过是浮云的一部分,是这座山的一部分,是这一阵风的一部分。在我之前,早有一个我存在于天地之间,在我之后,那个我还在那儿。坐在你眼前的,不过是一副臭皮囊。

洪七啃着鸡翅,看几只鸟绕树而飞。

看样子,今夜就要下雪了。

我已经准备好了一壶酒,可惜你不能跟我对饮。

洪七,为什么你的嘴总是一张一合?你是不是还想吃鸡肉?

不,我是想跟你谈谈我的女人。

你的女人?

我听到"女人"这个词,突然想笑,但又忍住了。

算了,不说了。

那你谈谈你在酒肉林中的故事吧。

酒肉与佛隔着肚肠,不相碍的,不相碍的。不过,我一直弄不明白,为什么我吃得越多,越是感到饥饿?

人啊,就是这样,你的双手越满,内心越是虚空。

如果有一天我突然死去,定然不是饿死,而是撑死。

没想到你看得如此通透。

可是现在,我感觉自己心底里空荡荡的,就像房屋建好了,却没有人居住。

那么,我们就坐在风里享受空荡荡的快乐吧。

寂静好像是从岩石中渗透出来的。我刚刚说完一句话,寂静就包围过来。我除了往碗里再添些水,已不赘言。

西

1

铅灰色的天空重重地压下来,雪白的山间,藏着一粒黑色的影子。风一吹,那粒黑影就滚动起来。瞬息之间,影子变大。来人正是洪七,一件黑氅披在他身上,被风吹得鼓荡起来,活像一只刚从天空飞下的大雕。他身后,只有浅浅的脚印。

你是怎么找到我的?我问。

我听到了你的啸声,洪七说,只有你的啸声才能震落天上的那只鸟。

洪七,这些年你的侠名越传越远,连白驼山那一带的人都知道了。

我也听说,这些年来白驼山一带出了不少山贼,手熟刀快,杀人如切菜。

我把他们统统杀掉了。在白驼山一带,我没有对手,也没有朋友。

没有对手的人很可怕,没有朋友的人更可怕。

我的恶名怕是也从西边传到了你们北边吧。你为什么不上白驼山来找我？

因为我不知道自己应该把你当作对手还是朋友。

人人都说我身上带毒，不愿意跟我接近，我只能躲在那山里面了。没错，当我心生仇恨的时候，牙缝间就会分泌出一股毒液。这股毒液让我的牙痒痒的，很难受。

洪七听了我的话，蓦地亮出白刃般的牙齿。他的笑如刀光一闪而过。我从洪七的眼睛里看到了自己。我是一个脸上有刀疤、眼睛里有杀气的人。

洪七从已见油光的袖子里伸出手来，脱掉靴子，在手掌上拍了拍，抖落一蓬灰土，然后就用手指抠着脚趾间的皮垢。目光微闭着，仿佛那是一件令人称快的事。

无聊，口淡，便问洪七，这回带来的是什么酒？洪七把腰间的大葫芦拿起来，摇了摇。酒在壶里晃荡的声音听起来仿佛海浪轻拍船舷。洪七说，这是用修罗采花法酿的仙家酒，你不曾喝过吧。我问，这酒好喝么？洪七说，喝过一回，你就记住它的滋味了。

我们相对坐着。斗酒只鸡，吃将起来。

洪七好吃。洪七吃到兴头上就说，人生最大的乐事莫过于尝别人未曾尝过的异味，喝别人未曾喝过的美酒。

我说，有人好吃，有人好色，说穿了都是一回事。

洪七拍掌大笑三声，说，老毒物，我想听你谈谈女人。

“老毒物”是我的外号。一般人不许叫，叫了，轻则吃一记耳光，重则掉脑袋。不过，洪七例外。

十多年前，我第一次跟洪七在昆仑山下相遇，就有一见如故的感觉。他说我在月光下的脸色极其难看。我告诉他，我是一个厌世者，我曾经想过用各种方式了结自己，可我没能办到。我之所以能死皮赖脸地活在这个世上，是因为这世上曾经有一个我最爱的人和最想杀掉的人。我还告诉他，我爱的是一个我不能爱的女人，恨的是一个一直想杀却无论如何也下不了手的人。洪七说，我明白了，你担心的是如果有一天你杀了那个男人，娶了那个女人，自己反倒没有活下去的意思了，是这样吧？是的，就因为这一句话，我把洪七当成了我的知己。我跟他痛饮了一场，还一口气杀了几十匹狼。

我后来喜欢喝酒，也跟那个女人不无关系。醉眼蒙眬的时候，我看到每一个女人身上都有她的投影。因此，我必须杀掉更多的人，才能忘掉那个男人；我必须寻找更多的女人才能忘掉那个女人。

你的女人？洪七问，还在白驼山？

在那边，很远很远的地方。

我站起来，拔出腰间的剑，指着鸟飞过的地方。我的手指颤抖了一下，又收回了剑。

剑已入鞘，但空气里仍存寒气。

2

智兴青年浪荡，中年出家。而我跟他相反。少年时节我随同师父读佛经，差点出家做了和尚，到了青年时节，我经历了一些事，反倒浪荡起来了。改变我人生的，从前是一部佛经，后来是一个女人。那个女人就是我的嫂子。哥哥风流成性，在他匆匆打发过的一大堆女人中，嫂子算是他最为倾心的一个。嫂子金发碧眼,能弹会唱,听哥哥说,她是波斯皇族的远裔,祖上从高昌迁来,向来不与外族通婚,但哥哥偏要他们打破这一相沿几百年的规矩。哥哥成亲那日,我喝了许多酒。那一刻,我忽然发觉,嫂子是这世上我所见过的最美的女人。酒后看女人,跟酒前看女人是不一样的,这就像月下看竹影和日光底下看竹影一样。哥哥抱着嫂子进洞房时,嫂子回头瞥了我一眼,用脚尖把门轻轻地掩上。那时候我就是不明白,为什么门轴的吱咯声会让我浑身发痒?

自从有一天,嫂子给我一碟炒熟的蚂蚁,我就倍加怀念蚂蚁的味道了。我舍不得把蚂蚁一口吃完,每次只动用一小撮,放在嘴里,细嚼慢咽,渐渐地,就品尝出火腿的味道来了。这味道勾起了我的欲念。我吓了一跳,赶紧拿起从前读过的经书。读了一段,又开始走神了。那点心思,如何能收拾得住?

我抛掉经书,开始吃肉。可我仍像受了魔魇一般,心中不安。坐不住,出去走了几天,回到家中,人虽坐着,却依旧感觉自己在不安中游荡。

白驼山的人都说,哥哥娶嫂子花去了不少钱财。光是第一次见面奉上的贽礼就有大宛良马、土产珍珠、彩玉、帘幕、裘帽、黄熟香、一种叫做无名异的药。而嫂子的嫁奁除了随身衣物,只有一筐子蛇。嫂子来自白驼山以西三百里地的一座蛇谷, 那里的人事天不事佛, 独独奉蛇为神(对他们来说,养蛇就是敬神)。嫂子进门那一天,便是把蛇绕在脖子或腰间当作装饰品。白驼山的人见了,都觉得不可思议。嫂子问我,怕不怕蛇?我说,不怕。嫂子就把蛇系到我脖子间。嫂子是这样对我说的:你没有害蛇之心,蛇也不会害你。

平日里无事，她也是把手指般细短的盲蛇放在手掌间玩耍。玩累了，就把蛇挂在床栏上，不许任何人触摸(事实上也没有谁敢碰)。哥哥不喜欢这种冷冰冰、软绵绵的东西，每逢入睡前，他总要把蛇驱赶到门外，可第二天醒来之际，他却发现蛇已缠绕在床柱上，等候着主人的抚弄。哥哥曾经这样对我说，你的嫂子是一个有毒的女人，我不知道哪一天会死在她怀里。

跟哥哥不同，我喜欢玩蛇，月夜里银光闪烁的蛇，蜕了皮、不穿衣裳的蛇，缠绕着树、发出咝咝声的蛇，在不安和期待中曳尾独行的蛇。我从嫂子那里学得咒语，只要对它们发出一声召唤，它们就会游过来。我的手指上有蛇的气味，它们可以在黑暗中找到我。我抚摸着那些曾被嫂子的手抚摸过的蛇，心中时常涌起一阵隐秘的激情和难言的羞耻感。因为嫂子，我认识了蛇；也因为蛇，我认识了嫂子。某些时刻，看到众蛇起舞，我便知道嫂子心情不错；众蛇颓然不动，我便知道嫂子起了愁思。

春夏之交，雌蛇的尾部散发出一股腥甜的气味，雄蛇纷纷爬过来，柔软而无声。我与哥嫂二人坐在瓜架下喝酒的时候，有两条蛇相互缠绕，跟麻绳似的紧紧地拧在一起，两个蛇头，此起彼伏，仿佛都不愿轻易就范。哥哥说，这两条长虫打得恁火热，居然也不避人。正在一旁的嫂子说，这两条蛇都是雄的，它们正为一条雌蛇压颈呢。哥哥问，什么叫压颈？我突然发出一声讪笑，说，你跟嫂子相处这么久，居然不知道这事儿？哥哥说，你是读书人，懂得自然比我这个粗人多。我心中暗暗有些得意，指着脖子最终挺立上面的那条蛇说，两雄蛇相争过后，脖子挺立的这条蛇等一会儿它就可以游到雌蛇身边去了。哥哥突然把目光转向了我，说，男女之事你没经历过，两条长虫交配的事你倒是一清二楚。我听了哥哥的话,像个姑娘家那样低下了头。嫂子看着我,也发出了咯咯的笑声。那年我十七岁,虽然学过一些拳脚功夫,但骨子里还是一个读书人,生性腼腆,发现有人的目光落在我身上,我就会退缩到一边去,不敢对视。

哥哥把我的手拉过去,说,你嫂子的手是凉滑的,像蛇一样。这样说着,他把我的手放在嫂子的手臂上。我却像是被火焰烫了一下,倏地收回。嫂子再次发出了咯咯的笑声。

之后就梦见了蛇。我与哥嫂二人在瓜架下喝酒时,嫂子的筷子突然弯曲了,像在水中所见的那样。筷子在蜿蜒中变长,缠绕着我的手臂。然后,我就看到嫂子甩动的头发变成了蛇,吐出的舌头变成了蛇,伸出的手臂变成了蛇。然后,我的四肢不能动弹了,呼吸也变得越发急促。那一刻,我的舌头和四肢都变成了蛇的一部分,融入蛇的身体。哥哥站在我面前,手里拿着一把刀。哥哥身后,是蛇一般淅淅然落下的雨……

热啊热啊。嫂子的嘀咕在我耳边响着。

入夏以来,天上不降一滴雨,地上扬起的尽是黄尘。白驼山的岩缝里渗出的那一点水,每天也就浅浅一碗。我们三人轮流舔那块斑驳的岩石,把棱角都舔得圆润了。嫂子总是跟哥哥抱怨说,没水吃,一说话嘴里就像是含着火焰;没水洗澡,皮肤都渴了,皱纹都长出来了。哥哥骑上马,说是要去远方找水源。可他这一去就是半个多月,没一点音信带回来。我们都疑心他在路上渴死了。嫂子对我说,待岩缝里的水都干枯了,我们就离开白驼山。我说,再等等吧。

哥哥临走时留给我一把短刀,他说,如果有谁敢动你嫂子,你就用这把刀子干掉他。我把短刀一直带在身边,它没有派什么用处。我无聊的时候就把刀拔出来又插回去,插回去又拔出来。突然想起,这只握刀的手至今还没有摸过女人的手呢。这么一想，连手指都有了莫名的冲动。天空中没一丝风。树叶不动。人也不动,一动就出汗。而我想出点汗。我的身体没动,心却在动。心动得很厉害的时候,我的嘴突然想嚼嫂子送给我的炒蚂蚁。阳光移出嫂子那个房间的窗下时,我就跟着移了过去。我听见嫂子的房间里传来布谷鸟般的嘀咕:热啊,热啊。我坐在窗外,出汗如浆。我担心自己这样坐下去会被汗水淹没。

哥哥这么长时间都没有回来,怕是真的出事了。我隔着墙把话递了过去。

她依旧嘀咕着:热啊,热啊。

太阳收起余光的时候,我放大胆子走进了嫂子的屋子,对她说,我带你去一个凉快的地方。

嫂子说,索性带我去遥远的地方吧,我不想再见到你哥哥了。

你去哪里?

马跑到哪里就去哪里。总之,不要再见到你哥哥了。

夜晚来临的时候,我把嫂子抱上了一匹白马。照着我的月光也照着她,她像是坐在水底,浑身闪烁着银光。紧接着,我也翻身骑上了马,轻轻地搂住她的腰。马一跑动,一阵热风就迎面扑来。嫂子说,这样的情景,我好像在哪里经历过呢。我问,是在梦里吧。不,她说,小时候读过一本波斯文的传奇,里面有个骑士,凭着单枪匹马把公主从魔鬼的城堡里带出。我现在闭上眼睛,就能想起那本书里描绘的场景。

我的马跑进了风里,越跑越快。然后,我就感觉马消失了,我们在风里面飘着。嫂子说，我们这样跑着，说不准像那本书里写的那样，能跑到天边的仙宫里去。她这样说着，忽然翻过身来，与我交颈相偎，嘴里的热气喷到我脸上，有一种说不出的刺痒。紧接着，嫂子像一条蛇那样缠绕着我，好像恨不得把我勒死。我能感觉到她那纤细的骨骼里埋藏着惊人的力量。

从马上下来之后，嫂子就成了我的女人。想到她那裸露在风里面的、流着汗珠的身体都属于我的，我还要什么白驼山，还要什么好名声？很快地，有关白驼山的流言就传了开来。这些流言当然是跟男人和女人有关的，被风一吹，也就传回我的耳边。我听到的那一切比起眼前这一个妙人儿，不过是一阵风罢了。我不在乎了，什么都不在乎了。这一辈子为一个女人而堕落总归是值得的。

3

（那年秋天，老毒物，亏你还记得，我们坐在昆仑山脚下，黑鸦鸦一群狼围了上来。你我各执刀剑，一口气杀死了三十多匹狼。后来你把那一口带着毛血的宝刀赠给我，我也把手中的短剑赠给你。那一晚，你竟在睡梦里发出了狼嚎的声音。）

4

白驼山的太阳随时都会让一个正常人变成一个疯子。我在白驼山中研读佛经，修炼剑术，原本只是为了防非止恶，但后来我无法抵挡各种诱惑，最终还是破了戒体。哥哥曾说，你只需学会我三分坏，就可以在江湖上混了。这是哥哥对我说过的最真诚的一句话了。

哥哥这一走，也不是断无消息。

哥哥的消息总是零零星星地传到我耳边。他这一路外出找水，遇到了一些匪夷所思的事。他出门两百余里时，先是在半路上犯了先前从未犯过的头风病，那一带，一眼望出去只有红沙，太阳照得他快要昏死过去了，日头西斜的时候，幸好有一支马队经过，把他给救了。马队里有人认得我哥哥，当年他们从白驼山下经过时，被我哥哥狠狠地敲了一笔银钱，心里头原本就有些愤恨，这下子他们大可以见死不救，但马队里的头目说，把我哥哥就这样扔下不管，还不如送到前头的双旗镇。哥哥全身乏力，就任由他们把自己的手脚绑了个严实，搁在马背。白驼山与双旗镇各设关隘，但凡商队从这一带经行，要么抄近路走双旗镇，要么绕远道走白驼山庄，我们要做的就是给商队提供向导和饮用水，然后收取一笔大小不一的银钱。白驼山地僻路远，因此，商队往往喜欢选择在双旗镇歇脚。早年间，哥哥在白驼山混不下去，就跑到双旗镇上做些鬼市买卖，他以滥饮闻名，也以滥杀闻名。因此，在这个镇上，他没有一个朋友，只有一大堆仇人。哥哥从双旗镇回来之后，就拉起一伙人建起了白驼山庄，开辟了一条可保商队五百里畅通无阻的路线。车过压路，马过压草，收点保护费也合情合理。这下子，一些原本投止双旗镇的商队也不嫌脚程远纷纷改道走白驼山。有利益争夺的地方，就有江湖。双旗镇的人对我哥哥恨之入骨，曾派人上门挑衅，但都有来无回。没承想，天公不作美，入夏以来，白驼山一带久旱无雨，水源干涸，所有的商队又不得不走水源丰沛的双旗镇。那支马队也是临时改道，他们去往双旗镇虽说是投宿，却像投诚。设若他们交出我哥哥，不仅可以得到一笔赏钱，往后出关入关兴许还可以获得免费派送的向导和饮用水。在被送往双旗镇的路上，我哥哥居然跟他们做起了一笔买卖：此去双旗镇是两百余里，此去白驼山也是两百余里。若是把他送往双旗镇，也无非拿到少得可怜的赏钱；若是放他回去，他可以赠送对方一笔可观的银钱。权衡利弊，马队的头目就下了决定，亲自带上两名精壮汉子来到白驼山，向我和嫂子讨赎金。马队头目带来了我哥哥的一封亲笔信和帽子，说明来意之后，又试图晓以利害。我看着那个马队的头目，露出了微笑。他问我笑什么，我说，我笑这世道呵。这世道越来越看不明白了，商人可以变成强盗，强盗也可以变成商人。马队的头目冷笑一声说，在这乱世里，还有什么世道人心可讲？能够活命就不错了。我给他们端来两张椅子，让他们在大厅里稍待片刻。我进里屋洗了个手出来，他们就已经口吐白沫，横躺在墙角了。我没有惊动一粒灰尘就把他们放倒了。这是我第一次亲自动手杀人。嫂子问我，为什么非要杀了他们？我说，哥哥如果带来的是一只鞋子，就说明他处境危险；但他带来的是帽子，就说明他虽处险境，但他好歹可以设法脱身。是日，我孤身一人骑马去寻找哥哥，沿途看到几具尸体横七竖八地躺在地上，每具尸体的脖子间都有一道很长的伤口。我瞥上一眼，就明白，哥哥让马队的人到白驼山取赎金，就是为了求得让自己缓过劲来的时间。他一口气杀了那么多人，大概又可以找到一家酒店痛痛快快地喝上一坛酒了。我见过哥哥杀人的场景，手起刀落，仿佛干的是一件可以带来快意的事。每回杀完人，他就开始喝酒。这回他去了哪里，我不得而知。我沿着遗落路边的驼粪，一个人在荒漠里走着，天是青的，地是黄的，心是荒凉的。穿过一座又一座废墩和土堆子，前面就是双旗镇，被破败的土墙围绕着。黑暗中能见到悠远的灯火和低矮的星星,也能听得细弱的哭声,但这些跟我统统无关。哥哥的生死也跟我无关了。我脑子里只有嫂子。她是唯一跟我有关的人。一想到她正独自一人待在黑暗中,我就拨转马头,急着赶回去。嫂子问我是否见到了哥哥,我就把自己一路上的所见所闻告诉她。事实上,有一个细节我有意无意地遗漏掉,那就是:我看到了哥哥遗下的鞋子。之后,从双旗镇传来消息,说哥哥杀掉了那个镇上最厉害的人物,还带走了他的女人。哥哥是一个耐不住寂寞的人,一个喜欢冒险的人,他总想去追求那些得不到的东西。因此,我疑心他此行原本就不是为了找水,而是寻找另一种更重要的东西:女人。当然,女人也是水。是另一种用来解渴的水。再过一阵子,又有人传来消息,说我哥哥已被官府收押。我知道,凭牢里那几条生了锈的铁锁是捆不住我哥哥的,他想走就走。他愿意蹲在牢里,大概是为了躲避仇人的追杀。或者,他那脑子里还有别的什么盘算。一个多月后,嫂子突然告诉我,她怀孕了。这一下,我不知道该如何是好了。嫂子说,一直待在这里不好,会有人传我们的闲话。我说,谁乱咬舌头我就把他们的舌头给割了。嫂子说,算了吧,舌头是割不尽的。

我问嫂子,如果哥哥知道了我们之间的事,他会怎么做?

嫂子说,他不会杀我,因为他知道,谁杀了我们蛇谷的人,鬼魂就会变成毒蛇纠缠他一辈子。

我掏出哥哥赠我的一把短刀,在灯下久久地凝视着。嫂子说,你看刀的目光比刀更可怕。但我的目光从那把刀移到嫂子身上时,她的目光也变得跟我一样可怕了。

嫂子说,带我走吧,离开白驼山。

为了躲避哥哥，我带着嫂子离开了白驼山。我们沿着昆仑山走了半个多月，找到了一座跟白驼山相仿的山，就此住了下来。这一年秋天，我们诞下一子。孩子满月时，一个皮肤黝黑的僧祇人找到了我们，说是受我哥哥所托，要带我们回去。我问他，你是如何找到我们的？僧祇人说，这一路上，我见到有几个小混混使用白驼山的功夫，自然就猜到你们躲在这儿了。他这么一说，我才想起，之前我为了补贴家用，确曾教过他们一些拳脚功夫。我原本想教他们自创的功夫，但他们嫌这种像蛤蟆一样跳来蹦去的拳法难看，我就只好教些寻常套路了。僧祇人看起来是个老江湖，哥哥托他办事，算是找对人了。不过，他也算坦诚，把我哥的意思都一五一十挑明了说。他还帮我们分析，说我哥哥手头不缺女人，只要我带嫂子回白驼山，低头认个错，兄弟之间往后还可以和和美美地过日子。嫂子给那僧祇人烧了一碗面条，以礼相待，他却不敢伸箸。嫂子和我坐下来，就把那碗面条呼啦一下吃掉了。那人在门外，一边吃着自带的馕饼，一边晒着太阳，吃着吃着，头一歪，就倒下了。没过多久，一条蛇就游了回来，沿着嫂子的大腿，一直游到嫂子的袖子里。嫂子的袖子里藏有两条毒蛇，一条能置人于死地；一条可以致人昏迷。僧祇人只是暂时昏迷，应该没有大碍。我趁机收拾好银钱常物，携妇将雏，离开了这个已经暴露行踪的地方。这一路上，我们好不容易才甩掉哥哥布设的眼线。我们穿州过府，辗转水陆，从西域一直走到北方一座县城，然后又坐漕船来到临安府。毕竟是都城，繁华的景象跟诗文里所描述的大致不差。除了对南方的湿热天气抱有不满之外，我们对这里的风土并无恶感。因此，我们就决定在城里一个偏僻的角落赁屋住下来。嫂子虽说不是富贵人家出身，但她不想被南方的蛮子们低看，平日里买东西居然也是大手大脚的。短短数月,只出不进,我们身上所带的盘缠和珠宝很快就挥霍殆尽。

八月中秋,家家户户都围坐起来吃团圆饭,唯独我与嫂子对着一张空桌子,长吁短叹。嫂子说,这穷日子过起来也真够漫长的,白天也漫长,夜晚也漫长。我笑问,你说说看,这日子究竟有多漫长?嫂子说,就像从北方到南方那样漫长,你还嫌不够么?我听了便自嘲说,穷人家嫌时间过得慢,别叫隔壁的富人家听到了,否则他们是要羡慕的。嫂子轻叹一声说,早知这样,当初还不如听从你哥哥的话回白驼山。我说,你要是回白驼山,怕是少不了我哥的一番虐待。嫂子说,你哥那脾气我摸得透了,他是不能拿我怎样的。见我闷声不响,嫂子就说,我们这样子吃老本到底不是个法子,好歹得找点事干。我说,我早年也算读过几部圣贤书,不如去做馆师。嫂子说,你不会说官话,天晓得哪位东家会延请你做馆师?我拍着胸脯提高嗓门说,我还有一身武艺呢。嫂子说,你也是空有一身力气,让你撂地卖艺你不屑于去做,让你开家武馆你又怕暴露身份。我说,难不成让我去打家劫舍?嫂子冷笑一声,你敢么?我说,不是不敢,而是不为。嫂子又叹了一口气,还是早点睡吧,明天的事儿明天再说。嫂子转身睡去。我很无聊,便从枕底掏出一本卷了角的、掉了线的剑谱,就着油灯翻看。嫂子说,省点灯油吧,夜里给孩子把尿还用得上呢。我也叹了口气,把灯吹灭了。这一夜无话。

鼻下这一横,最是要紧。我仗着自己有一身武艺,接了一桩替富人家押送绫罗绸缎的活儿。半路上,我察觉到同行者的言行有异,便多留了个心眼;细察之下,方知此行是哥哥设下的一个圈套。我急匆匆赶回家中时,发现嫂子和孩子都不见了。桌上留着一封嫂子的亲笔信,说是哥哥找过她，要带她和孩子一并回白驼山。还说哥哥已经原谅了我们，往后不会亏待母子俩。从语调来看，这封信显然是在哥哥的劝哄之下写成的，字里行间，能读出他的几声冷笑。从我离开白驼山那一天开始，哥哥就已经给我撒了一张网，无论在哪里，他都能收放自如。我带着嫂子东躲西藏，到头来却发现自己不过是一条网中之鱼。也许，哥哥正是以这种方式告诉我：他可以把所有的人玩弄于股掌之间。

我在江湖上行走的时候，磕磕碰碰经历了一些事：中过毒、吃过官司、被人坑蒙过、被一群号称名门正派的人围攻过。我没有洪七那样幸运，在危难关头，蒙受高人的指点，还得到一本发了霉的手抄本。有江湖的地方就有刀剑，那些看得见的刀剑和看不见的刀剑，有时在前，有时在后，有时在头顶，有时在脚下，有时在太阳底下，有时在黑暗中。我每向前走一步，就是离死亡更近一点。所以，我告诉自己，下手必须狠一点。我在江湖上混了些年，好歹也有了名气。因为我，那些人记住了“白驼山”这个名字。有些找我约战的人，曾奔赴白驼山，让哥哥不堪其扰。哥哥不得不托人给我带来一份口信，警告我不要在外面给他添麻烦。可我偏偏是一个喜欢惹点麻烦的人。

有一天，我发现自己变得越来越像哥哥：杯子里一定要有酒，床上一定要有女人。

5

你们兄弟俩后来有没有再见过面？洪七问。我没有回答，只是望着阴沉沉的天空。过了半晌，我问洪七，你谈过恋爱么？洪七说，自然谈过。

我冷笑一声。

你笑什么?

我没笑。

你笑了,而且我知道你为何发笑。洪七我虽说是条硬汉,但硬汉也是有柔情的。

洪七,你身上的侠气重了些,可你要知道,侠气这东西是不能带到床上去的。

我对女人的态度恐怕跟你大不相同。

别跟我讲你是懂女人的。上回你见了那些个蛇精一般的女人还不是拔腿就跑了?

你找过那么多女人未必就比我更懂女人。

我找了那么多女人就是为摆脱一个女人。

洪七举起手掌,露出一根残指说,因为对不起我心爱的女人,我剁掉了自己的一根手指。

可你还是不懂女人。

可我懂得女人的心思。

你懂?

我懂。

我们能不能谈点别的什么?

你哥哥后来怎么说没消息就没消息了?

我知道这个话题是无法回避的。但我的目光仍然在半空中茫然地搜索着什么。铁条般的枯枝被风吹着,发出呜呜的声响。

我将他杀了,我说,后来又将他埋在白驼山下的一口枯井里。

你就这样干掉了自己的亲哥哥?

是的。

我还记得那天傍晚突然下起了大雨。雨水打在我脸上,继而又打在泥土上,冒起了一个个泡眼。有很多雨点落在很多树叶上,我的心思很乱。哥哥张开双手,对我说,弟弟,你总算是回来了,可你嫂子已经等不到这一天了。雨是黏乎乎的。我流下了眼泪,哥哥也流下了眼泪。我们拥抱着,在泥地里打着滚,然后我就把刀子缓慢有力地插进他的胸口……

东

1

雪天喝慢酒。雪是慢慢落的,酒也是慢慢喝的。不知不觉,天黑了下来。山上就这么一座石砌的小客栈,大雪封山之前店主下山过冬去了。留下柴米,客人可以自己取用。人人是客人,人人也都是主人。循旧例,客人在临走前会留下几块碎银或一些值钱的物件。

我们早有约定:每隔十年作为朋友在此聚一次;每隔二十年作为对手在此聚一次。好像我们活在世上,就需要这么几个作为对手的老朋友和作为朋友的老对手。老毒物和法师就善恶的问题聊了一整天,似乎都觉着有些乏味,便打算早早进房歇息了。老毒物进屋看了看,出来对法师说,一间房,两张床,小得不能再小了,怕你这种富贵出身的人会嫌憎。

能容膝否?

能。

那就好了。

床也极小。

能伸脚否?

能。

那就好了。

二人进去后不再言语,各自睡下。

我和洪七仍在灯下对饮。两条影子映在墙上。洪七脸上布满了寒气,没有笑容,仿佛它已经被冰雪冻结了。我左手执杯,杯中的酒尚是温热的。

能跟我坐同一张桌子对饮的,这世上恐怕不多,你是其中一个。

能跟我论剑的,这世上也不多,你是其中一个。

你是我的对手,也是我的朋友。

有了这杯酒,我没白活了。

这话有点意思,我记下了。

我是个酒徒,举杯之前,总觉着,喝酒是世界上最有意思的一件事。但每回喝完酒后,就觉着喝酒是世界上最没意思的一件事。

我从桃花岛赶到华山,走了几千里路,心里头觉着没意思透了,但此刻跟你举杯对饮,忽然又觉着有意思了。很多你觉着有意思的事玩到最后会发现它没意思;很多你觉着没意思的事玩到最后却突然发现它还是有点意思。所以,人就是这样,不玩到最后,不知道这一辈子究竟有没有意思。

你在岛上住着，徒弟们逐出去了，女人又没了，有意思？

我喜欢享受这种孤独。

那样一个岛，跟悬在天上的月亮一样，想想都让人觉着冷清，你居然还说自己“喜欢享受这种孤独”，真叫人不可思议。

门外的雪山发出一阵怪异的低吼。洪七脸上的寒气仿佛不是漫天大雪带来的，而是背后挂在墙壁上的剑。

我能感觉自己脸上的寒气正一点点变重。

2

我出身书香门第，家父是一位名气不薄的郎中，他得知我无意于参加春闱考取功名之后，便希望我能传习岐黄之术，将来也好养家糊口。但我平素喜欢跟一些奇人异士混在一起，写写诗，弹弹琴，此外就是遍访名师，学习剑术，偶尔也跟人比划两下，出点汗。在江湖上，打得精彩的，就叫比武；打得不精彩的，就叫打架。我跟人打斗时，连捕快们都会过来围观。家父见我生性桀骜不驯，也就放任不管了。家父去世前，嘱我把他的诗稿交给一位住在邻县山中的冯先生，请他写序。他姓冯，素以诗书画著称，性情有些孤傲，因此就住到山村里来。听父亲说，他不会舞剑，却喜欢在墙上挂一柄剑，偶尔也会拔剑出鞘，在灯下端详一阵子。我到他府上的时候，家奴告诉我，他中午喝了点酒，至今酣睡未醒。我就坐在客厅里，一边喝茶，一边浏览四壁的书画。不过片刻工夫，就有一个姑娘走过来，跟我打了一声招呼。得知我也会写诗，她就跟我谈起诗来。见她才学不凡，我就把诗稿递给她看。她坐一隅，粗略翻了一下，然后对我说，诗才倒是有几分，不过，有些诗句分明是从古人那儿偷过来的。我说，家父每一句诗都是自己苦吟所得，怎么会偷别人的东西？她说，有几首诗她在古人的诗集里面读过，不信的话可以从头到尾背出来给我听。说完之后，她就一口气背了四五首，居然跟家父的诗一字不差。我听了，既惊且怒，却又不知道怎么解释。我拿起诗稿正要离开时，屏风后面走出一人，正是冯先生。他笑呵呵地告诉我，方才的谈话他都听到了，继而向我介绍身边的姑娘，她叫冯蘅，是冯先生的小女儿。冯先生还特地说明，她有着惊人的记忆力，读书过目不忘，而且倒背如流。待我得知她在捉弄我时，我的怒气才渐渐消掉，而她大概有些不好意思，出来道歉时脸上还带着大朵腮红。我们就这样认识了。之后我写了诗，就悄悄递她过目。她跟我说，她会看诗，但从来不写。因为她一提笔，脑子里就涌现出无数现成的诗句。这也从另一面证明她是心高气傲的：既然前人比自己写得好，她就没有必要写什么东西了。这一点，她倒是跟我颇为相似。如果我要弹琴，绝不容许别人比我弹得好；如果我要学剑，绝不容许别人的剑术在我之上。但蘅是个例外，她的琴棋诗书画都在我之上，我对她只有膜拜的份。

后来我就放不下她了。从冯先生跟我对话时流露出来的奇异的热情，我可以觉察到他已经在暗中打量我了。当我请求他将蘅许配给我时，他拈着胡须沉吟半晌说，我等你这句话已经等了很久了。然后，他就把墙上的宝剑摘下来，赠给我，说这是他祖上的佩剑。

我该怎样比喻我的蘅？说她是清晨的露珠未免显得轻薄了；说她是春夜的月亮又显得玄远了。是的，我将她握在手中那一刻就找到了一个贴切的比喻：她就是我手中的玉箫，可以吹奏出温润而洁净的声音。新婚第二天，蘅就早早坐到案前。我喜欢看她目光柔和、双颊温暖的样子。问她作甚？画画。又问她要画甚？她笑而不答。蘅年幼时曾梦见有人赠她一支笔，醒来后她就开始画画。她只画梦里见过的东西，无中生有的东西，因此，她的画跟每个画师都不一样。那天，蘅画的是一幅桃花岛的长卷。她在桃花丛中添了一男一女，我自然知道她画的是谁。蘅在画中落款之后，就对我说，她很想去海外寻找这样一座桃花岛：那里有一大片桃林，有一群飞鸟和一些温驯的走兽。我说，那里还应该有一群男女老少做我们的邻居吧。蘅皱了皱眉头说，我们不需要邻居。

我这样子，算是入赘冯家了。冯先生是个方正的、近于古板的读书人。有一回，我和蘅从城里归来，穿上金人的时髦衣裳，戴上金人的首饰项链，冯先生见了，大为光火。他说，金人毁了他们的家园，他是不愿沦为异国臣民才从北方迁居南方的。事实上，冯先生也并非我想象中的那种方外高人，他是恋栈的，他也总是惦念着那座已经辟作战场的北方的故园，他一直在等待着有朝一日像宝剑出鞘那样被皇帝召回。这个机会他是终于等到了。于是在知命之年，他毅然带上家人走马上任。我和蘅既没有与他同行，也没有留下来，而是开始外出漫游。我们不知道自己应该去往哪里，我们只是朝着一个方向不停地走。走到海边，人们告诉我们，这里已是陆地的尽头了。已经没有路可走了。但对我们来说，消失的是道路，而不是方向。我们找准了方向，道路很快就会出现。这条路就是海路。我们驾着一艘大帆船出海。白昼的时候，船在海上，有好风相从，平直如矢。我们一边饮酒，一边观赏海景，感觉就是御风而行的神仙了。不料到了晚间，海上起了恶风波，我们只能躺在船上。第二天晨光微露时分，我们居然发现有一座岛跟蘅所描画的一般无二。就是这里了，蘅指着岛上盛开的桃花说，这就是我们可以终老的地方了。

我凭借书本上的营造法式，造了两间竹屋，一座木屋。我用藤皮茧纸制成纸帐，蘅在帐上画了梅兰竹菊，还题上了诗。为了我，她那双手娇嫩、纤细的手开始操持起锅碗瓢盆了。冬天我们住木屋，夏天我们住竹屋。我们还在庭院间种了一大片桃花，屋舍里外洁净无尘。平常出入，除了我与蘅，还有鸡犬。岛上的时日是悠长的，好像我们不会老去。我们可以花整整一天时间推敲几行诗句，借此打发雨天或炎日困居带来的种种无聊。更多的时候，蘅弹琴我吹箫，偶或有鸟相和。

设若这世上果真有一对神仙眷侣，彼此相爱，爱得极深，过着与世隔绝的生活，无须担心外人夺其所爱，天天有麦饼可吃，有玉簟可睡，日子久了也难免要心生厌烦。我与蘅，毕竟是吃五谷长大的，都有七情六欲，在孤岛上生活，何尝没有厌烦的时候？人这东西，别说相看两不厌，有时对自己也会莫名其妙地讨厌起来。让我不能忍受的，不是孤独，而是整天价腻在一起的生活。我背着她独自一人去密林中打坐的时辰，她居然可以凭借嗅觉找到了我，然后搂着我的脖子不停地问：你是不是厌烦我了？你是不是不爱我了？在这座岛上，除了蘅，我还能爱谁？但我每天须得不厌其烦地回答她一次。

我们都不想要孩子。这是蘅的意思，也是我的意思。其实也不是我们不想要孩子，而是要了之后，会给我们带来可想而知的麻烦。孩子一旦长大成人，无论男女，好歹得给她物色一个伴侣。设若夫妇不谐，一辈子在岛上受闷气，固然不是一件好事。可是，万一孩子不要伴侣，喜欢独来独往，也不见得是好事，我不能想象，当我们死后，我们的孩子独自一人，与野兽为伴，孤独终老。因此，蘅总是担心自己会怀孕，担心我制作的鱼鳔不够牢靠。

3

（孽障啊孽障，你看那白驼山兄弟，先是叔嫂通奸，继而是哥哥虐嫂，最后是手足相残，真不晓得为的是哪般。再看那大理段氏，祖上几代，先是做皇帝，风风光光，到后来，个个看破红尘做了和尚，为的又是哪般？再说你，桃花岛岛主，与冯氏才貌相当，称得上是神仙眷侣，谁知有一天，生出了恁多变故，说书先生若是把你们的故事编成传奇，怕是三天三夜都讲不完。）

4

每年春天，我就会浮海登陆，在一些城市或乡野游走。我杀过几个人，也救过几个人。我这一辈子最懊悔的一件事就是收了一个女弟子。我从几个刀客手中救下她时，她还只有十来岁。她姓梅，是孤儿，长得黄瘦，看了叫人心疼。我对蘅说，我们把她带到桃花岛，做家中的婢女吧。蘅端详了半晌，淡淡地抛下一句话：是一个美人胚子。

在蘅的调教下，梅学会了读书、写字、做女红、种植花草。梅性格活泼，对陌生事物总是抱有异乎寻常的好奇心。一天饭后，她忽然跑过来问我，先生，猫会做梦？我答，会。又问，狗也会做梦？又答，会，万物有灵都会做梦。她的眼珠子转动了一下，似乎明白了点什么事理。

但梅也是独独怕我的。有一回，我舞罢一套剑法，她突然来到我面前，绞着双手，怯怯地问，先生是否可以教我剑术？我没吭声，瞪了他一眼。她吓得退后一步，眼眶里似有泪水隐隐蠕动。这时，蘅也走过来，笑着解释说，让你教她剑术是我的意思。我仍然没作声。

看得出来，蘅对梅是满怀怜爱的。她曾经嘱托我，下次出海，一定要带回一个少年，以后做梅的丈夫。我把这话记下了。

次年春天，我再次出海。这一回，我一口气收了两个徒弟。一个是秀才，屡试不第，回家后，才得知家里发生匪祸，一家老小无一幸免，妻子被辱，坐着一条破船划到河中央自沉而死，秀才自知复仇无望，一时间万念俱灰，便打算偷我的剑自刎。我把他打翻在地，对他说，我的剑不能沾上读书人的血，不如我送你一根绳子，你自己找一棵树吧。这人跟我聊了一晚，后来就想通了。另一个，是我在海上遇见的一名被海盗绑架的少年，这事我本可以袖手不管的，但忽然想到梅，便出手把他救下了，这少年，有秀骨，也有清相，跟梅在一起，可以说是天生一对。我把二人带回桃花岛，教他们剑术。梅见了，就嗔道，先生偏心，光收男弟子，瞧不上我这女流之辈。我问她，这话是谁教的？梅一怔，不敢说话了。站在她背后的蘅，默默微笑着。

一年以后，梅就能把我所授的一套剑法舞得十分流畅自如。再过一年，她就可以跟两位师兄对练了。竹林内、山洞中、海滩上、峰顶、亭下、溪畔时常可见他们的身影飘来飘去。我喜欢站在一株树的顶端，看他们舞剑。骨清年少，什么都是好的。眼前落英缤纷，剑花迷离，我能感受到天地间循环流转的气息。

后来，我又收了三名徒弟，分别为他们取了一个带“风”的名字。蘅也曾问我，为什么每个人的名字里都带“风”字？

无他，我说，那天我给他们取名时，岛上正起大风。

忽忽过了多年，梅已长开了——脸上的一片嫣红、肌肤上的一层柔光都让我想到蘅当年的模样。有时天气晴好，她会无所顾忌地躺在一张鲜绿的芭蕉叶上，沐浴着古铜色的肌肤，而阳光恰到好处地落在她那张稚气未脱的脸上。直到有一天，蘅看到梅像一只梅花鹿那样步履轻盈地从树下经过，就跟我断定：梅已经爱上了一个人。

梅究竟爱上了谁？出于好奇，我也在暗中察看她的一举一动。

一个有月的夜晚，我看见梅与二师兄来到沙滩上。二人对视片刻，二师兄突然拔剑，刺向她的喉咙；那一瞬间，她的身体却像一片桃花那样飘开了，继而拔出腰间的剑，向对方进攻。他们时进时退，跳上蹿下，如同起伏的波浪。两剑频频相交，碰出一簇簇火花来。一开始，他们的一招一式皆不离章法，及至后来，体力渐衰，手法和步法便越发杂乱，喘息声也越发粗重。我从未见过如此酣畅淋漓的缠斗。大概是虎口震麻的缘故，他们索性扔掉手中的剑，相对而立，渐渐地，二人变成一人，如同凝固一般，唯闻风吹衣袂的噼啪声。忽地，一个巨浪打过来，吞没了他们的身体。当他们浮出水面时，浑身闪烁着鱼鳞般的银光。

临睡前，我把这事告诉蘅。她说，你这当师父的，为老不尊，怎么可以偷窥自家的弟子？我说，有时感觉这座岛屿好比一池水，太过沉寂了，偶尔来点风吹鱼跃，仿佛也能散发一点生气。蘅说，自从梅情窦初开之后，岛上的桃花就开得比往年更欢了，真好似汲取了天地间的阳气呢。我听了，微微一笑。蘅说，你的脸整天像鼓皮那样紧绷着，近来却见笑脸了。我摸了摸自己的脸，仿佛微笑跟湖面的涟漪一样，是可以触摸的。

蘅是一枝素莲，温婉娴静；梅是一株桃花，天真恣肆。我在心里这样比较着。

正是桃花开放的时节，梅的身体里仿佛也有一株桃花争相绽放。她开始叫了。她的叫声里面有一种胎里带的、未被损害的元气。是她的叫声让那一年春天的桃花看上去更娇艳袭人了，也是她的叫声在我枯寂的心中突然注入一股活水。听着听着，我便有了逸兴，拔出剑来，舞了一阵，心思还是有些散漫。

梅与二师兄把身体藏在树林里，但他们的快乐却像藏不住似的，随着叫声飘到天空。于是，徒弟们开始向我抱怨：梅的叫声太放肆了，简直像个娼妓。

我说，这是因为你们每个人的心里有个娼妓。

师父也听到了？

听到了，我说，岛上所有的人都听到了。

如果他们再这样下去，师父可以把他们逐出桃花岛。

如果有一天我把他们逐出桃花岛，也会把你们一并逐出去。

可是，师父，你不觉得他们有多不知羞耻？

你们偷窥别人，难道不觉得羞耻？

原来师父都看到了。

是的，我说，我听到了不该听到的，也看到了不该看到的。不过，你们应当感谢梅才对。

我们还要感谢梅？

你们的剑法原本是中规中矩的，可这一阵以来，你们的剑法中却添了一种恣肆之气，这是我先前不曾见过的。

他们听了，有的嘿嘿冷笑，有的在暗中嘀咕起来。

与徒弟们闲聊一番之后，我回到房间。蘅说，我听到了梅的叫声，突然想生个孩子了。蘅跟我在一起，向来是谨守古风的，可是那一回，她说这番话时双颊却飞起了两片艳红。我们吹熄了灯，静静地躺在纸帐里，听着潮水在黑暗中拍打的声音，体味着属于夜晚的隐秘欢乐。蘅再次跟我说，我们生个孩子吧。

5

蘅的肚子变得一天比一天大了。

蘅的变化我当然是最先觉察的。先是穿着变了。自从来到岛上居住，蘅一改往日，只穿一些偏于清素的衣裳，颜色以蓝色或玄色为主。这阵子，她竟翻出了箱底那些桃红柳绿的旧衣裳，每天更换。

然后变的是脾气。奇怪的是，蘅突然变得生性多疑了。有一天夜晚，我与蘅坐在院子里仰观天象，忽而听得远处密林间传来梅的叫声。我指着天上的星星笑道，一定是九紫桃花星落在八卦桃花位的东南方了。蘅突然抓住了我的手问，你说那晚看到梅裸露着上半身从海滩那边跑回来，远远地就能闻到她身上散发的盐味，那一刻，你脑子里究竟想了些什么？我说，这盐味飘过去也就飘过去了，谁还会想得恁多？蘅又不依不饶地问：你有没有察觉，梅看你的目光是不是越发不一样了？我素知蘅心地纯净，但一个女人的心被嫉妒这条毒蛇噬咬之后，就会引发种种离奇的猜想。我跟梅之间的师徒关系，一直以来都没有发生变化。梅自幼丧父，不能排除她对我确乎有一种微妙的依恋，而我对梅自然也不同一般,但我总能很得体地把握师徒之间的分寸,不至逾分。蘅是何等聪明的女子,她从梅的一个眼神就能看出什么苗头来,虽然不欲点破,却早已心存防范。这一晚,我们观望的是天象,蘅却从紫微斗数谈起,以主星、桃花星、煞忌星比拟我与梅以及她的二师兄之间的关系,还说什么三星会合,必致乱伦,越说越离谱,我就闷声不响地走开了。

我与蘅偶生扞格,但很快就会和好如初。她总是害怕我会疏远她,害怕别的女人(当然是梅)会分走我对她的爱。当初,她让梅拜我为师,何曾有过这样种无端的忧虑?这里面大概就有点像她自己说的“种了芭蕉,又怨芭蕉”的意思了。

当徒弟们告诉我,梅同他的二师兄坐着我的船,悄悄离开了桃花岛。我只是很淡然地说一声“我知道了”就回到自己的屋子。我知道,他们是迟早要离开我,去寻找属于他们的桃花岛。我在吃饭时跟蘅说起这事时,蘅的反应也是平淡的。她说,他们在这里跟大家格格不入,找个自在的地方倒也不错。蘅这么一说,我反倒有些怅惘了。毕竟,我们相处了那么多年,已是情同家人,说走就走,于情于理都说不过去。可是,这世上很多事都是没有情理可讲的。吃过饭后,我独自一人躺在床上,漫无边际地想些往事。竟感觉,梅不过是我梦里见到的一个女子,而桃花岛也不过是我梦见的一个地方。我不知道自己何以会如此怅然若失。月光照进屋子,我披衣起来,转到书房里,翻了翻书,仍旧两手空空地回来。我走到蘅面前,告诉她:那部经书的上册不见了。

蘅自然明白我所说的经书指的是什么。她怔怔地看着我,突然冒出了一句话:你的脸色真可怕。

我不用照镜子也晓得自己的脸色有多可怕。不过,在蘅面前我还是忍不住说了几句不必挑明而她也能会意的话。她想对我说什么,却只是嚅动一下嘴唇。也许她在慌乱间还没想好如何应对,因此就对我说,你出去转一圈吧。

为什么让我出去转一圈?

你还是出去转一圈吧。

我长叹一声,出门去了。屋外有清风吹拂,有月光涌地而出,可身上的怒气丝毫未减。远处是一片黑沉沉的树林,树林后面是万顷波涛,在黑暗中涌动着。穿过桃林,便是竹林,再转过去,愈见深幽,芭蕉林中,六角亭下,四徒弟的身影隐约可见。他们在岛上有大把的时光无可排遣,除了习武,也读点古书。饭后无聊,这几位自称山人、堂主什么的便会在此吟诗作对。月光下,宽衣大袖,随风飘动,很有点雅致。我平素不喜欢偷听别人的闲话,此刻恰好听到有一两句话与自己有关,便隐在树间侧耳倾听。

听说师父那部经书是师母帮他夺得的。至于如何夺得, 就不晓得了。

你还听说些什么?

听说有个终南山道士得到了那部经书, 不出一年就莫名其妙地病故了。可见,持有那部经书的人,若是不得神灵护佑,也是白搭。

说得这么神奇,喂,那部经书里面究竟写了些什么?

师父当初不是说了吗?里面什么都有,什么都没有。对于有悟性的人,他们可以从中悟得剑法,悟得内功修炼之法,甚至可以悟得养生之术、排兵布阵之法,不过,对于一个天机尚浅的人来说,读了这样的经书很容易走火入魔丧心病狂。

没错,师父说过,那部经书的义理太深奥了,他不敢多翻,但它放在那里,能让人心生敬畏。

二师兄和师姐盗了半部经书,怕是迟早要走火入魔的。

早知如此,今早我们应该拦住他俩了。

二师兄那一副嘴脸我们早就厌憎了,他要是走火入魔,那是活该。

可怜的师姐也跟他遭了殃。

呃,可怜的师妹。

由它去吧。

桃花岛原本就孤悬海外,我们何不做个方外之人?

呵呵,大师兄说得极是。

呵呵。

呵呵。

他们这样说着,忽然压低了声音,似乎察觉到附近有什么异样的动静。有人竖起了一根手指发出"嘘"的一声,有人干咳了一声。芭蕉园里,只剩下一片幽微的虫鸣。我悄然退了出来。

我不知道蘅为什么要让我出去转一圈。我像一只笼子里的困兽一般,转了一圈之后又转了一圈。再次经过芭蕉园,看见四个徒弟白衣飘飘,走了过来。我停住了脚步,感觉身体顿然变得沉重起来,脚下的沙土有点暄。我对着天空作了一下深呼吸,仿佛要把全部的黑暗都吸入肺腑。然而,从胸口奔涌出来的,却是一个阴郁的念头。

我回来的时候告诉蘅,我已经挑断了四个徒弟的脚筋,把他们一并逐出了桃花岛。

你疯了,蘅说,我可以断定,你的后半生将会在悔恨中度过的。

我又回到多年前的孤寂。同蘅，似乎也没有什么话可说的了。蘅见我有意疏远她，就怯怯地来到我身边。这些天，她似乎也没睡好，眼眶上有了一层淡淡的阴影。她说她昨夜梦见了我，是一张死人般的、凝着寒气的脸。她说她梦醒后，双手至今冰冷。然后，她就把手放在我的掌心，可我的手也是冰冷的。灯下相顾，眼前的蘅与心底里藏着的那个蘅交相叠映，不觉间心生恍惚。我捧着她的脸说，我有时候觉着你很远，有时候又觉着你很近，你说，这究竟是为什么？蘅将脸垂下，倚在我肩头，深深地叹了口气。

我不知道这事竟会闹得这么大。

这一切都是天意吧。

到了这个分上，我也不得不跟你坦白，怂恿梅偷经书的人是我，设法赶走她和二师兄的人也是我。如果你知道我这么做是为了什么，也许就不会埋怨我了。

我还有什么可埋怨的？这本经书原本就是因你而得，也是因你而失。

现在我们失去的是那本经书和那些人，找回的却是从前的安宁。

经历了一些变故，我们还能回到从前？

不妨想想，从前是怎样的吧。

起初，岛上只有我们二人，没有纷争，没有世俗的欲望，多好。

后来呢？家中闹鼠患，我们又养了一只猫。

养猫还不够，又添了一条狗。然后又添了几只鸡，鸡生蛋，蛋又生鸡，这么着就有了吃不完的鸡和蛋。

养家畜还不嫌不够闹热,又想添些人气。

梅来了,更多的人来了,就这样,岛上开始变得不像先前那样平静了。

我抚摸着蘅那个高高隆起的肚皮问,你是否害怕梅有一天会取代你的位置?

蘅说,梅是一个好姑娘,可她长大之后,我竟然无法容忍她跟我一起生活在这个岛上。我是看着她长大的,她有什么想法,我只需要看她眼睛就能猜个八九不离十。一个人的舌头会撒谎,眼睛却不会。她知道我一直提防她,因此有意找了二师兄做自己的男人,来打消我对她的猜忌;可是,她心有不甘,每晚发出不知羞耻的声音来刺激我们。我除了设法驱逐她出岛,没有更好的办法改变这种处境。我不知道自己做得对不对,反正我就想让她早日离开。

蘅这么一说,我才明白,梅与二师兄相好,原来还有这么一层意思。一个女人所做的一切可以隐瞒一个男人,却又怎能隐瞒另一个女人(尤其是像蘅这样的女人)?

蘅深深地吸了一口气说,我欣慰的是,她最终选择的不是桃花岛,而是那本经书。天知道,那本经书是否会毁掉他们的一生?

嫉妒之心,也会毁掉一个人。

我说这话的时候,语气有点沉重。平日里,我跟蘅说话的口吻重一点,心里就会莫名其妙地生出歉疚之情,因此,说完这话之后我就把一只手搭在她的肩上,做了一个安抚的动作。

那晚你让我转一圈,究竟是什么意思?我换了一个话题问。

蘅在黑暗中叹了口气,沉默有顷,说,我原本是想,等你出去转了一圈,心中的怒气消去大半之后,我就可以告诉你,经书上的文字我早已入脑,随时可以帮你默写出来。

我听了,只是发出一声苦笑。蘅问,你笑什么?

我没有告诉她苦笑的原因。

次日清晨,蘅坐到案前,一边抚摸着隆起的肚皮,一边用蝇头小楷默写经书。那部经书里有不少异体字,她能记得笔画顺序,却不详其义,因此写起来不是很顺畅。蘅虽说聪明绝顶,却不明白一件事:那部经书对我来说,是独一无二、不可复制的。我当初之所以没有录副或熟背,就是因为我所迷恋的不光是书中所写的内外兼修之法,还有作者手迹中暗藏的心迹,与之相对,就会感受到有一股神秘的力量源源不断向我涌来。这一点,我委实不敢与蘅明言。我之所以由她去做,就是让她可以借此消除内心的愧疚,以免伤害身体。

蘅坐在那里默写经书的时候,我就在窗外的竹林里。穿过竹叶的清风并没有减轻我的忧虑——我有一种不祥的预感,却不知道它从哪里来,接下来就要发生什么事。时不时地,我会进屋子看看蘅。由于胎动,她在默写过程中时常受到干扰,难免会忘掉一些词句,须得苦思冥想。那时我竟然没有意识到,默写经书,耗损了蘅身上的大量元气。

那天傍晚,我出门转一圈回来,看见蘅依旧坐在桌子前默写经文。写着写着,她的手突然抖动起来,嘴里还发出谵语般的声音。

你在说什么?

我好像听到有人在屋外叫喊。

这个岛上除了你和我,再没有别的人了。

没错,我听到梅在屋外叫喊。她手里拿着那本经书,嘴里喊着你的名字。

你写累了,耳朵里怕是出现了幻听。

我走过去,赶紧抽掉她手中的笔,让她平躺下来,给她搭了搭脉。寸脉浮弱,知是劳累过度动了胎气。自此,我就不再让她伏案默写,甚至不允许她手触刀斧、秽物,以及别的不洁之物。我也保持手洁心清,等待新生儿的降临。可蘅还是背着我,偷偷默写那本经书。吃饭的时候,她手中的筷子仍然在碗里划着,好像在极力搜索一个忘掉的词句。

有一天,她突然对我说,她的脑子被经文里的一句话卡住了。这比鱼刺卡在喉咙里更让她难受。然后她就开始在我书房翻书,试图把那句话里的几个字从书中翻找出来。到了酉时,她的肚子就疼起来了,看样子是要坐蓐分娩了。孩子偏偏不听话,竟在娘肚子里横着,出不来。此时即便有稳婆在场,恐怕也奈何不得。蘅疑心胎儿横生跟前些日子吃了螃蟹有关。情急之下,我也相信早年间一些乡人的说法,赶紧把米缸的盖子打开,把糊窗的茧纸撕掉,把酒埕的泥封启开,把家中所有捆着的物什都解开。我还烧了一张催生符,念了一段催生咒。至子时,蘅忽然惊坐起来,嚷着,你快去开门,你快去开门。我问,开门作甚?她说,梅回来了,她在屋外喊你的名字。我打开了门,月光似水一般涌了进来。然后,我就听到蘅有气无力地哼了一句:孩子快要出来了。我屈膝跪在地上,便像是从她身上掰下一块肉似的,把孩子取了出来。我把她放在一块冻绿布上,她看上去仿佛一朵素净的芙蓉花。我跟蘅说,你给孩子起个名字吧。蘅没应声。我走了过去,蹲下来,抚摸着蘅那张毫无血色的脸,挂在眼角的泪水竟已冰凉。

6

（别人问我为何切掉了这根手指？我就告诉他们，是因为自己贪吃误事。而事实上，它跟一个女人有关。她已经死了，她是因我而死的。我无以为报，就把一根手指切下来，跟她埋在一起。那晚没有下雨，但我梦里出现那晚的场景时，眼前竟是一片纷纷扬扬的大雨。）

7

从前，我有一个鲜为人知的怪癖：我把很多事分为左手所行之事与右手所行之事。对我来说，这世上的事不分好坏、轻重，只分左手与右手。我习惯于用左手喝酒、使剑，这倒不是因为我是个左撇子。事实上，我的右手比左手更顺，更有力。但我就是不用右手。很多事，我用左手能够摆平，就绝不动用右手。譬如比剑这种事，我认为我用一只左手就可以胜任。说一句狂妄的话，能让我使出双手的人，这世上大概找不出几个来。我的右手是属于蘅的。蘅死后，我的右手就形同废物了。

人是废物，剑是废铁。

直到有一天，桃花岛迎来了一位不速之客，我不得不动用右手才能击败他。他像是一个不倒翁，被我一次次击败，却又一次次站到我面前。说实话，他是我这些年来难得一遇的对手。他跟我对视时，眼睛里居然没有一点憎恨。因此，他虽然败在我手下，但我对他依旧保持应有的敬重。我很认真地告诉他，你至少得在岛上待上十年才能跟我打个平手。

他听了，几乎是带着沮丧的口吻说，十年?！我怎么可能在这座岛上忍受整整十年的孤独?！我说，如果你连孤独都无法击败，又如何能击败你的对手?

他终于留了下来，等待着有一天可以击败我。我们谈不上仇人，但我们相搏时就像是一场生死决战；我们也谈不上朋友，但每每发现对手出新招奇招，我的眼前就会一亮，精神也为之一振。我没有杀掉他，是因为我感到自己很孤独，需要一个像他那样有分量的对手。若是没有这个对手，我也许会在这个孤岛上郁郁而终。有了他的存在，我的双手大概不至于就此废掉。

我的对手也很孤独。他把自己分裂成了两个人，用这一只手给那一只手喂招，由此发明了一种叫做“双手自搏”的玩法。他是一个真正的老顽童。左手跟右手玩，就像是自己跟自己说话。每隔一段时间，他就会找上门来，向我挑战。渐渐地，我就有一种奇怪的感觉：他是另一个我，而我仅仅是在跟自己搏斗。

8

你在岛上还有一人可玩，我独自一人在山里住着，镇日里就听鸟说话。

洪七说这话时也不顾酒渍濡袖，吞下了一大口酒。

你为什么要跑到山里去？我问。

因为一个女人，洪七说。

你几时恋爱了？怎么没听江湖上的人说起?

呃，我们还是谈点别的什么吧。

谈谈外面的风吧。

我这样说着，又吞下一口酒。西北大山里的风跟东南海岛的风到底是不同的。这风在山谷间搅动，像是从几万里外奔来的狼群，到了这儿，就不再走了，只是在峡谷间转来转去。好像我们一出门，它们就会猛扑过来。

洪七说，多年前，我跟老毒物在昆仑山脚下初遇时，听到狼群吼叫的声音，也跟这风声一般。

你听听，我说，这老毒物的鼾声也同狼嚎一般，智兴跟他同睡一屋，也真够受的。

也许他们已经在梦里厮杀起来了。

我们相视一笑，然后就变得沉默起来了。屋外传来树枝折断的声音。用一张松木桌子顶住的木门被风吹得哐啷作响。

大约过了卯时，屋子里的饭香就弥漫开来了。洪七说，早饭已经煮好了。满满的一锅米饭啊，我今早可以吃上十碗。

洪七，你还能吃这么多饭?!

你不陪我吃饭?

我酒后通常不吃饭。

可你好歹也得陪我吃点饭啊。

我只听说与人对饮的，不曾听说与人对饭的。

我心里不痛快的时候就想吃很多饭。我把肚子塞得满满的，就没甚闲愁可放了。

天还没亮，洪七就开始迫不及待地吃早饭了。他吃饭的样子有些庄重。吃着吃着,他就打起了忧郁的饱嗝。

北

每年麦子收割过后,总会有一些盗贼兴起来。洪七、我便背着剑,骑着马,到处游走,遇贼杀贼,有酒吃酒。这些年就是这样过来的。人人都说我是条硬汉,人人都以为我身上只有侠气,没有柔情,甚至不相信我也有过一段刻骨铭心的恋情。可我很想告诉他们,一个没有真正爱过的男人,怎么会是一个真正的男子汉?

我确曾与一个女人谈过恋爱,她只是一个农家女子,不识字,不会武功,长相平平,可她有一颗纯净善良的心,对我来说,这就足够了。每回在乡野间行走时,我总会特别留意那些跟她长相有点相似的女子。有时即便看到一个略微相似的背影,我也会紧追不舍,多看几眼;及至那人的身影在一扇门内消失之后,我就会长时间地注视着自己那根残余的手指。我是这么想的:只要我还活着,她就永远在那里。她为我死,也因我而活。所以,我想活得更久一些,这样她也会在我的记忆中活得更久一些。

可我始终不知道自己应该怎样跟他们谈论我的女人。

三个人,都是我写信招来的:一个从西南边陲的寺庙来,一个从西域的山坳来,一个从东海的孤岛来。我跟他们的交情也许都不算太深,只是由于江湖上的人时常把我们的名字放在一起谈论,我才会在某些时刻觉得我是可以跟他们谈谈的。此番没有论剑,只是谈些家常,谈各自的女人。他们那些跟女人有关的轶事早已在江湖上流传开来,我分不清哪些是真实的，哪些是虚构的。说法很多，可他们早已不在乎了。即便连他们亲口跟我讲述的故事里面，又何尝没有修饰的成分？在我听来，那些女人简直就是一种奇怪的动物，明明是被一个大富大贵的男人宠爱着，却偏偏喜欢上一个穷而且愚的男人；明明嫁的是哥哥，喜欢的却是弟弟；明明是有个男人真心实意地喜欢她，却偏偏怀疑他存有二心。于是就有了法师所说的爱恨贪嗔痴，有了颠倒、离乱的众生相。

与之相比，我的女人只能算是一个普通的农妇，我还能跟他们谈论些什么？

黎明时分的一颗白星挂在天边，东方既白，它也快要淡灭了。

四条影子坐在华山之巅。没有人知道我们在干些什么。

我实在弄不明白，自己为何非要选择那么高的山峰跟他们见个面。不过，在这么高的山上看一场雪景，也是一件不错的事。照在山顶上的阳光同样也可以照到平原上。但阳光里分明是带着寒气的。一只鸟投下了一声长唳，也投下了一片寂静。

待山上的积雪融化之后，我就决定下山了。

从北峰下来，我折了一截枯木，装扮成挑夫模样。路上遇见几条壮汉，正在议论华山之巅的一场决斗。见我挑着物什从山上下来，就拦住我问，听说华山之巅有四名高手在打斗，可曾见过？我说，我刚从华山之巅下来，不曾见过有谁在打斗。他们听了，似乎很扫兴。其中一个说，那四个人，也许是浪得虚名，连华山都不敢上了。另一个说，兴许他们已换了个地方。我自顾低头走路时，听到后面有人说，咦，刚才那个挑夫倒是有点像洪七呢。另一个说，我听说洪七身高八尺，气度不凡，怎么会是这样一副邋遢相?

那人说得没错,洪七是洪七,我是我。下山之后,我就跟那个名叫洪七的人分了手。他来到乞丐们中间,振臂一挥,发出了一声号令。很快地,底下就有了动静。有人说,大宋亡了,皇帝沦为乞丐,而洪七却做了乞丐中的皇帝。

二〇一七年五月稿讫

侠隐记

东瓯城内有一条老街，名唤驷马街。这条街上最出名的人物便是那个可以把拳头塞进嘴里的吕大嘴。但吕大嘴是以打苍蝇出名的。吕大嘴生性懒散，有事没事就爱荡街。驷马街在里门之左，原本只是一片林子，鸟栖人住，很是清幽。后来入住的外地人多了，鸟就不来拣枝而栖。再后来，树木少了，店铺多了，马车不断，灰尘不绝，于是就称之为街。吕大嘴搬到这条老街居住也不过一年时间，但人缘极好，颇知一些街坊邻居的掌故。且说这一日，吕大嘴家来了客人，老婆让他去市梢割一块猪肉。吕大嘴揣了几文钱，直奔肉贩子李四的摊子。李四眉毛一吊，嘴角一歪，露出两颗黄板牙说，你老婆三天两头要吃肉，想必是你晚上没有将她喂饱吧。吕大嘴嘿嘿一笑说，你出远门那些阵子，你家婆娘天天在这里卖肉，而且价钱也比往日便宜,嘻嘻。李四听了,呼的一下抡起一把刀来,作势要砍人。刀至吕大嘴鼻尖,只差分毫,吕大嘴却仍然摆出一副镇定自若的模样。他伸出一根手指轻轻地弹开眼前那把刀,上前一步说,你这一招在我面前使惯了也不好,要是往后刚好碰上什么人命案,当心公差找你麻烦。李四龇了龇牙,立马收回刀,割了一块精搭肥的猪肉,也不用过秤,就叭的一下甩在肉案上,系上一根稻草绳,递过来。吕大嘴正要掏钱时,忽然,一片阴影盖住了李四的扁圆脸。待转头一看,一匹高壮的黑马已在肉案边驻足。骑在马上的人戴着一个半遮着脸的箬帽。手一挥,抖开一个蓝布包袱,取出一颗血淋淋的人头,挂在肉钩上,问一声,用这颗人头换你一口猪头,可否?李四吓得早已钻到肉案底下,不敢应声。那人把剑一撩,就卷走了猪头,绝尘而去。吕大嘴瞪大眼睛看着那颗人头,一张白脸,泪迹未干。他用拳头砸了一下掌心,方始醒过神来,跟缓缓从肉案底下探出头来的李四对视一眼,半天都合不拢嘴。顷刻间,人群就从四面汇聚过来,出现了一阵不安的骚动。吕大嘴描述那个杀手的面目和动作时,舌头跟鱼似的,十分畅快地游动。人群中时而发出一惊一乍的声音。吕大嘴正想说什么时,手中那块肉猛地抖了一下,顺着一个菜农手指的方向,他看到两名佩刀的公差正打这边走来。他跟那些上来打听消息的人支吾几声, 便提着肉急匆匆地赶回去了。两名公差走到肉铺前,取下人头,问肉贩子李四,可曾看清那人的面目? 李四说自己近视,看不分明。公差瓮声瓮气地问大家,有谁见过方才那个骑马打街头穿过的凶手面目?众人都摇头说,不曾注意。有人附在公差耳边悄声说,方才吕大嘴说自己曾将那名凶手的面目看得一清二楚。公差立马把人头交给随后赶来的仵作,向吕大嘴家走去。吕家门口挂着一面黄旗,上书:尤氏醪糟。吕大嘴的老婆尤氏是卖醪糟的，正坐在前台，跟几位客人讲述吃醪糟的好处。吃醪糟有什么好处？尤氏说，女人吃了它，可以润泽皮肤，缓解痛经，等等；男人吃了它，可以补肾气，通经络，等等。正说得起劲时，却发现一名长得跟柴鸡似的公差正立在身后，笑眯眯地看着她。尤氏腰肢一扭问，丁捕头，你来我这里作甚？是否也要讨一杯醪糟吃？丁捕头说，我一没肾亏，二没痛经，吃劳什子醪糟？话没说完，就伸出一只手来，偷偷地摸了一把尤氏的屁股。妇人跟牝猫似的跳开，发出一声略显夸张的尖叫。吕大嘴站在店堂一角，勾着头，像是什么也没看见。丁捕头进了店堂，问吕大嘴，方才你可曾看见那个骑马打肉案边经过的凶犯？吕大嘴摇着头说，我没看见，我什么也没看见。丁捕头说，你见了我怎么跟老鼠见了猫似的，发什么抖？是不是又做了什么缺德事？吕大嘴说，回大人，我爹当年也是位公差，我小时候天不怕地不怕就怕阿爹，所以，见了大人您就跟见了我那死去的阿爹似的。丁捕头冷笑一声走到门口，对尤氏说，你去问他。尤氏把吕大嘴拉到里屋，吕大嘴拿手拢住半边嘴角说，你可晓得这是谁的人头？吕氏用疑惑的目光看着他。就是那个珠宝店的沈老板，吕大嘴顿了一下说，跟你们打过几回马吊牌的。尤氏虽说胆子不小，但听了吕大嘴的话也不免打了个冷战，连说三声“大吉大利”。吕大嘴接着说，前阵子，沈老板向官府告发一个山贼的藏身之所，领了一笔赏银，不料，今天就让脑袋搬了家。尤氏压低声音说，你要是跟公差描述那名杀手的面容，是不是也会惹来杀身之祸？吕大嘴点了点头，又轻轻地“嘘”了一声。尤氏问，你还记得那名凶手长什么模样？吕大嘴说，当然记得。尤氏敲了一下他的脑门说，给你一炷香的时辰，给我忘掉那人。尤氏装模作样地向吕大嘴了解底细之后，就从店堂出来向掐着腰站在门口的丁捕头回话说，我家大嘴说了，他什么也没看见。丁捕头瞪大了眼说，怕凶犯割了你家大嘴的脑袋不成？胆子恁小，没出息。临走时，又在尤氏身上捞了一点小便宜。吕大嘴仍然躲在里屋，勾着头，目光偏向一边。

一个软蛋！吕大嘴探出头看着两名公差的身影走远时，听到隔壁有人这样骂道。骂吕大嘴的是隔壁一个卖茶叶蛋和粽子的汉子。此人生得面目丑陋，但有一个响亮的名字。我姓胡，名叫剑圣。这个名叫剑圣的邋遢汉总是这样介绍自己。他脸上有一块柿饼状的伤疤。光凭这一点，吕大嘴就足以鄙视他了。我是软蛋？吕大嘴冷笑一声说，如果我是软蛋，赵员外会派人送烫金的帖子给我么？

那阵子，吕大嘴最得意的事莫过于从怀里掏出一张烫金请帖，告诉每一个人：这是赵员外送给我的请帖。东瓯城内没有第二个赵员外。说起他，郡城内外无人不知。赵员外原本在皇宫里当过御前带刀侍卫，五年前告老还乡，造了一座大宅院，门台匾额乃是御笔亲赐。赵员外深感皇恩浩荡，此后每逢朔望必盛服北拜，以示忠君。这赵员外到底与别的员外不同，他是武举出身，性情豪宕，喜欢结交一些拳名响亮的江湖朋友。每年八月之杪，他都照例发英雄帖，请一些江湖上的拳师到府上相聚，以武会友，江湖上的人读了些侠义小说，便美其名曰“武林大会”，但赵员外以为，这种称法太张扬，不妥。他说，这个时节正逢芙蓉花开，就叫“芙蓉会”吧。这名称听起来有点像文人雅集，把江湖气冲淡了不少。离“芙蓉会”为期只有两天，江湖上的各路拳师无论迟速远近，都纷纷持帖赶来,有水路来的,有陆路来的。赵员外一律设宴款待,菜肴亦是水陆齐备。开宴之前,赵员外便戴上一副御赐的老花镜,照章宣读皇帝曾经在邸报上发表的"二十八条"。但酒场一派欢然,他们哪里还管皇帝讲的劳什子话。吕大嘴被赵员外请去,除了端菜递茶,还有一项任务就是绕着那些还没有客人落座的酒桌打苍蝇。他来赵府做帮闲,是托妻子的表哥、也就是赵府的大管家牵的线,虽说没有多大的饶头可讨,但他凭一张烫金的帖子可以自由出入赵府,便觉着威风极了。吕大嘴别无长处,打苍蝇倒是他的拿手好戏。说是打苍蝇,其实是用了很多招数:有时是用竹筷夹,有时是用削尖的一端刺,有时径用手抓;苍蝇一旦手到擒来,就放进腰间一个网袋里。叫吕大嘴纳闷的是,赵府里外,收拾得干干净净的,为何会惹来恁多苍蝇?问管家,管家也说是近两年发生的事。到底是大户人家,连苍蝇的块头都比寻常人家大。吕大嘴打起苍蝇来,很快便进入了忘我的境界。打着打着,心底里也不知不觉地生出几分豪气。打完苍蝇,有人请他坐下吃一杯酒,刚抬箸,桌上已是吃食寥寥。心中想,这些鸟人,都他娘的是荒年生的,吃相恁恶。再瞧那碗盏,都跟狗舔过似的干净。

次日一大早,吕大嘴刚跨进大院,就听得芙蓉池畔传来一阵喧闹声。有几位习惯于闻鸡起舞的拳师看见员外家的仆人递来木刀木枪,就大为光火,坐在那里跷脚架腿,催喝他们立马把真刀真枪交还他们。依旧例,赵员外请来的客人,凡挟枪带刀者,一律解下,由管家归置。这里面的意思不言自明,"芙蓉会"就将开场,赵员外生怕有人酒后闹事,管制武器,与其饭前不厌其烦地给大家宣读皇帝发表在邸报上的"二十八条”有着同等功效。话说回来，这些武夫学了些刀枪功夫，如若不跟人切磋一番，手就痒痒的。所以，让他们出来露一手，同样也有止痒的功效。考虑到这一点，赵员外为他们提供了各种木制的武器。有些拳师表示不满，纷纷出恶言。管家很快就闻声出来，像敬酒似的，向他们一一拱手作解释。管家说，我要是现在就将武器交还给你们，也行，赵员外说了，你们拿了刀之后，顺便就在我脖子间抹一把。管家这么一说，众人都有些不好意思了。他们只得将就，手持木制的武器在院子里活动开来；也有的表示不屑一顾，快快然地走开了。管家转过身时，发现吕大嘴正呆呆地看着他那副受委屈的模样，立马恢复了原来的庄重神色。看什么看？管家蹲下马步说，听说过混元功么？我要是发功的话，能教池塘里的醉芙蓉全都变色。言毕，拂袖而去。院子两边的池塘里尽是醉芙蓉，此时都争先恐后地绽放了，一朵朵淡白的花，有酒盅那么大的，也有海碗那么大的。这些日赵府里头阳气极盛，连花木似乎都显得肥壮了。吕大嘴望着管家的身影自言自语地说，以为我真的是乡巴佬呢，这醉芙蓉原本就会变色的。于是，他也蹲下马步，来了一招街头打斗时惯常使用的“撩阴掌”。一掌送出去，一位广颡肥额的拳师突然跳到跟前，抱拳说，敝人姓洪名发表字长贵，平阳水头人氏。吕大嘴吓了一大跳，赶紧收手还礼说，我是来打杂的，并非这里的护院武师。拔步走开时，那人又追了上来：请问，东瓯先生蔡子平可来了么？吕大嘴知道蔡先生其人，但从未见过面，正想说什么搪塞时，旁边有位拳师代答：听说蔡先生昨晚就来了，但今天早上还没见到他的影子。这位姓洪的拳师说，待蔡先生到场，我不怕献丑，给大家打一路家传的拳法。另一位来自邻府州县的拳师说，我打老远的路来也就是为了见一面蔡先生，请他指点一二。不是兄弟吹牛，蔡先生编写的剑谱、拳谱之类的书我凡是见到都要买一本。在我们那个县城里，他的新书只要在坊间一出现，就会被闻风而来的人抢购一空。一位东瓯城的老拳师捋了捋胡子说，这倒是实话，江湖上的人，不管识不识字，都要买几本蔡先生的书放在家里的。听他们说起蔡先生，吕大嘴就把手伸进怀里摸了摸，看那物什是否还在。不大一会儿，蔡先生果然就来了。蔡先生手执一口白铜香旱烟杆，一身白净衣裳，微尘不生。大家都向他投去敬慕的目光，请他坐到中堂的位置上。蔡先生虽然不会武功，却对武学颇有研究。只要谁一出招，他就晓得是哪门哪派的，而且还能说出其中要害。那位姓洪的拳师见到蔡先生，忽然来了精神，脱掉上衣，露出一身含钢蕴铁般的肌肉，先向蔡先生作揖，再向两厢作揖，然后退三步，迫不及待地在厅堂里打起了一路拳。蔡先生说，这是洪家拳，贵在以腰行拳走架，拳是到了，气没到，你的气是浮在上面的。身体不沉固，拳就容易打飘，即便拳拳到肉，也不会重创对手，不合你们的洪家拳的道。所以，塌住是紧要的。那名姓洪的拳师问，如何塌住？蔡先生说，松腰，尾闾向下扎，腰就塌住了。拳师抱拳道了声“谢赐教”，就退下了。接着，又有一名面黄肌瘦的中年男子出来，从那副竹木制成的武器架上拔出一柄竹剑，行云流水般地舞了起来。蔡先生看了几招，便向那位洪拳师指点剑法的来路。蔡先生说，大凡习武之人，都要经历“三膘三瘦”，你不要看那人长得精瘦，实则内劲十分强大。他与你不同，已将拙力转换为内劲，练到这一层，面容往往显得焦黄，往后若是再上一个境界，脸上又会显出清光来。中年男子听了，微微一笑，挽了一个剑花，突然敛住笑容，内劲外吐，一股剑气直扑人面。然后收剑，仿佛一阵紧锣密鼓戛然而止。他将一路剑法舞毕，气息竟一点都不乱。蔡先生走上前去夸赞道，你的剑法十分了得,看似静,却在动,看似动,却含有静气,让对手摸不着你的劲,这样的剑法才配得上是武当九宫八卦剑法。可惜的是,你师父没有将后面一路剑法悉数传你。那人微微一怔,立马收起竹剑,向蔡先生深深地鞠了一躬说,先生说得一点都没错,容我改日再登门求教。吕大嘴趁蔡先生歇息之际,给他递上了一杯茶,随即从怀里掏出一本书毕恭毕敬地递上去说,我早些时候也买了蔡先生的一本剑谱,虽然看不大懂,但时常摆在饭桌上。蔡先生微笑着说,我的剑谱又不是菜谱,你如何摆在饭桌上?吕大嘴说,说来怕大家笑话,我从先生这本剑谱中学会了几招刺苍蝇的法子,倒是挺管用的。众人听了,都哄堂大笑。蔡先生说,我昨晚穿过大堂的时候就曾见你用一招“青龙出水”刺苍蝇,虽然是雕虫小技,但在这里也算是有用武之地吧。吕大嘴向蔡先生谢过之后,就退下去继续忙手头上的活儿了。两点之间直线最短你们晓得么?杠杆原理你们晓得么?蔡先生跟武夫们讲解动作要领时,谈起了西洋人的学问。

吕大嘴从早一直忙到掌灯时分,肚中已是咕噜作响。黑压压一群人坐在饭厅,活像饭团上的苍蝇似的。依旧例,每人饮酒限量,饭菜不限。他们吃起饭来也带几分武夫的恶习,吧嗒吧嗒响成一片。吕大嘴没有吃到大鱼大肉,但端菜时整个头脸已被熏得直流油汗。忽然想起早上揣在怀里的冷馒头,随手掏出,啃了几口,有馊味,就吐到一边。经过庭院,只见醉芙蓉已由淡白、淡红变为一片深红,与里里外外的灯火相映,端的是满堂红了。那些吃过晚饭的客人都带着薄醉去迎宾楼歇息了;也有的相约出门,前往歌楼寻欢去了。吕大嘴正待回家时,管家跑过来,派他去清风阁那边相帮。管家见他面露难色,就说,你不是想要在赵府谋个差使么?告诉你,现在正是时候,你的身影若是时常出现在老爷面前,老爷自然会看在眼里。唔,你打苍蝇的本领固然了得,可天凉之后我们赵府就没苍蝇可打了,你想过了么?你的腿脚要是再勤快一些,往后我就替你在老爷面前多美言几句,老爷高兴了,兴许就能给你安排一个好差使。吕大嘴知道,赵府里的仆人大都跟赵员外有点沾亲带故,管家资格浅,使唤不灵,若是连他都差遣不动,就是驳管家的面子了。因此,他也就顺着管家的意思,去了清风阁。那里四面环水,水上装了大扇叶,在水流激射之下,扇叶转动起来,送出习习凉风。阁中只有寥寥数人,却飘满了烟雾。抽烟的人当中,有梁师傅、有宋师傅、有唐师傅,还有齐师傅。一些话题如烟灰般掸掉,另一些却如死灰复燃。今晚,他们谈论的话题似乎都带私密性质,因此他们把声音压得很低。他们有时用手半遮着嘴,好像是生怕那些话会随着烟雾飘散开来。这事就我们几个知道,勿要外传。赵员外磕掉了烟,面色庄重地说。梁师傅、唐师傅、齐师傅跟宋师傅互相看了一眼,也学着赵员外的样子,磕掉了烟草。烟雾里迸出几声零星的咳嗽,像是劈干柴。有老铁的、有老冯的,还有老佘的。他们是东瓯镖局的三大元老,退出江湖后,他们就成了赵府的常客,每回开什么重大会议他们都会赶来参加。还有蔡先生,原本是要邀约几位朋友去雁湖岗看月亮的,今晚居然也取消了原定计划。沉重的话题展开之后,赵员外让家奴取来一件怪异的铁器,面色陡然变得凝重起来,说,前阵子,那些山贼又盗了柳家营的坟地,公差过去时,他们都纷纷逃跑,有人丢下了这件盗墓工具洛阳铲。蔡先生打量了一眼说,他们使用的并非什么洛阳铲,而是一种叫"甲"的武器。最近我写了一本书,谈的就是古代各种失传的兵器。以我的推断，甲乙丙丁等十个天干便是古代十种兵器。盗墓贼留下的器具与我所描述的那种武器在形制上毫无二致。就在蔡先生说话的当儿，吕大嘴已为每人的杯子续了茶水，赵员外伸出一根手指，示意他退到门外去。吕大嘴会意，敛手站到门外，静候差遣。这时，巡检司的王大人带着一身浓重的汗气过来了，众人都向他打探征剿一事。王大人说，上个月巡抚大人调度军马钱粮，让知府大人亲自督战。可我们这位新来的知府大人是文官出身，领袖清流，谈谈文艺还是可以的，至于带兵打仗么，全然是外行的。军器局里的兵器大多长了黄衣，已经不能使用了。即便能使用，那些刚刚募集的新兵还没经过器械训练，打起仗来也就可想而知了。他们五百官兵进入深山大泽，敌人已经化整为零，跟他们打起游击战来。你方显身他已潜形，你想追赶他已逃散，叫官兵们头痛不已。再说，那些贼人就在两省边界游走，出了边界，那边的领兵守备即便知道贼情，只要没有扰民，他们也是睁只眼闭只眼。所以，官兵剿匪说到底也只是做个样子罢了。赵员外说，要想剿贼，非要奏请朝廷调兵不可。王大人似乎晓得其中关节，说，我听说知府大人屡上条陈，吏部都还没有正式批复。赵员外接过话茬拱手面北说，上回我看朝报——承蒙万岁爷瞧得起，老朽虽然已经告老还乡，但京中的朝报除了分送诸官邸，还用快马按时给我邮递过来——看了才晓得朝廷已经知晓我们这地方出了乱子。现如今朝廷里的官员对待剿匪一事各有说辞，一派以为，多数人是坏的，该杀；一派以为，多数人是好的，可以招安。倘若万岁爷谕令武将出马，定是主战。王大人冷笑一声说，武将出马，怕也是要先吃一阵臭打。赵员外说，说这话就是长他人之志气，灭自家的威风了。说实话，那些山贼并没有你想象的那样可怕，那地方，我早些年是去过一趟的,啧啧,人都还没开化。光说吃喝拉撒,吃食是用双手抓的,鱼是生吃的,茅坑就造在道边,男女杂坐,还可以晒太阳、拉家常。那样的穷地方,你们想想,如何不出刁民?那些刁民如今个个都变成了山贼,若不及早翦除,日后就会势不可挡。依我之见,朝廷不日之内定会调兵遣将前来收服。说到这里,赵员外又拿起一份朝报,念了一段万岁爷说过的话。念完,梁师傅接过话说,明日武林大会,知府大人讲定要来,上回吃了败仗,他是不甘心的,说是要招募几个武林高手。到时候见了面,就依赵员外所言,大家轮流表个态,我们不出点动静,江湖上的好汉定然不会出头。赵员外说,知府大人督迫严急,我自然是要带头表态的,此次出征,地方官兵甲胄不全,我已经从民间募集了刀剑七十把、弓五十张、弦三百条、箭五百枚、棕鞋一百双、麂皮五十张,随时备用。说到这里,赵员外环顾四周,问大家到底是出人力还是物力?大家都信誓旦旦地说,报效朝廷,在所不辞,哪怕家里只有寸草斗粮都要拿出来的。但他们说的,也大抵是一些模棱语。这时,赵员外啜了一口茶,深深地吸了一口气,忽然转过头问,蔡先生呢?

蔡先生不太喜欢那种过于严肃的场合,他坐了一会儿就悄然退出了清凉阁,穿过一道走廊,来到芙蓉池畔。夜深了,露气渐重,月亮洒下的银辉也像是露水凝成的。蔡先生正抬头观赏月亮时,吕大嘴端着八角茶盘走过来,给他递上一杯茶。蔡先生接过那杯茶,啜了一口,嫌浊,泼掉了,忽而说道,今晚月光如水,老夫且去纳凉了。院子里的月光是满满的,池子里的月光也是满满的。蔡先生绕着芙蓉池走了一圈,仿佛是绕着月亮走了。不多时,蔡先生回到走廊上,脸上的恶憎全无,竟变得清朗了许多。吕大嘴看了看，目光里有些茫然，但脸上已露出几分敬意。蔡先生微微一笑说，你上午说自己买过我写的一本书，不知是哪一本？吕大嘴说，小人不识字，只是照着图谱学了一招半式，但用来杀苍蝇已经足够。蔡先生说，杀苍蝇总比杀人好吧。提到"杀人"二字，吕大嘴说，苍蝇命贱，怎么能跟人命相比？蔡先生又问，你说说看，苍蝇这东西可杀不可杀？吕大嘴说，自然是可杀。蔡先生说，在人看来，苍蝇自然是可杀的，但在苍蝇看来，它们也是要吃饭的，压根就没有错。吕大嘴说，蔡先生是个有学问的人，你说的话自然有道理。蔡先生又问，知道"饭"字怎么写？吕大嘴说，小人姓吕，有两张嘴，但我只知道吃饭，不知道"饭"字如何写。蔡先生蘸了点茶渍，在柱子上写了一个"饭"字。然后又抹去了"饭"字左边的"食"字，说，剩下的这一边念"反"。人不同于苍蝇的地方就是，他们没有吃食的话会反。反什么？反官府、反朝廷。这么浅显的道理，他们居然没弄懂。说完一通话，蔡先生旁若无人地来回走动，甩手，拍打，像是漫步在白云间。走了几个来回之后，蔡先生就划出一块地来，开始打起了太极拳。蔡先生的太极拳打得很流畅，给人一种风行水面的感觉。蔡先生患有肝病，早晚坚持吃药、打太极拳。他喜欢这种优雅的、不出汗的运动方式。唐师傅刚从茅厕出来，一边拉着裤带，一边向他问候，并且请教了几点陈式太极拳的要诀。打太极拳好，蔡先生微闭着眼说，一招一式，看似简单，但你可以从中领悟天人之际发生的微妙关系。我们这里的郎中说人的血气与地气相通，西洋的郎中说人的血液构成与海水相同，都是同一个意思。蔡先生这样说时，做了一个燕子摆尾的架势。唐师傅说，今晚每个人都在打太极拳，蔡先生你打得最漂亮。蔡先生不说话，只是安详地微笑着。

忙到深夜，吕大嘴感到又饿又累，无意间发现桌子上有一壶酒，就卷到怀里。回家的路上，吕大嘴一边喝酒，一边哼着小曲。喝完了酒，唱完了小曲，就把酒壶掼到河里。推进家门，尤氏还没睡，抽着鼻翼说，自家的酒吃不够，还贪别人家的黄汤。若在平日，吕大嘴断然不敢回嘴，这一回却借酒壮胆，提高了嗓门说，你一个妇道人家懂个屁，你可晓得今晚是谁请我共桌吃酒么？妇人讪笑着说，莫不是赵员外？吕大嘴打了个酒嗝说，你说得没错，正是赵员外，还有蔡先生、唐师傅、梁师傅，齐师傅。尤氏不信，说，赵员外怎么会赏脸让你上座？难道说是你打死几只苍蝇也是一件了不得的事？吕大嘴又打了一个酒嗝说，此言差矣，蔡先生对我说，打苍蝇虽然是雕虫小技，但迟早也会有用武之地。尤氏短促地笑了一声说，赵员外家一回来，连说话都变得文绉绉的了。吕大嘴洗过澡后，尤氏端来一碗刚馏好的热饭，在桌上一搁说，肚子饿的话，就跟我直说。吕大嘴听了这话，就把伸出的舌头缩了回去，抚着肚子说，我在赵员外家吃得饱饱的，哪里还撑得下这碗饭？于是睡下。半夜里，待尤氏睡熟，吕大嘴蹑手蹑脚地爬起来，从蒸锅里端出那碗冷饭，如狼似虎地吃起来。吃着吃着，就感到有一只手捏住耳朵直往上提。他咽下一口冷饭，说，夫人，我只是跟你开玩笑，切莫当真。尤氏嘿嘿一笑说，回床上，磕三百个响头。吕大嘴抹了抹嘴，当即把妇人抱起来放在床上，刚磕几个头，妇人就把两条白生生的腿伸到他肩膀上。吕大嘴把一个鱼鳔套在腰间的蠢大物什上，捌将过去。妇人得了快活，就想叫。吕大嘴捂住她的嘴说，勿叫。这条老街屋舍连垣，稍有动静隔墙可闻，吕大嘴不让妇人叫，妇人还是叫开了，但她学的是猫叫，高一声、低一声的，起伏有致。床底下、门洞里的老鼠听到猫叫，竟都纷纷逃窜。吕大嘴出了一身汗，又去冲了个凉。这一夜没得安生，只是睡了个囫囵觉，就把尤氏的一条手臂挪开，轻手轻脚地爬起来。尤氏嘟囔着说，天还没亮呢，起这么早作甚？吕大嘴说，这些日手头有事，心里就像是装了一只公鸡，天不亮就开始打鸣了。说着穿上一身短衣，转身从镬灶间取来一副对付苍蝇的筷子，挂在腰间，从后门出来。出门没几步，就看见剑圣正提着一个马桶从巷子那头晃荡晃荡地过来(按东瓯乡俗:洗马桶皆是妇人的分内事，男人不能洗，一洗就遭邻舍笑话。剑圣家的有时打马吊牌手气不好，就让剑圣天还未亮时偷偷拎着马桶去洗)，吕大嘴噘起嘴唇，啧了几声。剑圣像是受了污辱，说，听说你现在已是赵员外家的狗腿子了。吕大嘴盯着他脸上的伤疤，没有回答。有时候，目光比言语更让人难受。剑圣放下马桶，带着威胁的口吻说，不要死盯着我的脸看，这可是当年街头斗殴时留下的。言外之意，他也是有两下子的。吕大嘴冲他扮了个鬼脸，带着轻蔑的微笑走开了。呔！他听得剑圣模仿说书先生呼喝了一声，猛地回过头来，但见剑圣坐在马桶上，手挥毛刷子，作骑马状。

跟昨日一样，吕大嘴到赵府的时辰天色还刚刚泛白。树上有几只早起的鸟儿在漫不经心地鼓噪，芙蓉池边，几名老拳师正打着行云流水般的太极拳。醉芙蓉沉睡一宿，又由红转白，仿佛一个人宿醉初醒，恢复了原来的面色。管家见到吕大嘴，就把他拉到一角说，你来得真是时候，我正想找你帮个忙呢。吕大嘴不用问，就知道他遇上了什么棘手的事。管家说，一大早我派人去取宾客的武器，发现那里面聚集着很多苍蝇。吕大嘴说，敢情是有几把刀剑上还留着血味，故而招来了苍蝇。上回李四在我家吃醉了酒,忘了拿桌子底下的屠刀,结果你猜怎么来着?一把刀上都是觅血的苍蝇和蚊子,跟李四一样,都他娘的吃醉了。管家问,你打过这么多苍蝇,可曾见过无头苍蝇?吕大嘴说,见过。管家说,一只无头苍蝇不可怕,可怕的是一大群无头苍蝇。今天早上,我又看到了一大群无头苍蝇,一径地朝那边飞。正说话间,吕大嘴瞥见一群苍蝇从花树间飞过,像天上的雁群一样,排得十分整齐。它们没有盘旋而下,而是继续向管家手指的方向飞舞。吕大嘴抓住其中一只苍蝇,摊开一看,果然是无头的。心中生疑,就跟了上去。晨雾渐渐淡去,不远处几栋楼阁浮在树杪间。吕大嘴紧紧跟随着那群无头苍蝇,穿过廊庑,转过一座骑楼,一个腰门,就来到东北角一座小院,门口界以篱笆,花草杂乱,景致有些荒芜,可以想见,里面是一座废园。院门锁着,苍蝇就从墙上翻飞过去。他不知道这群苍蝇为何会无缘无故飞到这边,回头,又见几只苍蝇款款飞来,像是执行某个秘密的指令。他伸手抓了两只,摊开手掌,苍蝇似被吸住一般,在他掌中蠕动,却无法振翅飞走。不过须臾,两只苍蝇挣扎了几下,又振翅飞了起来。苍蝇到底不同于人,它们可以用脚辨识味道,用肚腹呼吸,脑袋没了,也照样可以飞上一阵子。但奇怪的是,它们并没有像平常所见的无头苍蝇那样到处乱飞,而是仍旧沿着一条看不见的迹线飞入那座废园,也像是要赶赴什么盛会。出于好奇,吕大嘴想往里张望几眼,却听到一阵老鼠爬过枯叶发出的沙沙声。管家随后跟了上来,说,这座院子原本住着三姨太,但自从她跟一个下人私奔之后,院子就一直无人入住。吕大嘴问,既然院门锁着,为何还要加一道黄符?管家说,你有所不知,这院子虽然人去楼空,但两年间闹过几次鬼。有一回,我曾听得院子里那口深井中传来女人的哭声,赵员外立马请了一位打鬼的师公把井填埋了,后来就不再传来哭声。大约是过了半年,我和几位护院拳师出来夜巡,经过此处,无意间看见二楼的窗口突然亮起了一盏灯。管家一番话,说得吕大嘴脊背发凉。管家说,我们暂且别管这些,先跟我去办正事。管家把吕大嘴和几个仆人带到武器库,开了门,对吕大嘴说,进去了就关上门,别放苍蝇出来。吕大嘴进了屋子,就听得苍蝇嗡嗡作响,如雾一团。少顷,吕大嘴出来,对门外的人说,你们可以进来拿家伙了。吕大嘴举起手掌,嗅到了一股死气,这股死气仿佛并非来自苍蝇,而是某具腐烂日久的尸体。那一刻,他又想起了那座废园。

“芙蓉会”开场在即,赵府里外人影更稠了。锣鼓声中,知府大人带着四名公差过来,还送来贺联一副,管家手头正忙着别的事,就吩咐吕大嘴把贺联贴在大门口。贴好之后,吕大嘴见宾客已进了演武厅前的场院陆续落座,也挤了过去,找板凳坐下。台阶前摆着一张香案,上面摆放着猪头和香炉。吕大嘴望着那个刮了毛的猪头心里有些发怵,这东西让他不由想起沈老板那个肥头大耳。听尤氏说,李四现如今不再杀猪了,因为他即便看到猪头也会想起那个挂在肉案上的人头。前日,李四家里的刚剁下鸡头,李四惨叫一声就昏过去了。李四家里的赶紧请来一位和尚,做了法事。从此李四也就皈依佛门,做了居士,开始吃斋念佛。那名未知下落的凶手也算是做了一桩积德事,让屠夫放下屠刀,立地成佛。三声礼炮过后,知府大人和赵员外率众人一起上香,敬拜关帝爷。拜毕,知府大人坐在台上,说了几句例行的客套话,末了,就朗吟一首诗以示祝贺。吕大嘴问身边的一位老先生,方才知府大人念的是什么。老先生捋了捋胡子,又摇了摇头说,蛮话口音太重,不晓得他是在念佛还是念诗咧。随后，赵员外开始宣读一长串宾客名单。刚刚介绍完毕，忽听得门外有人喊：朝报到。赵员外整了整衣裳，大步流星地跑出来，诚惶诚恐，如接圣旨。有人问他，这回朝报上登的是什么消息？赵员外匆匆浏览了一遍，然后告诉大家，时下万岁爷已得知东瓯城外有一群贼寇作乱，心中甚是焦急。鄙人虽然不再在朝为官，但为皇上分忧为朝廷效力是分内之事。东瓯城内的几位老拳师梁师傅、齐师傅等人也都附和了几句。知府大人见底下有人响应，就向众人说道，我瓯乃是东南沃壤，控山带海，利兼水陆，早些年有大大小小行栈三百余家，其中山货行与鱼行为最大，但现如今凡是舟车相通的地方，都被山贼海盗所控，来往商旅船帮时常遭劫，白骨难归，侥幸不死的，货物钱财也都要被盘剥一层。上任知府坐视不管，使得那些草贼更为猖獗，商人受了欺压，不敢报郡，反倒与草贼定下了不成文的规矩，各自得了好处，心照不宣。如此下来，我郡要夏税没夏税，要秋粮没秋粮，朝廷责问下来，如何搪塞得过去？本知府已下了海捕文书，要将那些强盗头目悉数捉拿归案。吕大嘴问身边的人，知府大人说话文绉绉的，究竟在说什么咧？那人道，总归一句话，那些山贼影响了地方赋徭，朝廷怪罪下来，必然会影响知府大人升迁，所以他要调集官兵和民众，拿那些山贼开刀。知府大人说到激昂处，就站了起来，说，现在，我郡已经在城外结寨整练，克日必将收服那些山贼海盗。本人素知在座诸位都是以一抵十的好汉，我们需要你们加入团练，为民除恶，为皇上解忧。知府说完，让一位随行小吏宣读一份征兵剿匪文书，还保证说：凡有义士加入团练，三年免交官税；若是死于此役，官府必会奏报朝廷，在祠堂里供一块英烈牌位，让后人永世祭祀；优待遗属自然也不在话下，除了分发抚恤金，还会在合理的情况下给他们的子女安排一份差使。这份文书宣读完毕，除了赵员外、东瓯镖局三大元老以及几位老拳师作了表态，堂下众人竟然都没有吭声。吕大嘴给一位紫铜脸的壮汉添水时，低声问，你有一身好本领为甚不去报名参加？壮汉答道，我老婆快生了，不让去。此时又听得赵员外扬声问，在座的英雄好汉中有哪位愿与敝人一同杀敌？场内鸦雀无声，赵员外只得点名询问。这些人中，有的称自己要回去跟老婆商量商量，有的说自己茹佛念斋不敢杀生。知府大人看着赵员外，赵员外附耳说，大人有所不知，今天来的这些人，都是各州县的英雄豪杰，他们不敢出手，实非畏刀避剑，而是另有隐情。知府大人说，员外就如实说吧。赵员外说，据我所知，他们的四亲六眷都或多或少地与那些草贼做过一些走私生意。动起手来，难免牵动大家的利益。知府大人哼了一声说，匹夫，目光如此短浅，只配在街头卖艺，赚几块膏药钱。说话间他向台下扫视一眼，扬声道，从今天开始，谁与山贼海盗通融，就以通匪罪论处。场内顿时响起了一阵嗡嗡的议论声，气氛遂变得有些凝重起来。等到有人解衣挽袖上场表演拳术时，场下的气氛又缓和了一些。到了中午，有些拳师借故离开，场院内的人影渐渐稀疏了。此时，一名衙役来报，说是京城已派来了一位大内高手。衙役原本要在待贤馆备下一桌酒席为他洗尘，但此人将行李放在客栈后，就不知去向了。知府大人闻言，立马着人备轿回府。赵员外把知府大人送到门外大道上，恭恭敬敬地站着，遥望车尘而拜。直起身后，赵员外盯着门台忽然大喝一声：管家！管家就在他身后，吓得跳了一下。赵员外问，这副对子是谁贴的。管家说，不是老爷让我贴的么？赵员外说，你也算是知书达礼的人，怎么会把这对子贴反了？！管家细细一看就犯傻了，赶紧解释说，这对子不是我贴的，是一个名叫吕大嘴的下人贴的。赵员外嚷道,你去把吕大嘴给我叫过来。吕大嘴闻声赶来,战战兢兢地问,老爷有什么吩咐?赵员外指着门口的对子说,反了,反了。吕大嘴扑通一下跪在地上说,老爷,我可是良民,怎么会跟那些山贼一样说反就反呢?管家扯了扯他的袖子说,老爷说的是你把对子贴反了。吕大嘴露出一脸的罪过相说,对子上的字我可是一个都不认得咧,既然贴反了,老爷就责罚小人吧。话音刚落,他就朝自已的双颊狠狠地抽了两巴掌,接着说道,这第一巴掌权当是我死去的爹娘打的,小时候爹娘让我念书,我却像跟字有仇似的;第二巴掌权当是老爷打的,我晓得老爷打我还嫌污了手掌。赵员外听他这么一说,气也消了大半,说,你固然有错,但也是无心之失,大可不必把自己打得一脸红肿。吕大嘴说,小人回去,家里的婆娘要是问起,我就说是老爷赏了我一壶好酒,灌得我满脸通红。众人听了这话,都哄堂大笑。赵外员也转怒为喜。吕大嘴说,老爷大人大量,小人感激不尽。往后老爷若是有心去杀贼,我吕大嘴愿做马前一卒。赵员外听了这话,对吕大嘴更是另眼相看,拍着吕大嘴的肩膀说,这里只有你算得上是个人物。

蔡先生从赵府回来,用过饭后,觉着浑身燥热,遂脱掉那件月白色熟罗单衫,袒腹斜躺在书斋外的一张摇椅上,两个婢女在两边为他摇扇,左右清风,十分惬意。一名小妾迈着碎步过来,递上刚点上的旱烟,说,这是乡下一名佃户送来的淡巴菰烟草,请老爷试几口。蔡先生吸了两口,咂了咂舌头,又深深地吸了一口,仿佛要把女人的体香也一并吸进肚腹。过了半晌,蔡先生叹息一声说,兴许没过多久,城外打起仗来,我就抽不上这种上好的烟草了。小妾不明白蔡先生为何会说这等丧气的话，见他脸上放红光也就宽慰了许多。二人闲话时，忽听得仆人报道，门外有位生客，说是京城里来的，要老爷亲自出门迎接。蔡先生说，京城里来的又如何？摆恁大的架子，要我亲自出门迎接？不见。仆人说，那人让我转告，他从京城带来了一样重要的东西，你不见也得见。蔡先生大喝一声，狂徒，好生无礼。小妾赶紧伸手抚摩他的胸口劝慰道，你有肝病，萧神医说了，你是不能动肝火的。蔡先生喘了一口粗气说，你就出去回复，说我今晚不在家，让他隔日再来。话未说完，就听到树叶簌簌作响，转眼之间，一条人影已先于树叶落地。那人身后插着一柄长剑，太阳挂在他身后，凝然不动。小妾和两个婢女都躲到了蔡先生身后，敛足而立。蔡先生只是淡然地说一声“请壮士过来一叙”。眨眼的工夫，那人已飘至眼前，亮出腰间的金牌问，知道这是什么东西？蔡先生一看便知道此人是大内高手，露出笑容说，原来是京城来的贵客，有失远迎，恕罪恕罪。说毕，一边把他请到客厅叙礼，一边吩咐下人奉茶。大内高手抱拳说，我是个粗人，说话从来不会拐弯抹角，这番登门，是要给你看一样东西。说着，从怀里掏出一本书。蔡先生问，这是何意？大内高手说，我在宫廷的藏书阁里无意间得到这本剑谱，据说是一百多年前的剑术名家李梦溪先生所写，故名梦溪剑法。这一派剑法只能在子午卯酉四个时辰内练习，因此就分四卷。可惜，第四卷已经亡佚。我这番过来，就是要让先生仿效李梦溪前辈的笔法和套路，把残卷续完。蔡先生说，我素知李梦溪前辈剑法精妙，天底下能窥其堂奥者不出两三人，我恐怕不能胜任此举。大内高手说，我要与你做一笔买卖，你若续成此书，就交我带到京城付印，我相信此书一出，印多少就卖多少，到时候我们五五分成，可否？蔡先生也不置可否，只是说先容他翻翻再说。翻开第一页，他就皱起了眉头，这是手抄本，里面竟是错字连篇。蔡先生说，这本书定然是宫廷里哪位武夫所抄的，武夫只懂武功，粗通笔墨。大内高手拍了拍脑门说，不瞒先生说，这是敝人抄写的。字词有误，但大意是没错的。反正此中招数无论千变万化都离不了格、洗、击、刺、抽、抹、带、撩这八法，先生看我舞剑即可明白。蔡先生当即请他照着前面三卷的剑谱演练一遍。二人互相参研，不觉间天色已晚。蔡先生与大内高手用过饭后，又点烛论剑，直到夜深。至于蔡先生如何遣词造句，无待详述。

转眼间快到天亮时分，大内高手起身告辞。蔡先生转身去开房门，回头一看，大内高手已飞身跃出窗口，惊起了几只宿鸟。蔡先生坐在窗口，静静地望着有点泛白的天空，一钩残月跟野猫似的蹲在屋顶。这本错字连篇的剑谱他是决计不会再看一眼的。但七天之后，这位大内高手定然会过来取续篇，如何交稿让他伤透了脑筋。四望寂寥，索性吹了灯，倒头睡下。薄暮时分，有位公差急匆匆地跑过来，请蔡先生到府衙走一趟。蔡先生心知官府那边又出了什么大事，因此就向公差先探一句，公差十分审慎地瞥了一眼蔡先生身边的家人，带着歉意说，你去了自然就会明白。他们刚到府衙门口，就撞见赵员外和几位老拳师，赵员外神色张皇，连呼大事不妙。蔡先生问官府出了什么大事。赵员外说的也是同样的话：我只听说有人被杀，具体情况也不甚明白，你我进去看了自然就会明白。众人毕集，知府大人就出来了，那张原本白净、圆润的脸上此时也露出了几分疲惫之色。他没有发话，就把众人带到一间阴暗、湫溢的房间，那里只有一张竹床，上面躺着一具尸体。知府大人让手下揭开黑布说，你们看看，他就是朝廷派来的大内高手，腰间有块金牌，却没有名字。蔡先生知道死者的名字，但不敢作声。他心里感到宽慰的是，这位大内高手不会再过来取稿子了。他瞟了一眼周围的人，发现萧神医居然也在场。萧神医说，此人被发现时，膈下尚有一缕余温，抬到这里，就断气了。我把他全身检查了一遍，只发现一处致命伤。蔡先生上前一步，把死者的头部检查了一遍说，他被击中了百会穴，这个地方经属督脉，乃是手足三阳与督脉交汇之处。有句俗话说，百会倒在地，尾闾不还乡。这些地方都是一招致命啊。萧神医说，从太阳穴上的肿块来看，他是被对方的拳楞所击。蔡先生点点头说，这世上的事就这么怪，你什么好，就偏偏死在什么上。你剑术好的，就死在剑下，拳术好的，就死在拳下。即便你侥幸没死，也会祸及子孙。有道是，良医之子多死于病，良巫之子多死于鬼。难道不是这样么？说到这里，才发觉萧神医正黑着脸。蔡先生忽然想起，一年前，萧神医有个儿子被一名山贼头领的拳脚所伤，回家后没几天就死了，这让神医一直很郁闷。面对眼前景象，众人都垂手而立，显出一番无奈的模样。知府大人显然有些焦急和不安，他一下子抓住这个人的袖子，一下子拍拍那个人的肩膀，沉吟良久，忽而长叹一声，可叹呀可叹，我堂堂东瓯百姓竟拿几个山头小儿没法子，这江湖上的好汉难道都死绝了么？这话是说给众人听的，隐含责备的意思。众人听了，很不是滋味，说了几句闲话就从府衙出来，经过附近一家酒楼，便由赵员外做东，找了一间大包厢坐下。赵员外望着窗外晦暗的天色说，看来一场恶战是免不了了。蔡先生叹了口气说，现在正是稻熟季节，打起仗来，难免要影响老百姓的收成。即便是大战告捷，赏赐的钱粮也不会发放到老百姓手中。到时候，怕是又要闹饥荒。梁师傅说，上回大军进山剿匪时，途中的老百姓纷纷跪下，请他们罢兵。齐师傅问，这又是怎么回事？梁师傅说，贼来如剃，兵来如刮，还不是一个货色么？蔡先生说，我倒是听说那些盗贼打秋风回来，还能分一些给村上的人。赵员外说，这不奇怪，老百姓得了点好处，自然就做了他们的耳线。所以，官兵只要一动，山上的盗贼就了如指掌。蔡先生说，我还是坚持原来的看法，不能大动干戈，官兵来了只会败事。俗话说得好，擒贼先擒王，还不如再请一位高手去青凤山径取那个山贼头领的头颅。头领一死，这群乌合之众自然会解散。赵员外说，今日的场景你也看到了，京城里过来的高手还不是照样来送命么？蔡先生说，大内高手好比圈养的老虎，在宫廷里过惯了锦衣玉食的生活，早已不能适应江湖上的那一套了。赵员外说，可你方才没听知府大人是怎么说的？他说，你们江湖上的高手难道都死绝了吗？蔡先生摆手说，没死绝，天底下能在万军之中取人首级的，非剑圣莫属。梁师傅说，我听说剑圣早在三年前就与一位高丽女子入山隐居，不再过问江湖上的事了。齐师傅说，我当年是见识过他那以指为剑的功夫，啧啧，手指上都有剑气，那还得了，女人要是没一点能耐，是不能跟他过日子的。唐师傅见气氛滞闷，就插进话来讲了一个江湖上的掌故：说是有个姓戚的拳师，跟一位高僧学了一身刚猛无比的拳法，高僧让他拜别的师傅再学一路阴柔功夫。那人不听奉劝就下山了。但他踩上石板那石板就裂开了，手指一划衣服那衣服就撕开了，伸手拍一下树干树就倒下了，在驴背上一坐驴的腰骨就断开了。回到家中，看见老婆，他却死也不敢跟她上床了。这位姓戚的拳师后来就披发入山，做起了和尚。唐师傅长着山羊胡，颇善谐谑，他讲的掌故果然风趣，众人都抚掌而笑。齐师傅便接着他的话茬笑道，看样子剑圣练就了以指为剑的绝学，连女人都动不得了。练到这般境界，还有个鸟用？众人听了，都哄然大笑。赵员外知道，这些人讲笑话就是有意打哈哈，谁也不想替他拿个主意。等众人散去，赵员外叫住蔡先生说，你方才似乎有话要说。蔡先生叹道，也罢，也罢。赵员外说，你好像知道剑圣现在哪儿？蔡先生沉吟半晌说，此人隐姓埋名，就在东瓯城内的驷马街上卖茶叶蛋。

蔡先生找到剑圣时，他正坐在板凳上削竹片。一张垢脸，一头乱发，一袭布衣，一双长着黄色趼子的大手，这分明就是一个地道的手艺人，哪里像个让人闻风丧胆的剑侠？但蔡先生提醒自己：此人就是剑圣，错不了。剑圣除了卖茶叶、粽子，也兼卖竹织品，以贴补家用。板壁上挂着的竹篮、畚箕之类，都是他编织的。蔡先生环顾四周之后，蹲了下来，凑近他耳朵说，高手，到底是高手，隐居东瓯城这么多年，竟无人知晓。剑圣挠了挠耳朵说，我只是个卖茶叶蛋的，你莫不是认错人了吧。蔡先生说，我没有认错人，虽然你脸上添了一大块伤疤，头也秃了，但我还能认出你就是剑圣。剑圣摸了摸脸上那块柿饼状的伤疤说，我晓得你找我作甚。说着转身去了一趟后院茅厕，回来后见蔡先生仍然坐在那里，也不说话，就自顾自地编起竹篮来，编得慢而细。蔡先生说，既然你已经知道我找你的原因，咱们就谈一个条件吧。剑圣把一条腿架到另一腿上，翘着光脚板说，我已经封剑了，不跟任何人谈条件。蔡先生说，你现在好像很缺钱吧。剑圣若无其事地用手指抠着脚趾里的泥垢，淡然说，只要我别无所求，我就不会缺钱了。蔡先生说，如果你不缺钱，早已经住到山里面了。剑圣说，在山里面做一名真正的隐士难道非要有钱不可？我之所以没有入山，是因为我觉得在树林里藏身倒不如在人群中藏身。可我隐藏了这么多年，到底还是被人发现了。蔡先生再次把脸凑过去说，只要你把山贼头领的头颅提过来，除了朝廷的奖赏，赵员外还可以把里门之右那栋最好的楼房送给你。剑圣住在里门之左，凡是住左边的也就是贫寒人家，相反，富人都聚居在里门之右，能住在那地方，自然是被人看得起的。这一点，剑圣也不是不明白。蔡先生看了看门口那个妇人的肥胖身影说，你有了钱，还可以再娶个美娇娘。剑圣不作声，仍然绷着面孔。如果忽略左脸那块柿饼状的伤疤，从侧面看，那张狭长的马脸确乎有着剑的冷意。蔡先生说，我晓得你脸上为什么一直没有笑容。剑圣问，何以见得？蔡先生接着说，恕我直言，里门之左背阳，长年见不得阳光，所以你的表情跟天色一样，一直是阴郁的。听到这话，剑圣腾的一下站起来，蔡先生微微一怔，却见剑圣已撩袍端带说了声“待我去更衣”就直奔后院茅厕。回来后，蔡先生已点燃了旱烟，望着冉冉冒出的一缕轻烟，他的目光一下子放出去，一下子又收回来，过了半晌，他说，好刀钝置，未免太可惜了。好男儿志在四方，岂能碌碌无为老死牖下？剑圣说，有句俗话说得好，在山的泉水就留在山中好了，何必流到江湖多添一些波浪？蔡先生说，现如今只有你出手，这江湖的波浪才能平息。剑圣听了，又是伸懒腰，又是打哈欠，显出一副困倦的模样。蔡先生要说什么时他又欠身去了一趟厕所。回来后，蔡先生问，你说话之间，上了三次茅厕，是不是哪里出了问题？剑圣说，我也不晓得咧，近来不敢多喝水，一喝夜尿增多，老婆抱怨。蔡先生说，这种毛病，不是坐得太久，便是房事过度所致。剑圣点了点头，忽而又摇了摇头。蔡先生说，不瞒兄台说，老夫虽然年过半百，但依然是冬行春令。此事等同养生，须是已饥方食，未饱先止，调度得恰到好处，那方面就不会出问题了。我有个朋友，叫萧神医，家住东门忠节门附近，你可以报上我的名字去看看。前阵子，赵员外练内家功夫走火入魔，萧神医一看就说他得了疝气，原因是三焦气没练好。你这病若是请他诊病下药，想必很快就能治愈。天色将晚，剑圣便说，先生如果赏脸就在我家吃一点粗茶淡饭如何？说着，伸手入怀，但他掏钱便似捉跳蚤般困难。无奈，只得站起身来，转身掀开布帘，让家里的去外头买点下酒菜回来。剑圣家里的没好声气地说，米缸里的米都快吃完了。身子一扭就往门外走，说是要与吕大嘴家里的打马吊牌去了。蔡先生也无留意，从怀里掏出一个青色布包说，这是受知府大人和赵员外所托，让我转交给你，改日我还会登门拜访。剑圣收下后，就拉着他的袖子说，你且在这里坐上片刻，贱内出去了，我只能亲自下厨。他进了厨房，从梁间悬挂着的篮子里取下一块腊肉，刷刷几下就切成薄片。不过片刻，剑圣家里的像是出门忘了取物什，又急匆匆踅返，低头一看，平素舍不得一下子吃完的腊肉居然全被切完，就骂开了：你是不是做太平席啊。太平席，也叫寿席，就是把肉切成薄片，放在棺材里供死者享用。蔡先生听到他们吵吵嚷嚷的声音，就赶紧起身从侧门走掉了。剑圣回到店堂，发现蔡先生已经不辞而别。

天气湿热，剑圣身上的病痛愈发变得厉害了。此后因为淡于房事，妇人的怨言也便多了起来。夜深人静之际，忽听得隔壁鸟鸣人呱，妇人心里面害馋，又免不了要发牢骚了，说前阵子搁在后院翻晒的鱼鳔无缘无故地丢失了，她一口咬定是剑圣故意扔掉的，而剑圣辩解说是哪只偷腥的猫叼去也未可知。妇人冷笑道，难道连叫春的猫都晓得戴鱼鳔不成？剑圣听了这话，存于丹田的真气一下子就泄掉了。阴雨连旬，隐疾难去，妇人的牢骚不断，这一切让他的心头无端地生出一块拳头那么大的郁结,久久不能松开。实在熬不过去了,他就想起了蔡先生介绍的那位萧神医。但他听人说过,这萧神医颇有山人气息,平素闭门不出,接诊的任务就交给几个儿子和徒弟来做。没有蔡先生知会一声,贸贸然过去,兴许会吃闭门羹的。这么一想,他就去蔡先生的府邸走了一趟,说明事由,蔡先生立马修书一封,让家奴送去。次日,剑圣特意上了一回澡堂,剪发断爪,换了一身干净的衣裳,然后夹上一把雨伞出门。到了萧神医的医庐,剑圣向门内的童子通报说,他的名字叫胡剑圣,是蔡先生介绍过来的。童子点点头说,先生早有吩咐,但他现在还在睡觉,你可以进去等候。剑圣进了院子,屋内鼾声如雷,报道先生午睡正酣。他不敢进去打扰,就在门外坐了半晌。萧神医醒来后,听说一个自称是"胡剑圣"的人正坐在门口的走廊静候,便倒趿着鞋子出了门,作揖道,想必阁下就是蔡先生介绍的那位名震江湖的剑圣了。剑圣一怔,萧神医立马会意说,你放心,你是何等人物,只有我和蔡先生知晓,我不会声张出去。说着就把他请到屋子里。房中摆放的是茶壶、药铛、经案,一派洁净。闲话几句,医患之间的对答就开始了。问:是否长期用药?答:否。问:是否滥用过春药?答:这个年纪,偶尔使用过,并未滥用。问:是否有过内伤?答:有过,三年前被一位不详其名的大内高手从背后震过一掌,但后来治好了。问饮,答喜冷饮。问食,答喜甜饼。问睡眠,答严重失眠,黑眼圈都出来了。问大便,答便秘。问小便,答尿频、尿急,滴沥不尽,而且时常起夜。问房事,答一月一次,且性事冷淡。问手淫史。剑圣噌地立起,看看四周,忽又坐下,叹口气说,先前每日常以自渎振拔精神,现在每月酌减,次数不多。问有无晨勃,答不多。问七情何者为重,答抑郁。萧神医又开始搭左脉、右脉,看面色、舌苔,然后告诉剑圣,他患的乃是淋症,须吃通淋利湿之类的药汤。萧神医说,你幸好及时找我医治,再耽搁几天,这病就更严重了。剑圣说,如此说来,我这狗马病并不难治。萧神迟疑片刻说,只是——剑圣问,只是什么?萧神医说,我若能医好你的病,还请你务必帮我一个忙。剑圣说,只要我手中剑在,我都会答应。萧神医说,我要你去杀一个人。剑圣问,谁?萧神医说,杀我儿子的人。剑圣问,你儿子被谁所杀?萧神医说,那人就是青凤山上的山贼头领,号称"盗圣"。剑圣点了点头说,杀死一个山贼对我来说并非一件难事,但我也有一件事有求于你。萧神医说,但说无妨。剑圣说,你不能向任何人透露我的真实身份。萧神医点了点头。萧神医给剑圣开了一张药方,嘱童子立马去药铺抓药。有几味药,是萧神医自己炮制,立等可取。剑圣吃了几天药,再加上早晚打坐运功,很快就见药效。傍晚,剑圣收摊进屋,发现桌上的菜居然要比往常丰盛得多,妇人的一身淡青色竹布衫也换成了一身浅绛色大袖衫,给人一种喜气的感觉。剑圣不敢动筷子,问,有客人要来么?妇人答,没有。剑圣又问,昨晚打马吊牌赢了钱么?妇人答,也没有。剑圣脸色倏变,迅速跑进房间,钻到床底下去掏那双旧鞋,手伸进去,掏出一封蔡先生的信,再掏,已无银子。剑圣从房间出来时脸色一片铁青。妇人也跟着过来,板着面孔说,你居然背着我,藏了这么大一笔私房银。剑圣说,这是一位朋友所赠。妇人哼了一声说,你那位朋友倒也阔气。剑圣本想问妇人是否看过那封信,忽然想起,妇人丁字不识,看了也不打紧。剑圣心中气恼,就转身去镬灶间舀了一瓢水,仰脖子灌下,似乎要把一肚子火气浇灭。妇人忽然间又走到跟前,一声断喝,去,打酱油。随即,一个瓶子甩了过来,剑圣伸出左手二指夹住瓶颈。临出门时,妇人又吩咐道,莫去顾大嫂店里打酱油,那贱女人自打被一个公差睡了之后,那副嘴脸就越发地不中看了。剑圣依令,就上街打酱油去了。剑圣拎着一个瓶子,漫无目的地走着。一些临街的店铺都快打烊了,路上人影渐渐稀疏了。剑圣的心境也跟天色一般暗沉沉的。他原本也是个相貌堂堂的男子,自打毁容之后,就娶了这么一个悍妇,相貌平平,身板亦是平平,于是,只好死心了,平素就摆出一副心淡如水的模样来。但剑圣家里的脾气大,动辄总是抱怨自家男人不会做家务活,菜择得不干净,饭烧得像粥,内裤也不换洗,脏得就跟妓院里的床单似的。剑圣被妇人数落得没一点气性,自觉苟活于世,废物一个。走到一个僻静的街角,他环顾四周,就把那个瓶子捏成粉碎。犹豫了片刻,他径直穿过里门,折而右,向赵员外家走去。

从赵员外家回来之后,剑圣就不再跟妇人说话了。白天就躺在床上,也不出来守摊子、编篮子。妇人跑过来说,听说你去了赵员外家,是不是要去他那里谋个差使?剑圣问,你是如何知晓的?妇人说,大嘴家里的跟我打牌时说起的。剑圣突然坐起来追问,她还说些甚么?妇人哼了一声说,你整天绷着一张脸,她还敢说你甚么?我就知道,人家没有用你,否则的话你还会躺在这里犯愁么?剑圣不理会,转身朝里卧着。妇人说,要我说呢,人家大嘴好歹也可以帮人家打些杂活,可你呢?赵员外总不会让你去他家编竹篮子吧。再说你这样子,简直就像个糟老头子,头发也不理,胡子也不刮,指甲也不剪,人家看中你才怪呢?剑圣听到这通丧气话,腾的一下坐起,复又躺下,两个拳头捏得咯咯作响。妇人走开时,冷笑一声丢下一句话来:你呀,你这不是躺着,而是孵着,大热天会孵出蛋来的。剑圣看到晃荡的门帘恢复平整后,复又坐起来,静心打坐。

晌午时分，窗外的天色骤然暗了下来，一道闪电之剑斜刺而来，几乎要划破窗纸，就在一刹那间，他看见一只惊悚的小鸟(或许只是一片落叶)从半空疾速跌落，仿佛剑刃上滚落的一滴热血。他突然像想起了什么，迅即跑到柴房，从灰尘覆盖的地方取出一柄弃置多年的宝剑。一直以为此物封存于木鞘中，会由此而接近木质，慢慢地蚀掉锋芒，可它出鞘之后，竟依然散发着温和的杀气。他把剑缓缓地插回鞘中，又缓缓地拔出来，再插回，再拔出，反复做了几回。显然，他已经喜欢上了那样一种感觉：缓缓地把剑抽出来，就仿佛抽出自己血脉中的血液；而当他把它插回鞘中，就仿佛看到血液回流到心脏的位置。他的胸口似有什么东西在隐隐涌动着。

一日，阴雨连绵，蔡先生打着一把雨伞行色匆匆地来到剑圣家门口。剑圣家里的正与吕大嘴家里的一边嗑着瓜子，一边讨论昨晚的牌局。见有客人光顾，就懒洋洋地踱过来问，买茶叶蛋还是粽子？蔡先生说，我要找胡剑圣。剑圣家里的吐掉瓜子，朝他上下打量了一眼说，你似曾来过。蔡先生说，几天前来过一回。剑圣家里的眼睛忽地亮了一下说，那天送来一锭白花花银子的财神爷莫非就是你了。蔡先生点了点头，进了店堂，旋即从口袋里掏出一块沉甸甸的银子说，一点薄礼，你就收下吧。剑圣家里的收了银子，赶紧去泡茶。蔡先生问，剑圣可在家？剑圣家里的朝屋子里努了努嘴说，这些天也不晓得他中了什么邪，整日坐在床上发呆，一忽儿吸一口长气，一忽儿吐一口长气。蔡先生会意，就深一脚浅一脚地走进里面那间光线幽暗的卧室。剑圣听到有客来访，就从床上一骨碌坐了起来。蔡先生问，近日身体可好？剑圣说，打坐吃药之后，明显好转了。蔡先生搬了一条凳子坐下来说，事情有变动，不太妙。我刚刚探明消息，朝廷已经发兵，不日即到。剑圣说，朝廷发兵，与我何干？莫非是不想劳我出手？蔡先生说，这事说来话长，待我跟你慢慢道来。你可知这回朝廷派谁带兵剿匪？是应将军。你也明白，应将军一来，老百姓恐怕又要遭殃。剑圣点点头说，这个应将军，我是听说过的，此人生性残暴，因此得了个诨号，叫什么屠夫。五年前，我听关外的人讲过这么一桩事：宫廷内乱时，这应将军奉皇帝之命带兵追杀一支叛军，将他们一直赶到关外，但没有斩获，不好交待，于是就杀了一群关外的老百姓，割下一千只耳朵带回京城冒功领赏。蔡先生说，没错，京城里的人一说起这应将军，无不鄙视，难怪有人把他拉来与京城头号庸医丁大仙齐名。剑圣叹口气说，如今富人更富，穷人更穷，天下怎能不乱？知府大人不过是想借剿匪之机建点功业，为自己的升迁铺一条路子。蔡先生说，你说得没错，先前山里的盗贼是不敢碰官府的，及至新知府上任，逼得紧了，他们也就豁出去了，见官差就杀，见官银就抢。京城里的高大人做寿时，知府大人办了一车寿礼派官兵押送过去，谁知出了城经过菊溪乡王家店，就被一帮盗贼劫去了，那些官兵也被扒光了衣裳，灰溜溜地回来复命。说到这里，蔡先生看了看四周，压低声音说，你可晓得赵员外为何痛恨那帮盗贼么？剑圣抱拳说，愿闻其详。蔡先生说，赵员外有一个养在外宅的女人，原本是南拳王刘大魁的老婆，自从她把男人克死了之后，就被休了，赵员外把她接过来，在尼姑庵里住一段时日，冲冲晦气。不料，有两个盗贼下山找荤吃，冲进尼姑庵就把这女人掳了去，要她做压寨夫人。用他们的行话来说，这叫“请观音”。剑圣说，依你看，赵员外支持知府大人出战，说穿了，就是为了报私仇？蔡先生点头道，可以这么说。眼下知府大人已经派人砍伐林木,准备打一场硬仗了。不瞒你说,我向来是主和不主战的。蔡先生说这话时显出满腹心事的样子。来找剑圣之前,他先后找过知府大人和赵员外,秉明来意,晓以利害,认为大规模的战争只会加深彼此之间的仇恨。但赵员外等他说完了一大通话之后就附在他耳边说,我听说你近几年写书发了财,在城外买了三百亩地雇乡下人种植烟草,不晓得有无这事?恕我说句不中听的话,你今天跟我所讲的听起来像是忧国忧民,其实是在担忧自己的一亩三分地。蔡先生心头的忧虑被赵员外一语戳穿,也就无话可说了。他回到家中,心中犹如架着一把柴火,自然是无心抽他的淡芭菰了。蔡先生明白,知府大人和赵员外这一头是说不通了,因此就跑过来说服剑圣放弃原来的刺杀计划。只要剑圣不出手,知府大人的原定计划就只能暂时搁浅,待秋收之后再作计议;但剑圣若是行刺成功,应将军就将带领大军乘乱杀入山寨。那时,不但烟草田不保,那些种烟草的雇工恐怕连性命都难保。想到这一点,蔡先生便试图说服剑圣放弃原来的刺杀计划,他说,任何一次战争,都是以仁义标举,但事实上都是拿个人的私利作盘算,无论胜败,遭殃的还是那些老百姓。所以,你若是杀了那名青凤山上的大山贼,后果将会变得不可收拾。剑圣沉默良久,抬起头说,此事我已答应赵员外,若是反悔,人家必会笑我胆小。作为一名剑客,眼睁睁看着山贼海盗横行乡里,我不能袖手不管。更何况,我还答应过萧神医,要为他的儿子报一掌之仇。蔡先生摇摇头说,你执意如此,我也不能强求。但你这次出手,定然是要一战成名,到时候在东瓯城内怕是不暴露自己的身份也很难了。剑圣说,我原本是打算在这里做个小贩,终老一生的,不料却被你识破了,所以,办完此事,我就马上离开郡城,去一个谁也找不到的地方。蔡先生说，以后就不再回东瓯城了么？剑圣忽然做了一个收剑的动作说，剑要回到鞘中，剑客要回到没有剑的地方。蔡先生长长地叹息一声，出门去了。剑圣家里的迎上来，很有分寸地向他道声谢。刚出门口，蔡先生就与隔壁的吕大嘴撞了个正着。吕大嘴问，蔡先生也喜欢吃粽子么？蔡先生点点头说，是的，是的。随即打开雨伞，匆匆离开。

自从吕大嘴常在赵员外家走动后，街坊邻居就不再提名道姓地称他“吕大嘴”了，有人叫他“吕爷”，也有人叫他“吕师傅”。仿佛他已经是一个有头脸的人物了。因为吕大嘴时常在赵员外家做帮闲，赵员外也就毫不客气地把他当家奴使唤了。这一天，吕大嘴急匆匆跑到赵员外的房门口时，跟赵员外撞了个正着。赵员外问他，什么事这么慌张？吕大嘴喘了口气说，不是老爷方才唤我么？赵员外说，我没有唤你。吕大嘴摸着后脑勺愣了半晌说，可是，我好像听到老爷在唤我呢。赵员外说，前阵子我唤你次数多了，你便时时刻刻等着使唤，这一刻想必是脑子里产生的幻觉吧。赵员外说着就随手锁好房门，朝外走去。吕大嘴还是不放心，追上几步问，老爷，你今天真的没有使唤我么？赵员外断然回答，没有。吕大嘴说，老爷一天没使唤小人，我就感觉自已像做错了什么事。赵员外说，你没做错什么事。吕大嘴哈着腰说，但愿明天早上我过来时，能听到老爷的差遣。赵员外停住脚步说，吕大嘴，过些日子，我会有一件重要的事托你去打理，你耐心地等着吧。吕大嘴如同得了打赏，兴冲冲走开了。每回与赵员外说了一通话，这吕大嘴总要与街上的一些闲人说起。过了些日，吕大嘴坐在桥头纳凉时，又按捺不住要与人说起那位赵员外。你们可晓得赵外员今天下午是怎么跟我说来着？吕大嘴装模作样地问。他们不想打听，吕大嘴便拉住他们的袖子，模仿赵员外的口吻喊了一声“吕大嘴在吗”？然后，他便从竹椅上站起来，自问自答，小人吕大嘴在，老爷有甚吩咐，只管说来。说到这里他又顿了顿，环顾四周问，你们可晓得赵员外下面对我说了番什么话？有人撇撇嘴说，让你去端菜。吕大嘴摇了摇头。又有人接嘴说，让你去打苍蝇。吕大嘴还是故作神秘地摇了摇头。众人等着他讲下文时，吕大嘴反倒闭上了嘴，学着赵员外的模样，摇着蒲扇，踱着方步，扬长而去。无话。

这天下午，赵员外确曾找过吕大嘴。赵员外对吕大嘴说，吕大嘴，你常常说要跟着我干一番大事，现在机会来了。吕大嘴说，有些事对老爷来说是小事一桩，但对小人来说却是大事。只要老爷吩咐一声，小人定当照办。赵员外说，此事对我来说是大事，对你来说却是小事一桩。说大事，是因为官府请到了一位绝世高手要去菊溪乡那一带走一趟，说小事，是因为这位高手对菊溪乡一带人生地不熟，要你带路。吕大嘴瞪大眼睛问，老爷怎知我熟悉那地方？赵员外说，你现在虽然改说城里话，但时不时还是露出几分菊溪的口音，我凭此断定，你就是那一带人。吕大嘴说，老爷真是神人，小人的一言一行都逃不过老爷的一双慧眼。赵员外说，兹事体大，唯恐夜长梦多，今天你收拾一下东西，明天一早就上路。吕大嘴又问，敢问老爷，你说的那位绝世高手是谁？话刚说完，有人已从屏风后面走出来应道，我。吕大嘴瞪大了眼睛，突然叫道，胡剑圣。赵员外说，胡剑圣就是剑圣。吕大嘴说，我自然晓得胡剑圣就是剑圣。赵员外说，我所说的剑圣，就是当年在雁门关外单枪匹马闯过三千铁骑直取叛军首领头颅的那位剑圣。吕大嘴乍听之下，舌头吐出老长。在吕大嘴看来，剑圣是一个孤僻之人，脸上总是挂着苦极相，不与邻里往来，亦不通吊庆，尽日坐在店门口，言语不多，目光呆滞，他家里的时常骂他是个“木鸡”。但谁也不曾想到，此剑圣竟然就是彼剑圣。赵员外看了看吕大嘴，又看了看剑圣，微笑着说，瞧大嘴的模样，似乎不太相信你真的就是那位剑圣。也好，你到我院子里试一试剑法，让他开个眼界。剑圣挥挥手说，不必，我的剑在心中，不会生锈的。那口吻，颇有些自负。赵员外听了也就不再强求，拿起一把生风辟蝇的大扇子，走到门口喊了一声管家的名字。管家进来，赵员外吩咐他给两人送些盘缠，就算话别。两人从赵府出来，拐进巷弄里的一家小茶馆，拣了个清净处坐下。吕大嘴轻声问道，你果真是剑圣么？剑圣伸出一根手指，在桌子的一角轻轻地劈了一下，桌角立即脱落。吕大嘴又瞪大了眼睛问，你真的可以杀死那位山贼头领？剑圣点了点头，反过来问，你给我带路，怕不怕？吕大嘴说，你若真是剑圣，即便天上落铁我也要豁出去给你带路。正说话之际，猛听得门外巷子里传来一声细长的吆喝：剪——头——喽——吕大嘴的脸上忽然掠过一丝惊恐的神色。剑圣说，你的手发抖了。吕大嘴说，自从上回我看到那颗血淋淋的头颅后，听到剃头匠喊一声“剪头”都会有些后怕。剑圣说，我第一次斩下一个恶人的头颅之后，也是心慌气短，时常做噩梦，后来算命先生对我说，梦见头颅是个好兆头，这表明你出头的日子到了。吕大嘴咧开嘴笑道，这么说来，我跟着你就有出头日子了。剑圣说，明天你只需带上一柄锄头，跟上我就是了。吕大嘴问，你让我带锄头做什么？剑圣说，收尸。吕大嘴说，你还要给坏人收尸么？剑圣说，他们既然变成了尸体，就没有好坏之分了。二人各怀心事，也没有心思在茶馆里消磨半日之闲，说了一些紧要话，就各自回家。

翌日一早，他们就按约定的时间整装出行了。刚出门口，就见剑圣家里的从屋子里飘飞出来，大骂：死人肉，死人肉。这是本地妇人骂街时的惯用语，相传数百年，至今不废。剑圣家里的是本街人，用瓯语骂出来，端的是地道骂法。骂声惊起巷弄里的鸡犬，顿时响成一片。吕大嘴问剑圣，妇人为何大清早骂你？剑圣不作声，只顾疾行，像是要甩掉妇人的诅咒。吕大嘴远远落在后面，从背影来看，剑圣的左肩高一点，右肩低一点，因此他行走的姿势并没有给人一种昂扬的感觉。吕大嘴扛着锄头，停在那里说，大清早就听得“死”字，不祥。剑圣手一挥说，你若是胆小怕事，就不必跟随了。吕大嘴被这话一激，也就加快步伐跟上了。走到半道，吕大嘴半信半疑地问，你果真是剑圣么？剑圣说，一个剑客要忘掉自己是剑客，这样别人就看不出你是剑客；做强盗也是这样，你看不出他是强盗，才是真正的强盗。吕大嘴想了想说，你这话听起来好像很有道理。出了城外的桑树林，就是一条驿道。二人正低头赶路时，一匹马忽然冲他们飞奔而来。剑圣也没抬头瞟上一眼，只是一挥手，那人就从马上滚落。如人死后灵魂不散，一曲终了余声缭绕，这一手挥过去后，凛冽之气犹在。剑圣借吕大嘴手中的锄头，呼的一下，斩落马首，只见鲜血点点，灿若桃花。那一刻，吕大嘴顿觉背后有一股冷风吹来，赶紧用双手抱住脑袋，仿佛生怕自己的脑袋也会从肩上滚落。马头没有了，马仍在飞奔，四蹄犹如飞舞的墨点，任意地飞溅开来。这马跑出一箭开外，忽然立起，一股鲜血再度喷涌出来，与朝霞相映，分外壮丽。这名剑客还没等剑圣出剑，就刷刷地舞起剑来，连刺十几招，却连剑圣的衣角都未沾上。剑圣抢前一步，毫不费劲地从他手中夺过剑来，手腕轻轻一抖，手中的剑便震为两段。手掌之间,刃没而利存。这名剑客的双手垂挂着,十根手指如同挂在村上的吊死鬼。当日光打在他脸上时，他的眼角猛地抽搐一下,双膝也随即跟着陡地一软跪在地上,声称自己不是强盗派来的,而是奉赵员外之命,前来试探一下剑圣的剑术有无荒废掉。剑圣冷笑一声问,方才试探过了,如何？剑客说,敝人素知剑圣的剑法精妙无比,今日一试,无他,只是以过目为快,以死于剑圣剑下为幸。但我不曾想到,你未曾出剑,我就已经败下阵了。剑圣甩掉手上的剑柄说,你的武当九宫八卦剑法还没练到家，实在是有辱你师父的名声。趁我还没动杀人之念,你就给我尽快滚开吧。那人接连磕了几个响头,步态颠荡而去。吕大嘴目睹此景,啧啧赞叹说,我现在总算相信,你就是天下无敌的剑圣了。剑圣表情淡漠,只吐出两个字:带路。二人向西行四十里许,那一带襟江带河,须得舟马并用,沿途荒凉,只有两三座土庙,几户人家,有羊,皆瘦小无脂。再坐船,翻过一座山就是菊溪乡了,这地方庄贫客稀,唯有野狗如孤魂般出没。半道上时常能看到饿殍,状极凄惨。日午时分,村上却不见一缕炊烟。剑圣和吕大嘴来到村中,只见几个瘦骨伶仃的汉子在他们身后躲躲闪闪。他们见剑圣并无恶意,就过来跟他搭话。说话间一些村民都围了过来,有些人手中紧紧抱着一个米缸,有些人牵着牛羊之类的家畜,仿佛生怕有人随时会抢走他们手中的宝贝物什。听村上的人说,他们村上原本是有衣有食的,自打官兵来了之后,强盗也就多了起来,占据了各自的山头和水泊。又说,这一带的强盗也分有道和无道的。无道的强盗时常冒充盗圣手下的人外出干坏事。村上的人还说,他们分不清有道的强盗和无道的强盗。有时候,有人半夜里突然把米谷送过来,他们就知道,是有道的强盗来了;有时候,有人突然跑过来,要抓“两脚羊”(童子肉)吃,他们就知道,那是无道的强盗。剑圣说,盗贼就是盗贼,哪里还分有道无道?他见吕大嘴摆出一副行侠仗义的样子,就拉着他的袖子说,我们此次过来的目的就是找到青凤山那个号称“盗圣”的大盗,这些山头小盗贼不成气候,待日后料理也不迟。因此,二人又顶着日头继续赶路。经过一座土庙,见一老者从庙中出来,嘴里嗫嚅着:这是甚么世道呀?这是甚么世道呀?仔细端详,老人履一足、跣一足,走路一跛一跛的,身上、脸上全是尘土。吕大嘴上前问,老人家,你在这里哭甚?老人抹掉嘴角一缕口涎说,我老伴被强盗杀了,我女儿也被强盗抢走了,整整三个月,没她一点消息,我向土地爷磕了三个月的头,土地爷也没理我。你们说,这是甚么世道呀?这是甚么世道呀?吕大嘴挺起胸膛,望着远处云烟缭绕的山峰说,老人家,你给土地爷磕了三个月的头并没有白磕,现如今土地爷就要给你显灵了,你就耐心地等着吧。

菊溪乡有一座山,叫鸡头山,山上有一群无道强盗,为首的叫梁大胆和孙阿豹。三个月前,他们经过菊溪乡东篱山秋水庵,俘获了一名借宿庵中的美妇人。梁大胆从护膝里拔出一把尖刀横在胸前问孙阿豹,我们如何处置?孙阿豹说,有一样东西,它能生人,也能杀人,你猜是甚东西?梁大胆晃了晃刀说,当然是我手中的东西。孙阿豹说,非也,是女人身上的东西。它能生人,也能杀人,你信不信?这女人天生一副克夫相,男人不好惹,我们要么放了她,要么一刀杀了她。梁大胆说,你的胆子也未免太小了,怕一个娘们不成?孙阿豹说,你不听我奉劝,我也没法子。说着就拂袖而去。梁大胆到底是酒色粗人,还没来得及把女人身上的绳子解开,就骑在她身上,信马由缰;日斜事毕,他出去吃了一顿饭,又回来，剔着牙缝里的肉末，笑眯眯地看着女人，说这样的尤物，可抵一日三餐，于是摁倒，又痛痛快快地要了一回；半夜里没有吃到宵夜，看到女人，又爬上去解馋，更漏方歇。七天之后，孙阿豹回来，见梁大胆面色青白；再过半个月回来看他，见他身子已瘦了一圈，就提醒他说，瘦田会吸水，你得悠着点呵。一个月后，孙阿豹看见梁大胆躺在床上，已不能动弹。请来郎中诊病，说梁大胆气血无华，精血亦被抽干，没法救治了。梁大胆咽气之前嘱托孙阿豹说，你把这个女人给我杀了吧。孙阿豹伸手合上了梁大胆的眼睛，撂起地上一把刀来到女人面前。女人流着眼泪说，你一定是想杀我的吧。孙阿豹猛然屏住气息，将体内一股流转的精气收住，封存于夹脊之下、尾闾之穴，但他随即感到手中的钢刀变软了，软得像一尾鱼那样从手中滑落。孙阿豹说，你身上的煞气已经被梁大胆吸走了，从现在开始，你就是我的女人。孙阿豹问胯下的女人，你叫什么名字？何方人氏？女人回答，奴家姓金，菊溪乡金家店人氏。

那个姓金的女人，剑圣说，就是赵员外未过门的七姨太。

天已过午，风依旧是热的，摸起来有些发烫。剑圣对吕大嘴说，你暂且在此休息一会儿，我去对面那座鸡头山走一趟，很快就回来。说罢，就跨过一道旱桥，沿着一条羊肠小道直奔山顶，脚步轻盈得像一片浮云。上鸡头山，先要过一座屏风般矗立的山岭。这座山岭，吕大嘴知道，叫哮喘岭，山虽不高，但道路崎岖难行，饶是好汉也要爬得气喘吁吁，像是得了哮喘病。少顷，剑圣的身影已没于白云，不知去向。再过一炷香的时辰，吕大嘴远远就瞥见剑圣的身影又从山上飘飞下来，手中提着一个圆鼓鼓的布包。吕大嘴问,这是什么?剑圣说,是孙阿豹的头颅。吕大嘴听了,两股战栗不止。剑圣说,这孙阿豹不过是手下跟着十几个喽啰的小山贼,真正的大山贼还在后头。我要的不是鸡头,而是凤头。吕大嘴说,听说那盗圣十分了得。剑圣哼了一声说,既然是盗,何必称圣,我倒是要会会那个不知天高地厚的"盗圣"。

休息片刻,他们又继续赶路。一阵凉风吹来,树影已绕至身后。吕大嘴突然停住脚步说,四周好像有动静。剑圣说,前面藏有五人,树上藏有七人,你身后藏有五人。吕大嘴问,你是凭什么看见这些人的?剑圣说,我的耳朵能看,眼睛也能听。吕大嘴问,十七个人你能对付么?剑圣说,如果你害怕,我就在这里画一个圈,只要你不出圈子,我就保你无事。剑圣说罢,就在他脚下画了一个圆圈,然后扬声道,树林中的好汉,你们一齐上吧。这一句话如剑出鞘,划过那片密林。一阵沙沙声之后,就有一群手持家伙的汉子从林中跃出,把剑圣团团围住。吕大嘴数了一下,刚好是十七人。阳光渐渐暗淡,似有什么东西在宁静的空气中隐隐振动。吕大嘴想跑,又不敢跑,看到自己的影子黏在地上,怎么也动不了。十七名汉子就像十七只苍蝇,围着剑圣转动,没有谁抢先动手。四周静极,吕大嘴突然感到内急,便跳出圈外溜开了。他拣了个草丛密集的地方蹲下来,双手捂着头,像是要把突然膨胀开来的恐惧极力压缩下去。解手毕,跑回来一看,不觉大骇,那些活生生的人转眼间都变成了阴惨惨的尸体,仆者、跪者、仰者、俯者、立者,无有声息。吕大嘴吓得脸色惨白,随即竖起拇指赞道,剑圣杀人,比我打苍蝇还来得麻利。剑圣面无表情,只吐出两个字:收尸。吕大嘴抡起锄头就地挖了一个大土坑,把死者一一埋了。剑圣盘腿坐在一块岩石上，神光内敛，双手合十，示以悲悯之态。吕大嘴正要填土时，剑圣指着一棵树说，上面还有一只手没有埋掉。吕大嘴抬头一看，一只手挂在树枝上，正滴着血，他那双握住锄头的手一点点松动了。四周很安静，唯闻苍蝇拍翅的声音。吕大嘴吐掉喉头的一口浓痰，缓了缓说，就让它留在树上吧。剑圣说，使剑的人不能没有手，你去砍一根竹竿把它挑下来，埋了。吕大嘴还是不敢动手。剑圣捡了一枚树枝，"啪"的一下掷过去，击中那只断手，不偏不倚地落在土坑里。吕大嘴把土推过去，草草埋了。剑圣指着前方说，我们走出这片林子，在那里等着。如果不出意外，那个山贼头领一定会带人过来。前面有几株大树，可荫亩许。剑圣走到树下，依旧盘腿坐着。吕大嘴从腰间取出一个皮袋说，我从家里带来了一些酒，要吃么？剑圣说，我不喜欢吃尤氏醪糟。吕大嘴说，不是醪糟，是你平常喜欢的高丽烧。说起高丽烧，剑圣便想起多年以前的高丽女子。他不知道自己是因为爱喝高丽烧才喜欢上那个高丽女子，还是因为喜欢高丽女子才喜欢喝高丽烧。这位忧郁的剑客总是舍不得把杯中的酒喝光，每次喝酒，总是留一点，说是可以映照出昔日情人的花容月貌来。喝了几大口酒，他咂了咂舌头，便对着远处说起话来。说着说着，语气就变得益发古怪，态度也益发固执。吕大嘴知道，剑圣的内心是十分孤傲的，他不屑于与身边这样一个凡夫俗子说话，而是要与内心的另一个自己交谈。一阵晚风吹来，剑圣突然皱起眉头对吕大嘴说，你坐在这里休息，呼吸的声音为何如此粗重？吕大嘴说，眼看山贼头领就要带人来了，我就害怕得紧。剑圣说，不对，你呼吸的声音里有一股杀气。吕大嘴笑道，到底是剑圣，让你感觉出来了。我忘了告诉你，还有一个人，你无法打败他。剑圣问，谁？吕大嘴说，我。剑圣冷笑一声说，我一招之内就能取你首级。吕大嘴说，我不出招也能置你于死地，你信不信？剑圣欲伸手拔剑，突然感到自己连抬手的力气都没有了，怒道，吕大嘴，你竟在我酒里下了毒。吕大嘴说，我不是吕大嘴，我就是你要找的那位盗圣。剑圣问，你果真就是那个盗圣么？吕大嘴说，一个强盗要忘掉自己是强盗，这样别人就看不出你是强盗。真正的剑客也是这样，你看不出他是剑客，才是真正的剑客。剑圣说，我要寻找的盗圣原来就住在我隔壁。吕大嘴说，你真糊涂，和尚就一定在寺庙里修行么？强盗就一定在山上过日子么？剑圣苦笑一声说，这么说来，你与我为邻，是早已计谋好了的。不过，我有一事不明，你如何知道我是剑圣？吕大嘴说，还记得当年，你的宝马被人所盗一事？我就是那个盗马贼。我原本只是想借你的宝马去京城办一件要事，回来后就听说你已归隐江湖。有一天，我牵着马经过驷马街，那匹马突然从手中挣脱出来，向你那个小店奔去。也许你会觉得自己毁容之后世上已经无人认得，但那匹马却认出了你。那匹马在你店门口徘徊不去，你却不敢相认。就在那天之后，我就决定在你隔壁租下了一个店铺。剑圣说，其实我早该怀疑你不是个寻常人物了。吕大嘴问，何以见得？剑圣说，你平常走路时脚步很轻，不是武林高手，就是强盗。可我还是被你蒙过去了。吕大嘴握着剑圣那柄尚余手温的剑，缓缓地拔了出来，瞥上一眼，又“咣当”一下插入鞘中，说，其实我只想跟你做个朋友，等着有一天请你出剑。既然你现在不能为我所用，也不能为我的对手所用。你武功再高，也不过是我们手中的一颗棋子。听口气，吕大嘴还有些惜才的意思。又一阵山风吹来，剑圣想说什么，但嘴边的话像是被风吹走了。他没有再说什么，只是用怪异的眼神瞪着吕大嘴。吕大嘴说，你不要用这种死人的眼神瞪着我好不好？我会回去转告你家老婆,说你再也不打算回去吃饭了。说完这话时,只见剑圣双肩一耸,嘴里吐出了一口黑血,很不情愿地闭上了眼睛。那一瞬间,吕大嘴心底里涌起一股想哭的愿望,但怎么也哭不出来。他给剑圣磕了三个响头,就把他的头颅小心翼翼地割下来,随后又砍了些零枝碎叶,把那柄剑与尸体一并掩埋了。暮色渐浓,山林中的景物变得益发阴郁,山鸟的鸣呖和野兽的嘶吼,伴随着山风在树林上空回旋、飘荡,缓缓融入那一抹血色的晚霞。吕大嘴提着一个布包,骑上一匹快马,翻蹄亮掌直奔东瓯城。来到城下,吕大嘴大喝一声,接住人头。话音扬起的一瞬间,一颗头颅已掷向守城的士兵。在一阵咋咋呼呼的声响中,马蹄声已然晃远了。过了三更,守城的士兵又听到有人在敲城门,于是喝问,是谁在此喧闹?那人没有回答。守城的士兵从城楼上朝下一看,却见那人穿一身黑衣,头脸莫辨,仿佛是被什么东西罩着。一名守城的士兵嚷道,喂,你把头抬起来,我跟你说话呢。那人仍然没有回答。另一名守城的士兵举起火把朝下一照,只听得“啊”的一声,火把坠地。他们见过没有手的人,也见过没有腿的人,但从未见过没有脑袋的人。没有脑袋的人就不是残废人了,当然,也不会是人,那是什么?两名守城的士兵面面相觑,嘴里齐声吐出一个字:鬼。天亮之后,城门打开,守城的士兵发现城门外躺着一具无头尸体,手握一剑,十指皆黑。有人认出,此人就是剑圣。

忽一日,京城传来消息,说是皇帝崩驾,享年三十四岁。新皇帝登基之日,大赦天下。东瓯城外的山贼海盗也都纷纷被朝廷招安。一位江湖人称“盗圣”的山贼头领也跑到京城,觐见了当朝皇帝,不仅得了一双御赐金箸,还捞了个不大不小的官职。手下的人也跟着升官的升官,发财的发财,各自营生去了。巡抚大人以渎职罪被降职,知府大人因浮报军饷,办事不力,被即行革职查办。赵员外身上查出了两宗大罪,其罪名一是此前曾私募刀剑七十把、弓五十张、弦三百条、箭五百枚、棕鞋一百双、麂皮五十张,一个民间武夫居然家藏这么多兵器,分明有谋逆之嫌;其罪名二是,官兵来抄家时,发现石屋中一口被石板盖住的枯井内有两具无头骷髅,经查明,死者即系赵姨太和她的情夫(二人被赵员外捉奸在床,砍了脑袋,身首异处,但奇怪的是,此后每年八月,这里便有无头苍蝇孳生,嗡嗡作响,疑是死者的鬼魂在作怪)。赵员外二罪并罚,理当问斩。至于蔡先生,因为私印大内剑谱,被人举报,全部家当籍没,他写的书也统统被列为禁书。蔡先生只得在东瓯城的鼓楼街口支一个小摊子,代人写公文,聊以糊口。没过几天,东瓯城又换了一位新知府。城中的老百姓也不曾觉得日子有什么异样,依旧是,云白风清,花天酒地,各过各的。

一年后,皇帝问身边的人,东瓯一带还有没有盗贼出现?回答:未曾发现。皇帝很高兴,御笔亲赐一块匾额:盗息民安。菊溪乡也从此换了一个名字,叫民安乡。

是年春,莺飞草长,盗贼不生。

写于辛卯腊月

浮生若梦，小说如歌——读东君小说

汪广松

一

东君小说林林总总，看似纷纭散漫，要而言之则不出三记，这便是他的长篇小说《浮世三记》的内容：《解结记》《述异记》和《出尘记》。《解结记》祖述“阿爷”，《述异记》记述“阿婆”，《出尘记》则宪章“外公”和“舅舅”。这三记既是人生血脉的来路，又可以用来建构小说脉络：“解结记”，“解”与“结”音韵相同，都是一口气，只是调子不同，一仄一平，一解一结；“述异记”是这口气的变化，“出尘记”则点明气的归处，三记形成东君小说的总体气象。

三记不仅仅是总体，也构成东君单篇小说的内在理路：解结——述异——出尘，它们推动小说情节发展，又寄寓了作家的情感与思想。小说《长生》开篇就写“我”是个闲人，工作单位不大不小，换岗后生活单调，不料身体上的一些小毛病慢慢出现，于是他就开始徒步上班，是为“解结”。接着他遇到了长生，又通过长生带出了胡老爷的家族史，这一部分是小说主体，与“我”并无直接关系，可称“述异”。最后，小说又把“我”带回河边晒太阳，顺着河流慢慢前行，在下午的散漫中想着看戏，吃鱼丸面，长生及其故事譬如浮生一梦，而从梦中醒来则是“出尘”。

三记也可以说是一记，即“解结记”，它们是三而一，一而三的关系。《某年某月某先生》有位东先生，他在不惑之年困惑起来了。这些困惑有思想方面的，比如最近出的一些事情让他无法解释，但从小说来看，主要是身体性的，而且他想女人，可是与他交往的三位女性突然间都消失了。于是东先生就住到了南方的一座山上去，把手机埋在地里。他的“出尘”能够解开他的结吗？与《长生》不同的是，接下来发生的故事与东先生有关，不像《长生》是借别人的酒来浇自己心中的块垒。东先生在山里有一场“艳遇”，但这场艳遇实在不像艳遇，倒像两个人在清谈，从中又引出了女子的另一段“艳遇”。当东先生吹着风，想抚摸她头发的时候，她又消失了，一场“异遇”就此结束。东先生对自己说：“到任何一个地方，生留恋之心都不是一件好事。不为什么而来，也不为什么而离开。这样子就行了。”他挖出了埋藏起来的手机，开机发现先前的三个女人居然同时发给他内容相似的短信，不过，他只是静默了片刻，就把手机关掉，彻底埋葬。这似乎可以说东先生解了他的结，只不过是以“出尘”之思来实现的，在小说里，解结，述异，出尘，最后都指向“解结”。

人生百态，各种心结，是否可以解开？小说《解结记》写阿爷死后，一个道士来唱“解结歌”，这种歌“是为死者解除一切世上的冤孽和怨恨”，仿佛一了真的可以百了；而“我”与小伙伴们的仇怨也在最后得到了和解。这种“解结”情怀以各种面目出现在东君小说里，就连《苏蕙园先生年谱》这类不以“解结”为主要情节的小说，作家也不忘在小说结尾安排弥留之际的苏蕙园与同父异母的妹妹相见，譬如唱一首“解结歌”。《阿拙仙传》中，一位日本老兵晚年来华忏悔，他的忏悔书也算是一首“解结歌”吧？进而言之，那位苏蕙园先生的年谱，还有阿拙仙的传记，也都不妨看作是传主一生“心结”及其“解结”的过程。小说集《东瓯小史》里的人物大抵如是，只不过“结”到什么程度，“解”到什么程度，小说各有不同。

有些时候，“解结”作为一种技巧在小说中得到应用。《范老师，还带我们去看火车吗？》(下文简称《范老师》)开篇就写道：“林大溪的女人死在林小溪的床上，林小溪死在林大溪的女人的身上。”然后小说就围绕这句话来展开，一步步揭开真相。《在肉上》小说主人公林晨夕醉酒后被人“强奸”，她要找出真相，解开心结。《回煞》开篇就设置一个悬念：禅房里的一位法师情不自禁地念出了一个女人的名字，这让读者很容易产生“解结”的阅读动力。

不过东君小说对于“解结”不求甚解，有时候是一边解一边结，解了再结，结了再解，甚或不了了之。小说《左手右手》写得很短，却正因为短显得简洁有力，恰成“解结记”之核心原型。小说写东瓯有一个怪人，左右手互为仇敌，左手常常趁右手不备陷害右手，如抠其皮肉，或者放在火上烤。怪人无奈，请问看相先生，说是左右手前世已结夙仇，若要解结，应去请教高僧。高僧让怪人每日听他说法，以图化解。怪人每次绑着左手听经，有一日高僧让他松绑，未料左手一获自由就突然发狂，掐死了高僧。怪人只好用右手举刀，砍掉左手，自此消了恶念，出家为僧。但是，右手还常常伸到空荡荡的左袖中摸索，似有愧意。

小说开篇附会了左右手的善恶之别，左手为恶，右手为善，这是第一重结，可当先天；其二即是双手的前世今生多有结怨，可当后天。结有两重，解是三解，看相是第一解，高僧深入一层进入心地，虽然都不能解，但次第似不可免。最后是自解，方向正确，但方法有误，右手断左手，好像是解了，一了百了；但意犹未尽(也不可能尽)，不是简单的除恶为善，何况还欠高僧一条命，最后只能不了了之。

东君小说里的“解结记”往往如此，若已解，若未解，若已结，若未结。小说里的各类人物、事件大都有因有果，却也不是简单的因果报应。《回煞》里的僧俗二途、《相忘书》中的父子恩怨、《拳师之死》的情与仇等等，因果互倒，解与结层层相因，若有解，若无解。

从某种意义上说，东君小说及其写作过程也可以看作是小说家本人的一个“解结记”，它包含了解结、述异和出尘。写作是一抒胸臆，作品内容是述异，成果则是一种不同程度的对自身和时代的“超越”，可当“出尘”之思。因为三记，他的小说具有某种力量。他在《浮世三记》的“序”里说道：“我相信文字的水滴可以穿透石头般坚硬的现实，深入人心，给我们的生活带来一点点温润。就是为了这一点信念，我愿意用一生的时间来慢慢打磨我的作品。”这一点信念其实很强大，那“一点点温润”也相当了不起，它们赋予东君小说一种难能可贵的“认真”的品质，只是，短篇小说是否具有水滴石穿般的能量？人生与作品是否能够在时间的长河中同生共长？这一点信念或者也构成一种“心结”吧？

二

东君小说的风景几乎全在路上，在“述异”。故事情节有时候是不重要的，一些边边角角、枝枝杈杈的地方反而更有趣味。少数时候，通篇小说反倒不如某些段落、某些句子来得有趣。《先生与小姐》结尾写道：“这屋檐上的瓦片、屋后的竹叶，都是世间的无情之物，但被夜雨打过之后，就变得有声有色、有情有味了。”就像这篇小说里写到的“笑贫不笑娼”，故事本身并不稀奇，可是经过“夜雨打过”(即小说家的渲染)之后，就有些声情并茂的意思了。这里的“夜雨打过”正是一篇“述异记”，而且小说里关于“雨”的描写格外动人。

《述异记》中的阿婆，被人们目为“仙姑”，其行事也无非是说魂道鬼。这类小说在东君小说中为数不少，不妨通称为“述异小说”，它们在一定程度上继承了中国古典志怪小说、笔记小说的传统，不过东君的“述异小说”并不以鬼神为主角，而是人在那里装神弄鬼，神神叨叨，又或者痴人说梦，颠三倒四。小说《恍兮惚兮》的核心故事是：一个女人死了男人，她以为男人的灵魂附在另一个男人身上，这另一个男人就以此行骗。小说写得恍兮惚兮，如梦似幻，倒也符合“述异小说”的总体氛围。长篇小说《树巢》，从《序言》看立意很好，以家族叙事反思传统文化，可是开篇就写马老爷的吃与拉，然后接下来写女人竞斗“小脚”，还要请评委来“相脚”，然后就是大傻、大力士、怪兽、神灵、上帝、仙姑等等粉墨登场，《序言》里的一点好意思几乎全部淹没在一群愚痴当中，令人惊异这是一个多么荒诞的世界！

对于熟悉现代文学的读者来说，这类荒诞感并不陌生，看到东君小说《夜宴杂谈》写人们在苦等顾先生而顾先生始终不出现，会自然地想起《等待戈多》里的那一幕吧？《鼻子考》“考证”鼻子与性欲的关系，小说主人公一个喷嚏就破坏了一桩“好事”，令人啼笑皆非。《昆虫记》中的“我”以跳蚤之眼看世界，看到一个奇怪的世界，仿佛卡夫卡《变形记》中的甲壳虫再次变形，跑到东君小说中去历险。《鼻子考》与《昆虫记》是东君早期小说，虽然近期小说有意向中国古典传统回归，但这种荒诞感仍然以新的面目延续了下来。

需要指出的是,东君"述异小说"里的荒诞感并不具有"西西弗斯神话"式气质,但也不完全是"仙姑式"的装神弄鬼,它的特征可以用东君小说里的语言来讲,就是"实事求是地撒谎"。在小说里,这是"苏教授"的特征。东君小说有好几篇都写到"苏教授",如《苏静安教授晚年谈话录》《苏教授的腰》《我能跟你谈谈吗?》等,虽然不是同一篇小说,但其中的"苏教授"不妨看作是同一个人,他辗转于人生各个战场,面对情场失意、子女不肖、生死考验,表现出各类人格,但都有这种"实事求是地撒谎"的风格,一本正经地说一些"不正经"的话,一本正经地干一些无聊之事。在《夜宴杂谈》中,一批高人雅士非常严肃、非常学术性地讨论《崔莺莺别传》的版本问题,宴会结束,苏教授"蹲"在一扇屏风后面,"默默地做着提肛肌收缩运动",这个动作无意中赋予了小说的某种荒诞气息,深于他的一切语言和论文。

东君"述异小说"的另一个重要内容就是记述"异人",像《侠隐记》中怀有"绝艺"的民间"高人"如"剑圣""盗圣"等,又或者是《异人小传》中性格、行事迥异于人的平民、官员、手艺人等,这类"述异记"一般篇幅不长,却足见东君的小说家才能,《异人小传》里的短篇甚至可以说是东君最好的短篇小说。其中有一位"寂寞"的理发师,自己给自己理发,剃了头发,揭开头皮,又把手伸进脑浆,取出一块腐烂的肉核,然后又把脑浆放回去,缝上头皮,粘上头发。这个过程写得不动声色,却读来令人屏住呼吸。小说最后还要搭上一笔,写理发师接近"透明的虚无",冬日里晒太阳的时候,脑海里"再也没有旧日恋人的影子了"。如此解结、述异和出尘,确有几分水滴石穿之感。

“述异记”有时候成为“变异记”,这有两个方面,一方面是小说写作的需要,情节发展一变再变。《范老师》的开篇写一个凶杀事件,后来当事人林大溪出来指证人们看到的并不是真相,但警察不相信,认为林大溪被吓出了毛病,但小说并没有接着往下写,一变变成范老师杀人。这篇小说里的人物几乎个个都不可理喻,然而这对于小说来说却非常方便趁手,因为每到不合常理之处,只要一“变异”,小说就可以接下去了,而读者往往并不深究。

“变异记”的另一个方面是人物性情的变异,小说人物一旦经历重大事件的变故,性情立刻大变,这个变往往是向“异”的方向变,或者说是向“不好”的方面变化。《出尘记》中的“舅舅”得知“外公”并非自己的亲生父亲,当即离家出走,混迹街头,最后死于非命。苏教授发现妻子又回到她的老情人(也是他的老对手)那里,几近崩溃。更有甚者,《在肉上》的冯国平一直郁郁不得志,遂成变态人格。“变异记”中也有“正变”,即是从不正常变成正常,从浑浑噩噩的状态中清醒过来,变“异”为“不异”,相当于“拨乱反正”。这往往发生在生死时刻,譬如苏教授在遭遇绝症时思考生与死,荒诞之中亦有几分庄严和平实。

“述异记”中还有一些“异人”,如慧业文人苏蕙园、琴者洪素手、僧人左耳等,他们的“异”恰恰是“正”,只是因为异于流俗而显得卓然不群,因为不肯同流合污而显得超然尘外,因此,“述异记”也不妨是“出尘记”。

三

如果东君小说只有“解结记”和“述异记”,那就并无足观,东君小说的卓异在于“出尘记”,有了“出尘记”,三记才有了成为一座小说“大厦”的可能。需要指出的是,这里的“出尘”并非指出离红尘,而毋宁说是走出人生之迷潭。倘若浮生如梦,则小说如歌,写作是一种向上、振拔的努力。

小说《出尘记》写的是“外公”和“舅舅”之死,题目中的“出尘”完全可以当作是死亡的另一个说法,但也并非仅仅如此,“外公”竹庵先生确有“仙气”。他是大名鼎鼎的书法家,喝酒能喝出茶趣;住在竹庵里,种竹是为了能听到风吹竹叶的声音;他在天井里安置水缸,是为了映照天心的月亮;养鹤,是养一种在野的心气;种花,种的是善念等等,这些风雅之姿确有几分“出尘”气象。

不惟《出尘记》,东君的多数小说都有一种超然物外的闲情逸致,小说里的“我”是个“最不紧要之人”,当然也就做一些“最不紧要之事”。他往往是个旁观者,对现世若即若离,在介入一段红尘后,末尾总能抽身而出。《他是何人我是谁》中的“我”与两位诗人一同到了拉萨,到了拉萨或相当于一次“出尘”吧?小说的核心故事发生在两位诗人之间,“我”是个旁观者;故事里的人往往梦醒不分,或者说处在“梦醒两界”,而关键又在于“梦”。“我”最终是辞职了,跑到拉萨“郊外”的一个村庄,“在陌生人中游荡”,真是“出尘”之至。这种感觉,可用小说里的话说,“我们紧紧地拥抱了一下,迅速分开,彼此间也没留下一点余温。”这里的“我们”固然是指人与人,也可以引申为人与世界的关系吧?

“出尘记”的总体气质,用东君自己的话来说,就是“飘然思不群”,它是小说家暗暗向往的精神状态:“思”寓于“群”,而又能飘然而出。“飘然思不群”是东君小说至为可贵的精神品质,然而令人遗憾的是,“出尘记”偏向“不群”,未能安然地回到人群当中。小说《听洪素手弹琴》写得通体风雅，琴者洪素手品格高洁，颇有出淤泥而不染的意味，但她不群是不群了，却未能“寓于群”，这使得小说有一种孤高、清绝、悲情，弱化了小说力量，洪素手雅人深致，反不如竹庵先生的几分迂阔来得活泼。《子虚先生在乌有乡》写的是东君小说中常见的僧与俗，然而，高僧不见得高，俗人其实还是俗，世间与出世间含含糊糊，不辨僧俗，何况子虚与乌有。因此，“出尘记”或者成为“困尘记”，又回到“解结记”中，要脱困而出，必须另寻出路。

东君小说有格局，有意境，有向上振拔之路，小说才能亦好，但他的小说似乎欠缺一种把人心拨亮的东西，一旦有了这光明，即在尘泥中也是出尘，而这恰恰是“出尘记”应该做到也能够做到的。

我们读东君小说，往往欣赏其淡然悠远的意境，仿佛窗明几净，月色如水，有一种阴柔的美。实际上，东君小说的“暴力感”充足，有一种杀心凛然刚烈，虽说不是杀气腾腾，但按捺不住一口无明之火。《在肉上》罕见地写了一个性变态，小说写得不动声色，可是冯国平的“性暴力”呼之欲出，而林晨夕一刀捅死“性侵者”（实际上是她丈夫），若有快感。东君小说不少地方写到用刀杀人，好像很痛快，有些场面可称血腥，多数小说则写得“如一抹淡远的秋山”，暴力掩盖在那些“旧而静”的行文风格里，“冲淡”得闻不见血腥味，只是偶尔一露峥嵘。或者与之相应，东君小说常常写到“死亡”，一个人莫名其妙就死掉了。但这些死亡有些是必要的，有些就不一定，洪素手的丈夫就没必要死，《梦是怎么来的》中的王大木也是活着才好。

东君小说大约受到明清世情小说的影响，在写到女性时，很多地方不用名字，直接用“妇人”“女人”来指代，女性面目模糊不清，有些时候就流露出几分“狎昵”姿态。小说《范老师》中，林大溪前去戏弄阿兴的女人，他把女人抱到床上之后，塞给她一块巧克力咬着，不让出声，“女人咬了半边，另外半边攥在手里，悄悄地递给趴在眠床底下的秃三。”这种“风格”在东君小说中并不是主流，但也不少见。这些闲笔大约是写得手滑，还有些手笔则可能是为了小说写得好看，一味求变，最后只能用“怪异”来弥补故事能量的不足，它们在有意无意之间流露出来的姿态、气味，给东君小说总体上的明净添了一层阴影。

另一层阴影或者来自小说的用典与讨论。我们不能把小说写成思想论文，但正如东君自己所说，好的文字背后必须有“独立思想、个体经验、生命能量”。可是如果小说家的思想并未澄清，经验、能量不足就用知识、怪异来凑，讨论往往容易流于皮相，那对小说反而是一种损害。

要见万物之明，需要将力量一点点地收进去，收藏至至密之时，也许是光明大放之日。《震·大象》曰：“君子以恐惧修省。”令人恐惧的东西不是别的，或者就是埋藏在人心中的“洪荒之力”；“以恐惧修省”者，不是要去释放、夸大或者变异，而毋宁是戒而慎之，密而藏之，澄而清之，纯而又纯。

创作年表

作品名称	刊物(或出版社)
《人·狗·猫》(中篇小说)	《大家》(2000 年第 2 期)
《群蝇乱舞》(中篇小说)	《收获》(2001 年第 6 期)
《拳师之死》(短篇小说)	《收获》(2003 年第 1 期)
《回煞》(短篇小说)	《西湖》(2005 年第 6 期)
《昆虫记》(短篇小说)	《西湖》(2005 年第 6 期)
《官打捉贼》(短篇小说)	《西湖》(2005 年第 6 期)
《仇人恭候着》(中篇小说)	《江南》(2006 年第 6 期)
《荒诞的人》(中篇小说)	《上海文学》(2007 年第 12 期)
《风月谈》(短篇小说)	《大家》(2007 年第 6 期)
《乡村骑士》(中篇小说)	《飞天》2008 年第 5 期
《阿拙仙传》(中篇小说)	《十月》2008 年第 6 期
《黑白业》(短篇小说)	《十月》2008 年第 6 期
《树巢》(长篇小说)	重庆出版社(2008 年 12 月)
《子虚先生在乌有乡》(中篇小说)	《人民文学》(2009 年第 1 期)
《骰子掷下了》(中篇小说)	《长城》(2009 年第 3 期)
《鼻子考》(短篇小说)	《绿洲》(2009 年第 12 期)
《恍兮惚兮》(短篇小说)	《作品》(2009 年第 2 期)

《忘我书》(短篇小说)	《十月》(2010年第1期)
《述异记》(中篇小说)	《人民文学》(2010年第2期)
《苏静安教授晚年谈话录》(短篇小说)	《作家》(2010年第5期)
《张生是一条鱼》(短篇小说)	《文学界》(2010年第5期)
《听洪素手弹琴》(短篇小说)	《人民文学》(2011年第1期)
《出尘记》(短篇小说)	《花城》(2011年第1期)
《范老师,还带我们去看火车吗》(短篇小说)	《作家》(2011年第10期)
《先生与小姐》(短篇小说)	《大家》(2011年第3期)
《在肉上》(中篇小说)	《江南》(2012年第6期)
《苏薏园先生年谱》(中篇小说)	《人民文学》(2012年第11期)
《恍兮惚兮》(短篇小说集)	浙江文艺出版社(2012年12月)
《我能跟你谈谈吗》(短篇小说)	《十月》(2013年第3期)
《东瓯小史之侠隐记》(中篇小说)	《长城》(2013年第1期)
《他是何人我是谁》(短篇小说)	《作家》(2013年第5期)
《不知所终》(短篇小说)	《大家》(2013年第5期)
《东瓯小史之钱云飞考》	《人民文学》(2013年第11期)
《东先生小传》	《江南》(2014年第1期)
《东瓯小史之异人小传》	《上海文学》(2014年第2期)
《梦是怎么来的》	《小说界》(2014年第3期)
《一条河流般孤寂的村庄》	《山花》(2014年第9期)
《谈谈这些年我们都干了些什么》	《作家》(2014年第11期)
《东瓯小史》(中短篇小说集)	山东文艺出版社(2014年6月)
《浮世三记》(长篇小说)	浙江文艺出版社(2014年10月)
《长生》(短篇小说)	《江南》(2015年第1期)

《夜宴杂谈》　　《花城》(2015 年第 6 期)

《某年某月某先生》　　《十月》(2015 年第 6 期)

《如果下雨天你骑马去拜客》　　《作家》(2015 年第 8 期)

《约伯记第廿四章十八节》　　《文学港》(2015 年第 8 期)

《懦夫》　　《人民文学》(2016 年第 1 期)

《酒徒行传》　　《长江文艺》(2016 年第 3 期)

《徒然先生穿过北冰洋》　　《作家》(2016 年第 7 期)

《我不知道她的名字》　　《野草》(2016 年第 6 期)

《某年某月某先生》(短篇小说集)　　花城出版社(2016 年 5 月)

《小恶棍的春天》(短篇小说)　　《天涯》(2017 年第 1 期)

《空椅子》(短篇小说)　　《收获》(2017 年第 2 期)

《空山》(中篇小说)　　《江南》(2017 年第 4 期)

《面孔》(卷一、卷二)　　《北京文学》(2017 年第 8 期)

《面孔》(卷三)　　《回族文学》(2017 年第 3 期)

《好快刀》(短篇小说)　　《作家》(2017 年第 6 期)

附录：

东君获奖作品清单

作品名称	奖项名称	主办单位
荒诞的人	2008 年获《上海文学》中篇小说奖	《上海文学》杂志社主办
2008 年度作品	2008 年度“浙江省青年文学之星”奖	浙江省作协
子虚先生在乌有乡	2009 年度西湖·中国新锐文学奖	《西湖》杂志社

听洪素手弹琴	2012年6月6日获《人民文学》短篇小说奖	《人民文学》杂志社主办
阿拙仙传	2011年10月获第九届《十月》文学奖	《十月》杂志社
听洪素手弹琴	2012年10月7日获第二届郁达夫小说奖	《江南》杂志社
我能跟你谈谈吗?	浙江省优秀作品奖	浙江省作协
苏静安教授晚年谈话录	2012年8月14日获2009—2011年度作品奖(另获2011年咖啡馆短篇小说奖)	浙江省作协
约伯记第廿四章十八节	2015年10月获储吉旺文学奖	《文学港》杂志社
浮世三记	获2012—2014浙江省年度优秀作品奖	浙江省作协
2016—2017年度作品	第二届茅盾文学新人奖	中华文学基金会